ऐ मेरे प्यासे वतन

तुम मुझमें जल निवेश करो, मैं तुम्हें समृद्धि दूँगी।

—भारत माता

ऐ मेरे प्यासे वतन

जलगुरु **महेंद्र मोदी,** आई.पी.एस.
पुलिस महानिदेशक (से.नि.)

प्रभात
प्रकाशन

प्रकाशक
प्रभात प्रकाशन प्रा. लि.
4/19 आसफ अली रोड, नई दिल्ली–110002
फोन : 011–23289777 • हेल्पलाइन नं. : 7827007777
इ–मेल : prabhatbooks@gmail.com ❖ वेब ठिकाना : www.prabhatbooks.com

संस्करण
2025

सर्वाधिकार
सुरक्षित

पेपरबैक मूल्य
छह सौ रुपए

मुद्रक
आर–टेक ऑफसेट प्रिंटर्स, दिल्ली

★

AE MERE PYASE WATAN
by Shri Mahendraa Modi

Published by **PRABHAT PRAKASHAN PVT. LTD.**
4/19 Asaf Ali Road, New Delhi-110002

ISBN 978-93-5521-973-2

₹ 600.00 (PB)

आओ! इंद्र देवता से हम अमृत माँगें!
अमृत सँजोने की कला जानें!!
जलाभाव से बहुत जूझ लिये,
पानी बचाकर रोजगार बढ़ाने की अदा जानें!!

भारत के शहीदों, स्वातंत्र्य वीरों तथा भारत माता की निस्स्वार्थ सेवा करने वाले ईमानदार नागरिकों को, जिन्होंने जन साधारण के स्नेह को ही अपना पुरस्कार समझा। साथ ही इस धरती पर शुद्ध जल के लिए संघर्षरत मानव समुदाय को सेवार्पित।

भारत में हर 10 में से 5 वर्ष सूखा पड़ता है और लगभग 5 वर्ष अत्यधिक वर्षा से बाढ़ आती है या प्राकृतिक आपदा आती है। तो क्या हम लाचार बने रहें? हाथ-पर-हाथ धरे बैठे रहें?

नहीं, इसकी बिल्कुल आवश्यकता नहीं है। इस पुस्तक को पढ़कर तथा दिए गए निर्देशों व तकनीक को अपनाकर हम सभी सूखे कुओं, चापाकल तथा तालाबों को चार महीने में सदानीरा बना सकते हैं। इसके साथ ही आपको अपने मकानों में जल संरक्षण करने के लिए बड़ी धनराशि खर्च करने की आवश्यकता नहीं है। पुस्तक पढ़ें, अपने इंजीनियर खुद बनें और अपने पड़ोसियों को भी सिखाएँ। अपनी धरती को सदानीरा बनाएँ।

—महेंद्र मोदी
आई.पी.एस.

आभार

प्रिय सीमा, अनुराग, शुभम, सौम्या व जलपुरुष राजेंद्र भाईजी को सतत प्रेरणा देने के लिए तथा सर्वश्री मोहित अग्रवाल, आर. के. स्वर्णकार, सौरभ मिश्र, नितेश राज, ई. राधाकृष्ण तथा डॉ. नीति शास्त्रीजी को बहुमूल्य सहयोग के लिए; सर्वश्री संजय सिंह, ओम प्रकाश, प्रमोद दूबे, घनश्याम पांडेय, प्रवीण गौड़, कमल रजवार, राजेश कुमार, राजेंद्र अग्रवाल, नरेश अग्रवाल, डॉ. राम कुमार खरे, श्याम बिहारी गुप्ता, राम निवास झा, डॉ. एन.एस. सेंगर, मयंक, आकांक्षा, गौरव, नवीन, रेहान, आनंद, प्रवीण व ऐश्वर्य को व्यक्तिगत सहयोग के लिए।

वेद में लिखा है—

सर्व हित कामना मंत्र—

ओउम् प्रजापते न त्वदेतान्यन्यो
विश्वा जातानि परिता बभूव।
यत्कामास्ते जुहुमस्तन्नो अस्तु
वयं स्याम पतयो रयीणाम्॥

—ऋग्वेद 10/121/10

—"हे सब प्रजा के स्वामी परमात्मा! आप सर्वोपरि हैं। जिन पदार्थों की कामना लेकर हम आपकी शरण में आवें, हमारी वे कामनाएँ सिद्ध हों तथा हम धनैश्वर्यों के स्वामी बनें।"

"हे प्रभु मुझे मोक्ष नहीं चाहिए। जब तक भारत का प्रत्येक व्यक्ति भर पेट भोजन नहीं कर लेता तब तक मैं भारत में ही जन्म लूं और मातृभूमि की सेवा करूं।"

"मैं उसी को महात्मा कहता हूं जिसका हृदय गरीबों के लिए रोता है अन्यथा वह तो दुरात्मा है।"

स्वामी विवेकानंद

—प्राचीन धर्म कहता है "जिसे ईश्वर में विश्वास नहीं है, वह नास्तिक है।"

नूतन धर्म कहता है—"नास्तिक वह है, जिसने जलमंदिर (जलाशय) नहीं बनाया, जल मसजिद नहीं बनाया, जल गुरुद्वारा नहीं बनाया…"(वर्तमान संदर्भ में स्वामी विवेकानंद—यदि सशरीर उपस्थित होते)

—एक व्यक्ति एक विचार के लिए सद्गति प्राप्त कर सकता है, लेकिन यह विचार, उसकी मृत्यु के बाद, अपने आप में एक हजार जीवन में अवतार लेगा।

शुभ सुख-चैन बरखा बरसे
भारत भाग्य है जागा…

—नेताजी सुभाष चंद्र बोस

जल संरक्षण को जन आंदोलन बनाना है।
जब भी, जहाँ भी बारिश हो, हर बूँद बचाना है।

—श्री नरेंद्र मोदी
प्रधानमंत्री, भारत सरकार

उठो, जागो और तब तक नहीं रुको
जब तक लक्ष्य न प्राप्त हो जाए।

—स्वामी विवेकानंद

हम जरूरत से ज्यादा पानी खर्च करके दूसरों के हक का पानी उपयोग करते हैं। एक-एक बूँद बहुत कीमती है। इसे सँजोकर रखें।

—महात्मा गांधी

जिस तरह पत्थर पर लगातार गिरती पानी की बूँदें उसमें छेद कर देती हैं,
उसी तरह मानव भी छोटे-छोटे प्रयासों से बड़े लक्ष्य हासिल कर सकता है।

—संत तिरुवल्लुवर

हमको प्रकृति से पोषण पाना है, प्रकृति को जीतना नहीं है।

—श्री मोहन भागवत

भगवान् भरोसे मत बैठो,
का पता भगवान् हमरे भरोसे बैठा हो!!

—दशरथ माँझी (माउंटेन मैन)

समझदार बनें, जिम्मेदारी निबाहें

पानी का उपयोग करने वाले हर व्यक्ति, परिवार एवं संस्थान को पानी के स्रोतों को शुद्ध बनाए रखने तथा पानी के संचयन एवं सदुपयोग के लिए कोई सुनिश्चित जिम्मेदारी उठानी चाहिए।

—श्रीराम शर्मा आचार्य

संस्थापक, अखिल विश्व गायत्री परिवार

प्रस्तावना

"हे नम्रता के सागर, आप हमें भारत की जनता से एकरूप होने की शक्ति और उत्कंठा दें।''' हमें वरदान दें कि सेवक और मित्र होने के नाते जिस जनता की हम सेवा करना चाहते हैं, उनसे हम कभी अलग न पड़ें।''' हमें त्याग, भक्ति और नम्रता की मूर्ति बना, ताकि इस देश को हम ज्यादा समझें और ज्यादा चाहें।"

—महात्मा गांधी

जल सिर्फ जीवन नहीं है। क्षितिज में उभरता इंद्रधनुषी सौंदर्य भी इसी जल से उभरता है। यह इंद्रधनुष तो इस धरती के हर देश में दिखाई पड़ता है, पर इस सौंदर्य का उद्गम यानी जल सुरक्षित रहे—इस उद्देश्य की पूर्ति के लिए हमने कितना सार्थक प्रयास किया है ? जल संरक्षण की हमारी परंपरा कितनी समृद्ध है ?

निस्संदेह! जल संरक्षण संस्कृति भारत की बहुमूल्य और अतुल्य धरोहर है। 'आरुणि की हजारों वर्ष प्राचीन जल संरक्षण संस्कृति' हमें सतत प्रेरणा देती है। गुरुकुल परंपरा में एक कहानी है—पांचाल क्षेत्र में ऋषि आयोद के तीन शिष्य थे—वेद, आरुणि तथा उपमन्यु। शिष्य आरुणि को गुरुजी ने आदेश दिया कि वे आश्रम के खेत में जाकर देखें कि खेत का मेंड़ सुरक्षित है या नहीं या बारिश का पानी कहीं बह तो नहीं रहा है। यदि बह रहा हो तो मेंड़ की मरम्मत कर दी जाए। आरुणि ने खेत पर पहुँचकर देखा कि मेंड़ एक स्थान पर टूट गई है और बारिश का पानी खेत से बहकर बाहर निकल रहा है। उन्होंने मेंड़ की मरम्मत करने का प्रयास किया, लेकिन पानी के तेज बहाव के कारण मेंड़ की मरम्मत नहीं हो पा रही थी। यदि वह वापस आश्रम जाता तो खेत का अधिकतर पानी बहकर बाहर निकल जाता। अत: टूटी हुई मेंड़ के स्थान पर वे स्वयं लेट गए, ताकि पानी कम-से-कम बाहर निकले। इधर जब वे आश्रम नहीं पहुँचे, तो गुरु तथा अन्य

शिष्य चिंतित हुए और आरुणि को ढूँढ़ते हुए उसी खेत पर पहुँचे। गुरु ने शिष्य को गले लगा लिया, क्योंकि शिष्य आरुणि ने तन-मन-धन से जल संरक्षण करने का अनुकरणीय उदाहरण प्रस्तुत किया था।

इस प्रकार कम-से-कम दस हजार वर्ष पहले से भारतीय समाज में जल संरक्षण संस्कृति विद्यमान रही है और सम्राट चंद्रगुप्त मौर्य के 3000 वर्ष पहले से सामुदायिक स्तर से जलाशयों का निर्माण होता रहा है। इसी सोई संस्कृति को हमें पुनः जागृत करना है—

जागो, अब तो मत होने दो, तुम मानवता को गुमराह!
वह जौहर दिखलाओ जग को, मुख से बरबस निकले वाह!!

निस्संदेह भारतवर्ष में तथा अन्य देशों में भी जल संरक्षण संस्कृति के पुनरुद्धार तथा पुनरुत्थान (Renaissance) की तात्कालिक आवश्यकता है।

जल संरक्षण की मजबूत व गहरी जड़ जब हमारी परंपरा में है, तो हमें जल संरक्षण की प्रभावी संस्कृति विकसित करने के लिए गलत तकनीक के भँवरजाल में फँसने की आवश्यकता नहीं है। बल्कि अपनी परंपरा को पुनः समझने की जरूरत है। अपनी आँख के परदे को साफ करना है, ताकि जल संरक्षण का पुनर्जागरण काल प्रारंभ हो, जल प्रबंधन की उन्नत संस्कृति जागृत हो, विकसित हो।

यह भी ध्यान देने की बात है कि आज की तारीख में जिन तकनीकों को अपनाकर हम असफल हुए हैं, उन्हें भूलकर भारतीय अर्थ व्यवस्था की आवश्यकता के अनुसार सुलभ तकनीक अपनाएँ, जिससे अल्प समय में प्रदूषणरहित जल को संरक्षित किया जा सके। धरती माता के गर्भ में भरपूर जल समाहित (Recharge) करें। इसके लिए तोते की तरह तकनीक न रटें, बल्कि सामान्य बुद्धि का विवेकसम्मत प्रयोग करें। ध्यान रहे, डिग्रियाँ नौकरी दिला सकती हैं, लेकिन आविष्कार करने के लिए जनता को समस्याओं से राहत दिलाने का जुनून (Passion) और आविष्कारक दिमाग चाहिए। ऐसे दिमाग ही वैज्ञानिक युगद्रष्टा हैं। वही समाज के त्राता हैं।

नदियाँ सदानीरा बनी रहें, इसलिए नदियों के दोनों तरफ भूगर्भ में जल रीचार्ज करना अत्यंत आवश्यक है, वरना लोग नदियों के किनारे बोरिंग करके जल स्तर नीचे गिराते रहेंगे और नदियाँ सूखती जाएँगी।

आज यदि स्वामी विवेकानंद सशरीर उपस्थित होते तो हमारे लिए उनका आह्वान होता—नूतन धर्म कहता है, जिसने जल संरक्षण हेतु प्रदूषणमुक्त जलाशय का निर्माण

नहीं किया, वह नास्तिक है। प्राचीन काल में जो मंदिर बनाते थे, वे आस्तिक कहलाते थे, आधुनिक समाज का सच्चा आस्तिक वह है, जो जलमंदिर बनाए, जल मसजिद बनाए, जल गुरुद्वारा और जल गिरजाघर बनाए, क्योंकि इन मंदिरों से सभी प्राणियों को जीवन का सुख मिलता रहेगा।

हमने आज दिखावे और तड़क-भड़क पर अधिक ध्यान दिया है और सीखने-सिखाने की महत्त्वपूर्ण बातों पर ध्यान देने के बजाय हर जगह सेमिनार और वर्कशॉप में भी मनोरंजन तत्त्व ही ढूँढ़ते रहे हैं। सेमिनारों में चिंता तो व्यक्त की जाती है, आँकड़े रटाए जाते हैं और समाधान पर कम ऊर्जा लगाई जाती है।

इसे ऐसे समझें। इजराइल में सालाना बहुत कम बारिश होती है। फिर भी वह सब्जी और फल निर्यात (एक्सपोर्ट) करता है। भारत में प्रतिवर्ष औसत 114 सें.मी. बारिश होती है। (यह वर्षा भी घटकर 110 सें.मी. रह गई है) बेशक पश्चिमी राजस्थान और गुजरात के रेगिस्तान में 10 सें.मी. बारिश होती है, वहीं मेघालय से 16 कि.मी. दूर मवसिनराम (Mawsynram) में 1167 सें.मी. से लेकर 1520 सें.मी. तक सालाना बारिश हो जाती है। लेकिन जहाँ सालाना बारिश 50 सें.मी. से ज्यादा होती है, वहाँ यदि 12 से 50 प्रतिशत तक कम बारिश हो गई तो अकाल घोषित करना पड़ता है। मतलब यह कि इजराइल से कई गुना ज्यादा पानी बरसने के बावजूद भारत में सूखा या अकालग्रस्त जिला घोषित करना पड़ता है।

इसका कारण यह है कि इजराइल में एक बूँद पानी बरबाद करने पर जेल जाना पड़ता है, वहाँ पानी बरबाद करना आपराधिक कृत्य माना जाता है, जबकि हिंदुस्तान में पानी मुफ्त दिए जाने के कारण कुछ लोग सड़कों पर गाड़ी खड़ी करके पाइप से पानी बहाते रहते हैं और यदि किसी वर्ष पानी की कमी नहीं हुई तो अत्यधिक वर्षा के कारण बाढ़ आ जाती है। और यदि वर्षा सामान्य हुई तो सड़कों पर हमारी डिजाइनर की नासमझी व हमारे बेलगाम ठेकेदारों व निर्माताओं के कारण जल प्लावन की समस्या आती है।

इसी प्रकार सूखा और अकालग्रस्त क्षेत्र घोषित करने के लिए सड़कों पर हम कई दिन का समय बरबाद करते हैं। लेकिन एक पानी रिचार्ज खाई/कुंड (Water Recharge Trench) बनाने के लिए अपने हित में श्रमदान नहीं कर सकते! एक 3 मीटर लंबी, 1 मी. चौड़ी और 1 मी. गहरी खाई/कुंड (ट्रेंच) बनाने में चार-पाँच घंटे ही तो एक आदमी को काम करना है। यदि एक परिवार के सारे सदस्य मेहनत करें तो एक सदस्य को सिर्फ डेढ़ घंटा ही मेहनत करनी है। एक ट्रेंच लगभग शून्य बजट में तैयार हो जाता है और यह 300 वर्गमीटर प्लॉट या खेत का अतिरिक्त पानी रिचार्ज करने के लिए

पर्याप्त है। क्योंकि वर्षा का कुछ पानी सिंचाई में खर्च होता है, कुछ अपने आप खेत में रिचार्ज हो जाता है और शेष पानी को रिचार्ज करना है।

अत: हम समय बरबाद करने के बजाय साफ पानी धरती के अंदर (Sub Surface) में पुन: भरना (Recharge) शुरू कर दें। आज से, अभी से ही।

वर्ष 2008 से मैंने हिंदुस्तान में पानी पर उपलब्ध सारी पुस्तकें पढ़ डालीं। खासकर विज्ञान और पर्यावरण केंद्र, दिल्ली की। तरुण भारत संघ की, भूगर्भ विज्ञान की, मिट्टी विज्ञान (Soil Science) की, दक्षिण भारत की, इंटरनेट की आदि-आदि।

इसके बाद इस सैद्धांतिक तरीके व तकनीक को व्यावहारिक अमलीजामा पहनाया। देश के नौ प्रांतों में 3600 स्थानों पर, आम आदमी और विभिन्न संगठनों को प्रेरित करते हुए या तो ट्रेंच बनाया या पानी रिचार्ज जलाशय, जिसमें उ.प्र. पी.ए.सी. की कुछ बटालियनें शामिल हैं। इसके अलावा पूर्व से बने-बनाए त्याग दिए गए कुओं (Abandoned Wells) गड्ढों, तालाबों में बरसाती पानी या व्यर्थ बरबाद हो रहे पानी को गाद छन्ना टंकी (Silt Settlement Chamber) से जोड़कर पानी रिचार्ज करना शुरू किया। इस दौरान मैंने नए-नए प्रयोग किए। इससे फायदा यह हुआ कि मेरे द्वारा नई-नई तकनीकों का आविष्कार होने लगा।

इन आविष्कारों से निम्नांकित फायदे हो रहे हैं या होंगे—

1. जलाशय या पानी रिचार्ज कुआँ बनाने में जमीन (रिचार्ज एरिया) की बचत हो रही है।
2. पैसे की बचत हो रही है।
3. साफ पानी ही रिचार्ज किया जा रहा है।
4. जल स्तर कुछ स्थानों पर 4, 16 या 28 माह में आदर्श ऊँचाई तक ऊपर उठ गया।
5. खाद की बरबादी कम हो रही है।
6. उपजाऊ मिट्टी (गाद) उपयोग में लाई जा रही है। ऐसे तरीकों से प्रदूषण को कम किया जा सकेगा।

भारत में 1757 से 1947 तक भारत की परंपरागत व उन्नत जल संरक्षण तकनीक तथा सिंचाई प्रणाली को अंग्रेजीराज ने ध्वस्त कर दिया था।

सेंटर फॉर साइंस एंड इंवायरनमेंट की पुस्तक 'बूँदों की संस्कृति' (संस्करण, वर्ष) के पृष्ठ संख्या 29 में लिखा है, पर पारंपरिक जल संचय प्रणालियों के साथ इससे भी बुरा बरताव आजाद भारत की देशी सरकार के सिंचाई विभाग के अधिकारियों तथा

अभियंताओं ने किया। इन्होंने सिर्फ अंग्रेजोंवाला शासक भाव ही नहीं अपनाया, इन प्रणालियों की तरफ झाँककर देखने की कोशिश भी नहीं की और वे व्यवहारतः उतने ही अज्ञानी साबित हुए, जितने अंग्रेज थे। इतना ही नहीं, उनकी सोची-समझी उपेक्षा और सामुदायिक प्रबंध वाली हर व्यवस्था से नफरत करने के चलते न तो इन पारंपरिक विधियों को फिर से खड़ा किया जा सका, न ही पारंपरिक विधियों की मदद करने वाली नई प्रणाली ही बनाई गई। परिणामस्वरूप पारंपरिक विधियाँ बेसहारा हो गईं। श्री अनुपम मिश्र ने अपनी पुस्तक 'आज भी खरे हैं, तालाब' में लिखा है—"आज बड़े शहरों की परिभाषा में आबादी गिनी जाती है। पहले बड़े शहर या गाँव की परिभाषा में उसके तालाबों की गिनती होती थी। पूछा जाता था, कितने तालाबों का गाँव है?"

"पानी का प्रबंध करना और उसकी चिंता करना हमारे समाज के कर्तव्यबोध के विशाल सागर की एक बूँद थी। सागर और बूँद एक-दूसरे से जुड़े थे। सात समंदर पार से आए अंग्रेजों को भारतीय समाज के कर्तव्यबोध का न तो विशाल सागर दिख पाया, न उसकी बूँदें।"

जो भारतीय नायक समाज को समुन्नत बनाए रखने के लिए जलाशय/तालाब का निर्माण कार्य करते थे, उनमें से कुछ के मन में समाज और उनकी जल व्यवस्था को अंग्रेजों द्वारा विखंडित करने की हरकतें कैसे घर कर पातीं? उनकी तरफ से अंग्रेजों को चुनौतियाँ भी मिलीं। साँसी, भील जैसी स्वाभिमानी जातियों को इसी टकराव के कारण अंग्रेजीराज ने ठग और अपराधी तक घोषित कर दिया था। अंग्रेजों के आने से पहले दिल्ली में ही 350 तालाब थे।

श्री अनुपम मिश्र ने पुस्तक के प्रारंभ में लिखा है कि "बीसवीं सदी के प्रारंभ तक 11 से 12 लाख तक तालाब बरसातों में भर जाते थे और अगले जेठ तक वरुण देवता का कुछ-न-कुछ प्रसाद बाँटते रहते थे, क्योंकि लोग जलाशय बनाने के अच्छे-अच्छे काम करते जाते थे।" पर ऐसा प्रतीत होता है, आज छह लाख गाँवों पर सात लाख तालाब बमुश्किल बचे होंगे। तालाब भारतीय समाज के तन में भी था और मन में भी। बहुत से बनवासी समाज शरीर पर बावड़ी भी गुदवाते थे। यह प्रथा तमिलनाडु के दक्षिण अर्काट जिले के कुराऊँ समाज में भी है।

भारत की इस समृद्ध जल संस्कृति का पुनर्जागरण काल (Renaissance Period) फिर शिखर पर चढ़ सकता है, अगर हम 16वीं सदी से पहले की तरह कर्मठ बनें और सामाजिक हित में वर्षा जल तथा अन्य व्यर्थ किया जा रहा जल शुद्ध करें और उन्हें प्यार से, अपनेपन से सँजोना शुरू कर दें, फिर एक भी पल दुविधा में क्यों बिताएँ?

आलस्य क्यों दिखाएँ? सामुदायिक सहयोग का परिचय क्यों न दें? प्रति व्यक्ति जमीन की उपलब्धता तेजी से घटती जा रही है।

अतः ऐसे आविष्कार करने होंगे, जो (1) कुओं/जलाशयों में पानी रिचार्ज (पुनरावेशित) करने की गति और क्षमता बढ़ाए। (2) जलाशय तथा (खाई) (ट्रेंच) और पानी रिचार्ज कुआँ बनाने में काफी कम स्थान घेरे। (3) ऐसे रिचार्ज कुआँ, ट्रेंच या जलाशय बनाएँ, जो हर परिवार और व्यक्ति की आमदनी में संभव हो सके। (4) जिन परिवारों (निम्न आय वर्ग) के लिए अत्यधिक वित्तीय दिक्कत है, उन्हें प्रशासनिक सहयोग दिया जाए। (5) टपक सिंचाई (Drip Irrigation), आच्छादन (Mulching) तथा पानी के किफायती खर्च की तकनीकें अपनाई जाएँ। टपक सिचाई (ड्रिप सिंचाई) की पद्धति का तेजी से विस्तार किया जाए। (6) ऐसी सुगम, आसान तकनीकों का आविष्कार किया जाए, जिससे पर्यावरण संरक्षण व संतुलन बना रहे। (7) उद्देश्य सिर्फ भूगर्भ जल स्तर को स्थिर करने का न हो, बल्कि तेजी से जल स्तर उठाने का हो। (8) सिर्फ पेयजल की चिंता न की जाए, बल्कि हर तरह के विकास कार्य के लिए जल स्तर ऊपर उठाया जाए। (9) ऐसी तकनीकों को अपनाया जाए, जो बिजली की भी बचत करें। (10) खेती सस्ती तथा लाभदायक व्यवसाय बने, ऐसे जल प्रबंधन किए जाएँ। (11) कृषि और औद्योगिक विकास दर तेज करने के लिए जल प्रबंधन पहली शर्त है। अतः बचपन से, स्कूल, कॉलेज, विश्वविद्यालय में जल प्रबंधन की भारतीय परंपरा की तकनीकों को उन्नत करके बढ़ाया जाए। (12) समस्याएँ आँकड़ों में बताने के बजाय टिकाऊ समाधान बताए जाएँ। (13) परिवर्तनशील जलवायु की चुनौतियों का समाधान निकालने के लिए प्रकृति से तालमेल बैठाने की पूरी कवायद की जाए। (14) प्रदूषण से बचाव की जीवन-शैली अपनाई जाए। (15) निर्धारित लक्ष्य जल स्तर उठाना हो, न कि सिर्फ सरकारी बजट किसी तरह खर्च करते जाना। (16) प्रदूषण कम करने वाले आविष्कारों को तथा जल संरक्षण करने वाले समुदाय कार्य को पुरस्कृत व सम्मानित किया जाए।

इन बिंदुओं को ध्यान में रखते हुए ही इस पुस्तक में मेरे द्वारा समाधान दिए गए हैं।

अब हमारे लिए पानी की आवश्यकता मूलतः इस प्रकार है—

(1) पीने योग्य तथा रसोई के लिए पानी, 143 करोड़ आबादी (2022) के लिए प्रति परिवार लगभग 9 लीटर पेयजल चाहिए। यानी एक परिवार को लगभग 43 लीटर प्रतिदिन। लगभग 30 करोड़ 24 लाख परिवार के लिए 30.24 करोड़ x 43 लीटर। एक परिवार में 4.8 व्यक्ति 2022 के आँकड़े के अनुसार होते हैं।

(2) घर में अन्य सभी कार्यों के लिए प्रयुक्त होने वाला पानी—यह लगभग 70

लीटर x 4.8 = 336 लीटर प्रति परिवार प्रतिदिन हुआ। एक वर्ष में 1,22,640 लीटर प्रति परिवार। इसलिए 30.24 करोड़ परिवार के लिए 30.24 करोड़ x 1,22,640 लीटर अन्य घरेलू प्रयोग के लिए पानी चाहिए।

(3) सिंचाई के लिए ड्रिप सिंचाई व्यवस्था की शत-प्रतिशत आवश्यकता है। इसे प्रत्येक दशा में प्राथमिकता देते हुए पूरे देश में लागू किया जाए।

कब्जा करते हम गए
कुआँ, बावड़ी, ताल
इनके ऊपर खड़े कर दिए
ऊँचे भवन विशाल

—महेंद्र मोदी

पुस्तक का उद्देश्य

1. जल संरक्षण तकनीक को इस प्रकार प्रस्तुत करना कि भारत की आर्थिक परिस्थिति के अनुरूप, कम समय तथा कम स्थान में जल संरक्षण के प्रदूषणरहित तरीके हर भारतीय नागरिक तथा विश्व नागरिक सीख सकें।
2. जल संरक्षण तकनीकों की अनावश्यक जटिलता को कम करना।
3. सरकार व सरकारी योजनाओं के लाभ को बहुगुणित करने के लिए आम जनता को सार्थक रूप से जागरूक करना।
4. ऐसी तकनीक विकसित करना कि वर्षा जल संरक्षण करते हुए बिजली की बचत भी हो तथा वैश्विक तपन (Global Warming) भी कम की जा सके।
5. 'सजल भारत अभियान' की आवश्यकता इसलिए पड़ी है कि वर्ष 2015 में भारतवर्ष की लगभग आधी आबादी पानी के अभाव में त्राहि-त्राहि कर बैठी। 'सजल भारत अभियान' सरकारी कार्यक्रमों का पूरक है।
6. जल संरक्षण संस्कृति का विकास करना—जन सामान्य को समझाना कि स्वयं अपनी पहल से वर्षा जल संरक्षण न करके दूसरों के भरोसे रहने से उनको भारी आर्थिक नुकसान होता रहा है और होता रहेगा। जल संरक्षण अभियान से आर्थिक समृद्धि की गति तेज होगी तथा किसान को कर्जमुक्त करने के प्रयास में मदद मिलेगी। आम आदमी को समझाना है—'पानी बचाओ, पैसा कमाओ'।
7. भारतवर्ष की शत-प्रतिशत आबादी को जल संरक्षण तथा जल स्तर संवर्धन की तकनीक और सूत्र (Technique and Formula) देना।
8. जल संरक्षण अभियान को शिक्षकों, छात्र/छात्राओं, समाजसेवियों, आध्यात्मिक संस्थाओं व जुनूनी (Passionate) व्यक्तियों की मदद से

रचनात्मक आंदोलन का रूप देना, ताकि भारत सरकार के 'जलक्रांति अभियान' को बल मिल सके।

9. भारत की सामाजिक, आर्थिक व भौगोलिक परिस्थितियों को ध्यान में रखते हुए जल संरक्षण आविष्कार व तकनीकों का उन्नयन संभव करना।

10. शुद्ध पेयजल के उपकरण इस प्रकार बेचे जा रहे हैं कि पेयजल आम आदमी की पहुँच से बाहर होता जा रहा है। अत: जल प्रबंधन में समाज अग्रणी बने और शासन उनका सहयोग करे। अत: सदियों पहले के गाँव गणतंत्र (Village Republic) की तरह आज ग्राम पंचायतें जल प्रबंधन की धुरी बनें।

11. इस समय शोध संस्थानों में पहले प्रयोगशाला में प्रयोग किए जाते हैं, उसके बाद जमीन पर शोध के निष्कर्ष को मूर्त रूप देने का प्रयास किया जाता है। हमारा ध्येय है कि (Lab to Land) के बजाय Land यानी गाँव या शहर को ही प्रयोगशाला (Laboratory) बनाया जाए। यह वर्ष 2008 से मैं करता रहा हूँ।

□

अनुक्रम

1

जल संरक्षण संस्कृति विकसित करना आर्थिक विकास की अनिवार्य शर्त है

1. गोचर व चरागाह का विकास करना व उसके लिए चेकडैम, छोटे-छोटे तालाब आदि से जल प्रबंधन करना तात्कालिक जरूरत है। अतः तालाबी (ट्रेंच) के डिजाइन में संशोधन किया गया है।
2. ग्राम्य विकास तथा आम आदमी की आय का स्रोत बढ़ाने के लिए फलदार वृक्षों के पौधों का रोपण जरूरी कदम होगा। पेड़-पौधों के लिए पानी और पानी के लिए पेड़-पौधे दोनों जरूरी हैं।
3. जीवामृत का प्रयोग करके जहरमुक्त (रासायनिक खाद तथा रासायनिक कीटनाशक से मुक्त) खेती यानी प्राकृतिक खेती की तकनीक आम आदमी को समझाना। इससे पानी की काफी बचत होती है।
4. जल संरक्षण तकनीक को कौशल विकास (Skill Development)कार्यक्रम का हिस्सा बनाया जाए।
5. रेलवे प्लेटफॉर्म पर टंकियों में छत पर का वर्षा जल साफ करके इस्तेमाल करने पर धरती के पानी जमाव पर दबाव कम कर सकते हैं।
6. 'छत पर का ऊर्जामुक्त, शुद्ध वर्षा जल सीधे घर में' (Energyfree purified rooftop rain water direct to multistorey building) प्रणाली में छत का वर्षा जल ग्रहण क्षेत्र हम 150 प्रतिशत तक बढ़ा सकते हैं।
7. प्रतिवर्ष शौचालयों व नए आवासों की संख्या में वृद्धि की जा रही है। उद्देश्य अच्छा है, लेकिन खुले में शौच जाने की अपेक्षा शौचालय में शौच जाने से पानी की खपत लगभग 10-15 गुना बढ़ रही है। शौचालय की सफाई के लिए

भूगर्भ जल का दोहन कई गुना बढ़ गया है। इंद्र देवता आकाश से अमृत टपकाते हैं, लेकिन आज का डिग्रीधारी व्यक्ति उसे ढूँढ़ता है पाताल में। यह एक ऐसी विडंबना है, जो पूरे हिंदुस्तान तथा पूरी दुनिया के जलाभाव का सबसे महत्त्वपूर्ण कारक है। अत: वर्षा जल का अधिक-से-अधिक उपयोग किया जाए। जो खेत, पार्क, गली, परती जमीन आदि स्थानों का वर्षा जल है, उसे गंदे नाले में बहाने अथवा गाँव के बाहर ले जाने के बजाय सोख्ता गडढा (Trench) या छोटे तालाब के माध्यम से धरती के अंदर पुनर्भरण (रिचार्ज) किया जाए।

आज जलस्तर व जल उपलब्धता के बिंदु को लेकर दिनों-दिन निराशा बढ़ती जा रही है। प्रतिवर्ष तापमान में बढ़ोतरी होती जा रही है, बारिश घटती जा रही है। यह निराशा इसलिए है कि सही तरीके से प्रयास नहीं किया जा रहा है। इलाज करने में बचाव की अपेक्षा बहुत ज्यादा संसाधन, समय तथा ऊर्जा की जरूरत पड़ती है।

प्रयोगों की सफलता के आधार पर मेरा निष्कर्ष है कि भारतवर्ष के सभी सूक्ष्म व लघु जल स्रोतों का जलस्तर बहुत तेजी से ऊपर उठाया जा सकता है। कम-से-कम 70 प्रतिशत जिलों में 4 महीने के अंदर तथा 80 प्रतिशत जिलों में 16 माह में जलस्तर 10 फीट पर लाया जा सकता है। यानी 11 फीट की रस्सी बाल्टी में लगाइए और पानी निकाल लीजिए।

इसके लिए एक सम्यक् प्रयास की जरूरत है। यदि प्रत्येक परिवार से एक व्यक्ति सिर्फ एक माह के लिए अपना कम-से-कम 0.25 प्रतिशत और अधिक-से-अधिक 0.5 प्रतिशत समय श्रमदान के लिए दे दे, तो देश के सभी हैंडपंप कुआँ, बोरवेल, ट्यूबवेल तथा सबमर्सिबल पंपसेट को पुनर्जीवित करने अथवा उनके आसपास के जलस्रोत का जलस्तर उठाने के लिए पास में सोख्ता गड्ढे (Trench) बन जाएँगे। मतलब पानी के उस खजाने के आसपास के क्षेत्र को भरने का प्रयास किया जाए, जिसे हम खाली करते रहते हैं। सन् 2011 में हमारे देश में 13 करोड़ 10 लाख हैंडपंप, कुआँ, बोरवेल, ट्यूबवेल तथा सबमर्सिबल पंपसेट थे। एक महीने में 720 घंटे होते हैं। इसका आधा प्रतिशत समय हुआ—3 घंटे 36 मिनट। एक ट्रेंच बनाने में 8 व्यक्ति लगाए जाएँ और पाँच घंटे का समय दे दिया जाए तथा इसमें से 4 व्यक्ति एक बार में आराम करेंगे तो भी यह ट्रेंच समय से पहले बन जाएगा। मतलब यह कि एक-दो बारिश हो जाने के बाद या मिट्टी में नमी रहने पर 30 मिनट से लेकर 60 मिनट का समय श्रमदान से एक ट्रेंच बनाने के लिए पर्याप्त है। लेकिन यहाँ हमने 5 घंटे का समय दिया है। और इस जनशक्ति से 16 करोड़ ऐसे ट्रेंच बनाए जा सकते हैं। एक बार ये ट्रेंच बन जाने के बाद फिर थोड़ा सा समय देकर सिर्फ

इस ट्रेंच में गिरी गाद, मिट्टी की सफाई की जरूरत पड़ती है। उसके बाद हर वर्ष, वर्षा जल से इन हैंडपंप आदि को रिचार्ज किया जाता रहेगा। यह काम प्रत्येक दशा में 31 मई से 31 जुलाई के बीच कर लिया जाए।

अब प्रश्न उठता है कि ट्रेंच की जगह तालाब क्यों नहीं? ऐसा इसलिए कि तालाब बनाने के लिए बजट की जरूरत है। इसके लिए फिर आप सरकार से उम्मीद करेंगे और इसमें काफी समय बरबाद हो जाएगा और तब तक जलस्तर और भी नीचे चला जाएगा। ट्रेंच बनाने के लिए धन की जरूरत नहीं है। यह लगभग शून्य लागत (बजट) का काम है।

फिर प्रश्न उठता है कि यह काम सरकार पर क्यों न छोड़ा जाए? उत्तर आपको मालूम होना चाहिए। सरकार मजदूरों के भरोसे ही काम कर पाएगी। इसके लिए भी बजट की जरूरत पड़ेगी। मजदूरों के भरोसे 15 जुलाई से पहले 16 करोड़ ट्रेंच नहीं बन पाएँगे। मजदूर भी सीमित समय में इतनी ज्यादा संख्या में नहीं मिल पाएँगे। और हमारा लक्ष्य है, 4 माह के अंदर जलस्तर को आदर्श ऊँचाई या उत्साहजनक स्तर तक उठाना। इसी प्रकार समुदाय को आम जनता को अपनी जिंदगी के लिए सबसे महत्त्वपूर्ण आवश्यक चीज, जल के संरक्षण कार्य में संलिप्त (Involve) करना ताकि वे परजीवी (सरकारजीवी) बनकर न रहें। इसका रख-रखाव भी बहुत कम समय देकर वे करते रहेंगे। ऐसी जल संरक्षण संस्कृति विकसित करने से जलाभाव समाप्त होगा। अधिकतम 28 महीने में देश के शत-प्रतिशत स्थानों पर जलस्तर अच्छी ऊँचाई तक ऊपर किया जा सकता है। ऐसा मैंने सैकड़ों स्थानों पर करके दिखाया है। ट्रेंच निर्माण की तकनीक इस पुस्तक के एक अध्याय में वर्णित है।

यदि वर्षा जल संरक्षण के लिए सरकारी बजट पर निर्भर रहेंगे तो हमारा पानीदार बनने का लक्ष्य कभी पूरा नहीं हो पाएगा। सरकारी बजट माँग के अनुसार कोई सरकार पूरी नहीं कर सकती। इसलिए मेरा जल दर्शन तत्काल अपनाया जाए। यदि मात्र 50 प्रतिशत आबादी भी अपना आधा प्रतिशत समय श्रमदान के लिए लगाती है, तो भी 235 मिनट के श्रमदान में यह लक्ष्य हासिल किया जा सकता है, जिसे हम असंभव मान बैठे हैं। ध्यान रहे, जिला बाँदा उत्तर प्रदेश में 6 अक्तूबर, 2018 से किए जा रहे मेरे प्रयास से मात्र श्रमदान से 8 दिसंबर, 2018 को एक दिन में 115 वर्षा जल रिचार्ज ट्रेंच बनाए गए। महात्मा गांधी मनरेगा से जिलाधिकारी बाँदा द्वारा 286 ट्रेंच 8 दिसंबर, 2018 को ही बनाए गए। इसी प्रकार फरवरी-मार्च 2019 में दो सप्ताह के अंदर 2605 ट्रेंच बाँदा में बनाए गए। अखिल भारतीय समाज सेवा संस्थान तथा जिलाधिकारी ने मेरे अभियान का गंभीरता से अनुसरण किया और सफलता मिली। इसी प्रकार मेरे द्वारा देश के कई प्रांतों के कई जिलों में हजारों ट्रेंच श्रमदान से या जे.सी.बी. मशीन से बनवाए गए।

जल संरक्षण संस्कृति विकसित करने के लिए दूसरे उपाय नीचे दिए गए हैं—

2. गोचर व चरागाह का विकास करना व उसके लिए चेकडैम, छोटे-छोटे तालाब आदि से जल प्रबंधन करना तात्कालिक जरूरत है। अत: तालाबी (ट्रेंच) के डिजाइन में संशोधन किया गया है।
3. 'मिशन महेंद्र कूप' को आगे बढ़ाना, गाँव में खासकर बुंदेलखंड में कच्चे कुओं की काफी संख्या है। किसान कुआँ 50 फीट तक खोदता है और जब पानी इन कुओं में नहीं मिलता है तब वह नया कुआँ खोदता है। इस दौरान धरती के अंदर की नमी को 50 फीट की गहराई पर वह सूरज की तीखी धूप के हवाले कर देता है, जिससे पानी के भाप बनने की प्रक्रिया तेज होने से जल स्तर और भी गहरा होता जाता है। इसका समाधान मैंने निकाला है, ऐसे कुओं के ऊपर ढक्कन लगाना। कुओं पर खास प्रकार के ढक्कन लगाने से वाष्पीकरण लगभग समाप्त हो जाएगा। कुओं के किनारे की मिट्टी कट-कटकर गाद के रूप में कुओं में गिरती है। इससे कुआँ तालाब का रूप धारण करते जाते हैं। उनकी गहराई कम हो जाती है और कुआँ उथला (Shallow) हो जाता है। इस समस्या पर प्रभावी नियंत्रण करने के लिए 'मिशन महाइंद्र कूप' प्रारंभ किया जा चुका है।
4. जल स्तर उठाने के लिए और भविष्य की महामारी से बचाने के लिए हमें धरती के अंदर जल पुनर्भरण की गति पानी खर्च करने की गति की तुलना में कई गुना ज्यादा बढ़ानी पड़ेगी। ऐसा हमने किया है और हमें सफलता मिली है।
5. जो जलाशय व कुआँ कूड़ेदान बना दिए गए है, उन्हें श्रमदान से हम साफ करें और यह सफाई उस कूड़ादान के पड़ोसियों से कराई जाए। मिशन महाइंद्र कूप' ऐसे जलाशयों को पुनर्जीवित करने के लिए उदाहरण प्रस्तुत करता है। यह कार्य मनरेगा, सिंचाई विभाग, नगर विकास, ग्राम्य विकास विभाग आदि से करवाए जा सकते हैं।
6. शिक्षण संस्थानों के कैंपस का सारा पानी 2 से 5 फीट गहराई वाले तालाबी (Trench) से रिचार्ज किया जाए, ताकि वर्षा जल की एक-एक बूंद भूगर्भ जल स्तर ऊपर उठाने के लिए मदद करे। इसके लिए कार्यरत डिजाइन बी.एन.एस.डी. शिक्षा निकेतन, कानपुर में दिया गया है। साथ ही उन्नत पानी रिचार्ज तालाबी (Improved water recharge trench) का डिजाइन मेरे द्वारा तैयार किया गया है। शैक्षणिक संस्थाओं के तालाबी पर सुरक्षा हेतु मजबूत जाली अवश्य लगाई जाए।
7. हमारे देश में कुछ तालाब बड़े होते हैं। उनमें कम बारिश वाले वर्षों में कम पानी इकट्ठा होता है जैसा कि 2015 में हुआ। अत: मेरा सुझाव है कि मेरे बताए गए

तरीके से तालाब का डिजाइन किया जाए, ताकि वाष्पीकरण की हानि कम-से-कम हो तथा कम-से-कम क्षेत्र में ज्यादा-से-ज्यादा पानी संग्रह किया जा सके।

8. (क) हमारे ग्रामवासियों व अधिकतर देशवासियों में शारीरिक श्रम की महत्ता का संस्कार कम डाला गया है। अत: बिना बाहरी आर्थिक मदद के 'भारतीय संस्कृति एवं जल संरक्षण उत्सव' मनाया जाना चाहिए, जिसका शुभारंभ मैंने झाँसी के छह गाँवों में किया है। साथ ही इस उत्सव को मनाने के लिए 32 बिंदुओं का दिशा-निर्देश भी मैंने तैयार किया है। (ख) जल संरक्षण को जीवन-शैली का हिस्सा बनाया जाए। सभी संस्थाओं को इसे अपनाने की आवश्यकता है।
9. तालाब इस प्रकार बनाए जाए कि तालाब में गिरने से पहले ही गाद छन्ना टंकी में गाद को साफ कर दिया जाए या गाद छन्ना टंकी के स्थान पर दो तालाबों का एक सेट मेरे डिजाइन के अनुसार बनाया जाए। इससे तालाब की सफाई पर खर्च घटेगा। सिर्फ पहले तालाब को ही साफ करना पड़ेगा।
10. नदियों के दोनों किनारे कम-से-कम 500 मीटर से 3 कि.मी. तक जल संरक्षण के लिए सोख्ता गड्ढा तथा चेकडैम बनाकर शत-प्रतिशत वर्षा जल को रिचार्ज अवश्य कर लिया जाए तथा नीम, बेल, पपीता, केला, अनार, नीबू, कटहल, सहजन आदि साफ-सुथरे फलदायक पौधों का रोपण किया जाए। इससे नदियाँ सदानीरा बनी रहेंगी।
11. जो नाले नदियों में गिराए जा रहे हैं, उन्हें नदियों में न गिराया जाए। इन्हें नदियों से पहले ही तालाब बनाकर तालाबों में डाला जाए। तालाब दो या तीन भाग (चैंबर) में होंगे। ये तालाब फिल्ट्रेशन चैंबर या गाद छन्ना टंकी की तरह गाद रोकने का काम करेंगे। गाद तालाब से पहले चैंबर में रह जाएगी। इन्हें सूक्ष्म जीवाणुओं (micro organisms) से खाद में बदल दिया जाए।
12. फैक्टरी के रसायनयुक्त प्रदूषित पानी को उपचारित करने के बाद ही इसे इन तालाबों में डाला जाए।

मनुष्य करता जाता है
भूजल का अतिशय शोषण
फिर कैसे हो जीव-जंतु, पादप का
पालन? पोषण?? सिंचन???

□

2

पेटेंट एक्ट 1970 : तालाब की आविष्कृत तकनीक व डिजाइन

आविष्कार की पृष्ठभूमि

हमारे देश भारतवर्ष में तथा अन्य देशों में भी तालाब बनाए तो जाते हैं, लेकिन वर्षा की मात्रा अनिश्चित है। हर दस वर्ष में कम-से-कम पाँच वर्ष कम बारिश होने की समस्या बनी रहती है। जब कम बारिश होती है तो हवा में नमी कम रहती है, गरमी भी बढ़ जाती है, लेकिन तालाबों का आकार घटाया नहीं जा सकता। ऐसे मौसम में जो कुछ भी पानी तालाब में होता है, उसके भाप बनकर उड़ जाने की गति भी बढ़ जाती है। पानी कम होने पर भी तालाब की सतह का क्षेत्रफल (Surface Area) वही रहता है। जो कम पानी उपलब्ध है उसे कम सतह के क्षेत्रफल में होना चाहिए था। ताकि सतह के कम फैलाव (Surface Area) से कम पानी भाप बनकर उड़े। इसलिए समय की माँग है कि इस कम पानी में से एक-एक बूँद पानी बचाया जाए। स्पष्ट है कि वर्तमान में तालाब का उपलब्ध डिजाइन हमारी जरूरत के लिए पर्याप्त नहीं है। इसलिए तालाब के ऐसे डिजाइन का आविष्कार किया जा रहा है, जो अल्पवृष्टि होने पर कम पानी भाप बनकर उड़ने दे, मतलब भाप बनकर उड़ने वाले पानी की बचत 33 प्रतिशत से लेकर 66 प्रतिशत तक हो जाए। तालाब में ज्यादा पानी इकट्ठा किया जाता है, इससे बाढ़ में कमी लाई जा सकती है और जलाभाव के दिनों में इसका उपयोग किया जा सकता है।

सामान्यत: खाली या वीरान स्थान पर तालाब बनाए जाते हैं। तालाब चौकोर भी होते हैं, आयताकार भी या चंद्राकार भी। यह भी संभव है कि एक-दो या तीन दिशाओं से पानी आकर इसमें जमा हो, इससे तालाब के आकार या रूप में डिजाइन में विविधता

हो सकती है, लेकिन यह तालाब एक ही भाग (Piece) में है। कभी-कभी तालाब में ही बीच में कुआँनुमा गहराई कर दी जाती है। लेकिन इससे कुआँ के बाहरी हिस्से से भाप बनकर उड़ने की समस्या ज्यों-की-त्यों बनी हुई है। पानी के भाप बनकर उड़ने की समस्या आज के समय में काफी गंभीर समस्या बन गई है। इस कारण तालाब में वर्षभर पानी नहीं मिल पाता है।

अत: तालाब के नई डिजाइन को अपनाना जरूरी है, जो खर्च में किफायती भी हो। नए आविष्कृत डिजाइन का खर्च भी पुराने डिजाइन की अपेक्षा 7 प्रतिशत से ज्यादा होने की उम्मीद नहीं है, क्योंकि यदि तालाब तीन भाग (चैंबर) में बनाया जाता है, तो बीच की दोनों विभाजक दीवार (Dividing Walls) अनखुदी मिट्टी (Undug Soil) की हैं। अत: इस दीवार को बनाने में कोई खर्च नहीं पड़ता। सिर्फ तालाब के एक हिस्से से दूसरे हिस्से में पानी स्थानांतरित (Transfer) करने के लिए चैनल या पाइप लगाना पड़ेगा। इस तालाब की क्षमता बढ़ जाएगी।

आविष्कृत तालाब के उद्देश्य तथा लाभ—

1. वाष्पीकरण में कमी—वाष्पीकरण से होने वाली जल हानि में बचाव होता है।
2. आसान तकनीक—इसे बनाना बहुत ही आसान है।
3. रख-रखाव में सुविधाजनक—गाँव का आम आदमी इसका रख-रखाव अच्छी तरह कर सकता है।
4. किफायती तकनीक—आविष्कृत तालाब बनाना बहुत किफायती है।
5. तालाब के अलग-अलग चैंबर का विविध उपयोग-दूर-दराज के गाँवों में जहाँ जलाशय के नाम पर सिर्फ एक तालाब है, यह आविष्कृत डिजाइन वरदान के रूप में काम करेगा। उदाहरण के लिए गाँव बनगायँ, जिला-टीकमगढ़, मध्य प्रदेश। इस गाँव में एक ही बड़ा टैंक है। कोई कुआँ नहीं, कोई हैंडपंप नहीं। इस टैंक से शौच जाना, खाना बनाना, स्नान करना, कपड़े धोना, मवेशी धोना, मवेशी को पानी पिलाना आदि सारे काम किए जाते हैं। उचित होता कि ऐसे गाँव में मेरे आविष्कृत डिजाइन का टैंक (बड़ा तालाब) चार भाग में बनाया जाए और ये आपस में जल अंतरण माध्यम (Water Transfer Channel) से जुड़े हों। ऐसे चार भाग से चार अलग-अलग तरह के काम लिये जा सकते हैं, जिसमें सबसे साफ हिस्से का पानी खाने-पीने के उपयोग में लाया जा सकता है।
6. पानी की बेहतर सफाई—इस तालाब का उपयोग करना सुविधाजनक है। इसका

पानी भी साफ रहेगा। वर्षा जल एक हिस्से से दूसरे हिस्से में जाएगा, फिर तीसरे व चौथे हिस्से में बारी-बारी से जाएगा। जो गाद-मिट्टी जमा होगी, वह पहले हिस्से में जमा होगी। सिर्फ इसी की सफाई करनी पड़ेगी।

आविष्कृत जल संरक्षण प्रणाली के चित्र (Drawing) का संक्षिप्त विवरण—

चित्र 1 में प्रणाली के अलग-अलग भाग का विवरण है।

चित्र 2 में प्रणाली के विभिन्न भागों के बीच के चैनल का दृश्य है।

प्रणाली का विस्तृत विवरण—

आविष्कृत नई प्रणाली तालाबों का एक समुच्चय (Set) है। चित्र संख्या-1 में A एक गाद छन्ना टंकी है। इस गाद छन्ना टंकी में दो या तीन छोटे भाग (Chambers) 101 व 102 हैं। प्रत्येक भाग की लंबाई 10 से 12 फीट तक है, गहराई लगभग 5 फीट तथा चौड़ाई 5 से 10 फीट है। 5 फीट की गहराई वाली गाद छन्ना टंकी में बीच की विभाजक दीवारें 4-4 फीट ऊँची होंगी, जिससे एक भाग (चैंबर 101) से दूसरे भाग (चैंबर 102) में पानी जा सके। गाद मिट्टी नीचे स्थिर होकर (Sedimentation) से तीनों चैंबर में बैठेगी। यदि गाद छन्ना टंकी दी गई है, तो इसके अलावा तालाब के तीन भाग होंगे या दो भाग होंगे, लेकिन यदि गाद छन्ना टंकी नहीं है, तो तालाब के दो या तीन भाग तक हो सकते हैं, जिसमें पहले भाग में वर्षा जल के साथ आने वाली गाद मिट्टी भी जमा होगी। भाग (चैंबर) 101 कच्ची मिट्टी का बना है। इसमें सीमेंट का प्रयोग नहीं हुआ है। भाग (चैंबर) 102 ईंट तथा सीमेंट/कंक्रीट के बने हैं। इस गाद छन्ना टंकी A से पानी काफी हद तक साफ होकर तालाब प्रणाली के भाग B में चैनल 103 से पहुँचता है। वर्षा जल चैंबर 102 से तालाब के चैंबर 105 में पहुँचता है। बारिश का पानी चाहे जितनी दिशाओं से आता हो, कच्चे नाले 100 से गाद छन्ना टंकी A में लाया जाएगा। गाद छन्ना टंकी A आयताकार होता है, इसके विकल्प में यदि जल ग्रहण क्षेत्र में ढलवाँपन (Slope) ज्यादा हो या ज्यादा तेजी से पानी आता है, तो गाद छन्ना टंकी A बनाने की जरूरत नहीं है। तालाब से पहले चैंबर से गाद छन्ना टंकी का काम ले लिया जाएगा। पक्की दीवार 104 ईंट तथा सीमेंट की बनाई गई है, ताकि बिना भू-क्षरण के वर्षा जल गाद छन्ना टंकी A के चैंबर 102 से तालाब के पहले भाग (चैंबर) 105 में जाएगा।

यदि तालाब दो या तीन भाग में है और गाद छन्ना टंकी A नहीं बनाई जाती है तो भाग 101 से लेकर 103 तक का कंक्रीट का खर्च बच जाएगा। आवश्यकता पड़ने पर

तालाब के चैंबर 105 से गाद की सफाई कर ली जाएगी।

जलाशय B दो या तीन तालाबों का एक समूह (Set) है, जो आपस में चैनल से जुड़ा हुआ है। वर्षा जल सबसे पहले इस जलाशय के पहले हिस्से 105 में आता है और कम-से-कम 10 फीट भरने के बाद चैनल से भाग नं. 106 में जाता है। यदि ज्यादा बारिश हुई तो भाग नं. 106 से 107 में जाएगा। कम बारिश की स्थिति में ये दोनों हिस्से नहीं भरेंगे। बहुत कम बारिश होने पर पहले दो हिस्से 105 व 106 या सिर्फ पहला हिस्सा 105 भरेगा। वर्षा की मात्रा पर निर्भर करेगा कि इन चारों हिस्सों में से एक, दो या तीनों हिस्से भरते हैं। यह भी ध्यान रखना है कि तालाबों के इस समूह में भले ही चारों दिशाओं से अथवा तीन दिशाओं से वर्षा जल आने की संभावना हो, पर कच्चे नाले से पानी सिर्फ तालाब के पहले हिस्से 105 में भरेगा। उसके बाद ही भारी बारिश से दूसरे व तीसरे हिस्से में वर्षा जल जाने की व्यवस्था होगी। वर्षा जल तालाब के भाग 105 से 106 में अथवा किसी भी हिस्से से अन्य हिस्से में जाने के लिए चैनल (पाइप) उपलब्ध है और वह दो-दो फीट व्यास के चार पाइप से होकर दूसरे हिस्से में जाएगा। तालाब यदि 10 फीट गहरा है, यानी 10 फीट खोदा गया है, तो 10 फीट तो पानी भरेगा-ही-भरेगा उसके बाद ही दूसरे हिस्से में चैनल से होकर वर्षा जल जाएगा। यह भी ध्यान रखना है कि इन तीनों हिस्सों में से खोदी गई मिट्टी तालाब के हिस्से 105 की बाउंड्री पर तीन तरफ मिट्टी जमाई जाएगी और इसी प्रकार शेष 106 और 107 के भी चारों तरफ से खुदी हुई मिट्टी जमाई जाएगी, ताकि यदि ज्यादा पानी बरसता है, तो 10 फीट से भी ज्यादा पानी इन तालाबों में संचित किया जा सके।

यहाँ यह भी ध्यान रखना है कि जो चैनल पाइप के बनाए गए हैं, उनमें तालाब के बीच की विभाजक प्राकृतिक दीवार के दोनों तरफ पाइप के अंदर से ही वर्षा जल एक हिस्से से दूसरे हिस्से में जाए, बाकि पत्थर व सीमेंट से दो पाइपों के बीच के हिस्से इस तरह से बंद कर दिए जाएँ कि किसी भी हालत में मिट्टी का क्षरण न हो व अतिरिक्त वर्षा जल पाइप के अंदर से होकर स्थानांतरित हो। इतना ही नहीं, इस 2 फीट व्यास के ऊपरी हिस्से पर तालाब की खुदी हुई मिट्टी 6 से 10 फीट तक जमा दी जाएगी। इस प्रकार तालाब के भाग संख्या 105 के तीन तरफ तथा शेष 106 व 107 के चारों तरफ खुदी हुई मिट्टी अच्छी तरह जमा दी जाएगी, जो कम-से-कम 6 फीट व अधिक-से-अधिक 12 फीट जमाई जा सकती है। मिट्टी जमाने का तरीका है कि मिट्टी के ऊपर थोड़ा-थोड़ा पानी छिड़ककर दुरमुट से पीटें और यदि ज्यादा लोग हों, तो उसपर दौड़ें या रोलर चला दें, ताकि मिट्टी के अंदर की हवा बाहर हो जाए। मिट्टी आपस में इतनी

संपीडित (Compressed) हो जाए कि पानी दीवार तोड़कर आगे न बढ़े। खासकर गीली मिट्टी ज्यादा अच्छी तरह तालाबों के चारों ओर मेंड़बंदी के लिए जमाया जाना बेहतर होगा। जब यह खुदी हुई मिट्टी 6 से लेकर 12 फीट तक चारों तरफ जम जाएगी तो तालाब में पानी धारण करने की क्षमता 10 फीट से बढ़कर 16 फीट तक जा सकती है। यह खुदी हुई मिट्टी 2 फीट व्यास के पाइप (चैनल) के ऊपर 4 फीट से लेकर 10 फीट तक जमाई जाएगी।

यदि तालाब का प्रत्येक हिस्सा ऊपरी भाग में 15.15 मीटर चौड़ा है, तो बीच की विभाजक दीवार ऊपरी भाग में 4.5 से 5 मीटर चौड़ी होगी।

पानी स्थानांतरण पाइप (Water Transfer Pipe) के निकासी मुहाने पर 22 इंच (ले-फ्लैट 34 इंच) व्यास के 6.6 मीटर लंबे ले-फ्लैट होज पाइप (Layflat Hose Pipe) आवश्यकता पड़ने पर जोड़े जा सकते हैं, जिससे बिना मिट्टी कटे पानी तालाब के धरातल तक तालाब के एक चैंबर से दूसरे चैंबर में पहुँचाया जा सके।

जब पानी बहुत कम बरसेगा, जैसाकि वर्ष 2015 में अपने देश में हुआ, तो इस बात की प्रबल संभावना है कि एक या दो ही हिस्से यानी 105 या 106 ही भर पाएँगे। जब जलाशय का भाग 107 नहीं भरेंगे तो जो पानी भाप बनकर 107 से उड़ता, वह भाप बनकर उड़ेगा ही नहीं, क्योंकि उसमें पानी ही नहीं है। यदि सिर्फ भाग 105 भरेगा तो इन तीन हिस्सों में से दो हिस्से 106 व 107 के खाली रहने के कारण भाप बनकर उड़ने वाला पानी 66 से 75 प्रतिशत तक बच जाएगा। साथ ही जिस भाग में पानी नहीं है, उस भाग से रिस-रिसकर पानी तालाब के नीचे भी नहीं जाएगा। इस प्रकार पानी की दोहरी बचत हो जाती है, एक वाष्पीकरण से बचाव व दूसरा सीपेज से बचाव। इस प्रकार जब पानी कम बरसता है और पानी का अभाव हमें ज्यादा परेशान करता है, उस समय के लिए इस आविष्कृत डिजाइन का तालाब बहुत बड़ी राहत देगी।

वर्षा की मात्रा, पानी की जरूरत, जमीन की उपलब्धता और बजट की उपलब्धता के अनुसार यह जलाशय कम-से-कम 2 हिस्सों में तथा अधिक-से-अधिक 3 हिस्सों में बनाया जाएगा। ऐसे तो गाद छन्ना टंकी भाग A भी बनाने की व्यवस्था हो सकती है। लेकिन यदि हम इसे नहीं बनाते हैं तो भाग A बनाने में ईंट, सीमेंट व मजदूरी का खर्च बच जाएगा। इसलिए बेहतर होगा कि तालाबों का यह समूह कम-से-कम 2 व अधिक-से-अधिक 3 हिस्सों में बनाया जाए। गाद छन्ना टंकी A नहीं बनाई जाए। ऐसी स्थिति में इस आविष्कृत जलाशय को बनाने में अतिरिक्त खर्च सिर्फ चैनल पर होगा यानी पाइप पर होगा, जो दो तालाब होने पर एक स्थान पर, तीन हिस्से होने पर

दो चैनल होंगे। सामान्यत: ऐसा पहाड़ी व पठारी क्षेत्रों में संभव है, जहाँ पर ढलवाँपन ज्यादा होता है, इस कारण तालाब के तीनों चैंबर अलग-अलग ऊँचाई या गहराई के हो सकते हैं। एक जलाशय की चौड़ाई तो स्थिर है, लेकिन लंबाई अलग-अलग होगी। जैसे यह लंबाई 15 मीटर से लेकर 50 मीटर तक कुछ भी हो सकती है। यानी अधिक-से-अधिक सभी हिस्से मिलाकर 200 मीटर तक जलाशय की लंबाई हो सकती है।

खर्च में बचत के लिए सबसे अच्छा तरीका यह है कि गाद छन्ना टंकी दो भागों में बनाई जाए। एक भाग कच्चा और एक भाग पक्का। और जलाशय को दो या तीन हिस्से में बनाया जाए और उसमें दो से चार चैनल होंगे। दूसरे हिस्से में जो चैनल होगा, वह पाइप का बनेगा तथा दूसरे व तीसरे हिस्से के बीच का चैनल विभाजक दीवार पर 10 से 14 फीट की ऊँचाई पर पाइप का चैनल रखा जाए। चैनल में प्रयुक्त होने वाले पाइप के नीचे पत्थर रखकर आधार को मजबूत किया जाएगा तथा पाइप के चारों तरफ पत्थर व सीमेंट का प्रयोग करके वाटर लीकप्रूफ कर दिया जाएगा, ताकि पानी रिस-रिसकर भी पाइप के बाहर से जाने की संभावना समाप्त हो जाए। ऐसा करने से भविष्य में पानी के लीक होने या मिट्टी के कटाव की संभावना खत्म हो जाती है। ऐसी स्थिति में वर्तमान में बनाए जाने वाले तालाब की अपेक्षा लेखक के इस आविष्कृत तालाब में खर्च मात्र पहले चैनल पर पाइप पर हुआ, जो अधिक-से-अधिक 5 प्रतिशत अतिरिक्त हो सकता है।

झाँसी के 33 बटालियन पीएसी के परिसर (Campus) में जो चार तालाबों का जलाशय बनाया गया है, उसमें 8.8 फीट के पाइप हैं। अत: एक चैनल बनाने के लिए दो पाइपों को आपस में जोड़ दिया गया है, जो वर्षा जल चैनल होकर एक हिस्से से दूसरे हिस्से में गिरेगा, वह 16 या 20 फीट की दूरी पर गिरेगा। इसलिए भू-क्षरण की संभावना नहीं के बराबर है। मतलब यह कि विभाजक दीवार नहीं कटेगी। यह जलाशय सामान्यत: आयताकार होगा। लेकिन स्थान की उपलब्धता के अनुसार उसमें अंतर हो सकता है। अनखुदी मिट्टी से बनी दो हिस्सों के बीच की बाँटने वाली दीवार इस तसवीर में संख्या 108 व 109 से दिखाई गई है।

जब गाद मिट्टी जलाशय के पहले भाग 105 में भरेगी तो बारी-बारी से किसान इस उपजाऊ मिट्टी (Aluvial Soil) को साफ करके अपने खेतों में डाले। यह तो उपजाऊ सोना है और यह काम सरकार नहीं करेगी, बल्कि तालाब के उपभोक्ता सदस्य ही उस गाद की सफाई करेंगे। बल्कि प्रतिवर्ष ग्राम पंचायत या तालाब के पानी का प्रयोग करने वाले परिवार श्रमदान करके तालाब का रख-रखाव करें और इसकी मिट्टी

का लाभ उठाएँ। चित्र में चैनल संख्या 111 व 112 से दिखाए गए हैं।

यदि गाद छन्ना टंकी 1 बनाई जाती है, तो पहला चैंबर कच्चा रहेगा। धरातल सिर्फ ईंट का होगा। उसमें सीमेंट की जरूरत नहीं है। लेकिन बाद वाले चैंबर की दीवारें ईंट व सीमेंट से बनी होंगी। लेकिन यह जलाशय बनाने के लिए गाद छन्ना टंकी 1 बनाना जरूरी नहीं है। हालाँकि यदि प्रारंभ में एक बार खर्च करके गाद छन्ना टंकी बना दी जाती है, तो इसकी गहराई कम होने के कारण मात्र दो व्यक्ति मिलकर बारिश के समय सप्ताह में एक बार इसकी सफाई करेंगे और तब जलाशय का हिस्सा 106 पर्याप्त पानी संचित करेगा, क्योंकि गाद जलाशय के पहले हिस्से 105 में नहीं के बराबर जाएगा। जलाशय की खुदाई सामान्यत: 10 फीट तक की जानी चाहिए। लेकिन पठारी इलाकों में कठोर चट्टानें 6 फीट की गहराई से ही मिलने लगती हैं, जैसाकि झाँसी की 33 बटालियन पीएसी में हुआ। ऐसी स्थिति में जहाँ तक मिट्टी मिलती है, वहाँ तक खुदाई की जाएगी। इस प्रकार तालाब की गहराई 6 फीट से लेकर 14 फीट तक हो सकती है। लेकिन जैसाकि ऊपर बताया गया है, 10 फीट तक मिट्टी मिलने पर सामान्यत: 10 फीट खुदाई होनी चाहिए। उसमें भी 14 से 16 फीट तक उन स्थानों पर पानी संचित किया जा सकता है, जहाँ ढलवाँपन (Slope) हो। यानी दूसरे और तीसरे भाग में अधिकतम 16 फीट तक जल संचय किया जा सकता है, क्योंकि 10 फीट खोदी गई गहराई तथा 10 फीट में से 4 फीट या 12 फीट में से 6 फीट खोदी गई मिट्टी की बनी दीवार से जल संचित हो सकेगा।

विभाजक दीवार संख्या 108 से 109 की चौड़ाई सबसे नीचे (10 फीट की गहराई पर) लगभग 20 से 25 फीट तक रखी जा सकती है, शून्य स्तर (0 level or Base विभाजक दीवार की ऊँचाई 10 फीट) पर विभाजक दीवार की चौड़ाई 17 से 20 फीट तथा 4 फीट (विभाजक दीवार की ऊँचाई 10+4 फीट) की ऊँचाई पर 12 फीट व 10-12 फीट की ऊँचाई पर 10 फीट रखी जा सकती है। इस प्रकार विभाजक दीवार (i) 10 फीट खोदी हुई गहराई+8 फीट खोदी हुई ताजी मिट्टी की दीवार=18 फीट, (ii) 10+10 फीट = 20 फीट या (iii) 10+10 फीट = 20 फीट ऊँची हो सकती है।

चूँकि इस नए जलाशय की विभाजक दीवारें अनखुदी मिट्टी की बनी होती हैं, इसलिए दीवार बनाने का खर्च पूरी तरह बच गया। यह भी ध्यान देना है कि इस विभाजक दीवार में बारिश के बाद घास उगनी शुरू हो जाएगी। यह घास व छोटी-छोटी झाड़ियाँ इस अनखुदी मिट्टी की दीवार को मजबूत करेंगी। इससे विभाजक दीवार का

भू-क्षरण नहीं होगा। मिट्टी की दीवार घास की मदद से नहीं कटेगी।

तालाबों के बीच की विभाजक दीवार पर ऐसे बगीचे लगाए जा सकते हैं, जो लोगों के काम आएँ। इसमें नीबू, नीम, बेल जैसे पौधे लगाए जाएँ। लेकिन अमरूद, आम, केला, बेर, जामुन जैसे पेड़-पौधे नहीं लगाए जाएँ, ताकि बच्चे वहाँ न जाएँ।

इस प्रकार जलाभाव या अकाल के दिनों के लिए प्यासी मानवता, जीव-जंतु तथा पेड़-पौधों के लिए यह सर्वोत्तम डिजाइन साबित होगीं। क्योंकि भाप बनकर उड़ जाने वाले पानी का अधिकतर हिस्सा हम बचा लेंगे और अनावश्यक रूप से ज्यादा पानी, जो रिस-रिसकर बड़े भू-भाग से जमीन के अंदर चला जाता, वह भी कम हो जाने से हमें ज्यादा पानी मिला करेगा।

बनाया गया आदर्श तालाब फरवरी 2010 में भी सूखा है। कारण हैं—(1) जल संग्रहण क्षेत्रों से तालाब में पानी लाने के लिए पर्याप्त कच्चे नाले नहीं बनाए गए, (2) तालाब की सतह का क्षेत्रफल जल संग्रहण क्षेत्र की तुलना में बहुत ज्यादा है, (3) समाधान—अत: जलाशय के नए डिजाइन की जरूरत है।

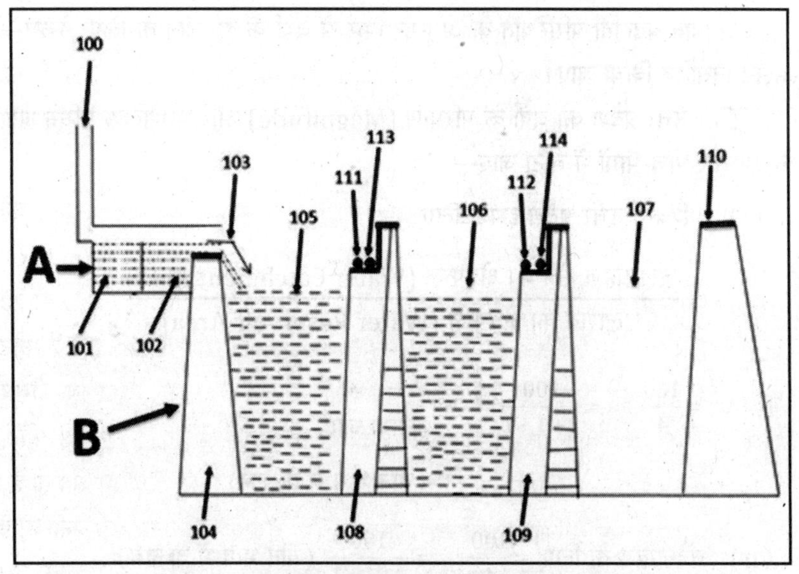

तालाब बनाने की आविष्कृत तकनीक (मोदी तकनीक)

(1) तालाब को अनावश्यक रूप से ज्यादा बड़ा नहीं बनाना चाहिए।

$$\frac{\text{जल ग्रहण क्षेत्र का क्षेत्रफल}}{\text{जलाशय का क्षेत्रफल}} = \frac{\text{100 इकाई}}{\text{कम-से-कम 05 इकाई}}$$

लेकिन पिछले चालीस वर्षों के बारिश के आँकड़े देखने से स्पष्ट है कि (क) बारिश प्रतिवर्ष घटती जा रही है। (ख) जलवायु में बदलाव इस प्रकार हुआ है कि पानी अनिश्चित रूप से बरस रहा है। (ग) वैश्विक तपन (Global Warming) बढ़ती जा रही है। (घ) भूगर्भ जल स्तर तेजी से नीचे गिरा है।

(2) क्योंकि कुछ लोग आँकड़ों में चिंताएँ तो व्यक्त करते हैं। लेकिन वर्षा जल संचयन के लिए स्वतंत्र विभाग नहीं है। प्रभाव में भूगर्भ जल विभाग जमीन का ही पानी जमा खाली करने का लक्ष्य करता है।

(3) इस बात की आवश्यकता है कि $\frac{\text{जल ग्रहण क्षेत्र}}{\text{जलाशय क्षेत्र}}$ का

अनुपात बदलती परिस्थिति के अनुसार फिर से वर्षा के हर जोन के लिए अलग-अलग निर्धारित किया जाए।

(4) उत्तर प्रदेश को वर्षा के परिमाण (Magnitude) और भौगोलिक परिस्थिति के अनुसार पाँच भागों में बाँटा जाए—

(i) पश्चिमी उत्तर प्रदेश इसके लिए

$$= \frac{\text{जल ग्रहण क्षेत्र का क्षेत्रफल (Water Catchment Area)}}{\text{जलाशय का क्षेत्रफल (Water Reservoir Area)}}$$

$= \frac{100}{4} \quad = \frac{100}{2+1+1}$ बनाया जाए

(तीन भाग में तालाब)

(ii) बुंदेलखंड के लिए $= \frac{100}{4} \quad = \frac{100}{2+1+1}$ (तीन भाग में तालाब)

$$= \frac{\text{जल ग्रहण क्षेत्र का क्षेत्रफल}}{\text{जलाशय का क्षेत्रफल}}$$

(iii) उत्तर प्रदेश के मध्य भाग के लिए—

$$= \frac{\text{जल ग्रहण क्षेत्र का क्षेत्रफल}}{\text{जलाशय का क्षेत्रफल}} = \frac{100}{2+2+2} = \frac{100}{6}$$

(तीन भाग में तालाब)

(iv) पूर्वी उत्तर प्रदेश

$$= \frac{\text{जल ग्रहण क्षेत्र का क्षेत्रफल}}{\text{जलाशय का क्षेत्रफल}} = \frac{100}{7} = \frac{100}{2+2+2+1}$$

(चार भाग में तालाब)

(v) उत्तर प्रदेश का उत्तरी भाग (पहाड़ी क्षेत्र, उत्तराखंड व नेपाल से सटे जिले)

$$= \frac{\text{जल ग्रहण क्षेत्र का क्षेत्रफल}}{\text{जलाशय का क्षेत्रफल}} = \frac{100}{1+2+2+2} = \frac{100}{7}$$ (चार भाग में तालाब)

तालाब की बनावट निम्नांकित डिजाइन के अनुसार होगी—

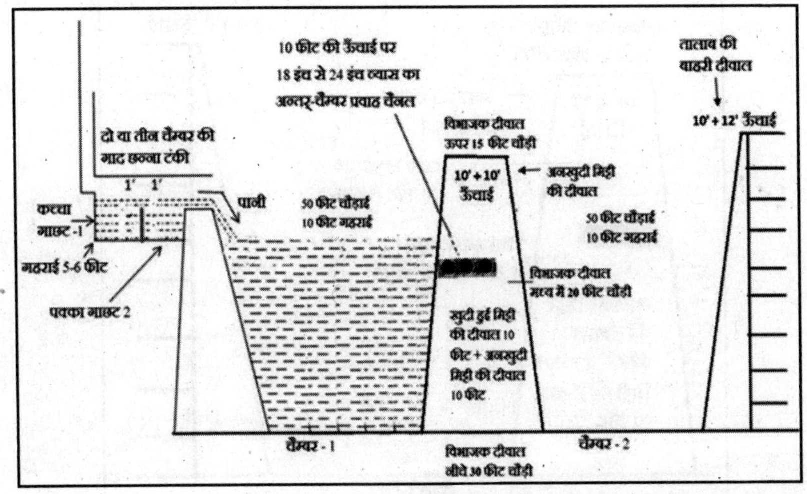

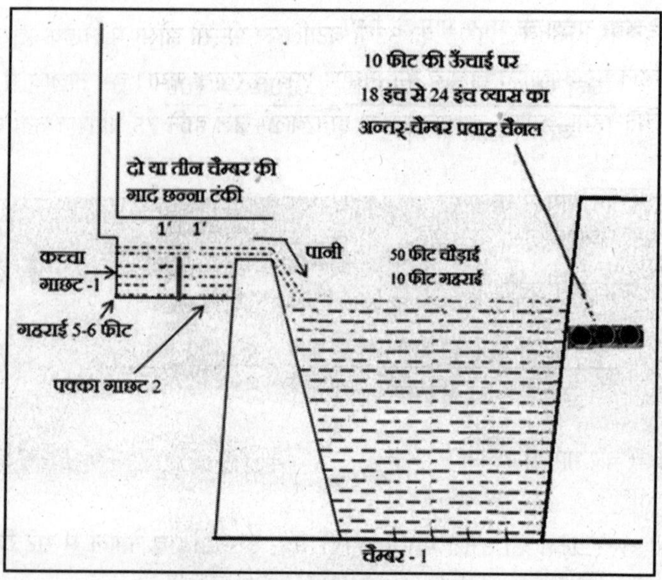
10 फीट की ऊँचाई पर
18 इंच से 24 इंच व्यास का
अन्तर्-चैम्बर प्रवाह चैनल
दो या तीन चैम्बर की
गाद छन्ना टंकी
1' 1'
कच्चा
गाछट -1
पानी
50 फीट चौड़ाई
10 फीट गहराई
गहराई 5-6 फीट
पक्का गाछट 2
चैम्बर - 1

चित्र 2 क

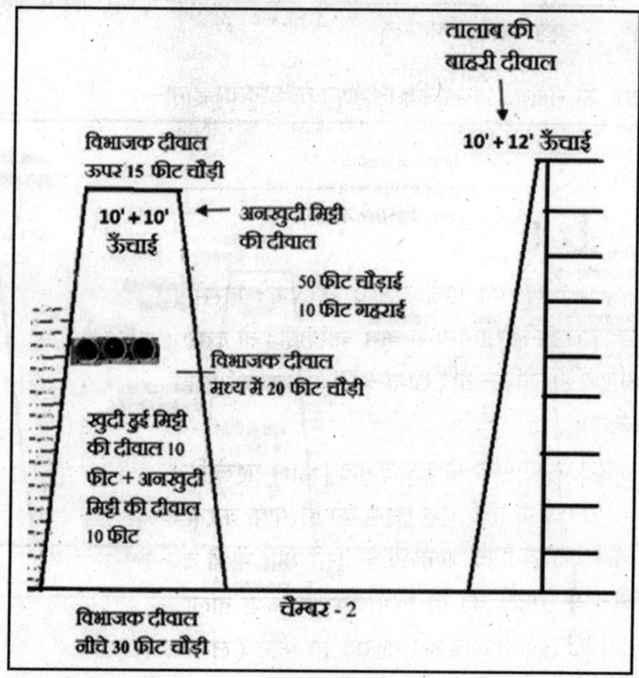
तालाब की
बाहरी दीवाल
विभाजक दीवाल
ऊपर 15 फीट चौड़ी
10' + 12' ऊँचाई
10' + 10'
ऊँचाई
अनखुदी मिट्टी
की दीवाल
50 फीट चौड़ाई
10 फीट गहराई
विभाजक दीवाल
मध्य में 20 फीट चौड़ी
खुदी हुई मिट्टी
की दीवाल 10
फीट + अनखुदी
मिट्टी की दीवाल
10 फीट
चैम्बर - 2
विभाजक दीवाल
नीचे 30 फीट चौड़ी

चित्र 2 ख

दिनांक 1 सितंबर, 2018 को 33वीं बटालियन पीएसी झाँसी में लेखक द्वारा अपने पेटेंट मॉडल पर आधारित तालाब का निर्माण शुरू करवाया गया। इस तालाब में ज्यादा पानी संचित रहेगा, क्योकि वाष्पीकरण से होने वाली जल हानि 75 प्रतिशत तक कम हो जाएगी।

बारिश होने पर

(6) पहले बारिश का पानी तालाब के पहले हिस्से (1.5 प्र.श. क्षेत्रफल) में जाएगा। अगर सामान्य से कम बारिश हुई तो दूसरे हिस्से में जाने की संभावना नगण्य है। लेकिन यदि सामान्य या अधिक बारिश हो तो दूसरे हिस्से में भी पानी जाएगा।

(7) बारिश के पानी के साथ आई गाद (Silt) पहले हिस्से में ही जमा होगी तो गाद की सफाई के लिए एक हिस्से को ही साफ करना होगा। यदि बारिश सामान्य या ज्यादा होगी तो जलाशय के दूसरे भाग में भी वर्षा जल जमा होगा।

(8) बीच में मिट्टी का ही विभाजक है। नया तालाब बनाते समय इसे खोदा नहीं जाएगा। तालाब की गहराई 10 फीट (लगभग 3 मीटर) है। विभाजक दीवार भी 10 फीट ऊँची है। लेकिन विभाजक के एक किनारे की ऊँचाई

8 ही फीट है। इस चैनल (किनारा) की चौड़ाई 10 फीट के लगभग है। इसलिए इस कम ऊँचे स्थान से पानी तालाब के दूसरे हिस्से में जाएगा। विभाजक में पानी का चैनल 2 फीट गहरा है।

इस व्यवस्था से प्लास्टिक का प्रयोग होने के कारण चैनल से पानी के बहाव के समय मिट्टी की कटान (Silt Erosion) कम हो जाएगी।

(9) इस प्रकार पानी की अदृश्य हानि (वाष्पीकरण + जमीन में रिसाव) घटकर लगभग एक-तिहाई रह जाएगी, यदि तालाब तीन हिस्से (Chamber) में बना हो।

(10) भारत के चारों तरफ के क्षेत्र जैसे (तमिलनाडु, गुजरात, उत्तराखंड, जम्मू-कश्मीर) में कभी-कभी अप्रत्याशित रूप से ज्यादा बारिश हुई है। ऐसी परिस्थिति के लिए तालाब में एक और हिस्सा यानी तीसरा छोटा तालाब भी बनाया जाए। खाली जमीन हो तो यह भी 2 प्रतिशत क्षेत्र में बढ़ा दिया जाए। तब ऐसे क्षेत्र के लिए तालाब तीन हिस्सों में होगा। उत्तराखंड में यह 1.5 प्रतिशत + 1.5 प्रतिशत + 2 प्रतिशत होगा।

$$\text{यानी } \frac{\text{जल ग्रहण क्षेत्र का क्षेत्रफल}}{\text{जलाशय का क्षेत्रफल}} = \frac{100}{1.5+1.5+2.0}$$

$$= \frac{100 \text{ इकाई}}{5 \text{ इकाई}} = \frac{100 \text{ वर्गमीटर}}{5 \text{ वर्गमीटर}}$$

(11) **फायदे—**

(i) कम बारिश होने पर जलाशय/तालाब 5 प्रतिशत के स्थान पर 2 प्रतिशत में ही रहेगा। पानी के भाप बनकर उड़ने की गति धीमी हो जाएगी। तब सिंचाई के लिए ज्यादा पानी उपलब्ध रहेगा।

(ii) इसी प्रकार जमीन में पानी का रिसाव भी 3 प्रतिशत क्षेत्रफल के स्थान पर 2 प्रतिशत क्षेत्र से ही होगा। इससे तालाब में सिंचाई के लिए अपेक्षाकृत ज्यादा पानी उपलब्ध रहेगा।

बहता जल है! कोसता कल है
कल-कल बहता झरना अब है।

बाँध लो जलराशि को
यह वरुण देव का प्रसाद है
सँभाल लो सूखते कल को
त्याग दो उस अवगुण को
जो तेरा प्रमाद है।

(कृपया तसवीरों के लिए पृष्ठ 265 देखें)

□

3

नीबू स्नान के बहुउद्देशीय लाभ

नीबू स्नान का— (क) जल संरक्षण शास्त्र

(ख) अर्थशास्त्र

(ग) स्वास्थ्य शास्त्र

(घ) पर्यावरण शास्त्र

राष्ट्रीय व अंतरराष्ट्रीय सेमिनारों व कार्यशालाओं में प्रति व्यक्ति जल की घटती उपलब्धता तथा बढ़ती वैश्विक तपन पर खूब आँकड़े परोसे जाते हैं, जन सहभागिता की उत्तरोत्तर बढ़ती आवश्यकता भी बताई जाती है। किंतु जन सहभागिता बढ़ाने वाले आविष्कारों को लोकप्रिय करने की गति बढ़ाने की जरूरत इस चिंता से भी ज्यादा है। इस लेख में नीबू की वानस्पतिक बनावट तथा नीबू पानी पीने के लाभ प्रस्तुत हैं। यह एक नवोन्मेष (Innovation) है। यह समय की माँग भी है, क्योंकि वैश्विक तपन तथा प्रतिवर्ष घटती बारिश से पानी का खर्च घटाने के तरीकों का आविष्कार करना जरूरी हो गया है।

अत: प्रस्तुत है एक विशिष्ट भारतीय खोज (Discovery), जिसके कई लाभ हैं—

(1) इसे शत-प्रतिशत अपनाया जाए तो 55 अरब लीटर पानी प्रतिदिन बचेगा तथा नीबू स्नान में खर्च होने वाला 13 अरब लीटर पानी बिना साफ किए तत्काल जमीन के अंदर रिचार्ज किया जाना संभव हो जाएगा, क्योंकि स्नान करने वाले पानी में लगभग 60 प्रतिशत की बचत होगी। स्नान के बाद नीचे गिरा नीबू पानी तत्काल रिचार्ज किया जा सकता है, जबकि साबुन पानी (Grey Water) को रिचार्ज नहीं किया जा सकता। नीबू पानी आसानी

से रीसाइकल किया जा सकता है। इसे सिर्फ टेरीकॉटन कपड़े से छानकर स्नान के लिए या ज्यों-का-त्यों घर में फर्श पर पोंछा लगाने के काम आ सकता है।

नीबू स्नान की तैयारी

साबुन से स्नान करने पर ज्यादा पानी साबुन को धोने में बह जाता है। जबकि नीबू स्नान से 50 प्रतिशत से 80 प्रतिशत तक पानी की बचत हो जाती है। नीबू का रस 1/2 बाल्टी या 12 लीटर पानी में डालें। एक व्यक्ति के लिए 1 नीबू पर्याप्त है।

(2) ग्रे वाटर (Grey Water) यानी स्नान गृह के साबुन मिले पानी को विच्छेदित (Decompose) करना काफी कठिन है। इस कारण इस प्रदूषित पानी को भूगर्भ में पुनरावेशित (Recharge) नहीं किया जा सकता हैं। लेकिन नीबू से स्नान करने पर या नीबू पानी से हाथ धोने पर इस पानी को बिना किसी झंझट के किसी भी गड्ढे (Pit) या तालाबी (Trench) में रिचार्ज कर सकते हैं। साबुन का पानी एक ऐसी फिल्म (Film) बनाता है कि जमीन के अंदर पानी सोखना बंद हो जाता है। इसी प्रकार नाले को भी साबुन चोक करता रहता है।

(3) नीबू के औषधीय गुणों के कारण शरीर से (क) विषाक्त तत्त्व (Toxic Substances) बाहर होते हैं (ख) इसमें कैंसर सेल को समाप्त करने की क्षमता कीमोथैरेपी से 10,000 गुणा ज्यादा है। (ग) नीबू स्नान चर्म रोगों में लाभदायक होता है। (घ) नीबू की सनसनाती ताजगी आपके तनाव, थकान व डिप्रेशन दूर करती है। (ङ) रक्त का दबाव नियमित करती है।

(4) नीबू रस में प्रोटीन, कैलोरी तथा फाइबर पर्याप्त मात्रा में होते हैं। साथ ही इसमें पोटैशियम, सोडियम, कैल्शियम, फास्फोरस तथा मैग्नीशियम जैसे खनिज (Minerals) भरपूर मात्रा में पाए जाते हैं।

(5) इस प्रकार वर्षा जल या आर.ओ. मशीन का पानी पीने में जिन खनिज तत्त्वों की कमी पाई जाती है, वह हमें नीबू पानी, सहजन, केला, जामुन, मोटे अनाज (Millets), पान का पत्ता, कटहल, सौंफ, मूँगफली, टमाटर या नारियल पानी से मिल जाएँगे।

(6) नीबू कलमी लगाने से देश के किसी भी हिस्से में एक साल में नीबू फल मिलने लगता है। इसलिए यह बिना खर्च सुलभ है।

(7) नीबू में विटामिन ए, बीटा कीरोटीन, विटामिन ई, सी तथा डी भी पाए जाते हैं।

(8) नीबू जीवनीशक्ति (Vitality) बढ़ाता है। साथ ही शरीर की तथा बरतन की गंदगी साफ कर सकता है। हमें स्वस्थ करने की विलक्षण शक्ति नीबू में है। अत: रोजमर्रा के जीवन के लिए नीबू से पक्की दोस्ती कर लीजिए।

(9) नीबू के साथ-साथ नीबू के छिलके से तेल निकाल लीजिए। एक नीबू के रस के साथ इस तेल को एक बाल्टी में डालकर 15 दिन तक प्रतिदिन एक बार नीबू पानी पीकर तथा स्नान करके अंतर खुद महसूस कीजिए।

(10) खासकर विद्यार्थियों को पढ़ने से पहले नीबू पानी या गुड़ का प्रयोग अवश्य करना चाहिए। पढ़ने में मन लगेगा। मानसिक कार्य करने वाले किसी भी व्यक्ति को यह रामबाण दवा अवश्य अपनानी चाहिए।

(11) वानस्पतिक नाम—नीबू का वानस्पतिक नाम साइट्रस लिमन (Citrus Limon) है। इसका मूल स्रोत हिमालय की तराई थी। बाद में यह पूरे देश में फैल गया।

(12) नीबू के कई प्रकारों में दो प्रमुख प्रकार हैं—(क) लिस्बन तथा (ख) यूरेका। नीबू में विटामिन सी की बहुलता है, जो हमारी सामान्य वृद्धि और विकास के लिए आवश्यक तत्त्व है। स्वास्थ्य संबंधी इसके कई गुण हैं—

(13) जन्म से पूर्व की समस्याओं (Pre Natal Problems) के समाधान में इसकी जरूरत पड़ती है।

(14) दिल के रोगों, कैंसर, आँख की बीमारियों से बचाव।

(15) चमड़ी की झुर्रियों (wrinkles) से बचाव तथा

(16) शरीर की रोग प्रतिरोधक क्षमता में वृद्धि के लिए नीबू की जरूरत है।

(17) यह एंटी ऑक्सीडेंट है। मतलब यह कि शरीर के सेल को फ्री रेडिकल्स से होने वाले नुकसान से बचाता है।

(18) नीबू पानी का साइट्रेट एक प्राकृतिक डिटॉक्सीफाइंग पदार्थ है, यानी शरीर से अवांछित जहरीले तत्त्व को झाड़ू की तरह साफ करता है।

(19) यूरोपियन जर्नल ऑफ न्यूट्रीशन 2002 तथा भारतीय रिसर्च जर्नल, 2005-'बी.एम.सी. फार्मेकोलॉजी हेस्पेरीडीन' के अनुसार नीबू के छिलके का तेल रक्त और लीवर के कॉलेस्ट्राल को कम करता है तथा 'फैट्टी लीवर' जैसे रोगों में फायदेमंद है।

(20) गुनगुने गरम पानी में नीबू का रस लेने से उसमें उपस्थित 'साइट्रस फ्लेवोनॉयड्स' हमारी पाचन शक्ति दुरुस्त करता है। आँतो के मित्र जीवाणु (Friend Bacteria) को नीबू ताकत देता है, जो कब्ज या गैस दूर करता है।

(21) नीबू रस का क्षारीय अंश (Alkalinity) शरीर के एसिड प्रभाव को निष्प्रभावी करता है, क्योंकि शरीर और पेट के ph रेंज को 4.6 से 8 की सीमा में बाँधे रखता है और इस प्रकार नकारात्मक प्रभाव को समाप्त कर देता है। स्वस्थ क्षारीयता हमारी हड्डी को स्वस्थ रखता है तथा मांसपेशियों (Muscles) का क्षरण रोकता है।

(22) हाइपरटेंशन की संभावना कम करता है।

(23) स्मरण शक्ति दुरुस्त करता है।

(24) शरीर के अत्यधिक वजन को घटाता है तथा भूख की तीव्रता कम करने की भी इसमें क्षमता है। यह 'पेक्टिन' तथा 'पॉलीफेनोल' नामक तत्त्वों के नीबू में पाए जाने के कारण ही संभव हो पाता है। फ्लोरिडा स्टेट यूनिवर्सिटी के अध्ययन में यह निष्कर्ष निकाला गया है।

(25) दो सप्ताह तक नीबू पानी पीकर तथा नीबू स्नान करके अपने मूड और सकारात्मक ऊर्जा में अंतर महसूस कीजिए। अपने साथ रहने वालों से भी अंतर पूछिए।

(26) नीबू स्नान करने से त्वचा की झुर्रियाँ घटेंगी। बुढ़ापा दूर भागेगा, यौवन बढ़ेगा—एंटी-एजिंग गुण के कारण। क्योंकि त्वचा के 'कोलाजेन' फाइबर का क्षरण नीबू के एंटी ऑक्सीडेंट तत्त्वों के कारण रुक जाता है, इसे नकारात्मक से सकारात्मक मार्ग दिखाता है। पर्यावरण के विषैले तत्त्वों से त्वचा की रक्षा करता है, कोलाजेन त्वचा को ताकत देता है, सुदृढ़ करता है और उसके थुलथुलेपन को कम करके मजबूत बनाता है। आप अवगत हैं हमारे शरीर को पर्यावरण से प्राप्त दवाइयों, रसायनों, विकिरण (Radiation), कीटनाशक, दीमकनाशक, पेंट, अल्कोहल, तंबाकू, धुआँ तथा अन्य हानिकारक चीजों (प्रदूषकों) से रक्षा हेतु कवच का काम करता है। इसलिए एक बाल्टी पानी में एक से दो नीबू का रस डाल सकते हैं—स्नान करने के लिए। इस प्रकार नीबू स्नान से पर्यावरण में मौजूद दुश्मनों से रक्षा होती है।

(27) नीबू के छिलके में हानिकारक जीवाणु (Bad Bacteria), यीस्ट (Yeast) और फंगस (Fungi) से लड़ने के लिए पर्याप्त तैलीय अंश मिलता है। इसलिए भी नीबू स्नान रामबाण है।

(28) नीबू स्नान से साइटिका से होने वाले स्नायु नुकसान कम हो जाते हैं।

(29) नीबू छिलके के तेल से शरीर का ऊर्जा स्तर बना रहता है।

(30) नीबू का पेड़ हर प्रांत/जिला/विकास खंड में आसानी से मिलता है।

(31) साबुन पानी को विच्छेदित (Decompose) करने के लिए सीवेज ट्रीटमेंट प्लांट (Sewage Treatment Plant) की जरूरत होती है, जिसमें रसायन (Chemical) तथा तेजाब (Acid) का प्रयोग किया जाता है, जिससे पर्यावरण को नुकसान पहुँचता है। एस.टी.पी. खर्चीला प्लांट है। भारत के एक-तिहाई प्लांट निष्क्रिय पड़े हैं, जो खर्चीले हाथी साबित हो रहे हैं। एस.टी.पी. से 'उपचार' (Treatment) के बाद भी उसका पानी स्नान योग्य नहीं बन पाता। नदियाँ प्रदूषित ही रह जाती हैं। नीबू स्नान से एस.टी.पी. पर व्यय आंशिक रूप से कम हो जाएगा। एस.टी.पी. के बजाय पर्यावरण अनुकूल बायोटिक प्लांट भी काम में लाना चाहिए।

(32) स्नान करने के लिए साबुन का इस्तेमाल नहीं होगा तो साबुन के रैपर के रूप में प्लास्टिक और प्लास्टिक का आवरण चढ़ाए कागज का इस्तेमाल बंद हो जाएगा। पर्यावरण में प्लास्टिक से होने वाला नुकसान कम हो जाएगा।

(33) साबुन का उत्पादन बंद या कम होने से उत्पादन की प्रक्रिया (Soap Manufacturing) के दौरान वैश्विक तपन (Global Warming) में हो रही वृद्धि कम होगी।

(34) अगर कुछ ही घंटे कपड़े पहने हैं, कपड़े छोटे हैं, उनमें पसीना है तो नीबू पानी से धो सकते हैं। लेकिन कपड़ा धोने के बिंदु पर पर्याप्त रिसर्च नहीं हो पाई है।

(35) आपको पता होगा कि नीबू बहुत सी गंभीर या छोटी-छोटी बीमारियों में फायदेमंद होता है।

(36) मुझे दोहराने की जरूरत नहीं है कि नीबू स्नान से बाल के रूसी (डैंड्रफ-Dandruff) समाप्त होंगे। इससे बाल मजबूत और मुलायम होंगे।

(37) साबुन स्नान में कान में साबुन का अंश चला जाता है, जिसे साफ करने में समय बरबाद होता है।

(38) इससे कुछ साबुन उत्पादकों को साबुन उत्पादन (Soap Manufacturing) के बजाय नीबू उत्पादन या दूसरे उद्योग पर ध्यान देना होगा। ऐसी कंपनियाँ बहुत सीमित हैं। लेकिन पर्यावरण को लाभ तथा 1.36 अरब की जनसंख्या के खर्च में बचत होगी।

(39) आप चाहें तो स्नान करने के अंत में दो मग सादे पानी (Plain Water) से शरीर धो लें।

(40) नीबू के छिलके आपके खेत या रसोई उद्यान के गड्ढे में गाड़ देने से जैविक खाद बन जाएँगे। इसे कूड़ा ढोने वाली गाड़ी में न भेजें। इस प्रकार यह पूर्णतः पर्यावरण अनुकूल कदम होगा कि आप नीबू-रस से स्नान करें।

(41) ध्यान रहे, नीबू के प्राकृतिक पेड़ में फलित नीबू का रस ही इस्तेमाल करें। खरीदे गए नीबू-रस सिंथेटिक हो सकते हैं। सिंथेटिक नीबू हानिकारक हैं। अतः इसे अपने खेत या रसोई गार्डन में ही उपजाएँ।

(42) नीबू के बचे छिलके से बरतन की सफाई करें। नीबू-रस के साथ-साथ छिलके को बाल्टी में डुबोकर रखने से उसमें नीबू का अंश आ जाता है। स्नान में इसका भी उपयोग कर सकते हैं।

(43) नीबू के पेड़ पर मधुमक्खी आते हैं। मधुमक्खी पालन को इससे बढ़ावा मिलेगा।

(44) विदेशी साबुन से स्नान न करके नीबू से स्नान करें। विदेशी मुद्रा की तुलना में रुपए को मजबूत करने में मदद मिलेगी। विदेशी मुद्रा भंडार में सुधार करने में आपका योगदान होगा।

(45) कुछ किसान नीबू बेचकर धन अर्जित कर सकते हैं।

(46) नीबू पेड़/पौधे बढ़ाने पर हरियाली भी बढ़ेगी। परती जमीन पर और बगीचा/पार्क के कोने में नीबू का पेड़ लगाएँ। कलम करके नीबू का पेड़ एक साल में फल देने लगता है। अतः अपना अनुसंधान, अनुभव व चिंतन 1 अरब, 36 करोड़ भारतवासियों को समर्पित करता हूँ। खासकर आर्थिक रूप से कम संपन्न लोगों के लिए यह नुस्खा तत्काल काम में आएगा।

— साबुन त्यागें, नीबू-रस से तरोताजा बनें।
— पानी की बचत होगी, पर्यावरण अनुकूल स्नान होगा।
— वैश्विक तपन में कमी आएगी, धन भी बचेगा।

(कृपया फोटो/डाइग्राम के लिए पृष्ठ 265 देखें)

□

4

प्रदूषणरहित मितव्ययी तथा झंझटमुक्त वर्षा जल रिचार्ज प्रणाली की संरचना

(Pollution Free and Economical Rain Water Recharge System with Less Hassle)

(पेटेंट पंजीकरण संख्या-201811038879)

यह प्रणाली दो भागों में है—

(1) छत पर का पानी पक्के ड्रेनेज या पाइप से या खेत का पानी कच्चे नाले से गाद छन्ना टंकी (Silt Settlement Chamber) में लाते हैं। गाद छन्ना टंकी में वर्षा जल के प्रवेश मार्ग पर 9-10 इंच चौड़ा व एक फीट गहरा प्रवेश द्वार होता है, जो गाद छन्ना टंकी के ऊपरी हिस्से में होगा और यह स्टील की जाली से बंद किया जाएगा। स्टील की जाली में लगभग 5 मिलीमीटर आकार के छेद होंगे, जिससे पानी का कूड़ा बाहर ही रह जाएगा और वर्षा जल SSC (Silt Settlement Chamber) के अंदर जाएगा। SSC (गाछट-गाद छन्ना टंकी) में चार पिलर (Pillar) और चार बीम (Beam) आरसीसी (RCC- Reinforced Cement Concrete) के बने होंगे और इस पिलर और बीम की चौड़ाई लगभग 9 इंच x 9 इंच होगी। चारों पिलर के अंदर ईंटों की दीवार लगाई जाएगी, जो 2-2 फीट लंबी और चौड़ी होगी। ईंटें इस तरह से बिछाई जाएँगी कि वे बिल्कुल सीधे एक-दूसरे के ऊपर आपस में गुँथी हुई (Intertwined) होंगी ताकि ईंटें आपस में हिलें नहीं, एक-दूसरे की सिधाई में हों तथा ईंटों और पिलर के बीच में जगह नहीं बचे। सबसे नीचे चार बीम होंगें और ईंटों के ऊपर भी चार बीम होंगें। सबसे नीचे ईंटों का खड़ंजा

बिछाया जाएगा, ताकि बारिश के पानी का संपर्क मिट्टी से टूट जाए। खड़ंजा का मतलब हुआ एक-एक ईंट पड़ी हुई बिछाई जाएगी और उनके बीच स्थान जानबूझकर नहीं छोड़ना है। एक दीवार बड़े चैंबर से जुड़ी होगी और जब ईंटों की दीवार 2-2.5 फीट गहरी हो तो ऊपरी हिस्से से यानी ऊपरी बीम के ठीक नीचे 9 इंच x 12 इंच खाली स्थान छोड़ा जाएगा। जाली के लिए जल प्रवेश मार्ग 9 इंच के बजाय 10 इंच का भी हो सकता है। इस खाली स्थान में स्टील की जाली 2 मिलीमीटर छेद की पूरी 2 फीट x 2 फीट तक होगी और यह जाली बड़े चैंबर की दीवार और SSC की दीवार के बीच होगी। इस प्रकार जो पानी गाछट में जमा होगा, उसकी गाद-मिट्टी नीचे बैठ जाएगी और ऊपरी हिस्से से स्टील की जाली से छनकर बड़े चैंबर में गिराया जाएगा। इस बड़े चैंबर में पानी गिराने के लिए 10 इंच से 12 इंच व्यास (Diameter) के पाइप का सहारा लिया जाएगा, जो एक एल्बो से 90 डिग्री पर मुड़ा होगा और खड़ी पाइप की लंबाई लगभग 5 फीट 6 इंच होगी। पाइप के निचले हिस्से में आधा पाइप लगभग 9 इंच की ऊँचाई तक काट दिया जाएगा, ताकि आधा हिस्सा नीचे टिक जाए और आधे हिस्से से बारिश का पानी नीचे चैंबर में उतर जाए। पाइप के नीचे 1-2 ईंटों को पट बिछा दिया जाएगा और पाइप को मिट्टी पर छोड़ने के बजाय ईंटों पर छोड़े ताकि पानी ईंट पर गिरे और पाइप को ठोस सहारा मिल जाए।

(2) दूसरा भाग है—बड़ा चैंबर, जो सामान्यतया 5 फीट लंबा, 5 फीट चौड़ा होगा, इसमें भी नीचे 9 इंच x 9 इंच के 4 बीम होंगी। 4 पिलर होंगे और ऊपर भी 4 बीम होंगी। बीम और पिलर के बीच में लगभग 5 फीट X 5 फीट ईंटों की दीवार लगाई जाएगी। इस प्रकार से ईंट और पिलर के बीच में खाली स्थान न छोड़ा जाए। ईंटों को आपस में बिल्कुल सटा हुआ रखने के लिए 2 पिलर के बीच की दूरी 4 फीट, 9 इंच से 5 फीट, 3 इंच के बीच एडजस्ट किया जा सकता है। ईंटें भी बिल्कुल सीधी रखी जाएँगी तथा आपस में 2 लाइनें अंतर्संबंधित (Intertwined) हों। सारी ईंटें अव्वल दर्जे की (First Class) होना बहुत जरूरी है।

(3) जिस साइड से गाछट से बारिश का पानी बड़े चैंबर में उतरता है, गाछट की वह दीवार सीमेंट से पक्की की जा सकती है, ताकि पानी का दबाव गाछट या बड़े चैंबर की दीवार को कमजोर न करे। लेकिन जलमार्ग गाछट से बड़े चैंबर

के बीच 9 इंच x 9 इंच या 10 इंच x 10 इंच का होगा।

(4) इस प्रकार बारिश का पानी इन दीवारों से ईंटों के बीच हलकी छेद से होकर तथा ईंटों के अंदर के सूक्ष्म छेद से होकर चारों दिशाओं से रिचार्ज होगा तथा ऊपर से नीचे भी रिचार्ज होगा। यह रिचार्जिंग गाछट से कम-से-कम 2-3 क्षैतिज दिशाओं (Horizontal Directions) से तथा ऊपर से नीचे (Vertically Downward) होती रहेगी। इसी प्रकार बड़े चैंबर से चारों क्षैतिज दिशाओं में तथा ऊपर से नीचे कुल 5 दिशाओं से वर्षा जल की रिचार्जिंग होती रहेगी।

(5) बड़े चैंबर में बीचोबीच 3 फीट लंबा, 3 फीट चौड़ा, 3 फीट गहरा गड्ढा खोदकर मिट्टी को बाहर कर दिया जाएगा। और उस खाली स्थान पर 3 फीट x 3 फीट x 3 फीट बालू भर दिया जाएगा।

(6) चैंबर के ऊपरी हिस्से के 3 भाग में RCC का कवर लगा दिया जाएगा और इसको भी इतना मजबूत रखा जाए कि इसके ऊपर छोटी गाड़ी खड़ी की जा सके। विकल्प में RCC के स्थान पर GI (Galvanised Iron) पाइप या टाटा स्टील की बीम का कवर लगाया जा सकता है, ताकि लोहे में जंग न लगे। इस कवर के ऊपर भी स्टील की महीन जाली या बोरिंगवाली नायलॉन जाली से कवर कर दिया जाए, ताकि ऊपर से कोई भी गंदगी या चिड़िया द्वारा छोड़े गए पेड़ या पौधे के बीज चैंबर के अंदर न जाने पाएँ। इस प्रकार यह जाली बिल्कुल महीन होगी। कवर में (क) एक भाग 2.5 फीट x 2.5 फीट का खोलने लायक ढक्कन (Openable Cover) लगाया जाएगा, जिससे होकर जरूरत पड़ने पर बड़े चैंबर में उतरा जा सके। (ख) एक कवर 1 फीट x 1 फीट का होगा और इसे भी खोला जा सके। (ग) कवर का शेष हिस्सा स्थायी ढक्कन (Permanent Cover) होगा। सामान्यत: तीनों कवर बंद रहेंगे। लेकिन जब भी चैंबर में उतरना हो तो दोनों छोटे ढक्कन खोले जा सकते हैं, ताकि चैंबर में उतरने पर फ्रेश हवा आ-जा सके (Cross Ventilation) हो सके। इससे दम नहीं घुटेगा (Suffocation नहीं होगा)।

(7) इस प्रकार बड़े चैंबर की गहराई 5 फीट + 9 इंच = 5 फीट 9 इंच होगी। और बड़े चैंबर के ऊपर की बीम मिट्टी की सतह से कम-से-कम 9 इंच ऊपर उठी होगी, ताकि बारिश का पानी इस चैंबर में सीधा न चला जाए, बल्कि वह गाद छन्ना टंकी होकर ही जाए। बड़े चैंबर के ऊपरी बीम को 9-15 इंच के बीच मिट्टी की सतह से ऊपर रखा जा सकता है।

(8) जब प्रारंभ में मिट्टी खोदी गई थी, तो वह 7.5 फीट लंबा, 7.5 फीट चौड़ा अवश्य किया जाता है। जब चैंबर बन जाता है, तो चैंबर के चारों तरफ कोई खाली स्थान नहीं छोड़ा जाएगा। उसे खोदी हुई मिट्टी से ही भर दिया जाएगा। चूँकि बड़े चैंबर का कवर मिट्टी की सतह से ऊपर है, इसलिए चारों तरफ मिट्टी को ढलवा (slope) रूप में धीरे-धीरे उठाते हुए मिट्टी डाली जाएगी, ताकि कोई छोटा वाहन चैंबर के ऊपर जा सके।

(9) जब बारिश का पानी गाछट से बड़े चैंबर में गिरता है, तो वह 5 फीट 9 इंच नीचे उतरने के साथ-साथ बीच के बालू के स्थान पर तेजी से 3 फीट और नीचे जाता है और इस प्रकार 8 फीट, 9 इंच नीचे से रिचार्जिंग तत्काल शुरू हो जाती है।

(10) रिचार्ज एरिया का आगणन (Calculation of Recharge Area)—

एक दीवार से 5 फीट x 5 फीट = 25 वर्गफीट

तीन दीवारों से 25 x 3 = 75 वर्गफीट

चौथी दीवार, जो गाछट से सटी हुई है, उसमें 25 वर्गफीट -4 वर्गफीट = 21 वर्गफीट

नीचे की सतह से 5 फीट x 5 फीट = 25 वर्गफीट

बालू के चैंबर से चारों दिशाओं से 3 x 3 x 4 = 36 वर्गफीट।

इसी प्रकार गाद छन्ना टंकी में रिचार्ज एरिया होगा 2 फीट x 2 फीट x 4 - 1 फीट x 1 फीट = 15 वर्गफीट

इस प्रकार कुल रिचार्ज एरिया हुआ = 25 x 4 + 21 + 36 + 15 वर्गफीट = 172 वर्गफीट।

(11) इस प्रकार रिचार्जिंग जलधारक स्तर (Aquifer) में सीधा नहीं करके जमीन की ऊपरी सतह से मात्र 8-9 फीट नीचे तथा 2-2.5 फीट नीचे की गई है। चूँकि जलधारक स्तर में सीधे रिचार्जिंग राष्ट्रीय हरित प्राधिकरण (National Green Tribunal) द्वारा मना कर दी गई है तथा उत्तर प्रदेश ग्राउंड वाटर मैनेजमेंट एंड रेगुलेशन एक्ट की धारा 26, 27, 28 तथा 29 द्वारा बंद कर दी गई है, ताकि एक्विफायर (Aquifer) प्रदूषित न हो। फिर बोरिंग पाइपिंग विधि से रिचार्जिंग सीधे एक्विफायर में 11 सेंटीमीटर व्यास या किसी भी पाइप से किया जाना संभव नहीं है। इसलिए मोदी मॉडल में रिचार्ज एरिया काफी बढ़ाकर रखा गया है, ताकि तेजी से वर्षा जल रिचार्ज हो सके।

(12) इस सिस्टम में एक वर्ष में 90 सेंटीमीटर सालाना बारिश होने वाले क्षेत्रों में 400-600 वर्गमीटर जल आवक क्षेत्र (Water Catchment Area) के बारिश का पानी आसानी से रिचार्ज हो जाता है। NCR-राष्ट्रीय राजधानी क्षेत्र (National Capital Region) में सालाना 60 सेंटीमीटर बारिश होती है, वहाँ पर 700 वर्गमीटर से 900 वर्गमीटर वाटर कैचमेंट एरिया का पानी रिचार्ज हो जाएगा। भारत में औसत वर्षा प्रतिवर्ष 110-111 सें.मी. होती है। ऐसे क्षेत्रों में 300-500 वर्गमीटर जल आवक क्षेत्र का पानी रिचार्ज हो जाएगा। यही बात दुनिया के अन्य देशों के लिए भी लागू होती है। भारत में कुछ क्षेत्रों में 200-600 सें.मी. तक बारिश हो जाती है। अत: इस तरह के चैंबर बढ़ती हुई बारिश के अनुपात में बढ़ा दिए जाएँगे। लेकिन यह 2.5 प्रतिशत से ज्यादा बड़ा नहीं होगा।

(13) कभी-कभी लोग अपने मकान के आँगन के अंदर रिचार्ज प्रणाली बनाना चाहते हैं। ऐसी स्थिति में यदि उनके पास स्थान की कमी होगी तो दीवारों की लंबाई, चौड़ाई 4 फीट X 4 फीट कर दी जाएगी तथा गाद छन्ना टंकी की लंबाई-चौड़ाई 18 इंच X 18 इंच होगी तथा गहराई 30 इंच (2.5 फिट) होगी। लेकिन बड़े चैंबर की गहराई 10 फीट तक करनी चाहिए, ऐसी स्थिति में दीवारों में 2 स्थानों के बजाय 3 स्थानों पर बीम का प्रयोग करना पड़ेगा। ताकि ईंटें मजबूती से अपने स्थान पर बनी रहें।

(14) इसके साथ ही यह भी ध्यान रखना पड़ेगा कि मकान की नींव जितनी गहरी होगी, बड़े चैंबर में दीवारों का ऊपरी हिस्सा भी अलग ढंग से बनाया जाएगा। इसके लिए सीमेंट की छिद्रयुक्त ईंट मिलती है, जिसमें लगभग 10-15 मिली मी. तक के छेद होते हैं। इन ईंटों का प्रयोग चैंबर की दीवारों के ऊपरी हिस्से में किया जाएगा, जिससे सीमेंट का प्रयोग ईंटों को जोड़ने में जब किया जाता है तो भी इन छेदों से वर्षा जल की रिचार्जिंग क्षैतिज दिशा में बाहर होती रहे।

(15) इस तरह के चैंबर आँगन में बनाने के लिए एक और तरीका है कि मिट्टी की बनी हुई पक्की ईंट की दीवार तो बनाई जाएगी, लेकिन उसमें 4-5 इंच चौड़ाई के छेद दीवारों में ईंटों के 4 लेयर के बाद छोड़े जा सकते हैं, इस प्रकार से कि सभी छेद एक-दूसरे के ऊपर न होकर इन छेदों को काल्पनिक रूप से मिलाने पर एक तिरछी रेखा बन जाए। इस प्रकार एक दीवार में ईंटों की हर 5 लेयर में एक छेद हो जाए।

(16) बड़े चैंबर में उतरने के लिए बाँस या एल्युमिनियम की हलकी सीढ़ी का प्रयोग किया जा सकता है या जो पिलर हम बनाते हैं, उसमें एक पिलर 12 इंच X 12 इंच मोटाई का हो तथा उसमें पैर रखने के लिए GI (Galvanised Iron) की सीढ़ी लगाई जा सकती है।

(17) सामान्यत: बड़े चैंबर में उतरने की नौबत वर्षों बाद आ सकती है, जब प्लॉट, खेत, सड़क या गली के बारिश का पानी हम रिचार्ज करेंगे। अगर सिर्फ मकान की छत का पानी या मकान के पक्के आँगन का पानी, जो बारिश का ही हो, उसे रिचार्ज करने पर बड़े चैंबर की सफाई करने की नौबत 10–10 साल तक नहीं आएगी। गाद छन्ना टंकी में ही जो कुछ भी गाद–मिट्टी जमा होती है, सिर्फ उसकी सफाई करने की जरूरत है।

(18) यहाँ यह भी ध्यान देने की जरूरत है कि यह जो पुनर्भरण प्रणाली (Rain Water Recharge System) बनाई गई है, वह तब तक चलेगी जब तक आपका मकान चलेगा। लेकिन पहले जो रिचार्ज सिस्टम इंजीनियर बनाते थे, उसको बार–बार डिसिल्ट (Desilt) करने के लिए हर साल बहुत बड़ी धनराशि लाखों रुपयों में खर्च करनी पड़ती थी। उदाहरण के लिए, बी.एन. एस.डी. शिक्षा निकेतन, कानपुर में सन् 2016 से पहले प्रतिवर्ष मशीन से इन रिचार्ज सिस्टम की सफाई करने में प्रतिवर्ष 1 लाख रुपए खर्च किया जाता था। श्री अंगद सिंह, तत्कालीन प्रधानाचार्य ने इस लेखक–वैज्ञानिक की मदद ली और उनकी समस्या का समाधान निकाला गया। फिर से दो नए रिचार्ज सिस्टम बनाए गए।

(19) सामान्यत: गाद मिट्टी गाद छन्ना टंकी में जमा होती है, उसे समय–समय पर साल में 4–6 बार तक एक अकेला व्यक्ति 10–15 मिनट में साफ कर देगा और यह गाद मिट्टी पौधों की जड़ों में डाल दी जाए, क्योंकि इस गाद मिट्टी में अनुपयुक्त प्राकृतिक तथा रासायनिक खाद होती हैं, क्योंकि किसानों की 90–92 प्रतिशत खाद अनुपयुक्त रह जाती है।

(20) सिस्टम बनाने के लिए एक फॉर्मूला है कि बारिश के हिसाब से जल ग्रहण क्षेत्र/रिचार्ज क्षेत्र = 100/2.5 या 100/2 या 100/1.5 या 100/1 होगा, इसका मतलब यह हुआ कि अगर 100 वर्गमीटर क्षेत्र में (Water Catchment Area) का पानी रिचार्ज किया जाए तो रिचार्ज सिस्टम का बड़ा चैंबर कम–से–कम 1 वर्गमीटर और अधिक–से–अधिक 2.5 वर्गमीटर

क्षेत्र में बनाना पड़ेगा। जैसा कि पहले होता था कि कम-से-कम 4 प्रतिशत और अधिक-से-अधिक 11 प्रतिशत क्षेत्र में वर्षा जल रिचार्ज किया जाता था। लेखक ने उसकी आवश्यकता महसूस नहीं की है, क्योंकि प्राकृतिक तौर पर रिचार्जिंग की व्यवस्था लेखक के मॉडल में बढ़ा दी गई है।

(21) लेखक के मॉडल में बारिश का पानी लगभग 8.5 फीट नीचे से लेकर एक्विफायर तक धरती के प्राकृतिक फिल्टर से होकर गुजरता है और धरती के प्राकृतिक फिल्टर में मिट्टी भी है, बालू भी है, गिट्टी (Grit) भी है और पत्थरों के Boulders भी हैं। हानिकारक जीवाणु मिट्टी में मौजूद मित्र जीवाणुओं से विनष्ट कर दिए जाते हैं और सारी गंदगी रास्ते में साफ कर दिए जाते हैं। यहाँ यह चिंता करने की जरूरत नहीं है कि आपने सैंड फिल्टर नहीं डाला या नायलॉन फिल्टर नहीं डाला, इसकी कोई आवश्यकता नहीं है। इस पर आपत्ति करने वाले यह भूल जाते हैं कि तालाबों में हम मात्र 10 फीट नीचे बारिश का पानी छोड़ देते हैं और वह वर्षा जल प्राकृतिक तौर पर फिल्टर होकर नीचे के सभी सूखे एक्विफायर में पहुँचता है। उसी प्रकार रिचार्ज कुआँ में तथा लेखक के रिचार्ज सिस्टम में वर्षा जल प्राकृतिक तौर पर फिल्टर होकर सभी एक्विफायर में पहुँचता है।

(22) चूँकि बोरिंग पाइपिंग विधि का प्रयोग नहीं किया गया, इसलिए बोरिंग ड्रिलिंग का पैसा बच गया, पाइप का खर्च बच गया और हर साल का आवर्ती व्यय (Recurring Expenditure) बच गया और इसलिए यह झंझटरहित (Hassle Free) व्यवस्था हो गई। खर्च में भी कमी हो गई। इस प्रकार यह मितव्ययी प्रदूषणरहित तथा झंझटमुक्त, कम स्थान घेरने वाला, मजबूत व टिकाऊ, वर्षा जल रिचार्ज प्रणाली है, जिसे मकानों में भी बनाया जा सकता है तथा खेतों में भी।

(23) लेकिन मकानों में जब हम यह सिस्टम बनाते हैं, तो असामान्य रूप से बहुत ज्यादा बारिश होने पर बड़े चैंबर से बाहर निकालने के लिए एक आउटलेट पाइप चार इंच से 12 इंच व्यास का लगाने का प्रावधान अवश्य रखा जाए, ताकि जब बहुत ज्यादा बारिश हो जाए, तो यह अतिरिक्त वर्षा जल घर और रिचार्ज सिस्टम से बाहर ड्रेन आउट (Drain Out) किया जा सके।

(24) सामान्यतः जितनी बारिश होती है, उसका 85-95 प्रतिशत तक वर्षा जल इस सिस्टम से रिचार्ज हो जाता है, जो 5-15 प्रतिशत तक क्षमता कम मानी गई है,

वह इसलिए कि कभी-कभी सामान्य से बहुत ज्यादा बारिश 1-2 दिन में ही हो जाती है और वह रिचार्ज नहीं किया जा सकता।

(25) आजकल कुछ लोग यह तर्क देते हैं कि हम बोरिंग पाइपिंग तो करेंगे, लेकिन पाइप को सीधा एक्विफायर में नहीं ले जाकर एक्विफायर से 15 फीट ऊपर ही छोड़ देंगे, जबकि पाइप का व्यास लगभग 11 सेमी. या 4 इंच होता है। यह 8 इंच व्यास का भी पाइप होगा, तो इसका रिचार्ज एरिया तो मात्र 8 इंच व्यास भर का होगा। यानी इसकी त्रिज्या 4 इंच होगी तो रिचार्ज एरिया हुआ मात्र 0.087 वर्गफीट या 0.35 वर्गफीट। स्पष्ट है कि यह तर्क बिल्कुल हास्यापद है। जब सीधे एक्विफायर में वर्षा जल रिचार्ज किया जाता था, तो एक्विफायर में बालू होने के कारण तेजी से रिचार्जिंग हो जाती थी। लेकिन जब एक्विफायर से 15 फीट ऊपर ही पाइप को छोड़ा जाएगा तो मात्र 0.35 वर्गफीट में होने वाली बारिश का 1 प्रतिशत भी रिचार्ज नहीं हो पाएगा। इसलिए बोरिंग पाइपिंग का मोह लोग छोड़ दें और लेखक के इस मॉडल को खुलकर अपनाएँ, जो कि लखनऊ और सीतापुर व अन्य स्थानों में लेखक ने वर्षों तक सफलतापूर्वक आजमाया है और वर्षा जल का स्तर आदर्श ऊँचाई तक उठाया है।

(26) ध्यान रहे कि हम सिर्फ बारिश का पानी जमीन में रिचार्ज (भूगर्भ जल पुनर्भरण) करें। किसी भी हालत में नाले का गंदा पानी, बदबूदार पानी, स्नानागार (Bathroom) का पानी (Grey Water)या शौचालय का पानी (Black Water) रिचार्ज सिस्टम से रिचार्ज नहीं करेंगे। इसी प्रकार ट्रेंच या रिचार्ज कुआँ से भी बारिश का ही पानी रिचार्ज करेंगे।

(27) लेखक के इस मॉडल में इस बात का ध्यान रखा गया है कि सीमेंट का प्रयोग कम-से-कम हो। दीवारों में सीमेंट का प्रयोग बहुत कम किया गया है। सीमेंट की बचत से हम ग्रीन हाउस गैस का उत्सर्जन कम करेंगे, जो आज की तारीख में मानव की सभ्यता की बरबादी का कारण बन गया है।

रोजगार सृजन {Employment Generation)

(28) सरकार द्वारा बजट दिए बिना इस प्रणाली के प्रसार में रोजगार सृजन का अभूतपूर्व अवसर सृजित किया जा सकता है। चूँकि सरकारों ने जल संरक्षण या वाटर हारवेस्टिंग सभी के लिए कागज पर अनिवार्य किया है और उसे लागू करना भी जरूरी है, ताकि हमारी पीढ़ियों और हमारी सभ्यता का पानी (लाज) बचा रह

जाए या हम भारतवासी तथा विश्व के नागरिक पानीदार बने रहें।

घर-घर कूड़ा एकत्र करने वाले व्यक्ति को यानी प्राइवेट सफाईकर्मी को हर परिवार 100 रुपए प्रतिमास देकर घर का कूड़ा नगर निगम द्वारा सौंपी गई कंपनी की गाड़ी के लिए कूड़ा अपने घर तथा अपार्टमेंट के कैंपस के बाहर भेजते हैं। ऐसा करने से एक व्यक्ति को रोजगार भी मिल गया और हर घर का कूड़ा भी बाहर चला गया। उसी प्रकार 350 पड़ोसी परिवार अगर एक प्रशिक्षित कुशल जल संरक्षण सेवक/तकनीशियन को फीस देते हैं, तो प्रति सिस्टम उसे पर्याप्त धनराशि मिल जाएगी। इस जल संरक्षण विशेषज्ञ/सेवक को लेखक द्वारा जल संरक्षण/वाटर हारवेस्टिंग के मॉडल तैयार करने का प्रशिक्षण तथा उनके रख-रखाव का प्रशिक्षण दिया जाएगा। केंद्रीय तथा प्रांतीय सरकारों को बस इतना करना है कि 365 दिन का समय हर नागरिक को दे दिया जाए कि इस बीच सभी को अपने-अपने मकानों और अपने प्लॉट में गिरने वाले वर्षा जल को अनिवार्य रूप से रिचार्ज करना है। अब प्रारंभ के 3 माह के अंदर लेखक द्वारा ऐसे जल संरक्षण विशेषज्ञ (Water Conservation Technician) या जन सेवक तैयार किए जाएँगे तथा जल संरक्षक तैयार किए जाएँगे, जो लोगों के आर्थिक सहयोग से इन 350 परिवारों को जल संरक्षण, वाटर हारवेस्टिंग व पुनर्भरण प्रणाली तैयार करने में सक्रिय रूप से मदद करेगा। उन्हें समझाएगा, प्रशिक्षित करेगा और खुद खड़ा होकर बनवा भी देगा। एक अपार्टमेंट, एक खंड, एक ब्लॉक या एक सेक्टर में वह एक साथ प्रशिक्षण देगा। एक सिस्टम तैयार करने में लगभग 1 सप्ताह लग सकता है।

भारतवर्ष में 29 करोड़ 40 लाख परिवार हैं (2022 के आँकड़े के अनुसार)। एक परिवार में 4.8 व्यक्ति हैं। 29,40,00,000/ 350 = 8,40,000 जल संरक्षण तकनीशियन तैयार हो जाएँगे। यानी 8,40,000 लोगों को रोजगार मिल गया और इस प्रक्रिया में ईंट बनाने वाले, GI बीम तैयार करने वाले, मिस्त्री, श्रमिक, वाहन इन सब की जरूरत पड़ेगी और तेजी से अर्थव्यवस्था में उछाल आएगा।

(29) चूँकि प्लॉट/मकान के स्वामी को स्वयं यह काम करवाना है, इसलिए किफायती खर्च में यह काम हो जाएगा। भ्रष्टाचार की नौबत नहीं आएगी तथा जैसा कि माननीय प्रधानमंत्रीजी चाहते हैं, जल संरक्षण वास्तव में जन आंदोलन बन जाएगा और माननीय प्रधानमंत्रीजी की मंशा 'जहाँ भी और जब भी बारिश हो,

उसकी एक-एक बूँद भूगर्भ में समाहित कर दी जाए' (Catch the Rain, Whenever it Rains and Wherever it Rains) भी पूरी हो जाएगी।

(30) यह मॉडल पूरे हिंदुस्तान और सभी देशों में मकान की छत के लिए अनुकरणीय (Replicable) है, वह चाहें मैदानी इलाके, पठारी क्षेत्र या पहाड़ी क्षेत्र का मकान हो।

लेकिन अगर प्लॉट, फॉर्म हाउस या खुले स्थान पर यह सिस्टम लगाना हो तो वह ढलान (Slope) में न हो, मतलब यह कि रिचार्ज सिस्टम में वर्षा जल बहुत तेज धार (High Momentum) के साथ चारों दिशाओं से न गिरे।

हर पार्क, पहाड़ी क्षेत्र (Hilly Area) या पठारी क्षेत्र (Plateau Area), रोड के किनारे भी यह सिस्टम सफलतापूर्वक काम करे, इसके लिए नीचे कुछ परिवर्तित मॉडल दे रहा हूँ—

बाकी सभी संरचना वही रहेंगी, लेकिन बड़े सिस्टम की दीवार मिट्टी की पकी ईंट न होकर सीमेंट की छिद्रयुक्त लाल ईंट की होगी, जिसमें लगभग 10-15 मिमी. के कई छेद होंगे। इनसे चारों क्षैतिज दिशाओं में वर्षा जल रिचार्ज होता रहेगा। ये सीमेंट की ईंटें भी आपस में सीमेंट से जुड़ी होंगी, निष्कर्ष यह कि पक्की दीवार होते हुए भी उसमें हर ईंट के 4-6 छेद से रिचार्जिंग बाह्य क्षैतिज (Horizontally Outward) दिशा में जारी रहेगी।

यही व्यवस्था गाछट में भी होगी और तब यह आंशिक रूप से संशोधित (Modified Model) पहाड़ी क्षेत्र, पठारी क्षेत्र तथा रोड साइड, पार्क, फार्म हाउस आदि किसी भी स्थान के लिए उपयोगी और शाश्वत (Universally Applicable) मॉडल होगा।

एक प्रदूषणरहित किफायती वर्षा जल रिचार्ज प्रणाली बनाने के लिए तकनीकी स्टाफ की Consultancy राशि होगी 7 हजार रुपए से 10 हजार रुपए तक, यदि एक परिवार 4 सिस्टम बनाता है तो 30 हजार रुपए जल संरक्षण एक्सपर्ट को भुगतान करेगा।

लेकिन निर्बल आय वर्ग (EWS) मकानों के आकार (SIZE) छोटे होते हैं, हो सकता है, 10 फ्लैट के परिवार मिलकर एक साझा रिचार्ज प्रणाली बनाए, तब 10 परिवार मिलकर 7 हजार से 10 हजार रुपए भुगतान करेंगे। इस प्रकार एक परिवार 700 रुपए से लेकर एक हजार रुपए तक भुगतान करेगा।

इसमें 4 साल तक रख-रखाव की कंसल्टेंसी फीस शामिल रहेगी, आवश्यकता पड़ने पर इसी राशि में वह तकनीकी सहयोग करेगा।

सरकार को वह तकनीशियन इनकम टैक्स देगा, इससे सरकार को अतिरिक्त आय हो जाएगी।

4 साल बाद यह तकनीकी एक्सपर्ट क्या करेगा ? उसे अपने रोजगार के अवसर कैसे मिलेंगे ?

इस समस्या का समाधान है—

हमें माननीय प्रधानमंत्रीजी ने सही मंत्र दिया है—

'बारिश की बूँद जब भी और जहाँ भी बरसे, बचाना है'

catch the rain, wherever and whenever it rains.

जब एक-एक बूँद बचाएँगे तो भूगर्भ जल का दोहन व शोषण नहीं होगा।

(2) हमारे देश में 16 करोड़ कुआँ (Dugwell), हैंडपंप, ट्यूबवेल, बोर वेल, सबमर्सिबल पंपसेट होने का अनुमानित आँकड़ा (Projected Figure) बनता है। इन सभी को पुनर्जीवित करना है या उनके नीचे का जल स्तर ऊपर उठाना है।

एक गाँव में कम-से-कम 3 और अधिक-से-अधिक 10 वर्षा जल रिचार्जिंग सोखता गड्ढा (Trench) प्रतिदिन बनाना है, इन कुआँ के पास।

यह तकनीशियन इन ट्रेंच को बनाने में तकनीकी सलाह देगा।

इसके लिए 4 साल का इंतजार नहीं करना है, वह समय मिलने पर यह कार्य पूरा भी कर सकता है। पहले दूसरे वर्ष में ही करना शुरू कर देगा।

यदि एक तकनीशियन को 700 ट्रेंच इन कुओं के पास बनाने की जिम्मेदारी दी जाती है तो 160000000/700 = 2,28,571 तकनीशियन की जरूरत पड़ेगी।

इन सभी तकनीशियन को इस पुस्तक के लेखक समय-समय पर प्रशिक्षण देते रहेंगे और व्यावहारिक प्रशिक्षण देकर TOT (Training of Trainers) तैयार करने पर भी ध्यान देंगे, ताकि जल स्तर तेजी से ऊपर लाने में मदद मिले।

प्रदूषणरहित तकनीक से तेजी से जल स्तर ऊपर करना लेखक का जुनून (Passion) है।

इन ट्रेंच को श्रमदान से भी तैयार किया जाएगा और प्राइवेट हैंडपंप को रिचार्ज करने के लिए कुए के स्वामी (Well Owner) के खर्च से और श्रमिक की मदद से भी।

सरकारी हैंडपंप, ट्यूबवेल आदि को मनरेगा से रिचार्ज किया जाएगा।

यह व्यावहारिक रूप से तभी संभव होगा, जब सरकार द्वारा प्रशासनिक दृढ़ता दिखाते हुए सभी को समाज और देशहित में अनिवार्य रूप से समयबद्ध कार्यक्रम के तहत वाटर हार्वेस्टिंग योजना लागू करें।

एक दिन में कम-से-कम एक और अधिक-से-अधिक 10 ट्रेंच हैंडपंप, कुआँ

आदि के पास और खेतों में वर्षा जल रिचार्ज करने के लिए गाँव, कस्बे की आबादी को बनाने में यह तकनीशियन मदद करेगा, बनाना ओनर को है।

जल संरक्षण सिर्फ सरकारी जिम्मेवारी नहीं है, हर व्यक्ति और समुदाय की जिम्मेवारी है। सरकारों द्वारा यह बात जनता को समझाते हुए उनसे अनिवार्य रूप से अनुपालन सुनिश्चित कराया जाना आवश्यक है।

1 से 3 लाख तक तकनीशियन तो इसी काम में लग जाएँगे।

(3) 'छत पर का ऊर्जामुक्त शुद्धिकृत वर्षा जल सीधे बहुमंजिली इमारत में' इस मॉडल को तैयार करने के लिए इन्हीं तकनीकी विशेषज्ञ की वेतन देकर सेवाएँ ली जाएँगी, इस मॉडल के अनेक लाभ हैं, जिसे इस अध्याय में लिखा जा चुका है। (पुस्तक—सबजन पानी राखिये) इसे बनाने में 2–3 महीने लगते हैं।

एक परिवार एक दिन में रसोई और पीने का कुल 35 लीटर खर्च करेगा, क्योंकि एक परिवार में औसत 4.8 सदस्य हैं।

एक वर्ष में 1 परिवार को चाहिए 365 × 35 = 12,775 लीटर पेयजल।

एक वर्षा जल टंकी का सिस्टम तैयार करने पर औसत बारिश के हिसाब से 500 वर्ग मीटर की छत से 5,25,000 लीटर (गंदा पानी गिराने के बाद) पेयजल तैयार करने का लाइसेंस 1 (एक) परिवार को दिया जाएगा, तो वह 41 परिवार को पेयजल की आपूर्ति कर सकता है।

हमारे देश में 29 करोड़ 40 लाख परिवार 2022 के अंत में थे।

तो ऐसे 294000000/41 = 71,70,731 परिवारों को 50 साल का रोजगार मिल गया, यदि 10 से 14 रुपए प्रति 1 लीटर उसके पानी की बोतल की कीमत रखी जाती है, तो भी लागत व रख-रखाव की कीमत कम होने के कारण प्रति बोतल 5 रुपए की बचत होनी है।

तात्पर्य यह कि वर्तमान मूल्य (20 रुपए प्रति बोतल) की अपेक्षा आसमानी अमृत (Sky Water) की कीमत 50 से 70 प्रतिशत ही रखी जाएगी, क्योंकि मूल उद्देश्य है पर्यावरण अनुकूल (Eco-friendly) वातावरण धरती (Planet Earth) पर तैयार करना, पर्यावरण अनुकूल जन आंदोलन तैयार करना तथा यह जल संरक्षण संस्कृति आगे बढ़ाई जाए, इसलिए स्टार्टअप (Start up Model) को कार्यशील (Functional) करना जो गतिमान (Vibrant) बना रहे।

71,70,731 परिवार को ताउम्र रोजगार मिला, जो इस दूसरे Model में है और इनको बनाने के लिए 71,70,731/5 लाख तकनीशियन को रोजगार जारी रहेगा, यदि एक वर्ष

में एक तकनीशियन 5 सिस्टम बनाने में तकनीकी पर्यवेक्षण (Supervision) करेगा।

इसे बनाने के लिए उसकी फीस होगी प्रति सिस्टम 80 हजार रुपए यानी 5 सिस्टम का 4 लाख वार्षिक, यह सिस्टम हर वर्ष चलता रहेगा।

यदि रख-रखाव (Maintenance) के लिए तकनीशियन की मदद ली जाती है, तो अलग से फीस लगेगी।

(4) इसी प्रकार रोड पर जलभराव रोकने के लिए शौचालय/स्नानागार के ऊपर वर्षा जल टंकी का मॉडल है, उसे बनाने के लिए। इसी प्रकार 14 लाख, 34 हजार तकनीशियन कार्यरत (Engaged) होंगे।

(5) रोड के किनारे बारिश का पानी नाले में नहीं मिले और उसे रिचार्ज किया जाए, इसके लिए यह मॉडल सरकारें चाहे तो बनवाएँ, इसमें भी तकनीशियन की जरूरत पड़ेगी।

(6) इस प्रकार लगभग 80 लाख परिवारों को आकर्षक (Handsome) रोजगार मिलेगा।

(7) जलवायु परिवर्तन, वैश्विक तपिश (Climate Change, Global Warming) से बचने के लिए, वृक्षारोपण के लिए, स्वच्छता अभियान सरकारी बजट का अभियान नहीं, बल्कि स्वच्छता संस्कृति विकसित करने के लिए इन टेक्निकल स्टाफ को प्रशिक्षित और कार्यरत करके इनका रोजगार सदाबहार (Perennial) बनाया जा सकता है।

मकानों में किफायती तथा प्रदूषणरहित वर्षा जल रिचार्ज प्रणाली के लाभ

प्रचलित वर्षा जल पुनर्भरण प्रणाली या रेनवाटर हार्वेस्टिंग सिस्टम की अपेक्षा लेखक की इस नवान्मेषित प्रणाली के निम्नांकित लाभ हैं—

1. नई वर्षा जल रिचार्ज प्रणाली में न्यूनतम 1 प्रतिशत से लेकर अधिकतम 2.5 प्रतिशत रिचार्ज एरिया ही चाहिए, यानी जमीन की भी बचत।
2. प्रचलित तकनीक की अपेक्षा इस पुस्तक में बताई गई नई तकनीक बहुत सस्ती है। नई तकनीक में कम-से-कम 90 प्रतिशत धन की बचत होती है।
3. अम्ल वर्षा तथा हानिकारक जीवाणु जलधारक स्तर (Aquifer) में नहीं पहुँचते—प्रचलित तकनीक में अम्ल वर्षा (Acid Rain) तथा हानिकारक जीवाणु (Harmful Bacteria) सीधे भूगर्भ जलस्रोत (Aquifer) में जाने की प्रबल संभावना रहती है। लेकिन नई तकनीक में प्राकृतिक तौर पर मिट्टी,

बालू व पत्थर के टुकड़ों से होकर तथा मित्र जीवाणुओं की मदद से 6 फीट से लेकर जलस्रोत के बीच बड़े भूभाग में अम्ल तथा हानिकारक जीवाणु व अन्य हानिकारक पदार्थ समाप्त या विच्छेदित हो जाते हैं। साफ पानी ही रिचार्ज होता है साथ ही पहला, दूसरा व तीसरा जलस्रोत भी रिचार्ज हो जाता है।

4. चूँकि नई तकनीक सस्ती है, इसलिए इसे पूरा भारतवर्ष शीघ्र अपना सकेगा। अतः मानसून में जल प्लावन (Water Logging) व बाढ़ की समस्या अत्यंत कम हो जाएगी। साथ ही जलाभाव की समस्या समाप्त होगी।
5. नई प्रणाली में वर्षा जल की गाद मिट्टी की सफाई करने के लिए किसी डीसिल्टिंग मशीन व कूड़ा भराव स्थल (Landfill) की जरूरत नहीं—एक व्यक्ति साल में कम-से-कम दो बार और जरूरत पड़ने पर अधिक-से-अधिक चार बार में सफाई कर लेगा और उपजाऊ गाद मिट्टी को खेत या पौधों की जड़ में डाल लेगा, जबकि पहले से चली आ रही तकनीक में पत्थर के टुकड़ों में गाद मिट्टी के मिल जाने से उसे उपजाऊ खेत में नहीं डाला जा सकता। पत्थर मिली मिट्टी फेंकने के लिए स्थान की समस्या भी आएगी। अलग से इसके लिए कूड़ाभराव स्थल (Landfill) के रूप में जमीन बरबाद करना होशियारी नहीं है।
6. समय और स्थान की बचत—इस नवोन्मेषित प्रणाली को तैयार करने में कम समय लगता है और जगह की भी बचत होती है।
7. दो पड़ोसी मिलकर अपनी सीमा पर एक साझा रिचार्ज प्रणाली बना सकते हैं। इस प्रणाली को मकान के परिसर में, पार्क में या खेल के मैदान में भी बना सकते हैं। अतः यह एक सार्वभौमिक प्रणाली (Universally Replicable System) है।

इस पेटेंटड मॉडल की विस्तृत संरचना का विवरण जानने के लिए लेखक से मोबाइल 7518711186 पर अथवा ई-मेल jalgurumodi@gmail.com पर संपर्क करें।

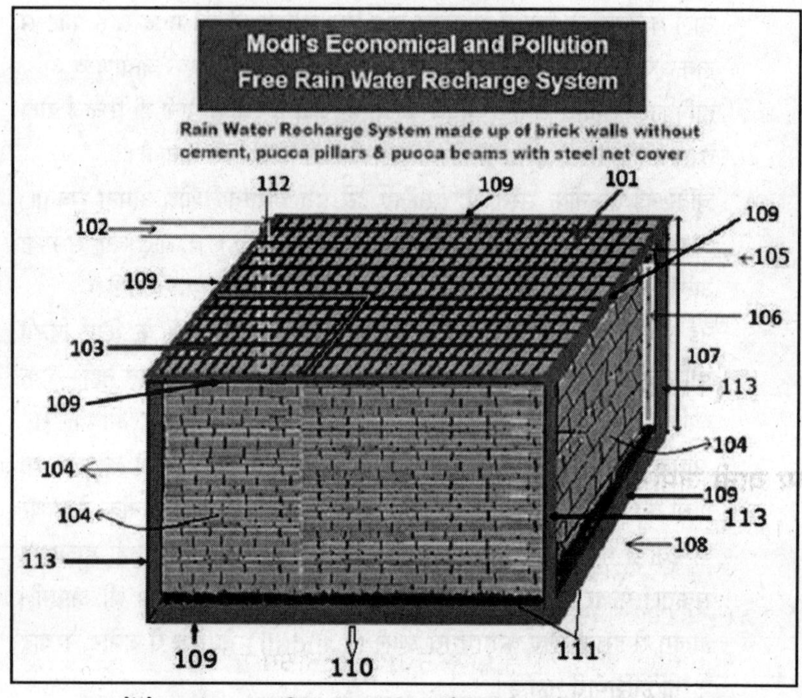

मकानों के साथ प्रदूषणरहित झंझटमुक्त वर्षा जल रिचार्ज प्रणाली का डिजाइन

(कृपया फोटो/डाईग्राम के लिए पृष्ठ 266, 267 देखें)

□

5
सम्प की परंपरा
(Tradition of Sub-surface Water Tank)

सम्प यानी जमीन की सतह के नीचे पानी की टंकी

(1) पोरबंदर में महात्मा गांधी जिस मकान में पैदा हुए थे, उस मकान के आँगन के सामने बरामदे के नीचे 20 फीट लंबी, 20 फीट चौड़ी, 15 फीट गहरी (= 6,000 घनफीट = 170 घनमीटर = 1,70,000 लीटर पानी) की टंकी (Sump) बनाई गई थी, जिसमें वर्षा के मौसम में छत का पानी जमा किया जाता था। छत के ऊपर से पाइप के माध्यम से पानी नीचे लाने के स्थान (मुहाने) पर पानी की सफाई के लिए चूना (Lime) का प्रयोग किया जाता था। पश्चिमी गुजरात व पश्चिमी राजस्थान में अभी भी यह व्यवस्था की जाती है।

(2) जापान व चीन में छत के पानी को भूतल में बनी टंकी (अंडर ग्राउंड टैंक) में संचित किया जाता है तथा पानी की सफाई के लिए छत के ऊपर सौर ऊर्जा प्रणाली का इस्तेमाल किया जाता है। अन्य देशों में भी यही स्थिति है। लेकिन जापान में पूरे साल में 308 सें.मीं. वर्षा होती है। वर्षा में सड़कों पर बाढ़ आ जाती है। वर्षा खत्म होते ही पीने के पानी का अकाल शुरू हो जाता है। इसलिए मेरा सुझाव है कि सड़कों के किनारे सभी स्थानों पर मिट्टी के ऊपर सीमेंट, कंक्रीट या टाइल्स लगाकर कंक्रीट का रेगिस्तान न बनाया जाए।

सिंगापुर में दूसरे देश से पीने के लिए पानी का आयात करना पड़ता था। एक लीटर पानी वहाँ लगभग दो सौ रुपए (2014 में चार सिंगापुर डॉलर) में बिकता है।

इस प्रकार विकसित एवं विकासशील देशों में जल संचय प्रणाली लगभग एक जैसी है तथा जल संचय प्रणाली के नए अनुसंधान आवश्यकता के बावजूद अत्यंत कम हुए हैं या फिर जल अभियंताओं ने पूर्णरूप से मानसिक विश्राम ले लिया है।

□

6

जल संरक्षण हेतु सोख्ता गड्ढा (वर्षा जल रिचार्ज ट्रेंच)

खेत में रिचार्ज ट्रेंच बनाते समय बरती जाने वाली सावधानियाँ

हर खेत व हर घर में सरकारी सहयोग से तालाब बनाना संभव नहीं है और यदि ऐसी कोई योजंना बना भी दी जाए तो इतनी जल्दी बजट की व्यवस्था करना अत्यंत कठित काम हो सकता है। ऐसी स्थिति में सरकारी धन की उम्मीद में इतना अधिक समय बीत जाएगा कि जल स्तर अत्यधिक नीचे जाता रहेगा। इस नुकसान से बचने के लिए हर परिवार को अपने खेत/प्लॉट में पानी रिचार्ज ट्रेंच (खाई/कुंड) बनाने की जरूरत है और ऐसा करने में (1) एक दिन से लेकर अधिकतम तीन दिन का समय लगेगा। (2) श्रमदान में शून्य बजट खर्च होगा या एक सौ रुपए से लेकर एक हजार रुपए तक में एक से लेकर दस रिचार्ज ट्रेंच बन जाएँगे। फिर सरकारी धन का इंतज़ार करते हुए नुकसान की प्रतीक्षा में जलस्तर और नीचे क्यों गिराएँ? जो अपनी मदद खुद करते हैं, ऊपर वाले (ईश्वर/अल्लाह आदि नाम) भी उन्हीं की मदद करते हैं।

अत: रिचार्ज ट्रेंच जुलाई माह तक अपने-अपने खेत, पार्क या प्लॉट, पुलिस लाइन या बटालियन में बना लिया जाए। जो खेत ढलान पर हों या समतल न हों, उनमें एक से ज्यादा जगहों पर मेंड़बंदी से पानी रोककर ट्रेंच की मदद से पानी रिचार्ज करना चाहिए।

जब बुंदेलखंड के रावतपुरा सरकार इंजीनियरिंग इंस्टीट्यूट में हरियाली तीन वर्षों (2010-2013) में लाई जा सकती है, फलदायक वृक्ष लगाए व संरक्षित किए जा सकते हैं, तो शेष बुंदेलखंड में भी बेल, नीम, महुआ, मौसंबी, नीबू , आँवला, अनार, आम, अमरूद, पपीता, केला, सहजन, बेरी भी उपजाए जा सकते हैं और कुछ-एक जगहों पर उपजाए जाते हैं। हल्दी, केला, सहजन, बाजरा, मडुआ, मक्का खनिज (मिनरल) के संपन्न स्रोत हैं।

खेतों में बरसात का पानी रिचार्ज करने के लिए रिचार्ज ट्रेंच बनाया जाना सबसे आसान व खर्च में सबसे किफायती तकनीक है, लेकिन ट्रेंच बनाने से पहले सावधानियाँ बरतना आवश्यक।

तकनीक व सावधानी

(1) ट्रेंच बनाने से पहले खेत के ऊपर की कम-से-कम 5 इंच तथा अधिक-से-अधिक 8 इंच मिट्टी खुरचकर पहले खेत के कोनों में इकट्ठी करके रख ली जाए। यह मिट्टी का उपजाऊ भाग (Top Alluvial Soil Crust) है। प्राकृतिक रूप से इसे तैयार होने में 500 से 1000 साल तक लग जाते हैं। अतः यह मिट्टी छीलकर किनारे रखने के बाद ही ट्रेंच की खुदाई की जाए।

(2) क्योंकि जो मिट्टी ट्रेंच की खुदाई से निकलेगी वह ताजी मिट्टी होगी और उसे भी कहीं-न-कहीं डालना है। लेकिन यह उपजाऊ मिट्टी नहीं होगी, क्योंकि ट्रेंच की गहराई सामान्यतः एक मीटर से लेकर कभी-कभी दो मीटर तक होगी। इसलिए ट्रेंच से खोदकर निकाली गई मिट्टी सबसे पहले खेत में डाल दी जाए। जरूरत महसूस हो तो यह मिट्टी मेंड़ मजबूत करने के लिए भी डाली जा सकती है।

(3) ट्रेंच खोदने के बाद खेत की 8 इंच ऊपर की खोदकर रखी गई उपजाऊ मिट्टी अब उस खेत में फिर से ताजी मिट्टी के ऊपर डाल दी जाए, ताकि खेत की जमीन का ऊपरी हिस्सा उपजाऊ बना रहे।

(4) खेत में कच्चे नाले को ट्रेंच से इस तरह जोड़ा जाए कि बरसाती पानी आसानी से ट्रेंच में गिर सके, लेकिन वही पानी ट्रेंच में जाए जो खेत में फसलों की सिंचाई के बाद बच जाए। मतलब जो पानी अत्यधिक (Excess) हो, उसी को ट्रेंच से रिचार्ज करें। एक भी बूँद पानी खेत से बाहर न जाने पाए।

(5) बारिश समाप्त होने के बाद कच्चे नाले से बरसात के पानी के साथ खेत की उपजाऊ मिट्टी व खाद का अंश भी ट्रेंच में गिरता है। अतः उस उपजाऊ मिट्टी को मानसून समाप्त होने के बाद ट्रेंच से उतनी मिट्टी निकालकर वापस खेत में डाल दिया जाए, जिससे पैदावार बेहतर होगी।

(6) ट्रेंच की गहराई यदि दो मीटर है, तो सुरक्षा के लिए उसके ऊपर लकड़ी की जाली और फिर उसके ऊपर टिनशेड/मजबूत शेड/ढक्कन डाल दिया जाए।

इसके ढक्कन को पानी और कीचड़ से बचाने के लिए ईंट या पत्थर ढक्कन के नीचे किनारे पर डाला जा सकता है। इससे पानी रिचार्जिंग में भी रुकावट नहीं आएगी। ट्रेंच के किनारे के हिस्से को थोड़ा ऊँचा किया जा सकता है तथा ट्रेंच का ऊपरी हिस्सा निचले हिस्से से थोड़ा ज्यादा चौड़ा रखा जा सकता है। यदि गहराई नीचे 3 से 5 फीट तक है और ट्रेंच की चौड़ाई नीचे 3 फीट है, तो ऊपर 4 फीट रखना ठीक रहेगा, ताकि किनारे की मिट्टी कटकर ट्रेंच में कम गिरे। लेकिन ट्रेंच में एक तरफ से खेत का अत्यधिक पानी (Excess Water) अवश्य आ जाए।

(7) प्रश्न उठता है कि ट्रेंच की लंबाई, चौड़ाई, गहराई क्या रखी जाए?
उत्तर है—यदि ट्रेंच की गहराई 1 मीटर है तो—

(क) पश्चिमी उत्तर प्रदेश में 1.5 प्रतिशत क्षेत्रफल में। (सालाना बारिश-60 सें.मी.)

(ख) बुंदेलखंड में खेत के (1.5 से 2.0) प्रतिशत क्षेत्रफल में। (बारिश-60 सें.मी.) ढलवाँपन (Slope) ज्यादा है।

(ग) मध्य उत्तर प्रदेश, लखनऊ में (सालाना बारिश-90 सें.मी.) 1.5 से 2.0 प्रतिशत क्षेत्रफल में।

(घ) पूर्वी उत्तर प्रदेश- 2.0 से 2.5 प्रतिशत क्षेत्र में। सालाना बारिश—(110 - 125 सें.मी.)।

(ङ) झारखंड, बिहार, छत्तीसगढ़, बंगाल, पूर्वात्तर के सभी प्रांत तथा केरल, कन्याकुमारी, अंडमान निकोबार—(2.5 प्रतिशत क्षेत्र में) (बारिश 120 से 180 सें.मी.) तथा 310 सें.मी. तक।

(च) कर्नाटक, महाराष्ट्र, उड़ीसा, आंध्र प्रदेश के समुद्री किनारे (Coastal Areas) में (1.5 से 2.5 प्रतिशत क्षेत्र) (पश्चिमी घाट के पश्चिमी हिस्से में 2.5 प्र.श.)

(छ) मध्य उ.प्र.-(73 सें.मी. 1.5 से 2 प्रतिशत क्षेत्र में)

पश्चिमी उत्तर प्रदेश

पश्चिमी उ.प्र. में अगर 1,000 वर्गमीटर का खेत है तो 1 प्रतिशत क्षेत्रफल में यानी 1,000 × 1/100 = 10 वर्गमीटर क्षेत्रफल का ट्रेंच बनाया जाएगा। मतलब 1 मीटर गहरा × 1 मीटर चौड़ा x 10 मीटर लंबा ट्रेंच होगा। इसलिए 1 मीटर × 1.1

मीटर × 3 मीटर के 3 टुकड़ों में ट्रेंच बन सकते हैं। या 1.5 मीटर गहरा × 1 मीटर चौड़ाई के 7 ट्रेंच बनेंगें।

एक–दो बार पानी 2 सें.मी. से ज्यादा बरस सकता है। तब ट्रेंच की यह अतिरिक्त क्षमता काम आएगी। इस आकार के प्लॉट में ट्रेंच की लंबाई 10 मीटर से लेकर 20 मीटर तक रखने से कम–से–कम 90 प्रतिशत पानी रिचार्ज हो जाएगा। इस प्रकार लगभग पूरा पानी खेत में काम आ जाएगा। एक भी बूँद खेत से बाहर नहीं जाएगा। पूरा पानी रिचार्ज हो जाएगा।

कच्चे ट्रेंच की लंबाई, चौड़ाई तथा रिचार्ज क्षेत्र के प्रतिशत का आगणन (क्षेत्रवार तथा राज्यवार)

प्लॉट का क्षेत्रफल = 1000 वर्ग मीटर। स्वाभाविक रिचार्जिंग 33 प्रतिशत। (या लगभग 2 सें.मी.)

24 घंटे में बारिश का जमा पानी = 6 सें.मी. से कम। रिचार्ज किया जाना है 3 सें. मी., ट्रेंच की गहराई 1.5 मी. = 4.92 फीट, ट्रेंच की चौड़ाई = 1 मीटर।

जब तक बरसाती पानी से पूरा ट्रेंच भरता है, तब तक लगभग 1.5 फीट पानी रिचार्ज हो जाता है।

ट्रेंच की गहराई = 5 फीट = 155 सें.मी., चौड़ाई = 1 मी. = 100 सें.मी. लंबाई = (नीचे देखें)

बारिश की मात्रा एक मानसून या चार माह में	3 मी. गहरा रिचार्ज कुआँ का रिचार्ज एरिया। (अनिर्मित) प्लॉट/खेत 1000 वर्ग मी.। रिचार्ज एरिया– 10 से 13 वर्ग मी. तक	प्लॉट क्षेत्रफल (रिचार्ज कुआँ) (निर्मित एरिया 2/3 भाग) 1000 वर्ग मी.	1 मी. चौड़ा × 1.55 मी. गहरा रिचार्ज ट्रेंच होने पर ट्रेंच की लंबाई
60 सें.मी. (दिल्ली, हरियाणा, अल्वर (राज.), बुंदेलखंड, (उ.प्र., म.प्र.), पश्चिमी उत्तर प्रदेश) कर्नाटक, मध्य प्रदेश के कुछ जिले	कुआँ का व्यास = 3 मी. गहराई 3 मी.	व्यास (diameter) 3.8 मी. + गहराई 3	8 मी. से लेकर 15 मी. तक

90 सें.मी. (लखनऊ, मध्य उत्तर प्रदेश) कर्नाटक, मध्य प्रदेश, तमिलनाडु, तेलंगाना, आंध्र प्रदेश, महाराष्ट्र के कुछ जिले	व्यास = 3.6 मी., गहराई 3	मीटर व्यास = 4.4 मी. गहराई 3 मीटर	10 मी. से 19 मी. तक
100–120 सें.मी., (पूर्वी उत्तर प्रदेश) तथा उत्तरी उत्तर प्रदेश यानी तराई के जिले छत्तीसगढ़, उड़ीसा, बिहार, तमिलनाडु, तेलंगाना, आंध्र प्रदेश झारखंड के कुछ जिले	व्यास = 4.5 मी., गहराई 3.5 मी.	व्यास = 5 मी., गहराई 4 मी.	12 मी. से 22 मी. तक
120 –200 सें.मी. तक (बंगाल, छत्तीसगढ़, उत्तराखंड, हिमाचल, जम्मू–कश्मीर के कुछ जिले)	व्यास = 4.5 से 5 मी., गहराई 3.5 मी.	व्यास = 0 मी., गहराई 4 मी.	व्यास = 15 मी. से 27 मी. तक
200 – 500 सें.मी. तक (बंगाल, उत्तर पूर्व भारत के आठ प्रांत, केरल, अंडमान निकोबार, पांडिचेरी, गोवा, महाराष्ट्र के कुछ जिले)	व्यास = 4.5 से 5 मी., गहराई 3.5 मी.	व्यास = 6 मी., गहराई 4 मी.	व्यास = 15 मी. से 27 मी. तक

लखनऊ में विभूति खंड में हमारी 5 फीट गहरी, 10 फीट लंबी, 3–4 फीट चौड़ी पानी रिचार्ज खाई (Trench) बारिश समाप्त होने के 4–5 घंटे में खाली हो गई। उसका पूरा पानी इतनी देर में रिचार्ज हो गया। बारिश 24 घंटे में 6 सें.मी. हुई थी।

(कृपया फोटो/डाईग्राम के लिए पृष्ठ 268, 271 देखें)

□

7

किफायती व प्रदूषणरहित वर्षा जल रिचार्ज प्रणाली तथा ट्रेंच कहाँ बनाएँ?

जहाँ कुआँ, हैंडपंप, बोरवेल, सबमर्सिबल पंपसेट या बोरिंग हो यानी पानी जहाँ से निकालते हैं। जब आप 8 मीटर गहरा कुआँ बनाते हैं, तो सिल्ट सेटलमेंट चैंबर या ट्रेंच पास में बनाएँगे और तब साल भर पानी कुआँ में मिलेगा। यदि कुआँ का पानी पीएँगे तो पास में ट्रेंच से रिचार्जिंग करें, कुआँ से रिचार्जिंग सीधे ऊपर से न करें, बल्कि कुआँ में जो रिचार्ज खिड़की बनाई गई है, उससे 10-15 फीट गहराई से हो सकती है। कुआँ के चारों तरफ 10 फीट या 15 फीट की दूरी पर चारों तरफ से अँगूठीनुमा सोख्ता गड्ढा (Trench Ring) बनाएँगे। चारों तरफ लगभग 80 प्र.श. भाग में होगा।

यदि किसी क्षेत्र में चिकनी या काली मिट्टी हो या रासायनिक खाद का जरूरत से ज्यादा प्रयोग करने या सीमेंट के मलबे के कारण या सीमेंट के कारण वर्षा जल जमीन के अंदर रिचार्ज नहीं हो पा रहा हो या बीच में कड़े पत्थर के कारण रिचार्जिंग संभव न हो या बहुमंजिला मकान की नींव अगर 20 फीट तक नीचे गई हो तो पहले जलधारक स्तर (Aquifer) तक बोरिंग पाइपिंग कर सकते हैं, लेकिन यह बोरिंग और पाइपिंग पहले (Aquifer) तक समाप्त हो जानी चाहिए। ताकि गंदा पानी अधिक-से-अधिक पहले जलधारक स्तर तक जाए। चूँकि हम पहले जलधारक स्तर से पीने का पानी नहीं निकालते हैं, इसलिए इस सीमा तक हम रिस्क ले सकते हैं। पहले जलधारक स्तर (Aquifer) में जो बारिश का पानी जाएगा, वह दूसरे जलधारक स्तर (Aquifer) में पहुँचने से पहले प्राकृतिक मिट्टी के मित्र जीवाणुओं से होकर गुजरेगा। रास्ते में बालू, मिट्टी और गिट्टी भी मिलेगी। इस प्रकार यह गंदा पानी पूरी तरह साफ होकर दूसरे जलधारक स्तर (Aquifer) में पहुँचेगा। फिर पुनः साफ पानी तीसरे या चौथे जलधारक स्तर (Aquifer) में पहुँचेगा। इस प्रकार हमें गैर-प्रदूषित जल ही मिलेगा।

(कृपया फोटो/डाइग्राम के लिए 267, 269 देखें)

□

8

बटालियन, पुलिस लाइन व अन्य स्थानों के लिए पानी रिचार्ज कुआँ का निर्माण

1. खेतों, पार्कों या बटालियनों के लिए पानी रिचार्ज कुआँ यथासंभव ट्यूबवेल के नजदीक बनाए जाएँ। रिचार्ज कुआँ की दूरी बोरवेल/ट्यूबवेल से कम-से-कम 1 मीटर और अधिक-से-अधिक 5 मीटर रखें, ताकि पानी रिचार्ज होने से ट्यूबवेल को सीधा फायदा हो।
2. (क) यथासंभव नजदीक की बिल्डिंग की छत पर का पानी इस रिचार्ज कुआँ में डाला जाएगा अन्यथा नजदीक के पार्क या खुले साफ स्थान का पानी इसमें डाला जा सकता है। क्योंकि पानी 8 फीट से 15 फीट नीचे ही रिचार्ज करने के लिए छोड़ा जा रहा है। (ख) यदि सिंचाई के लिए रिचार्ज कुआँ बनाना हो तो कुआँ की गहराई 20 से 30 फीट तक होनी चाहिए।
3. (क) रिचार्ज कुआँ की दीवार अंदर से चारों तरफ से प्लास्टर की जाए, लेकिन कुआँ का निचला भाग किसी भी हालत में प्लास्टर नहीं किया जाए। पानी तालाब की तरह निर्बाध रूप से मिट्टी में रिस-रिसकर (Seepage) रिचार्ज होता रहेगा। (ख) चारों तरफ दीवार प्लास्टर इसलिए करेंगे कि दीवार में पेड़-पौधे न उगें। यदि रिचार्ज कुआँ की गहराई 8 फीट से ज्यादा नहीं है, तो रिचार्ज कुआँ की दीवार में ईंटों को सीमेंट से जोड़ा जाएगा, लेकिन दीवार के बाहर प्लास्टर करने की जरूरत नहीं है। प्लास्टर नहीं करने से रिचार्ज कुआँ की रिचार्ज क्षमता ज्यादा होगी, क्योंकि ईंटों से होकर कुछ पानी रिचार्ज होता रहेगा।
4. (क) यदि रिचार्ज कुआँ की गहराई 12 फीट है, व्यास (Diameter) 10

फीट रखेंगे और यदि व्यास 12 फीट है, तो गहराई लगभग 10 फीट रखेंगे। (अधिकतम गहराई 15 फीट तक रखी जा सकती है।) यह जल आवक क्षेत्र (Water Catchment Area) पर निर्भर करता है। (ख) रिचार्ज कुआँ के क्षेत्रफल का प्रतिशत क्या होना चाहिए ? यह इस बात पर निर्भर करेगा कि (ग) रिचार्ज क्षेत्र में बारिश कितनी होती है। (घ) रिचार्ज कुआँ की डिजाइन कैसा है। (ङ) जल आवक क्षेत्र कितना बड़ा है। (च) प्लॉट का क्षेत्रफल कितना बड़ा है।

5. (क) कुआँ के ऊपर या तो जी.आई. लोहा या स्टील की सरिया या 2 इंच चौड़े लोहे की पट्‌टी का बना हुआ मजबूत जाल का ढक्कन बनाया जाए, जिसमें 2 सरियों के बीच 4 इंच से ज्यादा छिद्र न हों। (ख) इसके विकल्प में कंक्रीट स्लैब का ढक्कन बनाया जा सकता है, जिसमें 2/3 भाग में ढक्कन स्थायी (Permanent) होगा तथा 1/3 ढक्कन खोले जाने लायक (Openable) होगा। यदि पक्की (Concrete Slab) का ढक्कन बनाया जाता है, तो 1/3 खोले जाने लायक ढक्कन 3 टुकड़ों में हो। उसमें लोहे की कड़ी दोनों तरफ लगी होनी चाहिए, ताकि ढक्कन उठाने में आसानी हो।
6. ढक्कन का उद्देश्य सिर्फ सुरक्षा करना है। साथ-ही-साथ बाहर से कोई गंदगी या कूड़ा उसमें न डाला जाए, इस बात का ध्यान रखना है। अतः ढक्कन जालीदार हो, ताकि कूड़ा इसमें न गिरे।
7. पानी रिचार्ज कुआँ को गाद छन्ना टंकी (Silt Settlement Chamber) से पाइप द्वारा जोड़ेंगे। यह पाइप कम-से-कम 8 इंच व्यास का होगी और अधिक-से-अधिक 18 इंच व्यास का। पाइप की लंबाई लगभग दो फीट या ढाई फीट होगी। पाइप को रिचार्ज कुआँ तथा गाद छन्ना टंकी के ऊपरी हिस्से में लगाया जाएगा। मतलब यह कि गाद छन्ना टंकी अगर 4 फीट गहरी है, तो पैाइप ऊपर के एक-डेढ़ फीट हिस्से में होगा।
8. रिचार्ज कुआँ का ढक्कन जमीन की ऊपरी सतह से लगभग 2 फीट ऊपर उठाकर बनाएँ, ताकि मिट्‌टी मिला हुआ पानी (Turbid Water) सीधा कुआँ में जाकर गाद (Silt) अपने साथ न ले जाए। इसी प्रकार रिचार्ज कुआँ की दीवार नीचे 2 फीट नींव पर मजबूत बीम बनाकर खड़ी होगी। इस प्रकार यदि 10 फीट गहरा रिचार्ज कुआँ है, तो वास्तव में उसकी दीवार 2+10+2 फीट=14 फीट ऊँचाई की बनेगी। नींव कुआँ की नींव की तरह

मजबूत हो।

9. गाद छन्ना टंकी (गाछट) (Silt Settlement Chamber या SSC)- गाद छन्ना टंकी के बारे में पहले ही लिखा जा चुका है।
10. किसी भी पानी की टंकी/हैंडपंप या दूसरे जलाशय के पास साल भर पानी बहता रहता है। इसे भी इसी पानी रिचार्ज कुआँ में रिचार्ज करते रहना चाहिए।
11. जमीन के अंदर साफ पानी ही रिचार्ज करना चाहिए।
12. ऐसी व्यवस्था करें कि पानी जमीन में रिचार्ज हो जाए। व्यर्थ सड़ता न रहे।

33वीं, 32वीं, 10वीं, 47वीं, 6वीं, 35वीं बटालियन पी.ए.सी. में वर्षा जल तालाबी (Trench) का निर्माण किया गया।

छोटा तालाब/कुंड

जिन स्थानों या बटालियनों में बजट की कमी हो, परेड ग्राउंड के पास या ऐसे उपयुक्त स्थान पर जहाँ बच्चे न जाएँ और जहाँ बारिश का पानी आसानी से स्वत: इकट्ठा हो सके, छोटा तालाब (तालाबी) बनाया जा सकता है। तालाब 8 फीट गहरा x 20 फीट चौड़ा x 20 फीट लंबा बनाया जा सकता है। पर्याप्त जगह हो तो लंबाई, चौड़ाई परिवर्तित की जा सकती है। यह पानी रिचार्ज करने के लिए न्यूनतम लागत में सबसे प्रभावी माध्यम है। क्योंकि इसमें नीचे (Vertically Downward) तथा चारों दिशाओं में (Horizontally Outward) पानी रिचार्ज होता है। मतलब पाँचों दिशाओं में पानी रिचार्ज होता है।

जहाँ भी ट्यूबवेल (Tubewell), बोरवेल (Borewell) या कुआँ (Dugwell) हो आसपास का पानी रिचार्ज करने के लिए दो-तीन फीट गहरा ट्रेंच बनाना चाहिए। सुरक्षा का भी खयाल रखें।

□

9

पानी रिचार्ज कुआँ

जल संचय की किफायती व व्यावहारिक तकनीक

(क) पानी रिचार्ज कुआँ (Water Recharge Well)

(1) खेतों, पार्कों, स्कूलों, मकानों तथा प्लेग्राउंड से बारिश के पानी को व्यर्थ बहने देने के बजाय रिचार्ज कुआँ बनाकर जमीन के अंदर ले जाना आवश्यक है। अतः सभी प्रकार के भवनों व खाली स्थानों में जल प्रबंधन कार्य किए जाने की आवश्यकता है।

रिचार्ज कुआँ की न्यूनतम तथा अधिकतम गहराई व चौड़ाई (व्यास)

(2) (क) मेरे डिजाइन के अनुसार सामान्यतः रिचार्ज कुआँ की गहराई कम-से-कम 8 फीट (248 सें.मी.) व चौड़ाई कम-से-कम 4 फीट होनी चाहिए। अधिकतम चौड़ाई 12 फीट तथा गहराई भी अधिकतम 12 फीट (360) होगी। यदि इस कुआँ से सिंचाई भी होनी है, तो कुआँ की चौड़ाई 6 मीटर तथा गहराई 8 मीटर होगी।

(ख) आमतौर पर रिचार्ज कुआँ हेतु 7 से 14 फीट चौड़ा व 8 से 12 फीट तक गहरा गड्ढा (Pit) खोद लें। यदि गड्ढे में नीचे का हिस्सा बलुआ (Sandy) या कंकरीला है, तो जमीन में नीचे पानी की प्रेषणीयता (Porosity) अच्छी होती है। ऐसी स्थिति में पानी जमीन के अंदर तेजी से रिस-रिसकर (Seepage द्वारा) रिचार्ज हो जाएगा। पठारी इलाके जैसे बुंदेलखंड में ऐसा ही है। देश के कम-से-कम 90 प्रतिशत हिस्से में पानी आसानी से रिचार्ज होता है।

(ग) रिचार्ज कुआँ बन जाने के बाद नीचे गिरे सीमेंट को साफ कर बाहर निकाल लें।

(3) जब रिचार्ज कुआँ के निचले हिस्से में बलुआई या कंकरीली मिट्टी प्राप्त हो जाए तो गड्ढे को गहरा करना बंद कर दें। ऐसी स्थिति में अधिकतम गहराई 12 फीट (360 सें.मी.) पर्याप्त होगी। रिचार्ज कुआँ को मजबूत लकड़ी या बाँस या फूस के ढक्कन से ढका जा सकता है या प्लास्टिक के दरवाजे के जैसा प्लास्टिक कोटेड ढक्कन हो सकता है। बशर्ते स्टील की बीम/सरिये के ऊपर इसे मजबूती के लिए रखा जाए। इस ढक्कन को बरसात के समय खोला जा सकता है, ताकि बारिश का पानी रिचार्ज कुआँ में डाला जा सके।

(4) ऐसा करने से पास में खड़े आपके मकान की नींव/दीवार में सीलन की समस्या भी नहीं आएगी।

(5) रिचार्ज कुआँ ऐसे स्थान पर बनाया जाए, जिनके पास कुआँ, हैंडपंप, ट्यूबवेल, सबमर्सिबल पंपसेट आदि लगा हो। यानी जहाँ-जहाँ डिस्चार्ज सिस्टम (भूगर्भ जल पुनर्भरण प्रणाली) है, वहाँ पास में (लगभग दो मीटर दूर) रिचार्ज सिस्टम बनाया जाए।

(6) जल रिचार्ज प्रणाली तथा गाछट (गाद छन्ना टंकी-Silt Settlment Chamber) दोनों साथ-साथ हों, लेकिन मकान की दीवार से छह फीट दूर हो।

(7) वास्तु तथा रिचार्ज कुआँ—यथासंभव प्लॉट के उत्तर-पूर्व की दिशा (ईशान कोण) में रिचार्ज कुआँ बनाएँ। या कम-से-कम इतना ध्यान रखें कि दक्षिण-पश्चिम दिशा (नैऋत्य कोण) में न हो।

गाद छन्ना टंकी (Silt Settelment Chamber) (1) 8 से 10 इंच व्यास (Diameter) का पाइप गाद छन्ना टंकी (Silt Settelment Chamber) तथा रिचार्ज कुआँ को जोड़ेगा। बटालियन या पुलिस लाइन में 18 इंच (45 सें.मी.) व्यास का पाइप भी हो सकता है।

गाद छन्ना टंकी का आकार

(2) (क) गाद छन्ना टंकी (गाछट) चार फीट लंबी, तीन-चार फीट चौड़ी व तीन-चार फीट गहराई की होगी, यदि जल आवक क्षेत्र (Water Catchment Area) 500 वर्ग मीटर से कम क्षेत्रफल का है, तथा सालाना बारिश 100 सें.मी. से कम है।

(ख) यदि जल आवक क्षेत्र (Water Catchment Area) 500 वर्ग मीटर से ज्यादा क्षेत्रफल का है और सालाना बारिश 100 सें.मी. से 180 सें.मी. तक है तो पानी रिचार्ज कुआँ (Water Recharge Well) में जुड़वाँ गाछट (Twin Silt Settelment Chamber) बनाया जाए, जो प्रत्येक 4 फीट लंबा, 4 फीट चौड़ा व 4 फीट गहरा होना चाहिए। बीच की 3 इंच या 5 इंच मोटी दीवार में ऊपरी हिस्से में 8 से 12 इंच व्यास का छिद्र (Hole) छोड़ दिया जाएगा, ताकि पानी गाछट प्रथम भाग (SSC-I) से गाछट द्वितीय भाग (SSC-II) में जाएगा। गाद छन्ना टंकी के दूसरे हिस्से से साफ पानी रिचार्ज कुआँ में चला जाएगा। पाइप गाछट के ऊपरी हिस्से में लगाना आवश्यक है, ताकि गाद (मिट्टी) नीचे बैठने का मौका मिल जाए।

(ग) झारखंड, बिहार, बंगाल, भारत के पूर्वोत्तर प्रांत, पश्चिमी घाट (western Ghats) के पश्चिम, केरल आदि क्षेत्र के लिए जहाँ बारिश 100 सें.मी. से ज्यादा होती है (देश के 50 प्र.श. क्षेत्र में) 300 वर्गमीटर से ज्यादा बड़े प्लॉट के लिए जुड़वाँ गाछट बनाना बेहतर होगा।

(3) गाद छन्ना टंकी लगभग 5 इंच चौड़ी ईंट की दीवार से बनाई जाएगी। नीचे प्लास्टर न करें।

(4) गाछट पर ढक्कन की जरूरत नहीं है। लेकिन चाहें तो गाद छन्ना टंकी के ऊपर ढक्कन लगाया जा सकता है, जो ज्यादा भारी न हो। एक आदमी आसानी से उठाकर उस टंकी की सफाई के लिए इसे हटा सके। अत: ढक्कन प्लास्टिक के दरवाजे की तरह हो सकता है या बाँस या लकड़ी का भी हो सकता है। जिस पर ईंट या पत्थर का एक टुकड़ा डाल दिया जाए, ताकि आँधी के समय न उड़े या उसे लोहे की बीम या सरिये के ऊपर निश्चित (Fixed) कर दिया जाए।

(5) मानसून के प्रारंभ और अंत में इसकी सफाई की जाए। गाद को अपने खेत में ही डालें। इसके अलावा बारिश होती रहे तो हर महीने एक बार ढक्कन हटाकर चेक करें कि सफाई की जरूरत है या नहीं। भारत में नवंबर से अप्रैल तक सफाई की ज़रूरत कम होगी। लेकिन केरल तथा पश्चिमी घाट आदि ऐसे क्षेत्रों में जहाँ हर महीने बारिश होती है, सफाई की मासिक जरूरत पड़ेगी।

(6) पाइप का वह हिस्सा जो गाछट की तरफ है, उसके मुहाने (Opening End) पर मच्छरदानी, जूट की जाली, नायलॉन अथवा स्टील की महीन जाली लगाई जाए, ताकि पानी साफ होकर रिचार्ज कुआँ में ढाई फीट के पाइप के माध्यम से जाए।

(7) (क) खेत में प्लॉट या पार्क में दो या तीन दिशाओं से कच्ची मिट्टी की नालियाँ बनाई जाएँ, जिससे बरसात का पानी गाद छन्ना टंकी में डाला जाएगा।

(ख) गाद छन्ना टंकी की एक खड़ी बाहरी दीवार के ऊपरी हिस्से में एक फीट ऊँची तथा 9 इंच चौड़ी लोहे की जाली मध्यम छेद (1 सें.मी.) वाली लगाई जाएगी, ताकि कागज, पन्नी व बड़े-बड़े पत्ते आदि गाछट (गाद छन्ना टंकी) में न जा पाए। इसी जाली के रास्ते से पानी गाछट में आएगा।

(ग) बरसात का पानी कच्ची नाली के माध्यम से गाछट (Silt Settelment Chamber) में जाएगा व उसकी मिट्टी, गाद, खाद आदि तलछटीकरण (Sedimentation) से नीचे बैठ जाएँगे।

(घ) गाछट का पानी महीन जाली से फिल्टर होकर रिचार्ज कुआँ में गिरेगा जो लगभग साफ व गादमुक्त होगा।

(च) पानी रिचार्ज कुआँ में जाकर रिसाव (Seepage) द्वारा नीचे निर्बाध (Free) रूप से जमीन के अंदर रिचार्ज होगा। पानी साफ होने के कारण रिचार्ज कुआँ में गाद के रूप में नहीं बैठेगा। इसी प्रकार रिचार्ज कुआँ के ऊपर ढक्कन होने के कारण रिचार्ज कुआँ में गंदगी या मिट्टी नहीं गिरेगी।

फायदे

(1) (क) दो या तीन मानसून (16 से 28 महीने में) में पानी की कमी से स्थायी निजात मिलेगी।

(ख) अकाल एवं सूखे से मुक्ति मिलेगी।

(2) जमीन में पानी का स्तर कम-से-कम एक मानसून और अधिक-से-अधिक तीन मानसून में पर्याप्त उठ जाएगा। (गुजरात व राजस्थान को छोड़कर) ऐसा करने से अंबाबाई, झाँसी के एक कुआँ अवधि (2008-2010) में जमीन की

ऊपरी सतह से 7 फीट नीचे तक पानी उठ चुका है और यह दो मानसून में हो गया। साथ ही 2009 से 2011 के बीच 28 महीने में 14 पुलिस एन्क्लेव, विभूति खंड, गोमतीनगर, लखनऊ में जल स्तर 110 फीट से ऊपर उठकर 10 फीट पर आ गया। मतलब जल स्तर 100 फीट ऊपर उठ गया।

(3) गाद छन्ना टंकी तथा रिचार्ज कुआँ लगभग पास-पास हों, ताकि कम स्थान इस सिस्टम के लिए घेरा जाए तथा ढाई फीट के पाइप से काम चल जाए। यदि रिचार्ज कुआँ चौकोर है, तो गाद छन्ना टंकी तथा रिचार्ज कुआँ की एक दीवार 10" की कॉमन हो सकती है। लेकिन रिचार्ज कुआँ गोलाकार ही बनाया जाए, तब ज्यादा मजबूती आएगी।

(4) अकसर प्रश्न उठाया जाता है कि पानी साफ करने की इसमें क्या व्यवस्था की गई है ? क्या गिट्टी, बालू के स्तर से होकर जमीन में पानी ले जाना उचित होगा ? गिट्टी, बालू की जरूरत नहीं है। गाद में गिट्टी, बालू मिल जाने से उपजाऊ गाद का इस्तेमाल करने से हम वंचित रह जाते हैं। साथ ही गिट्टी फेंकने के लिए जगह चाहिए। ऐसे ही कूड़ा जोन से लखनऊ, दिल्ली, मुंबई आदि परेशान हैं, जहाँ गंदगी और कूड़े का पहाड़ बन चुका है। वहाँ पास की सड़क पर भी चलना दूभर है।

याद करो आदि जल संरक्षक को
श्री आरुणि को, उनके समर्पण को
अपनी प्राचीनतम जल संरक्षण संस्कृति को
सेवामय पुरुषार्थ को, आत्मविश्वास को

—महेंद्र मोदी

बाराबंकी उपकृषि निदेशक के कार्यालय परिसर में वर्षा जल संरक्षण कुआँ का निर्माण किया गया, वर्ष 2010

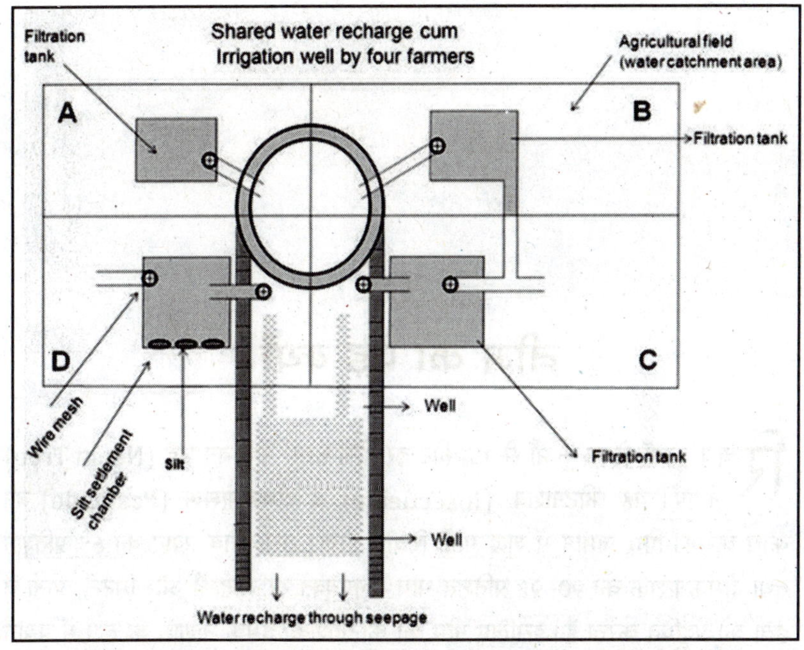

चार किसानों द्वारा एक साझा कुआँ में वर्षा जल रिचार्ज प्रणाली तैयार की गई।

(कृपया फोटो/डाईग्राम के लिए पृष्ठ 270, 273 देखें)

☐

10

नीम का पेड़ क्यों?

रिचार्ज कुआँ से या कुआँ से 15 फीट दूर दोनों तरफ नीम का पेड़ (Neem Tree) लगाएँ। यह कीटनाशक (Insecticide) व दीमकनाशक (Pesticide) का काम करेगा। फिर जमीन में शुद्ध पानी रिचार्ज होगा। रासायनिक खाद का 65 प्रतिशत तथा दीमकनाशक का 90–92 प्रतिशत भाग अनुपयुक्त रह जाता है और मिट्टी, पानी व हवा को प्रदूषित करता है। इसलिए नीम को कीटनाशक/दीमक नाशक के रूप में प्रयोग किया जाए। जैविक या शाश्वत (Organic Farming) खेती की जाए। जैविक खाद का प्रयोग किया जाए।

पानी रिचार्ज करने के फायदे

(1) यह पानी रिचार्ज कुआँ मात्र एक सप्ताह में तैयार किया जा सकता है। सिंचाई के लिए पानी रिचार्ज कुआँ एक–दो माह में तैयार किया जा सकता है।

(2) यह भारत के हर वर्ग के परिवार के लिए हर क्षेत्र में फायदेमंद होगा। खेती में अच्छी बचत होगी।

(3) पानी का स्तर तेजी से उठने से कम पावर की मोटर लगानी पड़ेंगी। तब बिजली की बहुत बचत होगी। इस प्रकार आवर्ती व्यय (Recurring Expenditure) घटेगा।

(4) बोरिंग–पाइपिंग विधि की अपेक्षा रिचार्ज कुआँ के लिए कम जमीन की आवश्यकता पड़ेगी।

(5) गाद छन्ना टंकी में जो गाद जमा होती है, उसे समय–समय पर साफ करके उपज के खेत में डाल लें। यह उपजाऊ मिट्टी (Alluvial Soil) है, जिसमें खेत की हरी खाद (Green Manure), जैविक खाद, अनुपयुक्त फर्टिलाइजर, खेत

का गोबर, (कंपोस्ट खाद), नाइट्रोजन तथा अन्य उपयोगी खनिज (Mineral) जैसे—फास्फोरस, पोटैशियम, आयोडीन आदि का मिश्रण है, जो बरसात के पानी के साथ बह जाते हैं, वह गाछट (SSC) में इकट्ठा हो जाता है। यह खरा सोना है। प्रतिवर्ष इसके व्यर्थ बह जाने से किसानों को करोड़ों रुपए का नुकसान होता है। इसलिए गाछट (गाद छन्ना टंकी) की मिट्टी खेती के काम में लाएँ।

(6) रिचार्ज कुआँ बनाने से ट्यूबवेल, सबमर्सिबल सिस्टम को पुनः गहरा (रीबोर) नहीं कराना पड़ेगा। आज की तारीख में हर तीन से पाँच वर्ष में रीबोर कराना आवर्ती व्यय (Recurring Expenditure) में शामिल हो गया है। यह बचेगा।

(अतः सभी भारतीय परिवारों तथा विश्व के सारे देशों को उपरांकित तकनीक सर्वसुलभ कराने के लिए यह मौलिक लेख तैयार किया गया है।)

जल ही जीवन, जल ही प्राण,
जल संरक्षण महा अभियान।

□

11

चिकनी मिट्टी वाले क्षेत्र में पानी रिचार्ज कैसे करें

सेनानायक 37 बटालियन कानपुर, उ.प्र. ने कुछ अलग समस्या बताई है। बटालियन कानपुर में चिकनी मिट्टी होने के कारण पानी अत्यंत धीमी गति से नीचे रिचार्ज हो पाता है। इस समस्या के समाधान के लिए निम्नांकित तरीका अपनाया जाए—

(1) कुछ परिवर्तित रूप में बोरिंग पाइपिंग विधि अपनाई जाएगी। पहले रिचार्ज कुआँ के लिए 10 फीट गहरा गड्ढा (Pit) खोदा जाएगा। लेकिन यह गड्ढा (Pit) आवश्यक नहीं है।

(2) फिर उसी में बोरिंग की जाएगी। पानी रिचार्ज करने के लिए कम-से-कम 6" (छह इंच) और अधिक-से-अधिक 12" व्यास का पाइप इतनी नीचे बोरिंग तथा लोअर (Lower) करेंगे कि पहली बलुआई (Sandy) या कंकरीली मिट्टी मिल जाए। पाइप उतनी गहराई तक ही डाला जाएगा। यदि 20–30 फीट (09 मीटर लगभग) नीचे बलुआई मिट्टी मिल जाती है तो और गहरा बोर करने की आवश्यकता नहीं है। मतलब यह कि पहले एक्विफायर (Aquifer) तक ही बोरिंग की जाएगी।

(3) अब बोर में पाइप इतना ऊँचा तक डालेंगे (लोअर करेंगे) कि 10 फीट गहरे रिचार्ज कुआँ में 3 फीट ऊपर तक पाइप दिखे। यानी रिचार्ज कुआँ की निचली सतह (10 फुट) से पाइप 3 फीट ऊपर तक रहे। इसके बाद पाइप के चारों ओर रिचार्ज कुआँ में डेढ़ फीट (लगभग 45 सेंटीमीटर) ऊँचाई तक डाली गई गिट्टी (Grit) पानी और मिट्टी के बीच बफर (Buffer/Separater)

का काम करेगी। 3 फीट के ऊपर का साफ पानी रिचार्ज पाइप से होकर नीचे रिचार्ज होगा।

(4) रिचार्ज पाइप के चारों ओर 3 फीट ऊँचाई तक का पानी गिट्टी होते हुए नीचे मिट्टी में धीरे-धीरे रिचार्ज होता रहेगा।

(5) पाइप के ऊपर नायलॉन या स्टील की जाली बाँध देंगे, जिसमें मच्छरदानी के छिद्र जैसा छेद हो। पानी इस जाली से होकर पाइप में जाएगा।

(6) यह पाइप नीचे 5-10 फीट छिद्रयुक्त (Perforated) रखा जा सकता है। ऊपर 15-20 फीट छिद्र न करें।

(7) पाइप में कोई भी चीज गिट्टी, बालू व जाली डालने की जरूरत नहीं है, क्योंकि चिकनी मिट्टी का क्षेत्र है।

विशेष परिस्थिति—खारे पानी की ज़मीन में जल संचय प्रणाली

41 बटालियन पी.ए.सी. गाजियाबाद उ.प्र. में मिट्टी खारी (Saline) है। वहाँ का पानी खारा है। इसलिए इस कैंपस में सिर्फ छत पर हुई बारिश का पानी ही रिचार्ज किया जा सकता है। जमीन, खेत, प्लॉट या पार्क का पानी रिचार्ज कुआँ से या किसी भी जल संचय प्रणाली से रिचार्ज नहीं करना चाहिए, ताकि जमीन के अंदर जमीन की ऊपरी सतह का खारापन लिये पानी रिचार्ज न हो।

यह अध्ययन किया जा सकता है कि यह खारापन जमीन में कितनी फीट गहराई तक है। खारापन खत्म होने के बाद की गहराई में पानी रिचार्ज किया जा सकता है। तदनुसार बोरिंग पाइपिंग विधि से ही ऐसे स्थानों में पानी सीधे पहले एक्यूफर (Aquifer) में रिचार्ज किया जाना चाहिए। लेकिन ध्यान रखा जाए कि रिचार्ज करते समय प्रदूषित पानी रिचार्ज न हो। आजकल प्रदूषण का स्तर अत्यधिक बढ़ता जा रहा है। इसलिए खास सावधानी रखे जाने की जरूरत है। छत का पानी भी मान्य (Prescribed) प्रतिशत में क्लोरीन मिलाकर यानी शुद्धता (Purity) सुनिश्चित करके पाइप से रिचार्ज करना चाहिए।

वाष्पीकरण रोकने के लिए कुआँ के ऊपर ढक्कन की डिजाइन

कुआँ के ऊपर ढक्कन से सुरक्षा तो रहती है, लेकिन बारिश का पानी भाप बनकर उड़ता रहता है। ऐसे भूले-बिसरे कुओं को साफ करके उसमें साफ पानी रिंचार्ज किया जाए।

फायदे

1. वाष्पीकरण लगभग 95 प्र.श. समाप्त।
2. वर्षा जल कुआँ में गिरेगा।
3. मिट्टी के ढेर के ऊपर का ढक्कन जल संग्रहण क्षेत्र बढ़ाएगा।
4. मिट्टी कटकर कुआँ में नहीं गिरेगी।

ढक्कन की विशेषताएँ

1. काला रंग अल्ट्रावॉयलेट किरणें रोकेगा
2. हरा/आसमानी रंग आँखों को प्रिय है।
3. सफेद रंग 76 प्र.श. धूप वापस कर देगा।

झाँसी जागरण

झाँसी, 3 सितम्बर, 2018

झाँसी : तालाब की खुदाई करते डीजीपी (तकनीकि सेवाएं) व अन्य।

पीएसी में 14 हैण्डपम्प हुए पुनर्जीवित

- पानी रोकने वाले तालाब का निर्माण कार्य शुरू
- डीजीपी (तकनीकि सेवाएं) का मॉडल हो रहा लागू

झाँसी : 33वीं वाहिनी पीएसी में अब वर्षा जल का संरक्षण होगा। पुलिस महानिदेशक (तकनीकि सेवाएं) महेन्द्र मोदी ने यहाँ विशेष डिजाइन के तालाब का निर्माण कार्य शुरू करा दिया है। यही नहीं, यहाँ सूख चुके कई हैण्डपम्प महेन्द्र मोदी के प्रयास से पुनर्जीवित हो गए हैं।

जल संरक्षण के लिए लम्बे अरसे से प्रयास कर रहे डीजीपी (तकनीकि सेवाएं) महेन्द्र मोदी ने बताया कि उन्होंने 19 जून 2018 को जल संरक्षण का एक मॉडल पेटेण्ट कराया था। मॉडल एक विशेष डिजाइन के तालाब से सम्बन्धित है, जिसमें सामान्य ढंग से तालाब निर्माण से महज 5 प्रतिशत अधिक खर्च आता है। इस प्रकार के तालाब से 25 से 75 प्रतिशत तक वर्षा जल को भूमि में संचित किया जा सकता है। तालाबों में पानी भरता तो है, पर भाप बनकर उड़ जाता है। उनकी तकनीक ऐसा नहीं होने देगी। उनका मॉडल पीएसी में लागू हो रहा है। यहाँ 4 तालाबों का एक सेट बनाया जा रहा है। एक तिहाई काम पूरा भी हो चुका है। जल्द ही इसे तैयार कर लिया जाएगा। पीएसी में 23 हैण्डपम्प लगे हैं, जो काफी समय पहले ही सूख चुके हैं। उन्होंने अपने प्रयासों से इनमें से 14 हैण्डपम्प को पुनर्जीवित कर दिया है। खास बात यह है कि इनमें से एक हैण्डपम्प का पुनर्जीवन श्रमदान से किया गया है। उन्होंने बताया कि जल संरक्षण का प्रयास तभी सफल हो सकता है, जब नदी, तालाबों का पानी वाष्प बनने से रोका जा सके। उनकी तकनीक किसी भी तालाब को बिना कवर किये ही यह काम करेगी। उन्होंने बताया कि 27 जुलाई 2018 को उन्होंने 'ऊर्जामुक्त शुद्धिकृत छत का वर्षा जल सीधे बहुमंजिला इमारत में' मॉडल पेटेण्ट कराया था। इसमें बिना बिजली खर्च के ही वर्षा जल का उपयोग पीने या अन्य कार्यों के उपयोग में लाया जा सकता है।

□

12

बाढ़ : वरदान या अभिशाप?

कुछ लोग चाहते हैं और तर्क देते हैं कि बाढ़ आती रहनी चाहिए, ताकि बाढ़ से जमीन उगजाऊ बने और इसलिए वे यह भी चाहते हैं कि शत-प्रतिशत मकानों, खेतों व कुओं में पानी रिचार्ज करने की व्यवस्था न हो। उनका कहना है कि पानी रिचार्ज करने से बाढ़ आने में खलल आ जाएगी, क्योंकि पानी रिचार्ज करने से नदियों में बाढ़ नहीं आ पाएगी। ये अभियंता भारत के प्रसिद्ध तकनीकी संस्थानों के सिविल इंजीनियरिंग विभाग को भी ऐसे कुतर्क से तथा लॉबिंग करके प्रभावित करना नहीं छोड़ते। ऐसे तत्त्वों के कुतर्क स्वीकार्य नहीं हैं। ऐसा कहने के निम्नांकित आधार हैं—

(1) हाल के वर्षों में (1985 के बाद) भारत की जितनी मृत नदियाँ पुनर्जीवित हुई हैं, वे वर्षा का जल पहाड़ों पर बाँध बनाकर रोकने तथा रिचार्ज करने के कारण ही पुनर्जीवित हुई हैं। उदाहरण—अलवर, राजस्थान से निकलने वाली नदियाँ यथा अरवरि आदि 7 नदियाँ तथा दक्षिण में 3 से ज्यादा नदियाँ। अतः पानी रिचार्ज करने के विरुद्ध कुतर्क स्वीकार्य नहीं है।

(2) (क) गुजरात में वर्ष 2013 में अच्छी बारिश हुई है। लेकिन 2014 तक गुजरात कभी भी बाढ़ग्रस्त प्रांत नहीं रहा। लेकिन पिछले 10 वर्षों में गुजरात तथा मध्य प्रदेश में कृषि विकास दर प्रतिवर्ष 10 प्रतिशत से ज्यादा रही है, जबकि राष्ट्रीय औसत कृषि विकास दर 0.7 प्रतिशत से 4 प्रतिशत तक रही है।

(ख) उ.प्र. बाढ़ग्रस्त प्रदेश रहा है, लेकिन कृषि विकास दर यहाँ कम रही है। उत्तर प्रदेश में कृषि तथा पशुपालन में दसवीं पंचवर्षीय योजना में विकास दर मात्र 1.4 प्रतिशत रही है, जबकि उत्तर प्रदेश के कम-से-कम 8 जिले बाढ़ग्रस्त रहे हैं। इतना ही नहीं, उत्तर प्रदेश-2011 की रिपोर्ट बताती है कि उत्तर प्रदेश

के बजट का 22.5 प्रतिशत सिर्फ बाढ़ जैसी आपदा के प्रबंधन में खर्च हो गया, जबकि विकास के अन्य क्षेत्र में सामान्यत: 10 प्रतिशत से कम खर्च हुआ है। स्पष्ट है कि बाढ़ के आने से नुकसान–ही–नुकसान है।

(ग) बिहार दशकों (Decades) से बाढ़ग्रस्त प्रांत रहा है, लेकिन वर्ष 2006 से पहले कृषि विकास दर अच्छी नहीं थी। वर्ष 2006 के बाद विकास दर बढ़ने के दूसरे कारण रहे हैं। मध्य प्रदेश में बाढ़ आने की खबर नहीं है। यहाँ पर छत्तीसगढ़ से कम बारिश होती है। लेकिन तालाब आदि जल संरक्षण के जलाशय बनाकर सिंचाई व्यवस्था दुरुस्त करने के कारण वर्ष 2011–2013 में मध्य प्रदेश के कृषि क्षेत्र में आर्थिक विकास दर लगभग 20 प्र.श., 21 प्र.श. तथा 25 प्र.श. रही है। सितंबर, 2014 की रिपोर्ट में मध्य प्रदेश की संपूर्ण विकास दर 11.08 प्रतिशत है और वह भारत के सभी प्रांतों से आगे है। अत: बाढ़ के पक्ष में कुतर्क स्वीकार्य नहीं है।

(3) वर्ष 2010 में भारत के 14.6 प्रतिशत क्षेत्र में खेती होती थी, जो अनुमानत: वर्ष 2014 में घटकर 12 प्रतिशत क्षेत्रफल में होती है। अब यदि मान भी लिया जाए कि सभी कृषि योग्य खेतों तथा मकानों में जल संरक्षण तथा जल पुनर्भरण का कार्य पूरा कर लिया जाता है, तो भी मात्र 20 प्रतिशत क्षेत्र का ज्यादा–से–ज्यादा लगभग 70 से 90 प्रतिशत तक पानी ही रिचार्ज किया जा सकता है। शेष 80 प्रतिशत क्षेत्र का वर्षा जल नदियों में निर्बाध रूप से जाता रहेगा।

अत: जल स्तर ऊपर उठने के बाद जो अतिरिक्त वर्षा जल होगा, वह पुन: नदियों में जा सकेगा। जल स्तर जमीन की ऊपरी सतह से 10 फीट नीचे ही रहेगा।

(4) नदियों के आसपास के इलाकों में वर्षा जल रिचार्ज करने से नदियों को फायदा होगा, क्योंकि नदियों के आसपास की आबादी को सिंचाई के लिए भूगर्भ जल दुहने की बाध्यता रहती है। जमीन में बारिश का पानी रिचार्ज करने से वर्षा का जल जमीन में उपलब्ध रहेगा। इससे नदियों का पानी नदियों के दोनों किनारों पर नहीं खींचा जाएगा। इससे नदियों पर कम दबाव पड़ेगा और नदियाँ नहीं सूखेंगी। नदियों को पुनर्जीवित करने के लिए या उन्हें सदानीरा बनाए रखने के लिए नदियों के उद्गम स्थल पर वृक्षारोपण करने तथा छोटे–छोटे चेकडैम बनाकर बारिश का पानी जमीन में ले जाने की जरूरत पड़ती है।

(5) जो लोग बाढ़ लाने के पक्ष में हैं, वे खुद बाढ़ग्रस्त क्षेत्र में रहना पसंद नहीं करते। ये वे लोग हैं, जिनमें बाढ़ राहत कोष तथा सूखा राहत कोष आदि

आपदाओं से अपनी तोंद बढ़ाने का लालच है। इन्हें जम्मू-कश्मीर, उत्तराखंड, पूर्वी उत्तर प्रदेश तथा बिहार आदि स्थानों में बाढ़ आदि आपदा आने पर पूरे देश की अर्थ व्यवस्था की होने वाली तबाही तथा बाढ़ प्रभावित देशवासियों की विशेष तबाही से लेना-देना नहीं है।

(6) बारिश में पानी रिचार्ज नहीं करने के कारण खेतों का पानी बहकर नालों के माध्यम से नदियों में चला जाता है। ऐसा नदियों के दोनों किनारों के गाँवों तथा शहरों से होता है। खेतों का पानी खेत से बाहर बहते समय अपने साथ अनुपयुक्त (Unutilized) खाद तथा उपयोगी खाद बहाकर नदियों में ले जाता है। इससे नदियों के किनारे की 95 प्रतिशत आबादी का 2/3 भाग रासायनिक खाद तथा लगभग इतनी ही प्राकृतिक खाद (जैविक, कंपोस्ट, मित्र सूक्ष्म जीवाणु), 92 प्रतिशत कीटनाशक (Insecticide) तथा दीमकनाशक (Pesticide) बहकर नदियों में चला जाता है। इससे कई तरह के नुकसान होते हैं। 95 प्रतिशत आबादी को भारी आर्थिक नुकसान होता है। हो सकता है, बाढ़ प्रभावित 2 से 5 प्रतिशत आबादी के खेत उपजाऊ हो जाएँ। साथ ही नदियों का पानी प्रदूषित होता है, वातावरण प्रदूषित होता है तथा ऐसी नदियों के किनारे जो जलाशय रिचार्ज हो सकते हैं, वे भी प्रदूषित हो सकते हैं/होते हैं। जैसे-जैसे सल्फेट आदि रासायनिक खादों का प्रयोग बढ़ता जा रहा है, आर्सेनिक (Arsenic-AS2S3) जैसे जहर पानी में बढ़ते जा रहे हैं। इस प्रकार पूरे देश को भारी तबाही झेलनी पड़ती है।

(7) जल प्रदूषण बढ़ने से आर.ओ. मशीन तैयार करने वाली, पानी का दोहन करने वाली कंपनियों की चाँदी कटती है। मिनरल वाटर के नाम पर और पानी की सफाई के नाम पर कई गुना धन हम भारतीयों से ये कंपनियाँ लूटती हैं। उदाहरण के लिए, फैमिली आर.ओ. सिस्टम का वार्षिक रख-रखाव करने के लिए ये रु. 4,500/- माँगते हैं, जबकि सिर्फ एक बार फिल्टर बदलते हैं। शेष समय कभी-कभी दो बार में सिर्फ सफाई (सर्विसिंग) करते हैं। इन मशीनों के निष्प्रभावी होने पर इनसे प्लास्टिक प्रदूषण बढ़ता है।

अत: बाढ़ के पक्ष में सिर्फ कुतर्क ही दिया जा सकता है। बाढ़ के विरुद्ध ठोस तथा अकाट्य तर्क हैं, तथ्य हैं तथा प्रमाण हैं।

□

13

पानी के महत्त्व का वर्णन, अन्य ग्रंथों में

(1) स–2, अ–25, जो ईमान लाएँ और नेक काम करें, उनके लिए ऐसे बाग होंगे, जिनके नीचे नहरें बह रही होंगी। (स-सूरत-अध्याय, अ–आयत–वाक्य)

(2) पानी अथाह नहीं है, इसकी मात्रा निश्चित है। पानी को गंदा न करना। इसे बरबाद भी न करना। पानी! खुदा की रहमत या पुरस्कार है। कुरान–ए–पाक के एक शब्द में मानव जीवन को रास्ता दिखाया गया है।

(3) हमने आकाश से एक अनुमान के अनुसार पानी उतारा, फिर उसे धरती में ठहरा दिया, इसको हम समाप्त भी कर सकते हैं। (स–23, अ–18)

(4) पानी होगा तो अधिक फल मिलेंगे, पानी की तुम्हें आवश्यकता है। तुम पानी से एक–दूसरे की सहायता करो। (स–22, अ–44)

(5) कुरान–ए–पाक में बहुत से संदर्भ बताए गए हैं, जिनके उदाहरण नहीं मिलते। इसमें समुद्र का वर्णन 32 बार और धरती का वर्णन 13 बार आया है, अर्थात् कुल मिलाकर 45 बार। इस संसार में धरती और पानी का भी अनुपात बिल्कुल इसी प्रकार है। धरती 13/45 या 28.88 प्रतिशत और पानी 32/45 या 71.12 प्रतिशत। यह स्वयं में एक अचंभे की बात है और मनुष्य में भी 71 प्रतिशत पानी है और बाकी मांस व हड्डी आदि।

□

14

जल प्रबंधन संकल्प

मैं (अपना नाम लें) .... शपथ लेता/लेती हूँ कि—

(1) मैं किसी भी जलाशय में प्लास्टिक या गंदगी बढ़ाने वाली चीज नहीं डालूँगा/डालूँगी।

(2) बरसात का साफ पानी कम-से-कम 2 फीट और अधिक-से-अधिक 15 फीट की गहराई पर रिचार्ज करूँगा/करूँगी।

(3) मैं बरसात का साफ पानी संरक्षित करके घरेलू कार्य, सिंचाई या उद्योग आदि में इस्तेमाल करूँगा/करूँगी।

(4) जल संरक्षण के ऐसे प्रयास करूँगा/करूँगी कि जमीन के अंदर का पानी कम-से-कम निकालना पड़े।

(5) मैं जल प्रबंधन के प्रभावी तरीकों का आविष्कार करने के लिए अपने अवकाश के दिनों में छोटी-छोटी टीमें बनाकर प्रयास करूँगा/करूँगी। (छात्र/शिक्षक विशेष)

(6) वैश्विक तपन (Global Warming) कम करने के लिए ठोस, व्यावहारिक व जमीनी प्रयास करूँगा/करूँगी, जो इंटरनेट की नकल मात्र नहीं होगी, बल्कि अपने राष्ट्र भारत की जरूरत के हिसाब से होगी।

(7) मैं खेती के लिए कम पानी की लागत वाली तकनीक का इस्तेमाल करूँगा/करूँगी जैसे आच्छादन, ड्रिप सिंचाई, जहरमुक्त प्राकृतिक खेती आदि।

(8) हम सूखे तालाब, कुआँ या मृतप्राय नदी को पुनर्जीवित करने के लिए विज्ञानसम्मत व सामूहिक प्रयास करेंगे, इससे हमारी धरती शस्य श्यामला बन सकेगी और हम पानीदार कहला सकेंगे।

(9) इस पवित्र कार्य में शामिल होने के लिए अपने पड़ोसियों को भी प्रेरित करूँगा/करूँगी।

(10) मैं इस सौगंध का व्यावहारिक क्रियान्वयन आज ही से सुनिश्चित करूँगा/करूँगी।

जल धारा की गति धीमी करो
बहते जल को पूर्ण विराम दो
रुके जल को भू-गर्भ में समा दो
जल धार को विश्राम दो
जल प्लावन भी रुकेगा
जलाभाव भी थमेगा
बशर्ते सोकर उठते ही
रचनात्मकता का दामन थाम लो
प्रमाद का कंबल फेंक दो
स्मृति-सीमा से परे सोचो
कर्मठता का आलिंगन करो
कर्मयोग का वरण करो

—महेंद्र मोदी

□

15

वायु प्रदूषण से बचाव के तरीके

भारतीय संदर्भ

दिल्ली में मास्क और एयर प्यूरीफायर बेचती कंपनियाँ तथा डाँटने और आदेश देने तक सीमित मा. उच्चतम न्यायालय के आदेश तथा समय बरबाद करने वाला ट्रैफिक जाम—यह है दिल्ली का नजारा। दुनिया के 10 अधिकतम प्रदूषित नगरों में भारत के 7 नगर हैं और दिल्ली में साल के सिर्फ 5 दिन अच्छी हवा लोगों को नसीब होती है। शेष 360 दिन खराब या बेहद खराब हवा पीने को अभिशप्त हैं दिल्लीवासी। प्रदूषित हवा के जहर फेफड़ों से होकर या रक्त के माध्यम से दिमाग तक पहुँच रहे हैं, जिससे भारत में दुनिया के 17 प्रतिशत लोग मृत्यु को प्राप्त हो रहे हैं। इसलिए इस आपातकालीन पर्यावरण से निपटने के लिए निम्नांकित सुझाव प्रस्तुत किए जा रहे हैं—

1. मौलिक कर्तव्य (भारतीय संविधान के अनुच्छेद 36 से 51 तक) को मौलिक अधिकार की तरह हर नागरिक के लिए अनुपालन करना अनिवार्य किया जाए।
2. जनसंख्या नियंत्रण करना अत्यंत आवश्यक है—कानून बनाकर भी और जागरूकता बढ़ाकर भी।
3. साइकिल को राष्ट्रीय वाहन घोषित किया जाए। स्वास्थ्य और पर्यावरण के हित में साइकिलिंग को आदर्श संस्कृति के रूप में विकसित करने की आवश्यकता है।
4. पराली जलाने की अवधि अक्तूबर-नवंबर में खेतों पर कटाई की मशीन में डीजल भराई को एक माह के लिए सस्ता कर दिया जाए, ताकि पराली खेतों में न बचे और मशीनों से उन्हें जड़ सहित काट लिया जाए। ऐसा करने से पराली जलाने की जरूरत नहीं पड़ेगी। डीजल का दुरुपयोग न हो, इसके लिए किसान

के खेतों की जोत के साइज के अनुसार उन्हें डीजल का कोटा सब्सिडीयुक्त एक माह के लिए दिया जाए। इस नीति को पंजाब, हरियाणा तथा एन.सी.आर. में अवश्य लागू किया जाए।

5. गाँवों की खेती, प्रकृति, सामाजिकता और कुटीर रोजगार को संरक्षण दिया जाए। यह नगरीकरण की गति को कम करेगा। नगरीकरण से प्रदूषण भी बढ़ता है।
6. राष्ट्रीय हरित प्राधिकरण (National Green Tribunal) को प्रभावी शक्ति दी जाए।
7. कानून का पालन करना नागरिकों के मूल कर्तव्यों में शामिल किया जाए। नागरिक तथा जन प्रतिनिधि कानून का राज्य स्थापित करना अपना स्वभाव बनाएँ।
8. Bengal Smoke Nuisance Act 1905 तथा जल व वायु प्रदूषण से संबंधित अन्य कानूनों में आवश्यक संशोधन किया जाए। प्रदूषण संबंधी कानून के अनुपालन में लापरवाही अक्षम्य अपराध बनाया जाए तथा कानून को लागू करने में दृढ़ संकल्प का परिचय दिया जाए।
9. पब्लिक का दूसरों पर दोषारोपण कम करना जरूरी है। जनता अपनी जवाबदेही कब सीखेगी ? इस मामले में स्वावलंबी कब होगी ?
10. इंदौर (मध्य प्रदेश) ने डंप एरिया के कचरा निष्पादन हेतु ट्रामल मशीन का उपयोग किया है, जो सफल प्रयोग है।
11. हर गीले और सूखे कचरे को घर से ही अलग करने की आदत हर नागरिक को अपनाने की जरूरत है। गीला कूड़ा निष्पादित होकर खाद बनेगा और सूखा कूड़ा पुन: उपयोग में आएगा। किसी भी कूड़े को नहीं जलाना है।
12. शीशायुक्त (Lead) पेट्रोल का उत्पादन बंद किया जाए। फैक्टरी, विद्यालय और कार्यालयों में काम की अवधि में विविधता लाई जाए।
13. ई-वाहन तथा हाइड्रोजन चलित वाहन बढ़ाए जाएँ, खासकर उन शहरों में जहाँ वायु गुणवत्ता सूचकांक (Air Quality Index) 200 से ज्यादा हो गया है। जरूरत न हो तो बिजली, मोबाइल, इंटरनेट, वाई-फाई न चलाएँ। वाई-फाई तथा मोबाइल डाटा तभी ऑन करें जब उसकी जरूरत पड़े वरना ऑफ रखें।
14. पीपल, पाकड़, बड़, नीम, कदंब, जामुन, मौलश्री तथा खेजड़ी के पौधे लगाएँ।

15. जहाँ कूड़ा भराव स्थल (Land Fill) तथा औद्योगिक क्षेत्र (Industrial Area) हैं, उसके पास या चारों ओर 30 प्रतिशत क्षेत्र में फैक्टरी तथा 70 प्रतिशत क्षेत्र में हरित वन क्षेत्र का फॉर्मूला अपनाएँ। प्राकृतिक खेती पद्धति को बढ़ावा दिया जाए। इससे कार्बन उत्सर्जन घटेगा, कचरा (इलेक्ट्रॉनिक कचरा) और पानी की जरूरत भी कम होगी। बढ़ताई, बेजरूरत उपभोग की चीजें कम की जाएँ। भारत में इलेक्ट्रॉनिक कचरे का पुन: उपयोग तथा पुनश्चक्रण अभी तक प्रारंभ नहीं हुआ है। इसको तत्काल लागू किया जाए।
16. सादगी को सम्मानित करें। अत्यधिक उपभोग को हतोत्साहित किया जाए। एक बार मकान में पेंट लग जाने के बाद कम-से-कम 3 साल तक उसे नहीं बदला जाए। उसी तरह फर्श की टाइल्स सिर्फ मरम्मत की जरूरत पड़ने पर ही बदली जाएँ। नया फ्लैट खरीदते ही कई लोग फर्श की टाइल्स अनावश्यक बदलना शुरू कर देते हैं। इसे रोका जाए। टाइल्स तभी बदली जाएँ जब वे बदलनी बहुत जरूरी हों या फिसलाऊ हों। बेहतर यही होगा कि बाथरूम में रफ टाइल्स लगाई जाएँ, ताकि उन्हें बदलने की जरूरत न पड़े।
17. सकल घरेलू उत्पाद (GDP) के बजाय खुशहाली सूचकांक (Happiness Index) को अर्थव्यवस्था का राष्ट्रीय आदर्श बनाया जाए। सप्ताह में एक दिन अन्न उपवास की तरह 'ईंधन और नई चीज का उपभोग'—इसके भी उपवास रखे जाएँ। इसे राष्ट्रीय व्रत की संज्ञा दी जाए। कार्यालयों की कार्यनीति और तबादला नीति को खपत कम करने हेतु प्रोत्साहित करने वाली बनाएँ।
18. लागत पर सीमित मुनाफे की एम.आर.पी. वाला नियम बनाया जाए। इसे प्रतिशत में तय किया जा सकता है। ऑनलाइन शॉपिंग घटाएँ। इससे पैकेजिंग घटेगी। वाहन, ईंधन की खपत भी घट सकती है।
19. दिल्ली में सभी नगरों से ज्यादा वाहन हैं। टायर ट्यूब घर्षण से भी वायु प्रदूषण बढ़ता है। इसलिए मध्यम आकार के पब्लिक ट्रांसपोर्ट बढ़ाकर चौपहिया वाहनों की संख्या घटाई जाए।
20. समुद्र किनारे स्थित नगरों में प्रदूषण कम होता है, लेकिन यह प्रदूषण समुद्र में जा रहा है।
21. प्रदूषण का संबंध है सुशासन से, सभी ने एक ऐसे विषय, जिसकी राजनीतिज्ञों, नौकरशाहों तथा आम जनता ने उपेक्षा की है, दिल्ली तथा उत्तरी भारत के अधिकतर नगरों में अत्यधिक प्रदूषण कैंसर का बड़ा कारक सिद्ध हो रहा है।

जो लोग धूम्रपान नहीं करते हैं, उनमें भी 40 प्रतिशत लोगों में फेफड़े का कैंसर हो गया है। दुनिया में यह सबसे ज्यादा है। आई.आई.टी. कानपुर, पर्यावरण विभाग, दिल्ली सरकार तथा दिल्ली प्रदूषण नियंत्रण समिति द्वारा जनवरी 2016 में एक रिपोर्ट प्रकाशित की है तथा एक्शन प्लान का सुझाव दिया है। उन्होंने भी दिल्ली की वायु गुणवत्ता को बेहद गंभीर माना है।

22. दो प्रकार के प्रदूषण कण हवा में माने गए हैं—PM–10 और PM–2.5। PM–10 का मतलब हुआ पर्टिकुलेट मैटर, जिसका आकार 10 माइक्रोमीटर का है तथा PM–2.5 का आकार 2.5 माइक्रोमीटर है। PM–2.5 ज्यादा खतरनाक हैं, क्योंकि ये हमारे फेफड़े, खून तथा दिमाग तक पहुँच जाते हैं। PM–10 प्रदूषण के प्रमुख कारण हैं—रोड पर की धूल (56 प्रतिशत), कंक्रीट (10 प्रतिशत), औद्योगिक स्रोत (10 प्रतिशत) तथा गाड़ियाँ (9 प्रतिशत)। उसी प्रकार PM-2.5 उत्सर्जन के प्रमुख कारण हैं—रोड पर की धूल (38 प्रतिशत), गाड़ियाँ (20 प्रतिशत), घरेलू ईंधन का जलना (12 प्रतिशत) तथा औद्योगिक स्रोत (11 प्रतिशत), वायु की गुणवत्ता को जैवभार (Biomass) का जलाना, गाड़ियाँ, नगरीय ठोस कचरे का जलना, यह सब हमारी वायु की गुणवत्ता को प्रभावित करते हैं तथा इन पर शीघ्र ही नियंत्रण भी किया जा सकता है, ठोस प्रशासनिक पहल से। Fly Ash तथा कोयला, द्वितीयक कण (Secondary Particles) जाड़े में बायोमास जलाने में तथा अन्य कूड़ा जलाने के कारण काफी ज्यादा प्रदूषण बढ़ता है, उसी तरह दिल्ली के होटल, रेस्टोरेंट में तंदूर–चूल्हे में कोयला जलाने के कारण प्रदूषण बढ़ता है। इन्हें बिजली तथा गैस आधारित चूल्हों में परिवर्तित करना आवश्यक है। उपरांकित स्टडी टीम द्वारा स्टडी की गई कि जिन होटलों में 10 व्यक्तियों से ज्यादा व्यक्तियों के बैठने की क्षमता है, वहाँ कोयला जलाना बंद कर देना चाहिए।

23. प्रदूषण पर नियंत्रण करने के लिए Windbreaker, Bag filter, at silos, परदे, Telescopic Chutes की संस्तुति की गई है। वाहनों में BS-VI उत्सर्जन नॉर्म्स लागू करने की संस्तुति की गई। हाइड्रोजन, इलेक्ट्रिक तथा हाइब्रिड वाहन तथा सार्वजनिक वाहन प्रणाली की संस्तुति की गई।

24. लेखक की संस्तुति है कि रोड के किनारे की कच्ची जमीन तारकोल रोड से कम–से–कम 2 इंच नीचे जरूर हो और उस पर दूब घास जमा दी जाए, ताकि बारिश में किनारे की धूल, मिट्टी सड़क पर न आए तथा बारिश खत्म होने के

बाद धूप में सूखकर रोड पर की मिट्टी गाड़ियों के दौड़ने से धूल बनकर नहीं उड़ेगी। इससे सिल्ट लोड घटेगा। इसलिए जहाँ भी रोड के किनारे अथवा रोड पर निर्माण कार्य हुआ है, वहाँ की इंजीनियरिंग तथा किनारे के ऊँचे स्थान में तत्काल संशोधन किया जाए। यह कार्य पूरे देश में अधिकतम 3 माह में अवश्य पूरा कर लिया जाए, इससे धूल प्रदूषण समाप्त होगा। साथ ही वर्षा जल, कच्ची मिट्टी एवं घास के बीच से होकर अच्ची तरह रिचार्ज होगा। ध्यान रहे, रोड के किनारे टाइल्स लगाने से वर्षा जल रिचार्ज नहीं होता, रोड को क्षति पहुँचती है तथा बारिश के दिनों में जल प्लावन (Water Logging) की समस्या से पक्की रोड खराब होती हैं, रोड पर गड्ढे बनते हैं और ये दुर्घटना के कारण भी बनते हैं। इससे आम जनता परेशान होती है और हमारी अर्थव्यवस्था की रफ्तार सुस्त हो जाती है। इसके बाद जो धूल कण रोड पर जमे हुए हैं, उन्हें स्थायी रूप से वैक्यूम स्वीपिंग के द्वारा हटा दिया जाए। यह तरीका अपनाने से कम बजट में ज्यादा अच्छा काम होगा।

एक तरीका यह भी है कि रोड के एक किनारे पुलनुमा कंक्रीट पेवमेंट बनाया जाए, जो पैदल पार-पथ का काम बारिश के दिनों में करेगा तथा रोड के दूसरी ओर दूब घास लगाई जाए। जो कंक्रीट पैदल पार-पथ बनाया जाएगा, उसके नीचे छह इंच से 12 इंच तक खाली जगह और टाइल्स के नीचे कच्ची मिट्टी छोड़कर तथा कच्ची मिट्टी को पक्की रोड से नीचे रखते हुए बारिश का पानी हम आसानी से रिचार्ज कर सकते हैं और बारिश में यह पैदल पार-पथ का काम करेगा, जिसे सड़क के बराबर या उस से ऊँचा रखा जा सकता है। लेकिन ध्यान यह रखना है कि सड़क का पानी कंक्रीट के बने पैदल पार-पथ के नीचे आसानी से चला जाए, इसके लिए सड़क की बनावट ऐसी हो कि बीच में थोड़ा ऊँचा हो और किनारे थोड़े नीचे हों तथा कंक्रीट के पैदल पार-पथ में काफी संख्या में छेद हों, ताकि पानी सड़क पर बिल्कुल न रुके।

25. दिल्ली की लगभग 80 प्रतिशत आबादी प्रदूषण के अत्यधिक खराब स्तर के कारण स्वास्थ्य संबंधी समस्याओं अथवा बीमारियों से ग्रस्त है। इसी प्रकार उत्तर प्रदेश के 11 नगरों में वायु गुणवत्ता खराब अथवा बेहद खराब श्रेणी में रिकॉर्ड की गई है। 16,70,000 लोग भारत में प्रदूषणजनित बीमारियों के कारण मृत्यु को प्राप्त हो रहे हैं। यही स्थिति राष्ट्रीय राजधानी क्षेत्र (NCR) तथा उत्तरी भारत के कई नगरों में है और अब ग्रामीण क्षेत्र भी धुँए और धूल के गढ़ बनते

जा रहे हैं। दिल्ली में तो लोग धूल, धुआँ, खाँसी, श्वास लेने में कठिनाई तथा क्षतिग्रस्त फेफड़ों की समस्या से परेशान हैं। यानी स्मॉग (SMOG) की जगह डस्मॉग (DUSMOG) शब्द लेखक के दृष्टिकोण से ज्यादा उपयुक्त जान पड़ता है।

26. भारत में जितनी उर्वरक उत्पादक यूनिट हैं, उनमें से 30 प्रतिशत ही कानूनी मानकों का पालन कर रही हैं। कीटनाशक निर्माण इकाइयों में कोई भी इकाई सांविधिक उपबंधों का पालन नहीं कर रही है। इसी प्रकार सीमेंट उत्पादक इकाइयों में 15 प्रतिशत ही निर्धारित मानकों का पालन कर रही हैं। जबकि जर्मनी में प्रदूषण समाप्त करने के लिए निर्धारित मानकों का करीब-करीब पालन किया जा रहा है।

27. प्रदूषण न्यूनतम रखने के लिए उपयुक्त क्रियाविधि (मानक कार्य संचालनिक प्रक्रिया-SOP), उपयुक्त कानून तथा आम जनता द्वारा जागरूक नागरिक की तरह पर्यावरण संरक्षण संबंधी नियमों और कानूनों का अनुपालन सुनिश्चित करना व पर्यावरण-प्रशिक्षित कर्मचारियों की उपलब्धता। इन चारों बिंदुओं पर गंभीरता से अनुश्रवण किया जाना चाहिए। इसके साथ-साथ पर्यावरण संरक्षण के मार्ग में आने वाली कठिनाइयों को दूर करना भी अत्यंत आवश्यक है।

28. प्रांतीय अथवा केंद्रीय प्रदूषण नियंत्रण बोर्ड का कर्तव्य है कि प्रदूषण फैलाने वाली फैक्टरी के विरुद्ध मुकदमा न्यायालय में दायर करे। साथ ही प्रदूषण नियंत्रण बोर्ड निजी शिकायतकर्ता को सभी संबंधित सूचनाएँ देने के लिए बाध्य है।

29. प्रदूषण के कारण हैं—फसलों के कटने के बाद खेतों में अवशेष पुआल तथा पराली का जलाना, रोड के किनारे की धूल, औद्योगिक प्रदूषण तथा सुबह व रात को कूड़े के नाम पर या ठंड के नाम पर हर तरह की चीज जलाने की प्रवृत्ति, वह चाहे जैविक अपशिष्ट हो अथवा प्लास्टिक।

30. समाधान—

    i. जून 2021 तक भारत के 43 नगरों में मियावाकी तकनीक द्वारा शहरी वृक्षारोपण/नगरीय वन तैयार किए जा चुके हैं। अकीरा मियावाकी जापानी बोटैनिस्ट रहे हैं। इनके मुताबिक भौगोलिक क्षेत्र के अनुसार पौधे चुने जाते हैं। स्वस्थ पौधे तैयार किए जाते हैं तथा एक वर्ग मीटर में 3.5 पौधे लगाए जाते हैं, जिससे कम स्थान में घने जंगल

तैयार होते हैं। परजीवी पौधे विकसित होने का मौका कम मिलता है। पेड़ इतने घने हों कि सूरज की किरण पौधों के नीचे की जमीन को नहीं सुखा पाती है। इनकी देखभाल 3 वर्ष तक की जाती है। नगरीय वन क्षेत्र निर्माण के लिए—(क) जमीन की मिट्टी की बनावट तथा बायोमास का परीक्षण किया जाता है, ताकि पानी धारण करने की क्षमता, उपजाऊपन, पानी रिचार्ज करने की क्षमता, पौधों के बढ़ने की क्षमता आदि नापी जा सकती है। बायोमास में (ख) जैविक खाद होनी चाहिए, जिसमें गाय आदि मवेशियों, बकरे आदि के गोबर तथा बर्मी कंपोस्ट होते हैं। जमीन को भेदने की क्षमता, प्राकृतिक केंचुए, चावल और गेहूँ की भूसी व छिलके, मूँगफली के छिलके, नारियल के छिलके व रेशे—ये जमीन में पानी रिचार्ज करने की क्षमता बढ़ाते हैं। इसके साथ-साथ पौधों की जड़ों में तथा पूरे वन क्षेत्र में तीखी धूप से जमीन की नमी को बचाने के लिए सूखी पत्तियाँ, सूखी घास तथा छाल आदि जैविक अपशिष्ट (Biodegradable Waste) को मिट्टी पर तथा पौधों की जड़ों में डाले जाते हैं (Mulching की जाती है)। रोपने के लिए पौधों की ऊँचाई 60.80 सें.मी. के बीच होनी चाहिए। जमीन से जंगली घास, प्लास्टिक, शीशा, कपड़ा आदि कूड़ा-करकट हटा देना चाहिए तथा कम-से-कम 6 घंटे धूप पौधों को अवश्य मिले। सिंचाई की सुविधा भी होनी चाहिए और साल के 7 महीने लगभग प्रतिदिन अथवा आवश्यकतानुसार इनमें सिंचाई की जानी चाहिए। साथ ही ज्यादा बारिश होने पर पौधों की जड़ों में पानी न टिके। वन क्षेत्र में बारिश का पानी रिचार्ज करने के लिए कच्चे सोखते गड्ढे भी हों। रासायनिक खाद या पेस्टीसाइड का प्रयोग नहीं करना चाहिए।

ii. UNREDO-United National Programmes On Reducing Emission From De-forestation and Forest Degradation तथा International Union for Conservation of Nature (IUCN) भी अंतरराष्ट्रीय स्तर पर वृक्षारोपण के माध्यम से प्रदूषण व ग्लोबल वार्मिंग घटाने का प्रयास कर रहे हैं।

iii. चंडीगढ़ के 46 प्रतिशत क्षेत्र में हरित क्षेत्र है। सन् 2019 में यहाँ पर 1800 पार्क थे। उसी प्रकार चेन्नई में एक स्वंयसेवी संस्था (NGO) ने

25 मियावाकी जंगल तैयार किए हैं जिनमें जून 2021 तक 65 हजार पेड़ लगाए जा चुके हैं। इस NGO के 1800 सदस्य हैं तथा इस प्रकार के वृक्षारोपण अभियान तमिलनाडु के अन्य शहरों में भी प्रारंभ किए गए हैं।

iv. एयरशेड मैनेजमेंट (Airshed Management) में मौसम तथा भौगोलिक पैटर्न के अध्ययन के बाद हवा की गुणवत्ता का प्रबंध प्राकृतिक तौर पर किया जाता है।

v. यू.एस.ए में कैलिफोर्निया तथा इंग्लैंड के सेंट्रल लंदन में Ultra Low Emission Zone कायम करके प्रति किलोमीटर 75 ग्राम से अधिक कार्बन उत्सर्जन करने वाले वाहन पर भारी जुरमाना लगाया जाता है।

vi. जल प्रदूषण—भारत के शहरों में 72 प्रतिशत सीवेज अनुपचारित रह जाते हैं तथा वे ताजे पानी के जलाशयों में मिला दिए जाते हैं। केंद्रीय प्रदूषण नियंत्रण बोर्ड के अनुसार 323 नदियों में शहर के प्रदूषित पानी व कूड़े मिलाए जा रहे हैं। 5 हजार ली. की क्षमता वाले 4 हजार सेप्टिक ट्रकों से आदमी के द्वारा त्यक्त गंदगी (Human Waste) गंगा नदी में प्रतिदिन छोड़े जा रहे हैं। यही हालत उत्तर भारत के अधिकतर शहरों की है। उसी तरह औद्योगिक कचरे व शहर के नाले भी नदियों में गिराए जा रहे हैं।

vii. मंगलूरु सिटी कॉरपोरेशन द्वारा वेस्ट वाटर उपचार करने के बाद इन्हें औद्योगिक इकाइयों को दिया जा रहा है। ये औद्योगिक इकाइयाँ एस.टी.पी. तथा पंप के संचालन व रख-रखाव के लिए वित्तीय योगदान करती हैं। इसी प्रकार चेन्नई एक उत्कृष्ट उदाहरण है, जहाँ सेनिटेशन नेटवर्क आम आदमी के आर्थिक सहयोग से तैयार किया गया है।

31. आम जनता और सिविल सोसायटी की उदासीनता—

(क) सन् 2050 तक 40 प्रतिशत भारतीयों को पानी का अभाव झेलना होगा तथा 3.5 करोड़ लोगों को समुद्र किनारे बाढ़ की विभीषिका को झेलना पड़ेगा। फिर भी आम जनता जरूरत से ज्यादा उदासीन और लापरवाह है। मई 2021 में मात्र 16 भारतीय नगरों ने जलवायु परिवर्तन से निपटने के लिए अपनी योजनाओं की जानकारी अंतरराष्ट्रीय संगठन को दी थी और मात्र 8 नगरों ने अपने मास्टर प्लान में जलवायु परिवर्तन को

लेकर टिकाऊ लक्ष्य तथा योजना तैयार की और मात्र 5 शहरों ने ग्रीन हाउस गैस उत्सर्जन को कम करना अपना लक्ष्य बनाया था।

(ख) बारिश का पानी जमीन में रिचार्ज करने के लिए नगर योजनाओं में कोई प्रभावी स्कीम लागू नहीं है, जबकि नगर निगम और विकास प्राधिकरणों द्वारा शहरी रोड के किनारे बारिश का पानी शत-प्रतिशत रिचार्ज करने के लिए ठोस योजना को क्रियान्वित किया जाना अत्यंत आवश्यक है। यह भी ध्यान रखना जरूरी है कि ये रिचार्ज प्रणाली सीधे एक्यूफर (Aquifer) में बारिश का पानी रिचार्ज न करें।

(ग) आपदा प्रबंधन योजना, जिसमें असामान्य रूप से अत्यधिक बारिश होने पर बारिश का पानी रिचार्ज करने के साथ-साथ अत्यधिक पानी को शहर के बाहर ले जाने की व्यवस्था हो, जलवायु परिवर्तन युग में एक आपातकालीन आवश्यकता है।

(घ) नागरिकों के सोचने का ढंग, उनकी मनोवृत्ति, उनकी मानसिक वृत्ति में सकारात्मक परिवर्तन तथा योजनाकारों में भी जलवायु परिवर्तन तथा पर्यावरण प्रदूषण को लेकर संवेदनशीलता आना अत्यंत आवश्यक है।

प्रणाम करें स्वामी दयानंद को
स्मरण करें स्वामी विवेकानंद को
स्मृति-सीमा से परे विचारक को

□

16

भारतीय संविधान के मूल कर्तव्य में जल व पर्यावरण संरक्षण

(क) संविधान के मूल कर्तव्य अनुच्छेद {51(क)(ज)} में प्राकृतिक पर्यावरण की, जिसके अंतर्गत वन, झील, नदी और वन्य जीव की रक्षा करने, उसका संवर्धन करने तथा प्राणी मात्र के प्रति दया भाव रखने की अपेक्षा की गई है, इसका भी अनुपालन सुनिश्चित किया जाए। आह्वान किया जाए कि सबके कर्तव्य पालन से ही सबका विकास संभव है।

(ख) अखिल भारतीय सेवाएँ आचरण नियमावली के नियम 17(क) के अनुसार, 'अखिल भारतीय सेवा' के सदस्य व्यक्तिगत क्षमता में तथा अन्यथा पर्यावरण संरक्षण संबंधी नीतियों/नियमों एवं मूल्यों का दृढ़तापूर्वक अनुपालन सुनिश्चित करेंगे।

(ग) 'इसी पैटर्न पर भारत की सभी सेवाओं—प्रथम श्रेणी से चतुर्थ श्रेणी तक के अधिकारियों व कर्मचारियों के लिए आचरण नियमावली में स्पष्ट प्रावधान किया जाए। इसी प्रकार न्यायिक सेवा के अधिकारियों की सेवा नियमावली तथा पब्लिक सेक्टर व प्राइवेट सेक्टर के स्टाफ व अधिकारियों की सेवा आचरण नियमावली में पर्यावरण, वायु व जल संरक्षण के प्रावधान लागू किए जाएँ।

(घ) साथ ही आचरण नियमावली के इन प्रावधानों के क्रियान्वयन तथा अनुश्रवण करने तथा अच्छा कार्य करने वालों के लिए प्रोत्साहन/पुरस्कार की व्यवस्था की जानी चाहिए।

(ङ) शहर का जनस्वास्थ्य—शहरों के नालों की संरचना (Drainage Engineering) त्रुटिपूर्ण है। इस कारण पूरे शहर में गंदगी फैली रहती है, मच्छर पनपते रहते हैं। नालों की संरचना ऐसी होनी चाहिए कि बारिश का पानी नाले में न मिले।

□

17

जल संरक्षण की भारतीय परंपरा

महात्मा गांधी के परिवार की पाँच पीढ़ियाँ पोरबंदर में जिस मकान में रहीं, उसी मकान के प्रांगण में एक जलाशय (Sump) बनाकर 60 हजार गैलन वर्षा जल संचित किया जाता था।

प्राचीन भारतीय ग्रंथों में जलाशयों को आदरणीय व पूज्य माना गया है।

मंत्र 2 ए नवमोउध्याय, यजुर्वेद संहिता में कहा गया है.

वृष्णा 3 ऊर्मिरसि राष्ट्रदा राष्ट्रं में देहि स्वाहा, राष्ट्रदा राष्ट्रमस्मै देहि वृष 3 ऊर्मिरसि सेनोसि राष्ट्रदा राष्ट्रं में देहि स्वाहा—वृष सेनोसि राष्ट्रदा—राष्ट्रममुस्मै देहि॥

(कलकल ध्वनि करने वाली धाराओं, आप बलवान, पुरुष को उच्च पद पर पहुँचाने तथा राष्ट्र प्रदान करने में समर्थ हैं। आपके लिए यह आहुति समर्पित है।)

आप सुखपूर्वक राष्ट्र प्रदान करने वाले हैं, अतः राज्य देने में समर्थ होकर राजपद प्रदान करें। आपके लिए यह आहुति समर्पित है।

यह भी कहा गया है—'न वारयेदूगा धयन्ती' यानी पानी पीती हुई गौ को न रोकें।

(श्लोक 264 तथा 281 में आचार्य कौटिल्य ने कहा—जो दूसरों के जलाशय, घर, पोखरा, बाग, खेत ले ले या तालाब के जल को खराब करे या आगे के रास्ते को बंद करे तो राजा उसे कठोर दंड दे।)

आचार्य कौटिल्य ने बादलों से बरसते जल को शुद्ध और कल्याणकारी माना। साथ ही जलस्रोतों को नुकसान पहुँचाने वाले को म्लेच्छ कहा।

मध्य प्रदेश के राजनंदगाँव जैसे क्षेत्रों में सन् 1907 तक भी बहुत से बड़े तालाब बन रहे थे।

बुंदेलखंड में चंदेल राजाओं की विक्रम संवत् 286 से 1162 तक की 22 पीढ़ियों के नाम पर पूरे 22 बड़े-बड़े तालाब बने थे। ये बुंदेलखंड में आज भी हैं।

"We have spent on extravagant temples of stone. Let us call a temporary stop to it and start spending on Jal Mandirs (water temples like check dams). Otherwise how will these temples of stone survive without water? " (एक भारतीय संत)

इसी क्रम में आई.आई.टी. रुड़की के इतिहास पर ध्यान दें। यह 1847 में खोला गया। सन् 1827 में निकाली गई गंगा नहर और 'अक्वाडक' का पूरा काम इस इलाके में रहने वाले गजधरों ने किया था, जिनकी प्रतिभा के कायल तत्कालीन गवर्नर ने उनकी इस वंशानुगत प्रतिभा में और भी निखार लाने के लिए एशिया का यह पहला इंजीनियरिंग कॉलेज खोला था।

500 बरस पहले मेघोजी द्वारा तालाब 'बाप' नाम के कस्बे में बनाया गया। बाप, जैसलमेर-बीकानेर में मेघोजी ने भीम-सी संकल्प शक्ति लेकर तालाब का निर्माण अकेले शुरू कर दिया था। विनम्र स्वभाव के वह मेघो गोचर में गोवंश चराते थे। उनकी याद में तथा उनकी मृत्यु के बाद उनकी पत्नी द्वारा अधूरा तालाब पूरा करने की सम्मान-स्मृति में स्थानीय निवासियों ने देवली बनाई। मई, जून में पाल के एक तरफ लू चलती है, तो दूसरी तरफ मेघोजी के तालाब में लहरें उठती हैं। बरसात में तो 4 मील में तालाब फैल जाता है।

मा. सुप्रीम कोर्ट द्वारा सिविल अपील सं.-4787/2001, हिंचलाला तिवारी बनाम कमला देवी आदि में पारित आदेश दिनांक 25.07.2001 'सार्वजनिक प्रयोजन की भूमि, तालाब, पोखर आदि को आबादी की श्रेणी में परिवर्तित करना आपत्तिजनक है। अत: तालाबों को सुरक्षित करें, सार्वजनिक भूमि पर वृक्ष लगाएँ।' का अनुपालन अपेक्षित है।

(क) भारत को जलवायु के लिहाज से 15 भागों (जोन) में श्रेणीबद्ध किया जा सकता है।

(ख) मेघालय तथा भारत के पूर्वोत्तर अन्य राज्यों में बाँस की नलियों द्वारा झरनों और स्रोतों के पानी को दूर-दूर तक ले जाने का चलन 18वीं सदी के अंत से अभी तक जारी है। इससे सैकड़ों मीटर दूर तक पानी ले जाया जाता है। पहाड़ी क्षेत्रों के लिए इसे बाँस वाली ड्रिप सिंचाई पद्धति कहा जा सकता है।

(ग) नागालैंड में 'जाबो' सिंचाई पद्धति से कृषि आदि कार्य के साथ-साथ भू-क्षरण भी रोकते हैं।

(घ) भारत में आज भी उस भूजल को निकाला जा रहा है, जो 7000 साल पुराना हो रहा है।

(ङ) भारत में पिछले 60 वर्षों से चली आ रही सिंचाई नीतियों को बदलने की जरूरत है। इस काम को रोजगार गारंटी योजना, कौशल विकास तथा जल एवं भूमि सुधार/भूमि संरक्षण के कार्यक्रमों से जोड़ देना चाहिए।

(च) बिना स्थानीय समुदायों की सहायता के विकास संबंधी कार्यक्रमों का कार्यान्वयन सफल नहीं हो सकता।

(छ) आज से लगभग 5000 वर्ष पहले (महर्षि कौटिल्य से 3000 हजार वर्ष पहले) कंकड़-पत्थर से बने बाँध कच्छ (गुजरात) में मिले हैं। सिंधु घाटी सभ्यता (3000.1500 ई.पू.) के महत्त्वपूर्ण स्थान धौलावीरा में जलाशय तथा जल निकासी की व्यवस्था बहुत अच्छी थी। हड़प्पा सभ्यता में काफी कुआँ थे।

(ज) महर्षि कौटिल्य की पुस्तक 'अर्थशास्त्र' के अनुसार सिंचाई तकनीक विकसित थी। जलाशय बनाने, चलाने और रख-रखाव करने का काम गाँववाले खुद करते थे। इस मामले में गड़बड़ करने वालों को सजा मिलती थी। राजा चंद्र गुप्त मौर्य (ई.पू. 321.297) तथा अन्य राजा भी जलाशय की तकनीक सुलभ कराने में मदद करते थे।

(झ) भोपाल के राजा भोज ने 65,000 हेक्टेयर का जलाशय दो पहाड़ियों के बीच तटबंध डालकर बनाया।

(ट) बंगाल में 17वीं सदी से प्रचलित जल प्लावित सिंचाई प्रणाली (आप्लावन नहरें) 18वीं सदी तक व्यवस्थित ढंग से चली। इससे मिट्टी की उर्वरा तो बढ़ी ही, मलेरिया का नाश भी होता था।

(ठ) निकोबार द्वीप समूह के शोंपेन और जार्वा आदिवासी आधे फटे बाँस को नन्हे जलमार्गों की तरह उपयोग करके दूर स्थित हौज में बारिश का पानी जमा करते हैं।

□

18
नुस्खे

(1) घरेलू उपयोग में साबुन का कम प्रयोग किया जाए तथा नीम, मुलतानी मिट्टी/ सज्जी मिट्टी, खली, रीठा आदि का उपयोग बढ़ाया जाए।

(2) प्रस्तावित काररवाई-पानी, नदी व अन्य जलाशयों को गंदा करने वाले के ऊपर आर्थिक दंड लगाया जाए अथवा उनके विरुद्ध मुकदमा कायम करके नियमानुसार काररवाई की जाए।

(3) नदियों में गंदे नाले का पानी डालने के बजाय उनको साफ किया जाए (ट्रीटमेंट किया जाए)। यह ट्रीटमेंट केंद्रीकृत तरीके जैसे (STP) द्वारा न करके विकेंद्रित सफाई गंदगी के स्रोतों तथा उद्योग स्थानों पर ही कर दिया जाए। नदियों के समानांतर नदियों से कम-से-कम 2 कि.मी. दूर ट्रीटमेंट प्लांट लगाए जाएँ।

(4) पानी के रासायनिक पैरामीटर हैं—ph वैल्यू, खारापन, क्लोराइट, सल्फेट, कैलशियम, मैग्नीशियम, अमोनिया, नाइट्रोजन, जरासीम, भारी धातुएँ जैसे लोहा, ताँबा, जिंक, क्रोमियम, पारा, सीसा आदि।

(5) रेडियोएक्टिव पैरामीटर हैं—अल्फा, बीटा, पार्टिकल आदि।

(6) इंफेक्शन वाले पैरामीटर हैं—इकोलाई और दूसरी बीमारियाँ फैलाने वाली गंदगी।

(7) पानी के भौतिक पैरामीटर हैं—रंग, महक, तापक्रम, चालकता, टरबिडिटी (गँदलापन) आदि।

(8) अस्पतालों का कूड़ा, दवाएँ, सिरिंज का प्रबंधन आवश्यक है।

(9) रसोई से निकले पानी में हाइड्रोकार्बन की मात्रा अधिक होती है और यह बागवानी के लिए उपयुक्त है।

हमारे आसपास के वातावरण में मौजूद ऐसा कोई भी पदार्थ, जो आसानी से सड़-गल सकता हो (Decompose), जैव पदार्थ कहलाता है। जैसे—पेड़-पौधों की पत्तियाँ, जड़, तना, रसोई व घर का कूड़ा-कचरा, रद्दी कागज, राख, गन्ने की मैली, पशुओं का गोबर, मूत्र, पार्थेनियम, अधिकतर घास, खरपतवार आदि को ध्यान में रखा जाए कि इसमें प्लास्टिक, चीनी मिट्टी आदि के अंश न मिलें।

□

19

कम पानी के क्षेत्रों में जल प्रबंधन

(1) देश के 15 प्रतिशत जिलों में जल स्तर ऊपर तो उठेगा, लेकिन जल आवक क्षेत्र (आगौर) 40 गुणा क्षेत्र तक रखा जा सकता है, जैसाकि जैसलमेर के तालाबों में सन् 1907 से पहले रखा गया था। राजस्थान, गुजरात, कर्नाटक, उड़ीसा व उत्तर प्रदेश के कम बारिश के क्षेत्र में।

(2) भारत में होने वाली कुल बारिश का लगभग 17 प्रतिशत से 29 प्रतिशत वर्षा जल गैर-मानसून अवधि में गिरता है। वर्षा जल टंकी से लगभग एक से चार महीने तक अतिरिक्त बचत होगी। इस प्रकार औसत माना जाए तो पूरे देश में औसत 10 महीने तक बारिश के वर्षा जल से काम चल जाएगा। इससे औसतन 8 से 12 माह तक बिजली की बचत हो जाएगी। 10 माह में सभी प्रकार के भवनों को मिलाकर 2 खरब यूनिट बिजली बचाई जा सकती है।

(3) दिल्ली में तथा सभी शहरी क्षेत्रों में 2018 तक ये योजनाएँ लागू की जाएँ, ताकि मानसून का वर्षा जल अवश्य रिचार्ज हो जाए या पानी की टंकी में अवश्य एकत्रित हो जाए। इसे जल्दी-जल्दी लागू किया जाए।

(4) पानी की टंकी में चारकोल फिल्टर तथा यू-वी फिल्टर से पानी साफ किया जाए। जिन परिवारों के पास घर नहीं है, उनको एक छत देने का सुझाव ऊपर दिया जा चुका है।

(5) स्नानघर का ग्रे-वाटर एस.टी.पी. में उपचार करने के बाद सिंचाई के काम में लाया जा सकता है। इसकी व्यवस्था उच्च आय वर्ग के परिवारों तथा सरकार द्वारा बजट की उपलब्धता के अनुसार की जा सकती है। इसके बाद बड़ी टंकी बनाकर इससे ज्यादा बिजली बचत करने के बारे में योजना लागू करने पर विचार किया जाएगा।

□

20

पानी रिचार्ज कुआँ के ऊपर की जमीन को कैसे बचाएँ?

रिचार्ज कुआँ बनाने में कम-से-कम 12 वर्ग फीट तथा अधिक-से-अधिक 82 वर्ग फीट जमीन खर्च होती है। इसके अलावा गाद छन्ना टंकी बनाने में जमीन खर्च होती है, जो कम-से-कम 5 वर्ग फीट तथा अधिक-से-अधिक 25 वर्ग फीट हो सकती है। गाद छन्ना टंकी की जमीन नहीं बचाई जा सकती। लेकिन रिचार्ज कुआँ की जमीन का ऊपरी हिस्सा बचाया जा सकता है।

माना कि रिचार्ज कुआँ की गहराई 12 फीट है, तो रिचार्ज कुआँ की दीवार 10.5 से 11 फीट तक उठाई जाए। इस कुआँ के ऊपर मजबूत सीमेंट/कंक्रीट का ढक्कन बनाया जाए। इसकी मजबूती वैसी ही हो जैसे घर का छत की मजबूती या पुल की मजबूती। रिचार्ज कुआँ की छत बनाते समय गाद छन्ना टंकी से निकलने वाली पाइप में एल्बो लगाकर ढाई फीट पाइप कुआँ की छत के नीचे की ओर जाने दिया जाए, ताकि गाद छन्ना टंकी से निकलने वाला पानी रिचार्ज कुआँ की छत के नीचे होकर रिचार्ज कुआँ में गिरे। गाद छन्ना टंकी से साफ पानी रिचार्ज कुआँ में गिरे। इसलिए उस परिस्थिति में जुड़वाँ गाद छन्ना टंकी बनाई जाए जब रिचार्ज कुआँ बड़ा हो। मतलब यह कि जल आवक क्षेत्र का एरिया 400 वर्ग मीटर से बड़ा हो। अब इस रिचार्ज कुआँ की कंक्रीट छत के ऊपर खाली एक-डेढ़ फीट भाग में वापस मिट्टी भर दी जाए। रिचार्ज कुआँ खोदते समय खेत में सबसे ऊपर 8 इंच गहराई तक जो मिट्टी थी, उसे ही रिचार्ज कुआँ की छत पर डाली गई मिट्टी के सबसे ऊपर डाला जाए। साथ ही इस मिट्टी में प्राकृतिक खाद, जैविक खाद, हरी खाद, कंपोस्ट खाद या जीवामृत डालकर उसे उपजाऊ बनाया जाए। इस स्थान के ऊपर या तो सब्जी उपजाई जाए या घास का लॉन बनाया जाए। इस पर पेड़ नहीं लगाए

जाएँ। गाद छन्ना टंकी की गहराई सभी केसेज में 4 फीट रखी जाए। गाद छन्ना टंकी के निचले हिस्से को पक्का न किया जाए, लेकिन उस पर एक स्तर ईंट (2.5 इंच तक) बिछा दी जाए। यानी 1 ईंट बिछा दी जाए, ताकि पानी का संपर्क सीधे मिट्टी से न हो और साफ पानी रिचार्ज कुआँ में जाए। तालाब में गाद मिट्टी नहीं के बराबर जाए। इसकी तकनीक पुस्तक में लिखी गई है।

पानी रिचार्ज कुआँ (जल पुनर्भरण जलाशय)—स्नानघर (Bathroom) का पानी सीवर लाइन में ले जाना है, जिसे 2019 तक एस.टी.पी. (सीवेज ट्रीटमेंट या रिसाइकिल प्लांट) बनाकर पुन: प्रयोग में लाने की योजना पर विचार किया जाना है। स्नानघर तथा रसोई का पानी रिचार्ज नहीं करना है या जीवाणु से इसका ट्रीटमेंट करना है। रिचार्ज टंकी 10.12 फीट गहरी कर दें। उसमें सतह से डेढ़-दो फीट नीचे मजबूत कंक्रीट स्लैब से अच्छी तरह ढकने के बाद उसके ऊपर एक-डेढ़ फीट मिट्टी वापस भरकर समतल (Plane) कर दिया जाए, जिसका इस्तेमाल खेती, लॉन, के लिए किया जा सकता है। 8 इंच व्यास की पाइप लगाने से मात्र 1 फीट जमीन पाइप के बीच छोड़नी पड़ेगी। लेकिन गाद छन्ना टंकी के लिए जो जमीन खर्च होनी है, वह होगी।

सावधानियाँ

ट्यूबवेल, कुआँ, हैंडपंप, बैंक्वेट हाल, होटल या बिल्डर द्वारा बनाई गई बिल्डिंग या अपार्टमेंट के कैंपस में रिचार्ज कुआँ तत्काल तैयार कर लिया जाए। सड़क के किनारे फिर पौधे लगाए जाएँ, लेकिन वहाँ पर रिचार्ज कुआँ नहीं बनाया जाए, क्योंकि मोबिल, पेट्रोल, डीजल, तारकोल से प्रदूषित होकर पानी जमीन के अंदर पानी के एक्विफायर को ही दूषित कर देगा। रिचार्ज प्रणाली तैयार करने के 16 महीने बाद हमारा समय पानी के पीछे बरबाद नहीं होगा।

विज्ञान एवं पर्यावरण केंद्र (Centre for Sciene and Environment) नई दिल्ली की पुस्तक में एक्विफायर रिचार्ज करने का डिजाइन है। एक मकान से पाइप द्वारा हैंडपंप के बाहरी बोरवेल के माध्यम से सीधे एक्विफायर में पानी उतारा गया है।

मैं इस डिजाइन का अनुमोदन नहीं करता हूँ, इसलिए कि—

(1) यदि किसी कारणवश विषाक्त पानी (Contaminated Water) एक्विफायर में चला जाता है, जैसा कि गिलहरी, चूहा आदि के कारण हो सकता है तो एक्विफायर के पानी को शुद्ध करना आसान नहीं होगा। प्रदूषण बढ़ता जा रहा है।

(2) वर्षा का पानी जमीन के अंदर ले जाने तथा जमीन के पानी को पुनः सबसे ऊपरी फ्लोर तक लिफ्ट कराने के लिए बिजली या डीजल व्यय करना पड़ेगा।

(3) जहाँ पर आर्सेनिक, फ्लोराइड या अन्य धातु आदि के कारण जमीन के अंदर का पानी विषाक्त हो गया है, वहाँ पर छत के पानी का इस्तेमाल किया जाए। अतः मेरा टू-इन-वन टैंक या क्लीन रूफ टॉप रेन वाटर डायरेक्ट टू हाउस का विकल्प ही श्रेयस्कर है।

(क) जमीन का आकार—300 वर्गमीटर = 3210 वर्गफीट। व्यास (Diameter)= 5 फीट।
रिचार्ज कुआँ के लिए अपेक्षित जमीन = लगभग 20 वर्गफीट। गहराई-10 फीट से 12 फीट तक। प्रतिशत जमीन की आवश्यकता =1.5 प्र.श.।

(ख) जमीन का साइज—200 वर्गमीटर = 2152 वर्गफीट
रिचार्ज कुआँ का व्यास (Diameter) = 4 फीट। रिचार्ज कुआँ के लिए अपेक्षित ज़मीन = 12.6 वर्गफीट गहराई-10 फुट.12 फुट। प्रतिशत जमीन की आवश्यकता =1.5 प्रतिशत।

□

21

भारत राष्ट्र के सर्वांगीण विकास का रोड मैप

भारतवर्ष के एक अरब पच्चीस करोड़ का विशालकाय परिवार तभी समुचित प्रगति कर सकता है, जब सभी के लिए किसी भी तरह का भेदभाव किए बिना विकास कार्य किया जाए। इसके लिए निम्नांकित कदम उठाने होंगे—

1. अभी भी भारत की 52 प्रतिशत आबादी खेती में लगी हुई है, भले ही 2010 के आँकड़े के हिसाब से 14.06 प्रतिशत भारतीय जमीन पर ही खेती हो पा रही है। भारत का क्षेत्रफल 32,87,263 वर्ग किलोमीटर है। भारतवर्ष में औसत सालाना बारिश घटकर 110 सेंटीमीटर हो गई है। फिर भी दुनिया की औसत बारिश 80 सें.मी. से यह ज्यादा है, लेकिन भारत की आबादी दुनिया की आबादी की लगभग 17.5 प्रतिशत है। वर्ष 2011 में 17.5 प्रतिशत थी और 1 मार्च, 2011 को हमारी आबादी 1210 मिलियन थी। भारत के 382 वर्ग किलोमीटर क्षेत्र में 2012 में 382 व्यक्ति निवास करते थे और 2001-2011 के दशक में 17.64 प्रतिशत आबादी बढ़ी। बिहार में आबादी का घनत्व प्रति वर्ग किलोमीटर 1102 है, जो भारत में सर्वाधिक है। उसके बाद बंगाल तथा केरल का नंबर आता है।
2. विकास तेजी से करने के लिए खेती पर ध्यान देना जरूरी है और इसके लिए ऑर्गेनिक फार्मिंग (जहरमुक्त, प्राकृतिक खेती) की संस्कृति का विकास करना जरूरी है। यह जैविक खेती कभी भारतीय संस्कृति में विद्यमान रही है, लेकिन दुर्भाग्यवश हम हिंदुस्तानी अंग्रेजों के आने के बाद जैविक खाद और गोवंश को भूलते गए।

पंडित जी सावधान कर गए
भक्तो! न करो नदिया में विसर्जन
गंगाजल सरिस छिड़काव करो
रखो शुद्ध जल हित आचमन

□

22

जल व पर्यावरण संरक्षण को समर्पित कविताएँ

आरुणिकालीन जल संचय से वर्तमान जल संकट तक

(1) कहाँ तो तय था भरा कुआँ हर घर के लिए।
कहाँ शुद्ध बूँद मयस्सर नहीं शहर के लिए॥

(2) क्या वजह है प्यासे का कंठ सूखा है यहाँ?
कहते हैं, कभी (पानी से) लबालब था यह कुआँ॥

(3) बियाबान अरावली में बेसुध पड़ी थी जो नदी।
किनारों से, दरख्तों से अब उफनाने-लपटाने लगी है॥

(4) इनकी पहचान भी करते हैं यहाँ के बाशिंदे, परिंदे।
ये भगनी-रूपारेल-सरसा-अरवरि-जहाजवाली है॥

(5) किसान-ओ उद्योगपति। अपने मुल्क की किस्मत पे संजीदा बनो।
तेरे हाथ में है हल, तेरे हौसले से बुलंद संबल।

पर्यावरण संरक्षण

(1) इन गगनचुंबियों के साए में धूप चुभने लगी है।
चलो फैलाएँ पंचवटी-नीम का सुवास सृष्टि भर के लिए॥

(2) अब तो नाले का पानी फिल्टर कर लो दोस्तो।
गंगा-गोदावरी-गोमा के कमल कुम्हलाने लगे हैं॥

(3) अट्टालिका नहीं, न सही, सादगी भरी कुटिया सही।
कोई हरा-भरा नजारा तो है हर नजर के लिए॥

(4) जिएँ तो अपने बगीचे में हर सिंगार के तले।
मरें तो हर इंशाँ के खेत में हरियाली के लिए।

□

23

धार्मिक ग्रंथों में जल प्रबंधन

1	अथर्ववेद	कसम खाओ कि इस धरती को विनाश से बचाएँगे।
2	अथर्ववेद 4 : 15 : 5	भाप से भरी हवाओं तुम समुद्र से उठो और पानी बरसाओ।
3	ऋग्वेद 1 : 79 : 2	अरे अग्नि! तुम सभी दिशाओं में पूरी शक्ति से जाओ और काले बादलों का हेतु बनो जिससे वर्षा हो।
4	कौटिल्य सूत्र-406	पानी में मूत्र करने वाले को मृत्युदंड दो।
5	गुरु ग्रंथ साहिब	धरती माँ है, इसकी नदियाँ खून की नालियाँ हैं और जंगल इसके फेफड़े हैं।
6	मनुस्मृति-279	जो तालाब, बाँध या पुल तोड़े, उसे 1000 पणों का दंड दिया जाए।
7	मनुस्मृति-282	पानी में गंदगी डालने वाले को सजा दो। पानी से जीवन प्रारंभ हुआ और इसी से समाप्त होगा।
8	मनुस्मृति-248	राजा को चाहिए वह कुआँ, तालाब, बावड़ी और झरने बनवाए। जो दूसरे का पानी बिना आज्ञा ले, उसे दंड दिया जाए। जो किसी दूसरे के बाग, तालाब पर कब्जा करे, उसे 500 पणों का और जो अनजाने में कर बैठे उसको 200 पणों का दंड दिया जाए।
9	बृहस्पतिस्मृति-62	पुराने तालाब जंगलों और बागों की मरम्मत कराना भी नए के तुल्य पुण्यस्वरूप है।

10	लघु यम स्मृति-42	तालाब बनवाना या नालों की मरम्मत कराने वाले को सुपुत्र होने के बराबर सुख मिलता है।
11	रामचरितमानस	भूमि, गगन, वायु, अग्नि और नीर ही पंचतत्त्व हैं—भ, ग, व, अ, न—भगवान्
12	महाभारत सभापर्व	राजा को चाहिए कि वह तालाब, नहरें या पानी के स्रोत अपने खर्चे से बनवाए और अपनी प्रजा को लाभ पहुँचने लगे तो वह उनसे रख-रखाव की कीमत ले सकता है।
13	शंख स्मृति	सभी झीलें, झरने, पहाड़ और नदियाँ पवित्र हैं और विशेषतया गंगा नदी।
14	गौतम स्मृति-3	पहाड़, नदियाँ और पवित्र तालाब पापों को धो डालते हैं।

जन्मदिन हो या शादी-ब्याह
अब दें अनूठा उपहार
मृत पड़े कूप-तड़ाग को
दें साफ-स्वच्छ आकार

□

24
रिचार्जिंग तथा रिचार्ज प्रणाली लागू करने के लिए प्रशासनिक कदम

यदि ट्रेंच में वापस मिट्टी भर दी जाती है या बारिश के दौरान किनारे की मिट्टी ट्रेंच में गिरकर भर जाती है, तो ट्रेंच की गहराई कम हो जाएगी या ट्रेंच का अस्तित्व ही गायब हो जाएगा। ऐसी स्थिति में बारिश के पानी की रिचार्जिंग बंद हो जाएगी। यह स्थिति चिंताजनक होगी। इसलिए रिचार्ज ट्रेंच की सफाई बारिश से पहले और बारिश के महीनों में पहले वर्ष में हर दो महीने पर यानी साल में 4.6 बार करनी चाहिए, ताकि अप्रत्याशित या अचानक होने वाली बारिश के समय रिचार्जिंग के लिए ट्रेंच तैयार मिले। कोई परिवार या किसान रिचार्ज ट्रेंच में मानसून के समय या बारिश के समय वापस मिट्टी न भरे, यह कैसे सुनिश्चित करें? इसके लिए मेरे डिजाइन के उन्नत रिचार्ज ट्रेंच के लिए निम्नांकित व्यवस्था की जाए।

इसके लिए हर किसान या कृषि व्यवसायी अपने खेत के ट्रेंच का स्वयं या अपने परिवार सहित मई के महीने में प्रतिवर्ष फोटो ले जो आजकल मोबाइल से भी संभव है। इस फोटो को तिथि सहित केंद्र सरकार, प्रदेश सरकार तथा जिला मुख्यालय के डिजिटल डाटा बैंक को व्हाट्सएप किया जाए या फिर इसी तरह का सस्ता व आसान तरीका अपनाया जाए। प्रत्येक मोहल्ले या गाँव में 5 व्यक्तियों को, वे चाहे औपचारिक संगठन से हों अथवा अनौपचारिक, उन्हें फोटो लेकर डाटा बैंक भेजने की जिम्मेदारी सौंपी जाए। सरकारी चैनल की सूचनाओं को अनौपचारिक माध्यम से क्रॉसचेक करने की इसमें आवश्यकता है। इस फोटो या एक मिनट के वीडियो में तारीख, महीना, साल स्पष्ट होना चाहिए।

सुदृढ़ प्रशासनिक संकल्प—यदि कोई व्यक्ति या परिवार अपने या दूसरे के रिचार्ज ट्रेंच को विनष्ट करता है या नुकसान पहुँचाता है तो उसे हतोत्साहित करने के

लिए प्रारंभ में ही चेतावनी दे दी जाए कि ऐसे कार्य के लिए ट्रेंच बनाने में आने वाले उस समय के खर्च का 2 गुना अर्थदंड उस पर लगाया जाएगा और उसे यह 3 माह के अंदर देना होगा। यदि वह ऐसा करने से इनकार करता है, तो उसके विरुद्ध मुकदमा माननीय अदालत में चलाया जा सकता है।

सरकारी योजनाओं के लिए किफायती व प्रदूषणरहित वर्षा जल रिचार्ज प्रणाली का डिजाइन तैयार किया गया है। इससे पाँचों दिशाओं से पानी रिचार्ज होता रहेगा तथा किनारे की मिट्टी भी कटकर नीचे नहीं गिरेगी।

कच्चे रिचार्ज ट्रेंच में श्रमदान करने पर व्यय लगभग शून्य होगा या श्रमिक पर खर्च होगा। किसानों के लिए तालाबी (ट्रेंच) बनाकर पानी रिचार्ज करना सबसे आसान मितव्ययी तथा कम समय में तैयार होने वाला मित्र है। इसे तैयार करने में कम-से-कम 3 घंटे और खेत के क्षेत्रफल के हिसाब से अधिकतम 3 दिन लगेंगे। ट्रेंच और खेत के आसपास यदि परती या खाली जमीन हो या मकान हो जिसका पानी आप अपने ट्रेंच में ला सकते हैं, उसे अपने ट्रेंच में रिचार्ज कर लें। इसके लिए अपने ट्रेंच का आकार 2 गुना कर दें। इसी प्रकार आपके खेत या कुआँ या ट्रेंच के आसपास की खाली जमीन में मेंड़बंदी करें तथा वहाँ भी ट्रेंच बनाएँ। ऐसी खाली जगह सामान्यत: पठारी इलाकों (Plateau Area) में होती है।

सिद्धांतत:, एक हजार वर्ग मीटर जमीन के लिए जल आवक क्षेत्र (जल संग्रहण क्षेत्र-Water Catchment Area)) पाँच हजार वर्ग मीटर का है। मतलब यह कि पाँच गुना जमीन का पानी रिचार्ज किया जा सकता है। झाँसी, जालौन जैसे बुंदेलखंड के जिलों तथा अन्य पठारी क्षेत्रों में इससे भी ज्यादा खाली स्थान पड़ोस में मिल सकते हैं। मेंड़बंदी करके तथा रिचार्ज ट्रेंच बनाकर मात्र 1.5 से 2.0 प्रतिशत जमीन में वर्षा जल से रिचार्जिंग की जा सकती है। यदि कम-से-कम दस हजार वर्ग मीटर जल आवक क्षेत्र का वर्षा जल रिचार्ज किया जाए तो एक मानसून बाद यानी 4 महीने की रिचार्जिंग के बाद जल स्तर उठकर इतना ऊपर आ जाएगा कि उस रिचार्ज किए गए क्षेत्रफल में ट्रेंच या रिचार्ज कुआँ के पास कम-से-कम तीन हजार वर्ग मीटर में कहीं भी 10 फीट गहरा किया जाए तो पानी मिल जाएगा। अत: सुझाव दिया जाता है कि जितना रिचार्ज एरिया चाहिए, जुलाई व अगस्त में 3.0 प्रतिशत क्षेत्र में स्थायी रिचार्ज ट्रेंच तथा फिर शेष महीनों में 1-1.5 प्रतिशत क्षेत्र में कच्चे रिचार्ज ट्रेंच बनाने चाहिए। ऐसी व्यवस्था सुनिश्चित करने से जल स्तर इतना ऊपर उठा हुआ रहेगा कि हो सकता है 7 से 10 फीट नीचे पानी मिल जाए। जल स्तर मई के महीने में भी 12

फीट से नीचे नहीं जाएगा। अगले वर्ष से रिचार्ज ट्रेंच अधिकतम 2 प्रतिशत क्षेत्र में बनाना पर्याप्त होगा।

मथुरा जैसे पश्चिमी जिलों में—

(क) सघन खेती होने के कारण खेतों के पास में अतिरिक्त वर्षा जल ग्रहण क्षेत्र बहुत कम मिलता है। अतिरिक्त वर्षा जल सड़क के किनारे व गलियों से ही माइक्रो जलाशय रिचार्ज करने के लिए मिल सकता है। इसलिए सड़क के किनारे का वर्षा जल कच्चे नालों से तालाब, ट्रेंच तथा खेतों में लाना चाहिए।

(ख) साथ ही जुलाई व अगस्त में जो पानी बरसता है, उसे बहने देने के बजाय तालाब में संचित करना चाहिए।

(ग) इसके अलावा ड्रिप सिंचाई प्रणाली का अधिक-से-अधिक प्रयोग करना चाहिए।

(घ) जहाँ भी कुआँ या हैंडपंप है, अगर वहाँ थोड़ी सी भी जमीन उपलब्ध है, तो आसपास की गली व सड़क पर गिरने वाला जल रिचार्ज करने के लिए हैंडपंप, कुआँ, बोरवेल, ट्यूबवेल, सबमर्सिबल पंपसेट आदि के पास सोखा (सोख्ता गड्ढा या रिचार्ज ट्रेंच) बनाकर तथा उससे निकली हुई मिट्टी से मेंड़बंदी करके बारिश का पानी रिचार्ज करना चाहिए, ताकि उस हैंडपंप के पास जलस्तर ऊपर उठेगा तथा उसका पुनः गहरीकरण (रीबोर) नहीं करना पड़ेगा।

(ङ) लेकिन पश्चिमी उत्तर प्रदेश में कई घरों में प्राइवेट हैंडपंप लगे हैं। यहाँ पर ट्रेंच नहीं बनाया जा सकता। इसके लिए छत पर का वर्षा जल हैंडपंप के पास 2 फीट या 3 फीट व्यास का लगभग 10 फीट गहरा पाइप लगाकर रिचार्ज करना चाहिए तथा इसके ऊपर सुरक्षा ढक्कन लगा दें। यदि बहुत ही कम जगह उपलब्ध हो तो एक से डेढ़ फीट व्यास का 30 फीट या 20 फीट गहरा पाइप का बोरवेल बनाकर उसमें वर्षा जल रिचार्ज करना चाहिए।

रिचार्ज ट्रेंच—नए प्रकार के जलाशय का डिजाइन लेखक द्वारा तैयार किया गया है। रिचार्ज-सह-सिंचाई जलाशय और यह ट्यूबवेल या सिंचाई के कुआँ से एक या दो मीटर दूर रहना चाहिए। कम-से-कम दो दर्जन पड़ोसी परिवारों या पड़ोसी किसानों को खाई बनाकर या मेंड़बंदी करके पानी रिचार्ज करना चाहिए।

कार्ययोजना—भारतीय आबादी को 4 आय वर्ग में बाँट लें—

(क) उच्च आय वर्ग की 25 प्रतिशत आबादी—इस आय वर्ग के नागरिकों को अपने खर्च पर रिचार्ज ट्रेंच तथा रिचार्ज-सह-सिंचाई कुआँ बनवाना अनिवार्य कर दिया जाए।

(ख) मध्य आय वर्ग की 30 प्रतिशत आबादी को ब्याजरहित ऋण दिया जाए तथा इनके लिए भी पानी रिचार्ज करना अनिवार्य करवा दिया जाए।

(ग) निम्न आय वर्ग की 25 से 35 प्रतिशत आबादी को सरकारी बजट से दो हजार रुपए से लेकर दस हजार रुपए तक प्रति परिवार ट्रेंच बनाने के लिए दिया जाए।

(घ) बेघर 10 से 20 प्रतिशत आबादी या झुग्गी-झोपड़ी (Slums) में रहने वाली आबादी—इन्हें मकान दिए जाने का प्रयास चल रहा है। मेरे डिजाइन के अनुसार 'छत पर का वर्षा जल सीधे घर में' प्रणाली की वर्षा जल टंकी बनाई जाए। इस छत पर बारिश में गिरने वाला पानी बचाकर 7 महीने से लेकर 12 महीनों तक बारिश के पानी से हर तरह का काम किया जाए। इससे बिजली तो बचेगी ही, साफ पानी भी सबको मिलेगा। जो लोग जल संचय करना शुरू कर दें, 'उन्हें जल-कर' से छूट दी जाए या ग्रीन क्रेडिट/जल क्रेडिट कार्ड का लाभ दिया जाए। यहाँ पर सब्सिडी या ब्याजरहित ऋण देना मात्र सब्सिडी नहीं बल्कि ढाँचागत व उत्पादक क्षेत्र में निवेश है। इसलिए अगले एक वर्ष तक सरकारी योजनाओं में मेरी योजना अनुसार जनसमुदाय को शामिल करते हुए घर-घर रिचार्ज जलाशय बनाया जाए। प्रारंभ में ही यह भी चेतावनी लोगों को दे दी जाए कि जो लोग रिचार्ज जलाशय नहीं बनाएँगे, उनके गृह-कर तथा जल-कर कई गुना बढ़ाए जाएँगे। यह भी चेतावनी दे दी जाए कि जो लोग सरकारी धन का सदुपयोग रिचार्ज जलाशय/ट्रेंच बनाने में नहीं करते हैं, उनको दो गुना अर्थदंड देना पड़ सकता है और अर्थदंड नहीं देने पर तीन महीने जेल जाना पड़ सकता है। रिचार्ज जलाशय बनाने का कार्य मई तक अवश्य पूरा कर लिया जाए। अनुश्रवण (मॉनीटरिंग सर्वे) जून तक अवश्य पूरा कर लिया जाए। यदि खेत या घर के स्वामी को उनके खाते में पैसा दिया जाता है, तो खर्च में बचत होगी, क्योंकि हो सकता है, वे अपने श्रम का उपयोग

करें। यह बचत उस परिवार की बचत होगी, उसे उस परिवार को ही दे दिया जाए। इससे शारीरिक श्रम की महत्ता बढ़ेगी तथा परिवार में आत्मविश्वास बढ़ेगा। यह काम सरकारी एजेंसी से कराने पर मजदूरों की उपलब्धता समय पर नहीं हो पाती है। इसलिए हैंडपंप मालिक तथा सामाजिक सहभागिता से पूरा करनें पर जोर दिया जाए। यदि 20 से 30 पड़ोसी एक साथ निर्माण सामग्री (Construction Materials) खरीदते हैं, तो खर्च में बचत हो सकती है। यह भारत की जन शक्ति का सदुपयोग करके रचनात्मक आंदोलन के रूप में चलाया जाए। इससे जल संरक्षण संस्कृति का पुनः उद्भव होगा। इस कार्य के लिए लोगों को प्रशिक्षित किया जाना है।

व्यय—काफी किफायती है।

रिचार्ज कुआँ की गहराई अधिकतम 12 फीट और चौड़ाई अधिकतम 10 फीट रखनी चाहिए।

यदि अल्प आय वर्ग के परिवारों (50 प्रतिशत आबादी) को, प्रत्येक परिवार के हिसाब से 2 हजार रुपए स्वीकृत किए जाते हैं, तो खर्च का आगणन इस प्रकार होगा। कुल परिवारों की संख्या 23 करोड़ है। अतः 50 प्रतिशत परिवार का मतलब हुआ लगभग 11.5 करोड़ परिवार।

2 हजार रुपए × 11,50,00,000 = 2,30,00,00,00,000 रुपए (2.3 खरब रुपए)

यह निवेश सुनिश्चित लाभ के साथ है।

(a) मध्य आय वर्ग के 6 करोड़ परिवारों को 5 वर्षों के लिए ब्याजरहित ऋण स्वीकृत किया जाए। यह ऋण जल साख (वाटर क्रेडिट या ग्रीन क्रेडिट) के रूप में आंशिक रूप से समायोजित किया जा सकता है। इन परिवारों को वर्ष के पूर्वार्ध में ऋण स्वीकृत किया जा सकता है। उन्हें जून तक रिचार्ज कुआँ या रिचार्ज ट्रेंच निर्मित करने के लिए कहा जाए, जिसमें उन्नत रिचार्ज ट्रेंच तथा कच्चा रिचार्ज ट्रेंच दोनों शामिल हैं। जून तक निर्मित रिचार्ज जलाशय पूर्णता प्रमाण पत्र (Recharge Reservoir Completion Certificates) के लिए सर्वे पूरा कर लिया जाए। जिन परिवारों ने रिचार्ज जलाशय या ट्रेंच पूरा नहीं किया हो, उनसे रिचार्ज पर होने वाले व्यय का दूना तक वसूला जा सकता है। किसी भी परिवार को निर्माण कार्य करने के लिए अतिरिक्त समय 15 जून के बाद न दिया जाए। एक परिवार को अपने मकान/प्लॉट के कैंपस में पानी रिचार्ज कुआँ अथवा अपने खेत में रिचार्ज ट्रेंच बनाना है।

उच्च आय वर्ग की 25 प्रतिशत आबादी यानी 6 करोड़ परिवार अपने व्यय पर कम-से-कम 87 प्रतिशत से लेकर अधिकतम 95 प्रतिशत तक वर्षा जल रिचार्ज कुआँ में या घर के पास या खेत में ट्रेंच में रिचार्ज करेंगे। इन्हें अपने सभी खेतों में कुछ उन्नत रिचार्ज ट्रेंच, कुछ कच्चे रिचार्ज ट्रेंच तथा सभी प्रकार के मकानों में रिचार्ज कुआँ बनाना है।

निष्कर्ष (i)—यदि प्राकृतिक रिचार्जिंग मात्र 1 सें.मी. है तो संरक्षित जल होगा 96 प्रतिशत।

ऐसी परिस्थिति में भी अधिकतम 1 दिन में 6 सें.मी. से कम बारिश होने पर शेष 42 दिनों में शत-प्रतिशत पानी रिचार्ज होगा। इसलिए कुल मिलाकर 1 वर्ष में 95 से 98 प्रतिशत तक पानी रिचार्ज होगा।

लेकिन मान लीजिए, हम रिचार्ज कुआँ या सोख्ता गड्ढा इतना ही बड़ा बनाते हैं कि वह 4 सें.मी. पानी रिचार्ज करता है। ऐसी स्थिति में यह उन स्थानों पर प्रभावी होगा, जहाँ प्रतिदिन 6 से 7 सें.मी. पानी बरसता है, क्योंकि 1 या 2 सें.मी. पानी प्राकृतिक रूप में अपने आप रिचार्ज हो जाएगा तथा कुछ पानी सिंचाई में खर्च होगा।

इसी प्रकार जब तक रिचार्ज कुआँ भरता है, लगभग 1 मीटर या 2 फीट पानी रिचार्ज कुआँ से रिचार्ज हो जाता है। अत: रिचार्ज कुआँ की कार्यकारी क्षमता इसके आयत से ज्यादा है। अत: 4 सें.मी. वर्षा के पानी से जितना आयत (Volume) बनता है, उतना बड़ा रिचार्ज कुआँ बनाने पर 6.7 सें.मी. होने वाली बारिश का पानी यह रिचार्ज कुआँ रिचार्ज कर लेगा।

रिचार्ज क्षेत्रफल का प्रतिशत = 1 से 2.5 प्र.श. तक

निष्कर्ष (ii)—यदि रिचार्ज क्षेत्रफल जल आवक क्षेत्र का 1.50 प्र.श. है, तो रिचार्जिंग होगी 90 प्र.श. (87 प्र.श. से लेकर 95 प्र.श. तक)

निष्कर्ष (iii)—यदि रूफ टॉप एरिया 200 वर्ग मीटर के बजाय 400 वर्ग मीटर हो और इसी गहराई तथा चौड़ाई का रिचार्ज कुआँ हो तो 82 प्रतिशत पानी रिचार्ज हो पाएगा। 90 प्रतिशत पानी रिचार्ज करने के लिए रिचार्ज कुआँ का रिचार्ज एरिया 8/3 वर्ग मीटर तथा गहराई 4 मीटर करनी पड़े।

निष्कर्ष (iv)—लखनऊ में सतह के क्षेत्रफल का प्रतिशत = 1.5 प्र.श.।

यदि 2.5 फीट व्यास के पाइप से 10 फीट तक पानी रिचार्ज करें तो यह पाइप 100 वर्ग मीटर के फ्लैट के लिए पर्याप्त हो सकता है।

निष्कर्ष (v)—वैकल्पिक व्यवस्था—इतने छोटे प्लॉट या फ्लैट के लिए 20 फीट गहरा और 2 फीट व्यास का पी.वी.सी. पाइप या जलापूर्ति का पाइप पानी रिचार्ज करने

के लिए प्रयोग में लाया जा सकता है, बशर्ते पाइप की गहराई/लंबाई 20 फीट से अधिक न हो, क्योंकि पहले एक्विफायर से नीचे पानी रिचार्ज नहीं करना है। यह 20 फीट पाइप 10.10 फीट का होगा, जिसमें नीचे वाला पाइप छिद्रयुक्त (Perforated) रखा जा सकता है।

निष्कर्ष—वर्षा 90 सें.मी. से 100 सें.मी. तक। प्रतिशत रिचार्ज क्षेत्रफल 1.5 से 2 प्र.श. तक। पानी की बचत होगी लगभग 98 प्रतिशत।

निर्मित क्षेत्र में रिचार्ज क्षेत्रफल—यदि रिचार्ज कुआँ की गहराई 12 फीट है, तो 400 वर्ग मीटर क्षेत्र में लगभग दूना पानी रिचार्ज होगा। अतः जल आवक क्षेत्र दूना करने से 85 प्रतिशत वर्षा जल रिचार्ज हो जाएगा। लेकिन सिर्फ 200 वर्ग मीटर प्लॉट का पानी निर्मित क्षेत्र में रिचार्ज करने पर 90 से 100 सें.मी. वर्षा जल के क्षेत्र में 2.5 प्रतिशत क्षेत्रफल की आवश्यकता होगी, उन स्थानों में जहाँ 100 सें.मी. से 500 सें.मी. तक वर्षा होती है।

स्थान—लखनऊ, निर्मित क्षेत्र, अधिकतम बारिश 24 घंटे में = 8 सें.मी., छत या प्लॉट का क्षेत्रफल = 200 वर्ग मीटर, रिचार्ज सतह का क्षेत्रफल = 2 प्र.श.।

स्थान—पूर्वी उत्तर प्रदेश, बारिश 100 से 110 सें.मी. तक, एक दिन में अधिकतम बारिश 8 से 13 सें.मी.। 24 घंटे में पानी रिचार्ज करने का लक्ष्य = 90 प्र.श.।

यदि इसी कुआँ द्वारा 600 वर्ग मीटर क्षेत्रफल का पानी रिचार्ज करना हो तो—

प्रतिशत रिचार्जिंग होगी (273/330) × 100 = 82.7 प्र.श.।

निष्कर्ष

(1) उत्तर प्रदेश से पूरब की ओर यानी पूर्वी उत्तर प्रदेश, बिहार, झारखंड आदि स्थान की ओर बढ़ने पर निर्मित क्षेत्र में क्रमशः 1 प्रतिशत से 2.5 प्रतिशत तक रिचार्ज एरिया की जरूरत पड़ेगी।

(2) अनिर्मित क्षेत्र, पार्क, खेत में 1 प्रतिशत से 2.0 प्रतिशत तक रिचार्ज एरिया की जरूरत पड़ेगी और 80 प्रतिशत से 95 प्रतिशत तक पानी रिचार्ज हो जाएगा।

□

25

जल स्तर ऊपर उठाने की राष्ट्रीय लक्ष्य तालिका

लेकिन जल स्तर तेजी से उठाने के लिए भारत के 8 प्रतिशत क्षेत्र में बने सभी भवनों तथा छतों का पानी टंकियों में संचित करना होगा तथा खेती की जमीन, जो लगभग भारतवर्ष के 12 प्रतिशत क्षेत्र में ही है, भारत के 25 से 35 प्रतिशत क्षेत्रफल को जल संग्रहण क्षेत्र बनाना होगा। इस प्रकार इतना कार्य करने के बाद भी भारतवर्ष के 50 से 60 प्रतिशत क्षेत्र का पानी फिर भी बहकर नदियों से होते हुए समुद्र में मिल जाएगा।

जून से पहले पानी रिचार्ज करने की व्यवस्था प्रत्येक मकान या खेत में कर लेने के बाद भारतवर्ष में जल स्तर निम्नांकित तालिका के हिसाब से ऊपर उठने का अनुमान है, बशर्ते जनसहयोग से प्रत्येक मकान और खेत में उन्नत रिचार्ज ट्रेंच या रिचार्ज सह सिंचाई ट्रेंच बनाए जाएँ।

क्र. स.	लक्ष्य अवधि	भारत का प्रतिशत भूभाग जहाँ जल स्तर ऊपर उठाया जाएगा	बारिश सें.मी. सालाना	प्रांत/जिले
1	4 माह (जून से अक्तूबर)	(1) 35 प्रतिशत क्षेत्र, (2) 40-50 प्रतिशत आबादी	100 सें. मी. से ज्यादा	पश्चिमी घाट के पश्चिम (महाराष्ट्र, गोवा, कर्नाटक), केरल, बिहार, छत्तीसगढ़, झारखंड, प. बंगाल, पूर्वी घाट के पूरब (तमिलनाडु, उड़ीसा, आंध्र प्रदेश के कुछ हिस्से, कन्याकुमारी, पांडिचेरी, अंडमान निकोबार द्वीप समूह, हिमाचल प्रदेश, उत्तराखंड, जम्मू-कश्मीर, भारत के पूर्वोत्तर में 8 प्रांत
2	16 महीने	15 से 25 प्रतिशत क्षेत्र (कुल 55-65 प्रतिशत क्षेत्र)- क्रमांक 1+2	70 सें.मी. से ऊपर	मध्य प्रदेश, उत्तर प्रदेश , पूर्वी राजस्थान, उत्तरी राजस्थान, पूर्वी गुजरात, पंजाब, हरियाणा, उड़ीसा, जम्मू कश्मीर, कर्नाटक, महाराष्ट्र, आंध्र प्रदेश, तमिलनाडु,
3	28 महीने	20 प्रतिशत (कुल 80 प्रतिशत तक - क्रमांक 1+2+3	40 से 70 सें.मी.	मध्य प्रदेश, उत्तर प्रदेश, राजस्थान, गुजरात, पंजाब, हरियाणा, उड़ीसा, आंध्र प्रदेश, कर्नाटक, महाराष्ट्र, तमिलनाडु, दिल्ली, जम्मू-कश्मीर

4	40 महीने	10 प्रतिशत कुल 85 से 90 प्रतिशत जिले (क्रमांक 1 से 4 कर)	25 से 40 सें.मी.	राजस्थान, गुजरात के कई जिले, लद्दाख आदि जम्मू-कश्मीर तथा देश के कुछ अन्य जिले
5	40 महीने	भारत का 85-90 प्रतिशत भू-भाग (क्रमांक 1 से 4 तक)	40 से.मी. से 1500 सें.मी. तक	(1) भारत के 80 से 90 प्रतिशत जिले (2) 90 प्रतिशत आबादी

□

26

पश्चिम प्रेरित मॉडल में आगणन

रिचार्ज कुआँ/वाटर 'हार्वेस्टिंग' सिस्टम का पश्चिम प्रेरित मॉडल कम-से-कम 4 प्रतिशत तथा अधिक-से-अधिक 11 प्रतिशत जमीन घेरता है। अतः इस डिजाइन का अनुमोदन नहीं किया जाता है। इसमें छत पर का क्षेत्रफल = 150 से 300 वर्ग मीटर तक है।

बारिश = 70 सें.मी. से 100 सें.मी. तक वार्षिक या मान लिया जाए 90 सें.मी.।

स्थान—लखनऊ या उत्तर प्रदेश का मध्य भू-भाग। लखनऊ के अनिर्मित क्षेत्र में रिचार्ज एरिया 1 प्र.श. से 1.5 प्रतिशत तक। इतने क्षेत्र में बारिश का 90 से 95 प्रतिशत तक रिचार्ज हो जाएगा। निर्मित क्षेत्र में रिचार्ज एरिया चाहिए 1.5 प्र.श. से 2.5 प्र.श. तक।

लेखक के मॉडल में (i) जमीन की बचत होती है। (ii) खर्च में बचत है। (iii) रिचार्ज कुआँ/जलाशय बनाने में समय की बचत (iv) गाछट (SSC- Silt Settlement Chamber) होने के कारण गाद कुआँ में जमा नहीं होगा। अतः गाद सफाई में होने वाला व्यय बच जाएगा। (v) यह बहुत आसान तकनीक है। (vi) इसका रख-रखाव बहुत आसान है। (vii) पानी रिचार्ज कुआँ के आकार तथा आयतन (Volume) का वैज्ञानिक आगणन किया गया है। (viii) कार्यकारी गहराई (Functional Depth) की अवधारणा (Concept) से आगणन करने के कारण रिचार्ज कुआँ का आयतन घटा है। क्योंकि जब तक रिचार्ज कुआँ भरता है, 2 फीट से 4 फीट तक पानी रिचार्ज हो जाता है।

यदि 5 सें.मी. से कम बारिश 24 घंटे में होती है तो कच्चे रिचार्ज ट्रेंच में पानी भरा होने पर कम-से-कम 21/2 घंटे और अधिक-से-अधिक 6 घंटे में ट्रेंच का पूरा पानी

रिचार्ज हो जाता है। इस प्रकार 3 घन मीटर पानी अधिक-से-अधिक 6 घंटे में लखनऊ जैसी जगह में रिचार्ज हो जाता है। मतलब यह कि मिट्टी की बनावट व प्रकृति लखनऊ जैसी हो या पठारी इलाका (Plateau Area) हो तो यही स्थिति बनती है।

ऐसा क्यों है ? ऐसा इसलिए है कि कच्चे रिचार्ज ट्रेंच की क्षमता पानी रिचार्ज कुआँ से ज्यादा है। 1 मीटर गहरा रिचार्ज ट्रेंच 3 मीटर गहरे रिचार्ज कुआँ के बराबर काम करता है। चूँकि कुआँ में पक्की दीवार होती है, इसलिए रिचार्जिंग सिर्फ ऊपर से नीचे होती है, जबकि रिचार्ज ट्रेंच में पाँचों दिशाओं से रिचार्जिंग होती है।

उन्नत रिचार्ज ट्रेंच—यदि रिचार्ज ट्रेंच की गहराई 1 मीटर चौड़ाई 1 मीटर, लंबाई 3 मीटर हो तो रिचार्ज क्षेत्रफल हुआ 3 वर्ग मीटर + 3 वर्ग मीटर+3 वर्ग मीटर + 1 वर्ग मीटर + 1 वर्ग मीटर = 11 वर्ग मीटर, जबकि रिचार्ज कुआँ की लंबाई, चौड़ाई, गहराई इतनी ही हो तो सिर्फ 3 वर्ग मीटर क्षेत्र में पानी रिचार्ज होता है। अत: पार्क या खेतों में लेखक द्वारा अन्वेषित रिचार्ज ट्रेंच ही बनाया जाए। लेकिन खेत के आसपास जो भी जल आवक क्षेत्र (आगौर-Water Catchments Areas) हो, ज्यादा-से-ज्यादा क्षेत्र का पानी रिचार्ज करना चाहिए। इसके लिए—(i) आसपास की परती जमीन में मेंड़बंदी की जाए। (ii) परती जमीन में भी रिचार्ज ट्रेंच बनाया जाए तथा चेकडैम बनाए जाएँ। (iii) कच्चा रिचार्ज ट्रेंच, जो अपने खेत का है, उसे 4 फीट गहरा किया जाए। यदि सिर्फ ईंट की दीवार का रिचार्ज ट्रेंच है तो 5 फीट गहरा ट्रेंच बनाया जाए। (iv) ईंटों का प्रयोग चारों तरफ से मिट्टी रोकने के लिए किया जाए, लेकिन सीमेंट या बालू का प्रयोग न किया जाए। ईंटों का प्रयोग सिर्फ दीवार बनाने के लिए किया जाए। नीचे ईंट न लगाई जाएँ। (v) चारों तरफ की दीवारों में जो ईंटें लगाई जाएँगी वे आपस में अंतर्संबंधित (Interwined) हों।

ईंटों की दीवार 5 फीट ऊँची होगी तथा 1 फीट बीम तथा उसके ऊपर मजबूत जाली/ढक्कन के कारण ऊँचाई होगी 5+1 = 6 फीट। इस ढक्कन से बच्चों की सुरक्षा होगी। (vi) इस ढक्कन से बड़ी-बड़ी पत्तियाँ, प्लास्टिक आदि ट्रेंच में नहीं गिरेंगी। (vii) ट्रेंच के जल-प्रवेश स्थान पर नायलॉन स्टील या लोहे की जाली 1 सें.मी. छेद की लगाई जाएगी। (viii) खेत या पार्क का ढलवाँपन (Slope) ऐसा हो कि पानी आसानी से कच्चे नाले से होकर ट्रेंच में गिर सके। (ix) ट्रेंच बनाने से पहले जिस स्थान पर खुदाई करनी हो वहाँ पर 8 इंच गहराई तक ऊपर की मिट्टी छीलकर/काटकर एक जगह इकट्ठी कर ली जाए। यह उपजाऊ मिट्टी है। इसे नीचे की मिट्टी से न दबाया जाए, ताकि उपज पर कोई नकारात्मक प्रभाव न हो।

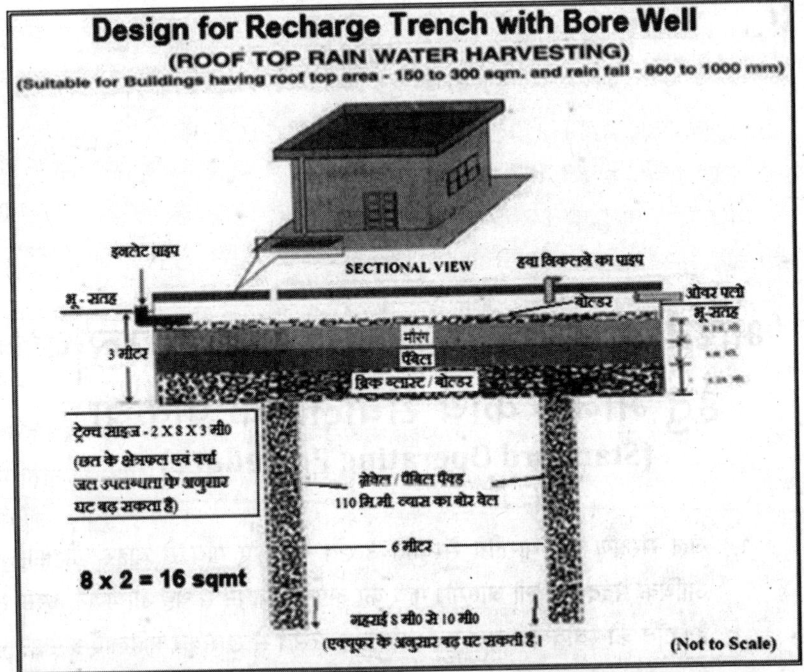

(1) इस डिजाइन में 4 प्रतिशत से 11 प्रतिशत जमीन खर्च हो जाती है।

(2) बहुत खर्चीला डिजाइन है।

(3) जलस्रोत (Aquifer) ही प्रदूषित हो जाता है। आर्सेनिक, क्रोमियम, फ्लोराइड आदि विष ऐसे डिजाइनों से बढ़ रहे हैं। अत: ऐसे डिजाइन तत्काल बंद किए जाएँ।

यह पश्चिम प्रेरित मॉडल लेखक द्वारा अस्वीकृत है। □

27

'भारतीय संस्कृति एवं जल संरक्षण उत्सव' हेतु मानक कार्य संचालनिक प्रक्रिया

(Standard Operating Procedure)

1. जल संरक्षण एवं भारतीय संस्कृति उत्सव के लिए गाँव से बाहर की कोई आर्थिक मदद नहीं ली जाएगी। गाँव को अपने संसाधन से यह आयोजन करना है। गाँव को स्वावलंबी बनाना है। संस्कृति उत्सव से खासकर महिलाएँ श्रमदान से जुड़ेंगी। खेलकूद से खासकर युवा पीढ़ी का श्रमदान मिल पाएगा तथा सभी लोगों का मनोबल बढ़ेगा व उनमें उत्साह का संचार होगा।
2. बैनर पर ऊपर में एक तरफ सिद्धगिरि मठ के स्वामी श्री काडसिद्धेश्वर महाराज की तसवीर होगी। दूसरी तरफ मुख्य अतिथि/मुख्य वक्ता की तसवीर होगी। इस पंक्ति में और कोई तसवीर नहीं होगी। नीचे स्थानीय आयोजक अपनी इच्छानुसार तसवीर डालेंगे, जो ऊपर वाली तसवीरों से छोटी होगी।
3. (क) कार्यक्रम कुल 2 घंटे का होगा। इसमें स्वागत समारोह, सांस्कृतिक कार्यक्रम तथा पुरस्कार वितरण लगभग 40 मिनट के होंगे (5 मिनट, 30 मिनट, 5 मिनट)। श्रमदान व वृक्षारोपण लगभग 30 मिनट का होगा, 30 मिनट में जल संरक्षण का प्रशिक्षण दिया जाएगा व गौ-पूजन होगा तथा शेष 20 मिनट में खेलकूद होगा।

   (ख) यदि कार्यक्रम और देर तक चलाना चाहते है, तो मुख्य अतिथि के जाने के बाद स्थानीय लोग कार्यक्रम जारी रख सकते हैं।
4. (क) पुरस्कार वितरण हेतु प्रमाण-पत्र का स्थायी प्रारूप व प्रमाण-पत्र तथा पुरस्कार हेतु जैकेट व टोपी का पूर्व से ही प्रबंध कर लिया जाए।

(ख) लोकभारती, भारत विकास संघ आदि ट्रस्ट या स्थानीय संस्था का सहयोग लिया जाए।

5. पर्यावरण और जल संरक्षण पर बढ़िया काम करने वाले व्यक्तियों को सम्मान या पुरस्कार।
6. (क) प्राकृतिक, जहरमुक्त खेती करने वाले किसानों को पुरस्कार/सम्मान।
   (ख) सबसे अच्छे कृषक को पुरस्कार।
7. कौशल विकास प्रशिक्षण तथा रोजगार बढ़ाने वाले व्यक्तियों का सम्मान। आयातित सामान के बजाय अपने देश में समान गुणवत्ता वाले तकनीक और कौशल से सामान निर्माण को प्रोत्साहन। ऐसी योजना के लिए गहन मंथन।
8. गाँव के दो-दो प्रतिभाशाली छात्र-छात्राओं को पुरस्कार।
9. स्थानीय कॉलेज/स्कूल के छात्र छात्राओं को सजल भारत अभियान में शामिल करने हेतु आमंत्रित करके उनसे श्रमदान लेने के लिए विशेष प्रयास करना।
10. सर्वश्रेष्ठ दो खिलाड़ियों को पुरस्कार/प्रमाण-पत्र।
11. गाँव से प्रतियोगिता परीक्षा में अच्छा स्थान प्राप्त करने वाले छात्र/छात्रा को सम्मानित करना।
12. शराबबंदी-नशामुक्ति अभियान चलाने वाले तथा नशा छोड़ने वाले व्यक्ति को सम्मान, नशामुक्ति शपथ।
13. छोटे लोग बड़ों को हाथ जोड़कर अभिवादन/नमस्कार करना सीखें। सभी बड़ों को आदर देने का संस्कार बच्चों में देना है। अभिवादन संस्कृति लागू हो। प्रतिदिन अभिवादन।
14. पिछले एक वर्ष में गाँव में जो भी नई बहू आई है, उसका पूरा गाँव स्वागत करेगा। गाँव के सबसे बुजुर्ग पुरुष और महिला का भी वह आशीर्वाद लेगी। बहू को लगे कि वह मायके से कम खुश नहीं है।
15. गौवंश को बढ़ाने वाले व्यक्तियों को सम्मान। देसी गाय की संस्कृति का विकास। शुद्ध देसी गायों में ज्यादा दूध देने वाली गायों की वृद्धि के लिए काम करने वाले व्यक्तियों को पुरस्कार। गौ-पूजन। बैलगाड़ी को सजाना।
16. परंपरागत लोकगीत, लोकनृत्य।
17. अच्छे गायक/गायिका को सम्मान। राष्ट्रभक्ति गीत का गायन।
18. आदर्श शिक्षक को पुरस्कार।
19. राष्ट्रीयता की जड़ें मजबूत करने वाले व्यक्ति को सम्मान।

20. स्थानीय/प्रादेशिक स्वातंत्र्य वीरों की तसवीरें उचित स्थान पर लगाना।
21. भारतीय संविधान की 'प्रस्तावना तथा भारतीय संविधान' के मौलिक कर्तव्य याद करके सुनाने वाले बच्चों को पुरस्कार।
22. सामान्य ज्ञान प्रतियोगिता पुरस्कार। यह सामान्य ज्ञान प्रश्न खेती, भारतीय चिकित्सा पद्धति व खेलकूद से ज्यादा हों।
23. सामाजिक कुरीतियों से मुक्ति के प्रयास को प्रोत्साहन।
24. ग्रामीण भू-प्रबंधन/चकबंदी के लिए स्तुत्य प्रयास को प्रोत्साहन।
25. स्वदेशी अभियान, राष्ट्रीय स्वाभिमान संबंधी आदर्श को प्रोत्साहन।
26. जल संरक्षण संकल्प-पर्यावरण संरक्षण संकल्प।
27. आत्मनिर्भर गाँव बनाने पर सुझाव व कृषि उत्पाद के विपणन का उचित प्रबंधन तथा ग्रामवासियों/किसानो की आय बढ़ाने पर विचार-मंथन।
28. दशरथ माँझी : द माउंटेनमैन जैसी फिल्म दिखाना।
29. चरागाह बढ़ाने के लिए नेपियर, बरसीम आदि चारे का ज्यादा-से-ज्यादा रोपण करना।
30. किसानों की आय बढ़ाने के लिए खेती की तकनीक में सुधार करना।
31. अलग से बैनर में सबसे ऊपर स्वामी विवेकानंद, महात्मा गांधी, नेताजी सुभाषचंद्र बोस, सरदार वल्लभ भाई पटेल तथा बाबा साहेब आंबेडकर की तसवीर लगाना।
32. राष्ट्रगान से समापन।

□

28

पश्चिम प्रेरित रिचार्ज प्रणाली और लेखक की भूजल रिचार्ज प्रणाली की डिजाइन का तुलनात्मक अध्ययन

पश्चिम प्रेरित डिजाइन/मॉडल	एम. मोदी का डिजाइन
(1) प्रयुक्त जमीन का क्षेत्रफल—आपके प्लॉट या खेत की 4 से 11 प्रतिशत तक जमीन इस प्रणाली में खर्च हो जाएगी। (बोरिंग-पाइपिंग विधि)	(1) एम. मोदी का डिजाइन में आपकी जमीन का 3 प्रतिशत से कम क्षेत्रफल चाहिए। (0.7 प्रतिशत से 2.5 प्रतिशत तक)
(2) व्यय—तीस हजार रुपए से लेकर ढाई लाख रुपए तक	(2) व्यय—शून्य बजट से लेकर पचास हजार रुपए तक तथा बाद में पूर्ण बचत व निरंतर आय।
(3) पानी रिचार्ज का क्षेत्रफल/गति मात्र 6 इंच अथवा 4.5 इंच व्यास के पाइप से यानी 0.2 या 0.11 वर्गफीट क्षेत्र में रिचार्ज होगा। मतलब रिचार्ज की गति अत्यंत धीमी हो जाएगी, यदि सीधे एक्पीफर को रिचार्ज न किया जाए।	(3) रिचार्ज एरिया व गति—रिचार्ज 12 वर्गफीट क्षेत्र से लेकर 172.16 वर्गफीट क्षेत्रफल तक यानी कई गुणा अधिक होगा।

(4) आर्थिक दृष्टि (Economic Vision)—यह व्यवस्था पीने के पानी की व्यवस्था तक ही सीमित है। लेकिन इसकी सफलता की भी संभावना अत्यंत क्षीण है। आप मोटर/ट्यूबवेल से बहुत संवेग (Momentum) से पानी निकाला (Extract) करते हैं, लेकिन पानी का रिचार्ज बूँद-बूँद रिसाव से अत्यंत धीमी गति से होगा और यदि सीधा जलधारक स्तर (एक्विफायर) में रिचार्ज करते हैं तो एक्विफायर प्रदूषित या विषाक्त हो सकता है।	(4) हमारा व्यापक एवं बहुउद्देशीय आर्थिक लक्ष्य (Economic Goal) है और वह है भारतीय अर्थव्यवस्था को हमेशा के लिए मजबूत बनाना। अधिकतम तीन मानसून के बाद हमारी आर्थिक विकास दर 10 से 30 प्रतिशत प्रतिवर्ष तक बढ़ सकती है। सकारात्मक परिणाम के लिए कुछ ही समय इंतजार करना है। आंशिक सकारात्मक परिणाम दो मानसून (16 माह) में ही दिखने लगेगा।
(5) बिजली/डीजल पंप सेट पर व्यय बरकरार रहेगा	(5)(a)बिजली/डीजल पंपसेट पर निर्भरता संपन्न लोगों की भी कम होगी। छोटे व मझोले किसानों की बिजली/ डीजल पंपसेट पर निर्भरता खत्म हो जाएगी (b) अर्थव्यवस्था के हर सेक्टर को लाभ पहुँचेगा। बची हुई बिजली का उपयोग अन्य उत्पादक कार्यों में किया जा सकेगा।
(6) पानी, बिजली के लिए संघर्ष व प्रदर्शन बरकरार रहने की प्रबल संभावना है।	(6) लॉ एंड ऑर्डर की स्थिति में सुधार होगा, क्योंकि पानी-बिजली के लिए संघर्ष व प्रदर्शन समाप्त हो जाएगा।
(7) जल प्लावन की समस्या में सुधार होने की संभावना बहुत कम है।	(7) जल प्लावन (Water Logging) की समस्या से निजात मिलेगी।
(8) बाढ़ पर नियंत्रण नहीं के बराबर होगा।	(8) बाढ़ की समस्या घटकर बहुत कम हो जाएगी।
(9) इतना खर्चीला है कि देश की 10-15 प्रतिशत आबादी ही इसे अनिच्छा से लागू कर पाएगी।	(9) खर्च के मामले में इतनी लचीली और सस्ती तकनीक है कि भारत की शत-प्रतिशत जनता और शत प्रतिशत जमीन मकान के स्वामी इसे लागू कर लेंगे।

(10) समय-प्रणाली तैयार करने में एक माह का समय लग सकता है।	(10) यह प्रणाली अधिकतम दस दिन में तैयार हो जाएगी।
(11) ट्यूबवेल रीबोरिंग की आवश्यकता बनी रहेगी।	(11) रीबोरिंग की जरूरत हमेशा के लिए खत्म हो जाएगी।
(12) पर्यावरण में सुधार की संभावना नहीं के बराबर है। वैश्विक तपन (Global Warming) से निजात नहीं मिल पाएगी। क्योंकि बिजली/ऊर्जा व्यय में बचत नहीं हो पाएगी।	(12) पर्यावरण में उत्साहवर्धक सुधार होगा। बिजली/ऊर्जा की बचत होगी। सामान्य तापमान में जो बढ़ोतरी हो रही है, उसकी अपेक्षा तापमान संतुलित करने में मदद मिलेगी।

□

29

सड़कों पर बढ़ती गरमी से निजात कैसे पाएँ?

वैश्विक गरमी का प्रभाव वर्ष-प्रतिवर्ष बढ़ता ही जा रहा है। सड़क पर गरमी के दिनों में चलना अत्यंत दुष्कर हो रहा है। वहीं बारिश में सड़क पर गड्ढे बन जाते हैं, जो जलमग्न रहते हैं। ऐसी स्थिति में सड़कों के किनारे पैदल पारपथ पर ठेकेदार व इंजीनियर टाइल्स बिछा देते हैं। सड़कों के किनारे कंक्रीट का रास्ता बनाने या टाइल्स बिछाने से दो समस्याएँ आती हैं।

(1) ग्रीष्म ऋतु में गरमी और भी भयावह होती जाती है।

(2) पानी निर्बाध रूप से धरती के अंदर रिचार्ज नहीं हो पाता है।

(3) यही पानी सड़क को गड्ढों में बदल देता है।

इस समस्या के समाधान के लिए निम्नांकित तकनीक को अपनाया जाए—

(4) (क) सड़क के एक किनारे के रास्ते को सड़क से नीचे रखा जाए। इस रास्ते पर दूब घास या छोटी घास उगने दी जाए। गरमी के दिनों में इस रास्ते का इस्तेमाल पैदल या साइकिल पर चलने के लिए किया जाए। गरमी से राहत मिलेगी।

(ख) ऐसा करने से बारिश के दिनों में पानी तेजी से जमीन के अंदर रिचार्ज होने में मदद मिलेगी।

(5) (क) सड़क के दूसरी तरफ के रास्ते का कच्चा भाग सड़क से छह इंच नीचे रखा जाए।

(ख) लेकिन इसके ऊपर पुल की तरह सड़क से छह इंच ऊपर मजबूत कंक्रीट का पैदल रास्ता बनाया जाए। बरसात में पानी इस रास्ते

के नीचे की खाली जगह (6"+6"=12"= 1 फुट) में रिचार्ज होता रहेगा।

(ग) बारिश के दिनों में इस कंक्रीट के रास्ते का इस्तेमाल पैदल या साइकिल से चलने वाले यात्री करेंगे।

(6) इस प्रकार बारिश में पानी भी सड़क के दोनों तरफ रिचार्ज होता रहेगा, जिससे सड़क पर पानी नहीं जमेगा।

(7) सड़क के किनारे के नालों या बीच के नाले में सड़क के पानी की निकासी हो पाए, इसलिए पर्याप्त निकास द्वार नाले से जोड़ने के लिए बनाए जाएँ। उस द्वार में एक-एक सें.मी. के छेद की जाली लगा दी जाए। इस जाली से कूड़ा छन जाएगा और पानी नाले में चला जाएगा।

जल प्लावन तथा प्रदूषण की समस्या का समाधान

भारतवर्ष के अधिकतर शहरों में बारिश के मौसम में जल प्लावन की समस्या खड़ी हो जाती है। हर सड़क, हर गली और मोहल्ले छोटे-छोटे गंदे तालाबों में परिवर्तित हो जाते हैं। ऐसा इसलिए होता है कि भारतीय अभियंता ऐसे नालों का निर्माण नहीं करते कि सड़क से पानी नाले में जाए और पानी तेजी से जमीन के अंदर रिचार्ज हो। नालों में पानी सड़ता रहता है। नतीजा होता है कि बरसात में नई-नई बीमारियाँ शुरू हो जाती हैं, कहीं-कहीं तो महामारी ही फैल जाती है।

अतः मैं व्यावहारिक समाधान निकालने हेतु सुझाव दे रहा हूँ।

समस्या—शहर में कुछ सड़कों के किनारे छोटे-छोटे नाले (Drain) बनाए गए हैं। ये लगभग एक फीट चौड़े और एक फीट गहरे बनाए गए हैं। नालों के नीचे की सतह को प्लास्टर कर दिया गया है। नालों के ऊपर कोई छिद्रयुक्त ढक्कन नहीं लगाया गया है।

समाधान—

(1) ऐसे नालों को एक फीट से लेकर दो फीट तक चौड़ा बनाया जाए। गहराई 3 से 5 फीट तक अवश्य रखी जाए। नाले की निचली सतह को प्लास्टर न किया जाए, ताकि पानी जल्द नीचे भूगर्भ में रिचार्ज हो जाए। नाले के दोनों तरफ की दीवारों को अंदर से प्लास्टर कर दिया जाए, जिससे पेड़-पौधे, पीपल आदि दीवार में नहीं उगेंगे। पानी जमीन में रिचार्ज हो जाएगा। पानी नहीं सड़ेगा। बदबू नहीं फैलेगी। मच्छर को पनपने का मौका नहीं मिलेगा। वातावरण स्वास्थ्यप्रद बनेगा।

(2) नाले को छिद्रयुक्त कंक्रीट स्लैब से या लोहे/स्टील की जाली से ढक दिया जाए। जाली के छेद एक या डेढ़ इंच से ज्यादा बड़े न हों। ऐसा करने से सड़क का पानी तो छेद से होकर नाले में नीचे चला जाएगा। लेकिन कूड़ा, प्लास्टिक आदि ऊपर ही रह जाएँगे, जिससे नाला चोक नहीं होगा।

(3) नाले का कवर सड़क से नीचे हो, ताकि पानी सड़क पर न जमे। सड़क की ढाल नाले की तरफ नीचे हो, ताकि पानी सड़क पर नहीं जमे, नाले में ही चला जाए। नाले का कवर तो सड़क से नीचे रहेगा, लेकिन नाले के एक तरफ बैरियर-दीवार पिलर पर बनाए जाएँ, ताकि कवर पर कोई वाहन न जा पाए। पानी किनारे के नाले में भी खड़ी जाली से होकर जाएगा।

(4) नाले के ऊपर ढक्कन कम-से-कम पाँच और अधिक-से-अधिक दस मीटर की दूरी पर खुलने योग्य (Openable) बनाया जाए, ताकि जरूरत पड़ने पर नाले के अंदर उतरकर काम करने में मजदूरों को दिक्कत न हो। शेष जगहों पर नालों पर स्थायी ढक्कन लगाया जाए।

(5) ठेकेदार को भुगतान काम की गुणवत्ता के आधार पर जिम्मेदारी सुनिश्चित करते हुए किया जाए। जिस क्षेत्र में सड़क पर जलभराव होगा, वहाँ के ठेकेदार को ब्लैकलिस्ट किया जाए और उस पर अर्थदंड लगाया जाए। उसके विरुद्ध और भी कड़े दंड का प्रावधान किए जाने पर विचार कर लिया जाए।

(6) इसी प्रकार पर्यवेक्षण करने वाले अभियंता के ऊपर भी अर्थदंड लगाने पर विचार कर लिया जाए, जो कि उसके वेतन का कम-से-कम एक प्रतिशत और अधिक-से-अधिक दस प्रतिशत हो। निश्चित अवधि (दो-तीन वर्ष) के अंदर नाला खराब हो तो ठेकेदार से खर्च करवाकर मरम्मत करवाई जाए। बीमारियों से बचने के लिए भी नालों के ऊपर ढक्कन उपयोगी साबित होगा। यदि नाले को ढक्कन लगाकर सड़क से दो इंच नीचे रखा जाता है, तो किनारे का कीचड़ सड़क पर नहीं आएगा, जिससे बरसात समाप्त होने के बाद धूल-गर्द सड़क पर नहीं उड़ेगी। धूल प्रदूषण नियंत्रित हो जाएगा। सड़क पर गड्ढे भी नहीं बनेंगे।

(7) नगर निगम द्वारा नालों की मरम्मत से पहले धन की कमी का रोना रोया जाता है। उपर्युक्त सुझाव अनुसार नाले बनाए जाएँगे तो बार-बार धन की माँग नहीं करनी पड़ेगी। न तो नाले की सफाई के लिए और न ही मरम्मत के लिए।

(8) जो नाले बन चुके हैं, उनका ऊपर दिए गए सुझाव के अनुसार सुधार कर लिया जाए। नाले की दीवार पर प्लास्टर चढ़ाया जाए। इससे पहले दीवार पर से पेड़-पौधे हटा लिये जाएँ। नाले पर ढक्कन लगा दिया जाए। इससे कूड़ा नाले में नहीं गिरेगा और शहर का मिजाज स्वस्थ रहेगा, प्रदूषण काफी कम हो जाएगा।

(9) शहर में अधिकतर नालों की स्थिति यह है कि सड़क का पानी नाले में जाता नहीं और नाले में गंदा पानी सड़कर मच्छर पैदा करता है, बदबू फैलाता है, जीना ही दूभर कर देता है। बरसात में सामान्य जनजीवन अस्त-व्यस्त हो जाने से सामाजिक और राष्ट्रीय उत्पादकता घटती है। जीवन स्तर गिरता है। सड़क में गड्ढे हो जाते हैं, जिससे दुर्घटनाएँ बढ़ती हैं। सड़क की बार-बार मरम्मत करनी पड़ती है।

(10) नाले के ढक्कन के ऊपर अगर कूड़ा हो तो उसे साफ किया जाए। यह जिम्मेवारी कॉलोनीवासियों को दी जाए या जिस व्यक्ति या संस्था को यह काम सौंपा जाता है, उससे गंदगी रहने पर आर्थिक जुरमाना वसूला जाए। जनसहभागिता बढ़ाने के लिए या सामुदायिक सहयोग व जिम्मेवारी की भावना विकसित करने के लिए पार्षद या क्षेत्र के स्थानीय निवासियों को जिम्मेवार किया जाए। सफाई का बेहतर उदाहरण पेश करने वाले और पर्यावरण संरक्षण की मिसाल प्रस्तुत करने वाले नागरिकों तथा कॉलोनीवासियों को 'पर्यावरण संरक्षण पुरस्कार' दिया जाए, उन्हें सम्मानित किया जाए।

(11) बरसात का पानी रिचार्ज करने के लिए अलग नाला बनाया जाए तथा घर के स्नानागार के पानी (Grey Water) का प्रबंधन अलग से किया जाए। किसी भी हालत में दोनों को आपस में नहीं मिलाया जाए। इसी प्रकार शौचालय के पानी (Black Water) का अलग प्रबंधन किया जाए। शौचालय तथा स्नानागार (Bathroom) के पानी और उसके साबुन के अंश को सूक्ष्म जीवाणुओं (Micro Organisms) से विच्छेदित (Decompose) कराने की तकनीक अपनाई जाए।

(12) (Grey Water) स्नानागार व शौचालय के पानी (Black Water) का विकेंद्रीकृत (Decentralised) प्रबंधन किया जाए।

ऐसा करने से अपेक्षित सुधार परिलक्षित होगा। दक्षता में वृद्धि होगी तथा नगरीय जीवन स्तर (Civic Life) की गुणवत्ता में सुधार होगा। पानी रिचार्ज टंकी या नाली के ऊपर छिद्रयुक्त ढक्कन को बीच-बीच में साफ करने की भी जरूरत होती है।

शहर में नाला गलत तकनीक से बनाने से जल प्लावन व जल भराव की समस्या बनी रहती है। सही तकनीक यह है कि नाले को नीचे पक्का न किया जाए और बारिश का पानी जमीन में रिचार्ज होने दिया जाए। नाले के ऊपर जालीदार ढक्कन लगाने से नाले में कूड़ा कम भरेगा। इससे नाले साफ रहेंगे। साथ ही रोड पर के पानी के नाले में गिरने के लिए कनेक्टिंग नाला की व्यवस्था की जाए।

सड़क पर वर्षा जल जल प्लावन की समस्या पैदा करता है। इसे सड़क के दोनों तरफ के मकानों के बीच ऊपर शेड लगाकर सड़क का पानी सड़क के किनारे शौचालय तथा बाथरूम के ऊपर वर्षा जल टंकी बनाकर साफ करने के बाद पानी का प्रयोग किया जाए। इससे बिजली की भी बचत होगी और भूगर्भ जल की भी। ऐसा प्रयोग लेखक ने लखनऊ में किया।

वाशबेसिन के पानी का पुनः प्रयोग

निर्मित करके अट्टालिका
करते गए वर्षा जल की बरबादी
आप ही बताएँ कैसे बचेगी
करोड़ों की यह आबादी

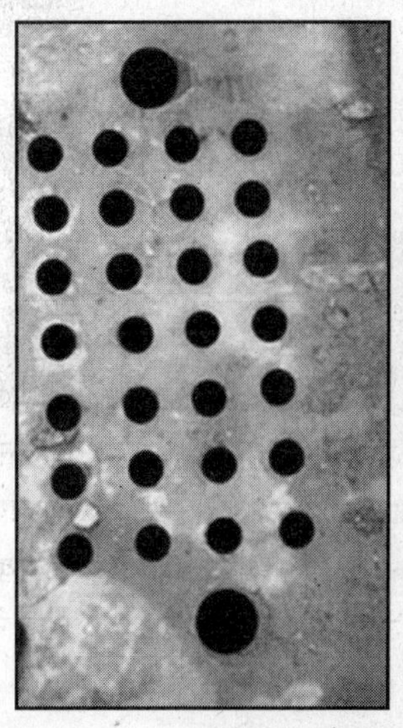

नाला प्रबंधन करके वर्षा जल को रिचार्ज किया जाए।
वर्षा जल गंदे नाले में न मिलाया जाए

शहर में नाला गलत तकनीक से बनाने से जल प्लावन व जल भराव की समस्या बनी रहती है। सही तकनीक यह है कि बारिश का पानी सीवरलाइन में गिरने से रोका जाए। बारिश का पानी के लिए अलग से रिचार्जिंग प्रणाली बनाई जाए। इस प्रणाली को नीचे से पक्का न किया जाए और बारिश का पानी जमीन में रिचार्ज होने दिया जाए। नाले के ऊपर जालीदार ढक्कन लगाने से नाले में कूड़ा कम भरेगा। इससे नाले साफ रहेंगे। साथ ही रोड पर के पानी के नाले में गिरने के लिए कनेक्टिंग नाले की व्यवस्था की जाए। जालीदार ढक्कन में छेद 1.1 इंच के बनाए जाएँ, ताकि कूड़ा नाले में न गिरे। सफाई की जरूरत कम पड़ेगी और नाले की सफाई करते समय गंदगी रोड पर फेंकने व दुर्गंध फैलने की नौबत कम आएगी।

(कृपया फोटो डाई ग्राम के लिए पृष्ठ 280 देखें)

□

30

पेटेंट एक्ट 1970 : महेंद्र कूप (महाइंद्र कूप)

आविष्कार की पृष्ठभूमि

भारत में कुआँ सामान्यत: 20 फीट से लेकर 70 फीट तक गहरा होता है। कभी-कभी 100 फीट गहरा भी होता है, लेकिन कुआँ के ऊपर ढक्कन नहीं होता। पुराने कुआँ या लालकुआँ के ऊपर लगभग 8 फीट की ऊँचाई पर एक छप्पर भी होता था, लेकिन इस छप्पर से कोई फायदा नहीं है, क्योंकि कुआँ से पानी भाप बनकर उड़ता ही रहेगा, खासकर गरमी के दिनों में। इस छप्पर से हानि यह है कि बारिश का पानी, जो सीधा कुआँ में गिरता, वह भी नहीं गिर पाता है। साथ ही आँधी के समय वह आगे-पीछे भी प्रदूषित प्लास्टिक, धूल-गर्द उस कुआँ में गिरते-ही-गिरते हैं। वाष्पीकरण से होने वाली हानि से बचाव के लिए छप्पर को नए तरीके से कुआँ के ऊपर ढकना होगा। आसपास की गलियों से होकर बारिश का पानी, कुआँ के पानी बैंक की प्यास बुझाए बिना, आगे बढ़ जाता है या पक्के नाले बनाकर गाँव से बाहर कर दिया जाता है। उसका कुआँ के चारों तरफ भूगर्भ जल रिचार्ज करने के लिए रिचार्ज करने की व्यवस्था करनी जरूरी है। ताकि साल के 12 महीने कुआँ से पानी निकाल सकें। इसी प्रकार यह भी समझना जरूरी है कि कुआँ कई परिस्थितियों में बनते हैं—

(i) कच्चा कुआँ सामान्यत: कम पैसे वाले किसान खासकर पठारी इलाकों में बनाते हैं। कच्चे कुआँ की मिट्टी चारों तरफ से कट-कटकर कुआँ में धँस जाती है, जिससे कुआँ की सतह का क्षेत्रफल बढ़ जाता है। सतह का क्षेत्रफल (Surface Area) बढ़ने से भाप बनकर उड़ने वाला पानी ज्यादा बड़े फैलाव में उड़ता है, मतलब वाष्पीकरण की गति बढ़ जाती है। कुआँ की गहराई घट जाती है। इससे ज्यादा पानी का नुकसान होता है।

(ii) पठारी इलाकों में पक्के कुआँ बनाए जाते हैं, जिससे कुओं में सीधा बारिश का पानी पहुँच ही नहीं पाता। ऐसे कुओं को भी रिचार्ज करना है। बारिश का पानी उनमें भी भरना है।

(iii) जहाँ कच्चे कुआँ होते हैं, उनमें से कुछ कुओं के पास की मिट्टी इतनी भुरभुरी होती है कि अगर बहुत पास में वर्षा जल रिचार्ज ट्रेंच बनाया जाएगा तो पानी से आसपास के कुओं की मिट्टी धँसकर कुओं का रूप बिगाड़ देगी। उसकी सतह का क्षेत्रफल चौड़ा हो जाएगा और कुओं की गहराई घट जाएगी। इस कारण कुआँ की क्षमता बहुत कम हो जाती है। जलाभाव में, खासकर कम वर्षा होने पर, किसान लाचार हो जाता है। आत्महत्या की कगार पर पहुँच जाता है।

(iv) कुछ कुआँ, जो गाँव के अंदर हैं वे पानी पीने के लिए होते हैं, किंतु खेतों में कच्चे कुआँ सिंचाई के लिए होते हैं। प्रतिवर्ष गरमी बढ़ती जा रही है और बारिश की मात्रा भी कम होती जा रही है। इस कारण कुओं से सालभर पानी नहीं मिलता।

(v) या कुओं में पानी रहता ही नहीं, कुआँ सूख गए हैं, क्योंकि कुओं के पास पानी रिचार्ज नहीं किया जा रहा है।

(vi) गाँव में बहुत ज्यादा हैंडपंप लगा दिए गए हैं, एक ही गाँव में 40–50 हैंडपंप, बोरवेल, सबमर्सिबल पंपसेट या ट्यूबवेल लगा दिए गए हैं। जो कुआँ हैं भी, उनके पास ही हैंडपंप लगा देने से कुआँ सूखता गया, क्योंकि न तो हैंडपंप के पास वर्षा जल रिचार्ज करने की व्यवस्था की गई और न कुआँ के पास वर्षा जल रिचार्ज किया गया। इस कारण ये कुआँ कूड़ेदान बना दिए गए। जिस देश में कुओं को 'इंदारा' कहा जाता है, उसमें हर तरह की गंदगी फेंकी जाने लगी। जिस देश में इंद्र व वरुण देवता की पूजा होती थी, उसी राष्ट्र में इन कुओं का अपमान करके उन्हें कूड़ेदान बना दिया गया, जिसकी सजा दुर्भिक्ष के रूप में किसान झेल रहा है और आत्महत्या करने का यह भी एक महत्त्वपूर्ण कारण बन गया।

(vii) कुआँ चारों तरफ से कंक्रीट से प्लास्टर कर दिया गया, जिससे क्षैतिज दिशा से वर्षा जल रिचार्ज नहीं हो पाता, खासकर पठारी इलाकों में 6 फीट या 12 फीट के बाद कठोर चट्टानें मिल गईं और चारों दिशाओं से उस 12 फीट कच्ची मिट्टी में संभावित वर्षा जल भंडार का पानी कुआँ में रिचार्ज करने की

व्यवस्था सामान्यत: नहीं की गई।

अत: लेखक द्वारा महेंद्र कूप का आविष्कार किया गया है, जो चार तरह की परिस्थितियों में चार तरह के डिजाइन का विकल्प देता है।

(1) बहुत सीमित स्थान में कई कुआँ किसानों द्वारा बनाए जा रहे हैं। इस कारण सीमित मात्रा में मौजूद भूगर्भ जल कई कुओं में बँट जाता है और ज्यादा पानी भाप बनकर उड़ता है, क्योंकि कुआँ ज्यादा होने से पानी की सतह का क्षेत्रफल भी ज्यादा रहता है। बेहतर यही होगा कि एक बड़े कुआँ में 2 से 4 किसान मिलकर वर्षा जल की साझा रिचार्जिंग करें तथा साझा इस्तेमाल भी करें।

(2) हमारे देश में योजनाबद्ध तरीके से कुओं के आसपास के वर्षा जल की रिचार्जिंग नहीं की जा रही है, जिससे कुओं में पर्याप्त पानी नहीं रहता है।

(3) कुओं के ऊपर कोई उचित डिजाइन का ढक्कन नहीं लगाया जा रहा कि भाप बनकर उड़ने वाला पानी बच सके।

(4) कुओं के ऊपर गिरने वाला वर्षा जल ज्यादा मात्रा में कुओं में गिराकर संचित किया जा सके, इसके लिए ढक्कन के आकार को बड़ा करके नहीं लगाया जा रहा है।

अत: एक ऐसे कुआँ का डिजाइन तैयार किया जा रहा है, जिससे वर्षभर सिंचाई तथा घरेलू कार्य आदि हर तरह का पानी मिल सके।

आविष्कार का उद्देश्य

अत: उपरांकित कमियों को दूर करते हुए महाइंद्र कूप का डिजाइन तैयार किया गया है—

(1) इस कुआँ में रिचार्ज खिड़की (Recharge Window) की व्यवस्था की जा रही है, ताकि आसपास का रिचार्ज किया हुआ वर्षा जल कुओं में गिराया जा सके (रिचार्ज खिड़की से वर्षा जल की रिचार्जिंग)।

(2) व्यवस्था की जा रही है कि कुआँ की सतह का क्षेत्रफल बारिश में बढ़े नहीं, ज्यों-का-त्यों बना रहे। कुआँ के चारों तरफ की मिट्टी बारिश में कटकर न गिरे, कुआँ की गहराई कम न हो (भू-क्षरण रोककर कुआँ की सतह का क्षेत्रफल बढ़ने से रोका जाना।

(3) कुआँ के ऊपर का ढक्कन चारों दिशाओं में ज्यादा क्षेत्रफल तक फैले तथा

वाष्पीकरण से हानि न हो और ज्यादा क्षेत्रफल में गिरने वाला बारिश का पानी कुआँ में गिरे (वाष्पीकरण में 95 प्रतिशत की कमी)।

(4) कुआँ के ढक्कन में स्थायी ढक्कन के साथ-साथ खुलने वाला ढक्कन भी लगे। (छोटे ढक्कन से पानी की निकासी की जानी है)

(5) कुआँ के चारों तरफ वर्षा जल रिचार्ज सोख्ता गड्ढा (Moon of Trench) बनाया जा रहा है, ताकि आसपास की गलियों या स्थानों का वर्षा जल उसमें रिचार्ज किया जा सके (गोलाकार ट्रेंच से वर्षा जल की रिचार्जिंग)।

(6) कुआँ में अलग-अलग ऊँचाई तथा अलग-अलग दिशा में न्यूनतम दो व अधिकतम छह स्थानों पर रिचार्ज खिड़की (Recharge Window) बनाई जा रही है (रिचार्ज खिड़की से समय पर वर्षा जल रिचार्जिंग)

(7) कुआँ के चारों तरफ का पानी बैंक वर्षा जल से रिचार्ज करने के कारण कुआँ की गहराई मध्यम ही रखी जाए। ज्यादा गहरा करने की जरूरत नहीं है। (अपेक्षाकृत कम गहरे कुआँ में पानी की उपलब्धता सुनिश्चित होती है)।

(8) साझा कुआँ से आर्थिक बचत 2 से 4 किसानों पर एक साझा कुआँ बनाया जा रहा है।

(9) जल पुनश्चक्रण व पुनः प्रयोग (रीसाईकल व रीयूज) भरपाई (Replenish) करने की क्षमता में वृद्धि—कुआँ की जल रीसाइकिल (पुनः प्रयोग) व Replenish करने की क्षमता हर दिशा से बढ़ाई जा रही है।

(10) यह पठारी इलाका (Pleateau area) में सिंचाई के कुआँ की डिजाइन है।

चित्र का वर्णन (वर्षा जल रिचार्ज ट्रेंज कुआँ के चारों तरफ दो भाग में बनाए जाएँ तो आगे की जटिल प्रक्रिया से कुआँ बनाने की जरूरत नहीं पड़ेगी।)

चित्र संख्या 1 में पेयजल के लिए पक्के कुआँ का खंडीय (Sectional) चित्र (ऊर्ध्व अधोगति दिशा = ऊपर से नीचे) है।

चित्र संख्या 2 में सिंचाईं के लिए पक्के कुआँ का खंडीय (Sectional) चित्र (ऊपर से नीचे) है।

चित्र संख्या 3 में सिंचाईं के लिए पक्के कुआँ का खंडीय (Sectional) चित्र (क्षैतिज दिशा में) है।

चित्र संख्या 4 में चट्टानी क्षेत्र के लिए कुआँ का खंडीय (Sectional) चित्र (ऊपर से नीचे) है।

चित्र संख्या 5 में कच्चे कुआँ का खंडीय (Sectional) चित्र (ऊपर से नीचे) है।

आविष्कृत कूप का विस्तृत विवरण

चित्र-1 में पेयजल का पक्का कुआँ दिखाया गया है। जिसमें कुआँ (1) बेलन के आकार में है। यह बीम (2) तथा पिलर (3) के ऊपर स्थित है। पिलर की संख्या 4 से लेकर 8 तक है। बीम (2) तथा पिलर (3) कंक्रीट (सीमेंट तथा लोहा) के बने हुए हैं। पिलर की नींव मिट्टी में 8 से 9 मीटर की गहराई पर है। कुआँ का भार इसी पिलर पर है। इस प्रकार कुआँ की दीवार 8 से 9 मीटर गहरी है। कुआँ के पिलर के अंदर का व्यास 6 मीटर है तथा बाहरी व्यास लगभग 7 मीटर है। इस प्रकार पिलर की बॉडी आधा मीटर मोटी है।

पिलर (3) के बीच में पत्थर की गिट्टी भरी हुई है, जो अंदर व बाहर स्टील की जालियों के अंदर है। वर्षा जल इस गिट्टी तथा जाली से होकर प्रवेश करता है। इस कारण मिट्टी जाली के बाहर ही छन जाती है। जब बारिश होती है, तो गहराई में मिट्टी के अंदर का पानी रिस-रिसकर जाली में बंद इस गिट्टी द्वारा छनकर कुआँ में आता है। जाली जी.आई. (Galvanized Iron) की बनी है। पिलर का साइज तथा जाली का साइज लगभग बराबर है। यानी कुआँ की गोलाई का लगभग आधा हिस्सा जाली और गिट्टी (4ए) से भरा है और आधे हिस्से में पिलर है। यह जाली और गिट्टी रिचार्ज खिड़की (5) का काम करती है। लेकिन पिलर का हिस्सा अधिकतम 75 प्रतिशत तथा न्यूनतम 50 प्रतिशत होगा।

कुआँ के ऊपर एक स्थायी ढक्कन (6) लगाया गया है। ढक्कन की बनावट ऐसी है कि बारिश का पानी बाहर से अंदर की ओर बीच में गिरता है। मतलब यह कि ढक्कन का बाहरी हिस्सा ऊँचा है और बीच वाला हिस्सा नीचे है। ढक्कन का व्यास कुआँ के व्यास से ज्यादा है, यदि कुआँ का व्यास 12 फीट है, तो ढक्कन का व्यास 24 फीट रखा जा सकता है। ऐसा करने से ढक्कन के ऊपर का वर्षा जल ग्रहण क्षेत्र चार गुना हो गया। यानी 113 वर्गफीट से 452.6 वर्गफीट हो गया। जहाँ भी कुआँ के चारों तरफ प्लेटफॉर्म या खाली जगह उपलब्ध है, वहाँ पर कुआँ का ढक्कन बड़ा बनाते हैं, ताकि बारिश का वह पानी, जो सीधा कुआँ में गिरना चाहिए, ढक्कन के बड़े होने के कारण

ज्यादा मात्रा में गिरेगा। यहाँ पर चूँकि ढक्कन चार गुना बड़ा है तो वर्षा जल ग्रहण क्षेत्र (Rainwater Catchment Area) भी चार गुना बढ़ेगा। इस प्रकार जो वर्षा जल सीधा कुआँ में गिरता है, वह अब चार गुना कुआँ में गिरेगा। यह ढक्कन भी जी.आई. शीट का बना हुआ है।

ढक्कन तीन रंगों से पेंट किया हुआ है—काला रंग (6ए), सफेद रंग (6बी) तथा हरा रंग (6सी)। हानिकारक अल्ट्रावॉयलेट किरणें काले रंग से रुक जाती हैं और कुआँ में प्रवेश नहीं करतीं। सफेद पेंट से धूप की गरमी का अधिकतर हिस्सा लौट जाता है। यह कुआँ का तापमान ज्यादा बढ़ने नहीं देता और हरा रंग पर्यावरण अनुकूल रंग का प्रतीक है। यह कुआँ भी पर्यावरण संतुलन का प्रतीक है, क्योंकि जल संरक्षण से पर्यावरण संतुलित रहता है। खुलने वाला ढक्कन (7) हरे रंग में रखा गया है। यह कुआँ से पानी निकालने का रास्ता है।

चूँकि महेंद्र कूप के बाहर-बाहर चारों तरफ लगभग 75-80 प्रतिशत भाग में ट्रेंच रिंग से वर्षा जल रिचार्ज किया जाता है। कुआँ के दोनों तरफ बरसात के दिनों में जो पानी पहले आगे बह जाता था, उसे कच्ची मिट्टी के बैरियर/मेंड़/कम ऊँचाई के चेकडैम बनाकर रोका जाता है और यह कुआँ के चारों तरफ बने ट्रेंच रिंग (8-चाँद के आकार का सोख्या गड्ढा) में रिचार्ज किया जाता है। यह चाँदनुमा गड्ढा कच्चा है, इसपर सीमेंट का प्रयोग बिल्कुल नहीं करना है, ताकि तेजी से वर्षा जल रिचार्ज हो। यह वर्षा जल रिचार्ज खिड़की द्वारा कुआँ के अंदर प्रविष्ट होता है। यह रिचार्ज खिड़की ऊपर में भी एक फीट चौड़ाई व एक फीट ऊँचाई के आकार में अलग-अलग दिशा में कुआँ की दीवार में बनाई जाती है। इस प्रकार वर्षा के दिनों में कुआँ में क्षैतिज (चारों तरफ) तथा ऊर्ध्व दिशा (ऊपर से नीचे) में वर्षा जल रिचार्ज होता रहता है, रिचार्ज खिड़की के बाहर यानी कुआँ की बॉडी के बाहर वर्षा जल प्लास्टिक से एक मीटर तक रोका जा सकता है, ताकि जो वर्षा जल ऊपर से नीचे गुरुत्वाकर्षण से गिर रहा हो, उसे रोकने से वर्षा जल रिचार्ज खिड़की की ओर बढ़ेगा और कुआँ रिचार्ज होगा।

सावधानी

इस बात की सावधानी बरतनी है कि जब भी बारिश होगी सिर्फ बारिश का पानी कुआँ के पास बनाए गए चाँदनुमा गड्ढे में रिचार्ज करना है। ताकि कुआँ का पानी बैंक, जो कुआँ के चारों तरफ है, लगातार भरता रहे, क्योंकि कुआँ से पानी निकालकर हम लगातार पानी खर्च भी करते रहते हैं। रिचार्जिंग से कुआँ के चारों तरफ जलस्तर काफी

ऊपर तक बना रहता है। छत पर का वर्षा जल भी कंडुइट पाइप (10-Conduit Pipe) या कच्चे नालों (9) से अथवा घरों के बीच की गलियों (9ए) से अथवा खेतों से कुआँ के चारों तरफ रिचार्ज करते हैं। यह भी ध्यान रखना है कि इस रिचार्ज तालाबी से सिर्फ साफ पानी ही रिचार्ज हो। न तो इसमें स्नानागार (Bathroom) का पानी आने देना है, न शौचालय का और न मूत्रालय का। स्नानागार का पानी ग्रे वाटर कहलाता है और शौचालय का पानी ब्लैक वाटर।

जैसाकि चित्र 2 तथा 3 में दरशाया गया है, दो, तीन या चार किसानों के द्वारा एक साझा महेंद्र कूप काम में लाया जा सकता है। कुआँ बड़ा होगा और पड़ोसी किसानों के अपने-अपने खेत में गाद छन्ना टंकियाँ (11ए, 11बी, 11सी तथा 11डी) होंगी और इन गाद छन्ना टंकियों से पानी साफ होकर कुआँ के चारों तरफ बनाए गए बड़े चाँदनुमा तालाबी (Trench Moon) में पानी रिचार्ज होगा। साझा कुआँ होने के कारण खर्च कम होगा। किसानों के खेतों से बारिश का पानी कच्ची गलियों से ही कुआँ के पास ट्रेंच में रिचार्ज किया जाएगा। रिचार्ज खिड़की (4 तथा 12) में गिट्टी होने के कारण यह गाद छानने के लिए फिल्टर मीडिया का काम करता है। रिचार्ज खिड़की (12) कुआँ की दीवार के ऊपरी तथा बीच के हिस्से में बनाई गई है या बनाई जा सकती है।

आप चाहें तो यह रिचार्ज खिड़की बनाना जरूरी नहीं है।

चित्र 2 के कुआँ का उपयोग सिंचाईं के लिए किया जाता है। चूँकि फिल्टर मीडिया से कुआँ में पानी रिचार्ज करते हैं इसलिए यह पीने योग्य नहीं होता। फिल्टर मीडिया से सिर्फ गाद रुकती है, पानी पूरी तरह शुद्ध नहीं हो पाएगा। अत: यह पेयजल का कुआँ नहीं है और सिर्फ सिंचाई के लिए उपयोगी है।

पक्के कुआँ की दीवार संख्या (13) से दिखाई गई है। चित्र संख्या 1, 2 व 3 की रिचार्ज खिड़की (12) संख्या (5) से दिखाई गई है। चित्र संख्या 1 व 2 में शेष विशेषताएँ समान हैं।

यदि कुआँ से पेयजल लेना है तो कुआँ की दीवार के ऊपरी या बीच वाले हिस्से में रिचार्ज खिड़कियाँ नहीं बनाई जाएँगी।

यदि कुआँ मैदानी इलाके में बनाया जा रहा है तो गाद छन्ना टंकियाँ 11ए,11बी व 11सी सिर्फ ईंटों से बनाई जाएँगी। इन ईंटों को सीमेंट से नहीं जोड़ा जाएगा। इन टंकियों के नीचे भी ईंट का एक स्तर बिछाया जाएगा, ताकि पानी और मिट्टी के बीच का संपर्क ईंटों से टूट जाए, लेकिन बारिश का पानी ईंटों से होकर तथा ईंटों के बीच के छिद्र या अंतर (Gap) से होकर रिचार्ज होता रहता है। यह रिचार्जिंग ऊपर से नीचे तथा चारों

दिशाओं में होती रहती है। चित्र संख्या 6 से गाद छन्ना टंकी दरशायी गई है, जो बिना सीमेंट के सजाई गई है। ईंटों के बीच में मिट्टी का गारा भी नहीं डाला गया है। चूँकि ईंट की गाद छन्ना टंकी से भी एक-एक बूँद पानी रिचार्ज हो जाता है, इसलिए इसमें मच्छर नहीं पनपते। यदि गाद छन्ना टंकी सिर्फ सीमेंट की बनी होती तो पानी टंकी में पड़ा रहेगा और उसमें मच्छर पनपते रहेंगे, गंदगी बढ़ती रहेगी। पानी में दूसरी चीजें सड़ती रहेंगी। इसलिए सीमेंट का प्रयोग यहाँ नहीं किया जा रहा है।

गाद छन्ना टंकी (गाछट) (Silt Settlement Chamber–SSC) में जो गाद जमा होती है, वह उपजाऊ मिट्टी है खाद के रूप में खेतों में उपयोग में लाई जाती है। समय-समय पर गाद छन्ना टंकी की सफाई करके इसे खेत में डालते हैं। यह काम समुदाय के लोग या किसान स्वयं करेंगे, अपने श्रम से करेंगे। इसके लिए सरकारी बजट की जरूरत नहीं है।

पठारी जिलों या पहाड़ी जिलों में गाद छन्ना टंकी पक्की दीवार की बनाई जाएगी, लेकिन नीचे ईंट का खडंजा एक स्तर का बिछाया जाएगा, ताकि बचा हुआ पानी रिचार्ज हो जाए और उसमें मच्छर न पनपें। यहाँ पर मिट्टी और पानी के बीच में ईंट आ जाती है, इस कारण बरसाती पानी में नीचे की मिट्टी नहीं घुल पाती, क्योंकि पानी गुरुत्वाकर्षण बल से ऊपर से नीचे जाता है। वर्षा जल नीचे से ऊपर नहीं आता। चूँकि पठारी या पहाड़ी जिलों में जमीन ऊँची-नीची होती है। एक ही खेत में एक हिस्सा ऊपर और एक हिस्सा नीचे होता है। ढलवाँपन (Slope) होता है, इसलिए पानी तेजी से संवेग (Momentum) के साथ आगे बढ़ता है व सिर्फ ईंट से खड़ी दीवार को गिरा सकता है, इसलिए कंक्रीट की दीवार गाद छन्ना टंकी में भी बनानी है।

जब हम मैदानी इलाके में बिना सीमेंट की दीवार सिर्फ ईंट से बनाते हैं और मैदानी तथा पठारी दोनों तरह के जिलों में नीचे सिर्फ ईंट का धरातल रखते हैं, तो खर्च में भी बचत होती है तथा वर्षा जल तेजी से रिचार्ज होता है। सीमेंट का खर्च बचता है। सीमेंट का जितना ही कम प्रयोग करेंगे, उतना ही तापमान (Temperature) नियंत्रित रहेगा।

चित्र-4—जैसा कि चित्र 4 में दिखाया गया है, यदि महेंद्र कूप चट्टानी क्षेत्र में बनाया गया है तो रिचार्ज खिड़की बनाने का स्थान बदल दिया जाएगा। उदाहरण के लिए, मान लिया जाए कि उस चट्टानी इलाके में 20 फीट की गहराई तक मिट्टी और पत्थर दोनों हैं। मतलब मुलायम मिट्टी या पत्थर के छोटे-छोटे टुकड़े हैं। चट्टानें कम हैं और कुआँ की गहराई 30 फीट है, तो इसका मतलब हुआ कि इस कुआँ में रिचार्ज खिड़की 20 फीट की गहराई पर रहेगी, ताकि वर्षा जल, जो ट्रेंच रिंग से कुआँ के चारों

तरफ रिचार्ज किया गया और ऊपर से लेकर 20 फीट की गहराई तक कुआँ के चारों तरफ है, वह रिचार्ज खिड़की से फिल्टर मीडिया से साफ होकर कुआँ में चला जाएगा। उसी तरह एक रिचार्ज खिड़की लगभग 10 फीट की गहराई पर भी बनानी चाहिए। यदि 20 फीट की गहराई पर बनाई गई रिचार्ज खिड़की पश्चिम दिशा में बनाई गई है, तो 10 फीट की गहराई पर कुआँ की दीवार में बनाई गई खिड़की दूसरी दिशा पूरब, उत्तर या दक्षिण में बनाई जानी चाहिए। यहाँ बार-बार याद दिलाया जा रहा है कि बारिश का पानी कुआँ के चारों तरफ चाँदनुमा तालाबी (Trench Moon) से कुआँ के लगभग चारों तरफ रिचार्ज किया जा रहा है। स्पष्ट है कि इस 30 फीट गहरे कुआँ में 20 फीट से नीचे कोई रिचार्ज खिड़की नहीं बनाई जाएगी। कुआँ में नीचे का 10 फीट तो सिर्फ पत्थर की दीवार है और ऊपर का 20 फीट कंक्रीट से बनाया गया है।

दिनांक 30 दिसंबर, 2018 को उत्तरी कर्नाटक के विजयपुर उर्फ बीजापुर जिले में एक किसान ने बताया कि उसने 650 फीट की गहराई तक बोरिंग की, लेकिन पानी नहीं निकला। इस तरह की समस्याएँ पठारी इलाके में आती रहती हैं। दिल्ली में भी एक विपासना केंद्र के पास 900 फीट की गहराई पर बोरिंग की गई, तब पानी मिल पाया। इस समस्या का समाधान है—समाधान यह है कि बोरिंग पर निर्भरता कम कर दें। समाधान यह है कि बारिश के पानी की एक-एक बूँद जमीन में रिचार्ज की जाए। बीजापुर के उस किसान की समस्या का समाधान यह है कि वह बोरिंग न करे उसपर खर्च न करे और जहाँ उसने बोरिंग की, उस जगह पर आसपास का जो भी बारिश का पानी है, वह रिचार्ज ट्रेंच बनाकर जमीन में रिचार्ज करे। यह रिचार्जिंग वह अपने खेत के वर्षा जल से करे-ही-करे साथ ही जहाँ तक उसे खाली व परती जमीन, गली, पार्क मिले, उसका पानी कच्चे नाले से बोरिंग के स्थान पर ले आए। बोरिंग के स्थान के चारों तरफ कच्चा ट्रेंच बनाए, उसमें वर्षा जल रिचार्ज करे। ऐसा वह 1.5 से 2 प्रतिशत जमीन में करे, मतलब यह कि यदि उसके खेत का क्षेत्रफल 1000 वर्गमीटर है तो रिचार्ज एरिया कम-से-कम 15 वर्गमीटर और अधिक-से-अधिक 20 वर्गमीटर रखे, क्योंकि उत्तरी कर्नाटक में पानी कम बरसता है और बेंगलुरु में भी औसतन 80 सें.मी. सालाना पानी बरसता है। चूँकि उसके पास लगभग 35 फीट की गहराई तक कठोर चट्टान नहीं है, इसलिए वह 15 फीट गहरा तालाब बना सकता है या 35 फीट गहरा कुआँ बना सकता है। यह सावधानी अवश्य रखी जाए कि प्रतिवर्ष होने वाली बारिश का एक-एक बूँद पानी जमीन में रिचार्ज कर लिया जाए। जो चाँदनुमा रिचार्ज ट्रेंच बोरवेल, ट्यूबवेल, हैंडपंप या कुआँ के चारों तरफ या पास में बनाया जा रहा है, वह अधिक-से-अधिक 3

प्रतिशत क्षेत्र में बनाया जाए, ताकि लगभग 98% वर्षा जल रिचार्ज किया जा सके। यहाँ रिचार्ज एरिया इसलिए बढ़ाया गया कि आसपास के उस क्षेत्र का भी पानी कच्चे नाले से लाकर किसान को या उस परिवार को अपने प्लॉट/अपनी जमीन में रिचार्ज करना है। यदि कुआँ की गहराई कम है तो व्यास ज्यादा रखा जाएगा, ताकि सारा पानी बचाया जा सके और उसको इस्तेमाल में लाया जा सके। पानी भाप बनकर न उड़ जाए, इसलिए कुआँ के ऊपर ढक्कन लगाया जाना चाहिए।

जिस कच्चे नाले से वर्षा जल ट्रेंच में लाया जा रहा है, उसे संख्या (15) से दिखाया गया है तथा मिट्टी के बने चेकडैम/बाँध/मेंड़ को संख्या (14) से दिखाया गया है।

जैसा कि चित्र संख्या 5 में दिखाया गया है, सामान्यतः कम पैसे वाले परिवारों द्वारा कच्चा कुआँ (1) खोदा जाता है। बारिश में कच्चे कुआँ (1) के चारों तरफ की मिट्टी कट-कटकर कुआँ में गिरती रहती है, इससे कुआँ चौड़ा होता जाता है और भू-क्षरण से कुआँ की गहराई घटती जाती है। इस प्रकार कुआँ की सतह का क्षेत्रफल (Surface Area) बढ़ जाता है, जिससे पानी भाप बनकर ज्यादा मात्रा में उड़ता रहता है। जिस वर्ष वर्षा कम होती है, हवा में नमी भी कम हो जाती है, इसी प्रकार उसी वर्ष गरमी भी ज्यादा बढ़ जाती है, जिससे वाष्पीकरण की प्रक्रिया तेज हो जाती है। अतः कुआँ की उम्र भी घट जाती है और कुआँ जल्दी सूखने लगता है। अतः कच्चे कुआँ के ऊपर ढक्कन (6) लगाना आवश्यक है। ढक्कन (6) चारों तरफ से ऊँचा (higher) तथा बीच में नीचा (lower) हो तो बारिश का पानी कुआँ के बीचोबीच गिरेगा। कुआँ के व्यास की अपेक्षा ढक्कन का व्यास ज्यादा होना चाहिए। यदि कुआँ के व्यास से ढक्कन का व्यास दोगुना होता है, तो ढक्कन का क्षेत्रफल कुआँ के क्षेत्रफल से चार गुना हो जाएगा। इस कारण कुआँ में गिरने वाला वर्षा जल चार गुना जलग्रहण क्षेत्र (Water Catchment Area) का पानी यानी चार गुना वर्षा जल सीधा कुआँ में गिरेगा। ढक्कन की व्यवस्था के कारण चारों तरफ का पानी ढक्कन से होकर ही कुआँ के बीचोबीच गिरेगा। ढक्कन के चारों तरफ मिट्टी व पत्थर से ही थोड़ा ऊँचा करके घेर देना चाहिए, ताकि ढक्कन के चारों तरफ से बारिश का पानी कुआँ में मिट्टी काटते हुए न गिर पाए।

कच्चे कुआँ में रिचार्ज खिड़की (Water Recharge Window) की जरूरत नहीं है, क्योंकि चारों तरफ से कच्ची मिट्टी से पानी रिचार्ज हो सकता है। इसमें कोई पक्की या कंक्रीट की दीवार नहीं है, जो कुआँ के चारों तरफ 80 प्रतिशत दिशाओं में तालाबी का चाँद (Trench Moon) (8) बनाया जाता है, वह कुआँ से 15 से

20 फीट की दूरी पर बनाना चाहिए। इससे भू-क्षरण नहीं होगा। कुआँ के बगल से गुजरने वाली गली (15) पर मिट्टी का मजबूत बाँध बनाकर बारिश का पानी रोकते हुए चाँदनुमा ट्रेंच (8) में डाला जाता है। इस ट्रेंच से वर्षा जल कुआँ के चारों तरफ के भूगर्भ (पानी बैंक) में जमा हो जाता है। इससे कुआँ के आसपास चारों तरफ से जलस्तर तेजी से ऊपर उठता है। इस प्रकार कुआँ की उम्र बढ़ जाती है। साथ ही यह सदाबहार कुआँ बन जाता है और सूखे के दिनो में भी इसमें पर्याप्त पानी रहता है। कुआँ की क्षमता कई गुना बढ़ जाती है।

लाभ

(क) एक किसान द्वारा इस कुआँ से सिंचाई करने के कारण जब कुआँ का जलस्तर कुछ नीचे गिरता है, तो दूसरे किसान को एक दिन भी इंतजार नहीं करना पड़ता, क्योंकि कुआँ के चारों तरफ के संतृप्त (Saturated) पानी बैंक का पानी रिचार्ज खिड़की से कुआँ में उतरकर तेजी से जलस्तर को सामान्यत: रात्रि में ऊपर उठाता है। जब महेंद्र कूप में कम-से-कम 4 महीने तथा अधिक-से-अधिक 16 महीने तक वर्षा जल रिचार्ज किया जाता है, तो कुआँ के चारों तरफ का पानी बैंक अच्छी तरह भर जाता है।

(ख) भारत के 35 प्रतिशत जिलों में ऐसा करना संभव है। यदि किसी क्षेत्र में 100 सें.मी. से ज्यादा वार्षिक वर्षा होती है, तो वर्षा जल का स्तर 10 फीट की गहराई पर लाने में अधिक-से-अधिक 16 माह का समय लगेगा। लेकिन यदि वर्षा जल 70 सें.मी. से 100 सें.मी. के बीच होता हो तो जलस्तर को आदर्श ऊँचाई तक उठाने में अधिकतम 28 महीने लगेंगे। इसी प्रकार 40 से 70 सें. मी. से कम वर्षा जल प्रतिवर्ष हो तो जलस्तर आदर्श ऊँचाई तक ऊपर उठाने में 40 महीने अवश्य लगेंगे। लेकिन ऐसी स्थिति में जल ग्रहण क्षेत्र (Water Catchment Area) 40 गुना या काफी बड़े भूभाग तक रखा जाता है। समय की गणना (Calculation) जुलाई माह से की जाती है। भारत में मानसून के महीने खासकर उत्तर भारत में जून से शुरू होते है। भारतवर्ष में होने वाली वर्षा की 25 प्रतिशत गैर-मानसून वर्षा होती है। इसे 15 अक्तूबर से 15 जून तक माना जा सकता है। वर्ष 2014 में गैर-मानसून वर्षा 29 प्रतिशत थी।

(ख) भारत के 50 प्रतिशत जिलों में कम-से-कम 4 महीने तथा अधिक-से-अधिक 28 महीने में जलस्तर 10 फीट पर लाया जा सकता है। यह जलस्तर की आदर्श गहराई है। इसका मतलब यह हुआ कि 11-12 फीट की रस्सी में बाल्टी बाँधकर कुआँ से पानी निकाल लेते हैं, तो यह आदर्श जलस्तर हुआ।

(ग) भारत के शेष जिलों में यानी पश्चिमी राजस्थान, उत्तरी कर्नाटक, उड़ीसा का बड़ा भूभाग, गुजरात तथा अन्य प्रांतों के कम बारिश के क्षेत्र के जिले, देश के कुछ अन्य पठारी जिले, जिसमें 5 सें.मी. से 60 सें.मी. तक बारिश होती है, वहाँ भी जलस्तर ऊपर उठाया जा सकता है।

□

31

पानी रिचार्ज कुआँ तथा महाइंद्र कूप

यह घरेलू जल प्रबंधन की एक किफायती व व्यावहारिक तकनीक है। इसमें प्रचलित विधि भी है तथा नया आविष्कार भी। यदि कुआँ के चारों तरफ दो भाग में सोख्ता गड्ढा (रिचार्ज ट्रेंच) बनाए गए हैं तो नीचे की तकनीक से महेंद्र कूप बनाने की जरूरत नहीं है।

(1) खेतों, पार्कों, स्कूलों, मकानों तथा प्लेग्राउंड से बारिश के पानी को व्यर्थ बहने देने के बजाय रिचार्ज कुआँ बनाकर जमीन के अंदर ले जाना आवश्यक है। अत: सभी प्रकार के भवनों व खाली स्थानों में जल प्रबंधन कार्य किए जाने की आवश्यकता है।

(2) वरिष्ठ जन परिसर (Old Age Home) अटलनगर बसंत विहार, आदिलनगर, लखनऊ में मैंने पानी रिचार्ज कुआँ बनवाया, जिसमें एक दिन में 75 सें.मी. से 120 सें.मी. तक पानी रिचार्ज होता है (गहराई 300 से.मी. होने पर), क्योंकि पानी से रिचार्ज कुआँ भरने के बाद 3-4 दिन में खाली हो जाता है। ऐसा तब होता है, जब बारिश 8 सें.मी. से ज्यादा नहीं होती है। इस प्रकार रिचार्ज कुआँ की कार्यकारी गहराई (Functional Depth of a Water Recharge Well) 210 सें.मी. नहीं बल्कि लगभग 210+60=270 सें.मी. से 300 सें.मी. (रिचार्जिंग 60 से 100 से.मी.) हो गई, क्योंकि जब तक रिचार्ज कुआँ बरसात के पानी से भरता है, तब तक 60 सें.मी. से लेकर 100 सें.मी तक पानी रिचार्ज हो चुका होता है। इसी तरह 300 सें.मी. गहराई होने पर कार्यकारी गहराई 300 सें.मी. + 75 सें. मी. = 375 सें.मी. होती है।

रिचार्ज कुआँ बन जाने के बाद नीचे गिरे सीमेंट को साफ कर बाहर निकाल लें। तत्पश्चात् 90 सें.मी. गिट्टी (Grit) लोहे या स्टील की मजबूत जाली के बीच डालेंगे। पिलरों के बीच (7 से 10 मि.मी.) चौड़ाई की छेद वाली स्टील की जाली डालकर सीमेंट से ईंट में जमाकर लगभग 23 सें.मी. खाली जगह में लगभग डेढ़ सें.मी. मोटाई की गिट्टी (Grit) डालेंगे। ध्यान रहे, पिलर पुरानी मिट्टी में मजबूती के साथ उठाया जाए। ऐसा करने से बाह्य क्षैतिज दिशा (चारों ओर) (Horizontally Outward Direction) में भी 90 cms की ऊँचाई तक पानी रिचार्ज होगा। और रिचार्ज क्षेत्र बढ़कर 126 प्रतिशत से लेकर 300 (तीन सौ) प्रतिशत तक हो जाएगा। यानी रिचार्ज एरिया बढ़कर 25 प्रतिशत से 300 प्रतिशत तक हो जाएगा। वास्तव में रिचार्जिंग कई गुणा बढ़ जाएगी। यानी रिचार्जिंग दर बढ़कर सवा गुणा से तीन गुणा तक हो जाएगी। (125 से 300 प्रतिशत तक रिचार्जिंग दर बढ़ जाएगी।)

पिलर द्वारा कुछ स्थान घेरने के कारण रिचार्ज एरिया की बढ़ोतरी 3.40 गुणा की अपेक्षा 3.00 गुणा आकलित की गई है। यहाँ 155 सें.मी. (5 फीट) व्यास है। त्रिज्या (फोंट) 0.76 मीटर (ढाई फीट) है।

इसलिए रिचार्ज क्षेत्रफल नीचे की ओर (उर्ध्व अधोगति दिशा में) हुआ 1.82 वर्ग मीटर तथा बाह्य क्षैतिज दिशा (चारों ओर) में क्षेत्रफल हुआ $2\pi h = 2\pi \times 0.76 \times 0.9$ वर्गमीटर = 4.3 वर्ग मीटर। दोनों रिचार्ज एरिया मिलकर हुआ 1.82 + 4.30 वर्ग मीटर = 6.12 वर्ग मीटर। इस प्रकार रिचार्ज क्षेत्रफल 3.36 गुणा हो गया। मेरे द्वारा रिचार्ज एरिया में वृद्धि तीन गुणा ही मानी गई है, जो कि न्यूनतर ही है। यह विशेष व्यवस्था कुआँ के निचले हिस्से में करना आवश्यक नहीं है।

(3) जब रिचार्ज कुआँ के निचले हिस्से में बलुआई या कंकरीली मिट्टी प्राप्त हो जाए तो रिचार्ज कुआँ को गहरा करना बंद कर दें। ऐसी स्थिति में अधिकतम गहराई 15 फीट (372 सें.मी.) पर्याप्त होगी। (लेकिन 6 फीट से 15 फीट तक बलुआई मिट्टी का इंतजार करने की जरूरत नहीं है)।

(4) कुआँ की दीवार ऊपरी जमीन की सतह से 45 सें.मी. (डेढ़ फीट लगभग) तक उठाई जाएगी तथा दीवार के ऊपरी हिस्से में लगभग 9 इंच या 23 सें.मी. व्यास का एक छिद्र (Hole) किया जाए, जिसमें 8 इंच (21 सें.मी.) व्यास का ढाई फीट (75 सें.मी.) लंबा पाइप डाला जाएगा। यह पाइप गाद छन्ना टंकी

(SSC - Silt Settlment Chamber) से रिचार्ज कुआँ को जोड़ेगा। पाइप का व्यास कुआँ के आयाम (Dimensions) के हिसाब से 8" से लेकर 18" तक हो सकता है। पाइप के पहले जाली लगाई जाएगी जो पानी को छानकर रिचार्ज कुआँ में जाने देगी।

(5) (क) रिचार्ज कुआँ का ढक्कन यदि सीमेंट (Concrete Slab) का बना है, तो एक ढक्कन लगभग 30 सें.मी. (एक फिट) चौड़ा रखा जाएगा। एक-एक फीट चौड़ाई के तीन भागों में ढक्कन तैयार किए जाएँ। शेष हिस्सा 4 फीट चौड़ा रखा जाएगा, जो स्थायी रूप से नियत (Fixed) रखा जाएगा। विकल्प में रिचार्ज कुआँ को मजबूत लकड़ी या बाँस या फूस के ढक्कन से ढंका जा सकता है या प्लास्टिक के दरवाजे के जैसा प्लास्टिक कोटेड ढक्कन हो सकता है, बशर्ते लोहे/स्टील के बीम/सरिया के ऊपर इसे मजबूती के लिए रखा जाए। ढक्कन यदि कंक्रीट का बना है, तो लोहे का हुक अवश्य लगाएँ। यानी पानी रिचार्ज कुआँ का ढक्कन इस प्रकार का हो कि उसे एक व्यक्ति आसानी से उठा या हटा सके। यदि ढक्कन हलका हो तो इस ढक्कन को बरसात के समय खोला जा सकता है, ताकि बारिश का पानी रिचार्ज कुआँ में सीधा डाला जा सके। बारिश समाप्त होते ही ढक्कन बंद कर दिए जाएँगे।

(ख) विकल्प में लोहा/स्टील के ढक्कन में प्लास्टिक का कवर लगा देना पर्याप्त है। कंक्रीट का ढक्कन लगाने के बजाय स्टील/लोहे के सरिया/जाली लगाने से कुआँ का ढक्कन हटाते समय कंक्रीट स्लैब टूटने का खतरा नहीं रहेगा।

(6) (क) रिचार्ज कुआँ की दीवार में अंदर से चारों तरफ प्लास्टर कर देना चाहिए, ताकि रिचार्ज कुआँ के रख-रखाव (Maintenance) पर खर्च न करना पड़े। प्लास्टर न होने पर दीवार में घास, झाड़ी आदि उगने की संभावना बनी रहेगी।

(ख) वरिष्ठ जन परिसर लखनऊ में प्रयोग के लिए रिचार्ज कुआँ में दीवार पर अंदर की ओर प्लास्टर नहीं चढ़ाया गया। लेकिन ऊपर लोहे की बीम के ढक्कन पर प्लास्टिक चढ़ाई गई, जिससे कुआँ के अंदर किसी चिड़िया या गिलहरी आदि किसी जीव-जंतु द्वारा कोई बीज नहीं डाला गया। इस कारण दीवार पर कोई पौधा या घास नहीं पनप पाया।

(ग) ऐसा करने से पास में खड़े आपके मकान की नींव/दीवार में सीलन की समस्या भी नहीं आएगी।

(घ) रिचार्ज कुआँ का निचला हिस्सा (फर्श) किसी भी हालत में सीमेंट से प्लास्टर नहीं किया जाएगा।

(ङ) निर्माण के बाद कुआँ के निचले भाग में गिरे सीमेंट को साफ करके बाहर निकाल दें।

(7) रिचार्ज कुआँ ऐसे स्थान पर बनाया जाए, जिनके पास कुआँ, हैंडपंप, ट्यूबवेल, सबमर्सिबल पंप सेट आदि लगा हो। यानी जहाँ-जहाँ डिस्चार्ज सिस्टम है, वहाँ पास में (लगभग दो मीटर दूर) पानी रिचार्ज सिस्टम बनाया जाए।

(8) जल रिचार्ज प्रणाली तथा गाछट (गाद छन्ना टंकी) दोनों साथ-साथ हों, लेकिन मकान की दीवार से छह फीट (दो मीटर लगभग) दूर हो।

(9) यथासंभव प्लॉट के उत्तर-पूर्व की दिशा (ईशान कोण) में रिचार्ज कुआँ बनाए। या कम-से-कम इतना ध्यान रखें कि यह दक्षिण-पश्चिम दिशा (नैर्ऋत्य) कोण में नहीं हो। कुओं के ऊपर नए, आविष्कृत ढक्कन लगाएँ—यह महेंद्र कूप का हिस्सा होगा।

(कृपया फोटो/डाइग्राम के लिए पृष्ठ 281 से 288 तक देखें)

□

32

रिचार्ज ट्रेंच की गाद छन्ना टंकी (Silt Settelment Chamber)

(1) 8 से 10 इंच व्यास (Diameter) का पाइप गाद छन्ना टंकी (Silt Settelment Chamber) तथा रिचार्ज कुआँ को जोड़ेगा। कम-से-कम 8 इंच, अधिक-से-अधिक 18 इंच व्यास का पाइप भी हो सकता है।

(2) (a) गाद छन्ना टंकी (गाछट) 2 से 3 फीट लंबी, 2 से 3 फीट चौड़ी व 2.5 फीट गहराई की होगी यदि जल आवक क्षेत्र (Water Catchment Area) 500 वर्ग मीटर से कम क्षेत्रफल का है तथा सालाना बारिश 100 सें.मी. से कम है।

(b) यदि जल आवक क्षेत्र (Water Catchment Area) 500 वर्ग मीटर से ज्यादा क्षेत्रफल का है और सालाना बारिश 100 सें.मी. से ज्यादा है तो रिचार्ज कुआँ (Water Recharge Well) में जुड़वाँ गाछट (Twin Silt Settelment Chamber) बनाया जाए, जो प्रत्येक गाछट, 2 से 3 फीट लंबा, 2 से 3 फीट चौड़ा व 2.5 फीट गहरा होना चाहिए। बीच की 3 इंच मोटी दीवार में ऊपरी हिस्से में 8 से 12 इंच व्यास का छिद्र (Hole) छोड़ दिया जाएगा, ताकि पानी गाछट प्रथम भाग (SSC-I) से गाछट द्वितीय भाग (SSCII) में जाएगा। गाद छन्ना टंकी के दूसरे हिस्से से साफ पानी रिचार्ज कुआँ में चला जाएगा। पाइप गाछट के ऊपरी हिस्से में लगाना आवश्यक है, ताकि गाद (मिट्टी) नीचे बैठने का मौका मिल जाए।

(c) झारखंड, बिहार, बंगाल, भारत के पूर्वोत्तर प्रांत, पश्चिमी घाट के पश्चिमी हिस्से, छत्तीसगढ़, केरल आदि क्षेत्र के लिए, जहाँ बारिश

ज्यादा होती है, 300 वर्गमीटर से ज्यादा बड़े प्लॉट के लिए जुड़वाँ गाछट (Twin SSC) बनाना बेहतर होगा।

(3) गाद छन्ना टंकी 5 इंच चौड़ी ईंट की दीवार से बनाई जाएगी तथा उसके अंदर की दीवार में प्लास्टर करना जरूरी नहीं है, नीचे प्लास्टर न किया जाए। लेकिन मैदानी इलाकों में गाद छन्ना टंकी की दीवार में सीमेंट का प्रयोग करना जरूरी नहीं है। यह ज्यादा ढलवाँपन (Slopeness) के क्षेत्र में जरूरी है, जैसे बुंदेलखंड में या पहाड़ी क्षेत्र में।

(4) (a) गाद छन्ना टंकी के ऊपर ढक्कन लगाया जाएगा, जो ज्यादा भारी न हो। एक आदमी आसानी से उठाकर उस टंकी की सफाई के लिए इसे हटा सके। अत: ढक्कन प्लास्टिक के दरवाजे की तरह हो सकता है, जिस पर ईंट रख दी जाए, ताकि आँधी के समय न उड़े या उसे लोहे की बीम या सरिये के ऊपर निश्चित (Fixed) कर दिया जाए या लकड़ी की जाली बनाकर ढका जाए। जी.आई. (Galvanized iron) का ढक्कन मजबूत भी होगा और जंग भी नहीं लगेगा।

(b) जुड़वाँ गाद छन्ना टंकी के दूसरे हिस्से में नीचे एक ईंट की लेयर डालेंगे, ताकि मिट्टी से पानी का सीधा संपर्क लगभग कट जाए। दीवार में या नीचे कहीं भी सीमेंट का प्रयोग न करें। ऐसी दीवार की गहराई अधिकतम 4 फीट रखें। पहली गाछट में भी नीचे बिना सीमेंट की ईंटों की एक लेयर बिछा दी जाए।

(5) एकाध जगह ढक्कन को कंक्रीट व सीमेंट के स्लैब से भी बनाया जा सकता है। लेकिन वह लगभग एक फीट चौड़ा हो। इस प्रकार पाँच स्लैब मिलाकर गाछट को ढका जा सकता है। कंक्रीट के स्लैब में ऊपर लोहे के हुक लगा दिए जाएँ तो उसे उठाने में मदद मिलेगी। मानसून के अंत में इसकी सफाई की जाए। गाछट की मिट्टी को अपने खेत में ही डालें। यह उपजाऊ मिट्टी (Alluvial Soil) खाद, रासायनिक व जैविक खाद का मिश्रण है। गाछट के ऊपर सामान्यत: ढक्कन की जरूरत नहीं पड़ती, यदि वह चार फीट से ज्यादा गहरी न हो।

(6) पाइप का वह हिस्सा, जो गाछट की तरफ है, उसके मुहाने (Opening End) पर मच्छरदानी, जूट की जाली, नायलॉन अथवा स्टील की महीन जाली लगाई जाए, ताकि पानी छनकर रिचार्ज कुआँ में ढाई फीट के पाइप के माध्यम से

जाए। इसमें केंचुए जैसे छोटे जीव भी रिचार्ज कुआँ/कुआँ में नहीं जा पाएँगे।

(7) (a) खेत में दो या तीन दिशाओं से कच्ची मिट्टी की नालियाँ बनाई जाएँ, जिससे बरसात का पानी गाद छन्ना टंकी में डाला जाएगा।

(b) गाद छन्ना टंकी की एक खड़ी बाहरी दीवार के ऊपरी हिस्से में एक फीट ऊँची तथा 9 इंच चौड़ी लोहे की जाली मध्यम छेद (1 सें.मी.) वाली लगाई जाएगी, ताकि कागज, पन्नी (प्लास्टिक) व बड़े-बड़े पत्ते आदि गाछट (गाद छन्ना टंकी) में न जा पाएँ।

(c) बरसात का पानी कच्ची नाली के माध्यम से गाछट (Silt Settelment Chamber) में जाएगा व उसकी मिट्टी, गाद, खाद आदि तलछटीकरण (sedimentation) से नीचे बैठ जाएँगे।

(d) पानी जाली से फिल्टर होकर रिचार्ज कुआँ में गिरेगा, जो लगभग साफ व गादमुक्त होगा।

(e) पानी रिचार्ज कुआँ में जाकर रिसाव (Seepage) द्वारा नीचे निर्बाध (Free) रूप से जमीन के अंदर रिचार्ज होगा। पानी साफ होने के कारण रिचार्ज कुआँ में गाद के रूप में नहीं बैठेगा। इसी प्रकार रिचार्ज कुआँ के ऊपर ढक्कन होने के कारण रिचार्ज कुआँ में गंदगी या मिट्टी नहीं गिरेगी।

अकसर प्रश्न उठाया जाता है कि पानी साफ करने की इसमें क्या व्यवस्था की गई है? क्या गिट्टी, बालू के स्तर से होकर जमीन में पानी ले जाना उचित होगा?

इसके उत्तर इस प्रकार हैं—

(1) यदि औद्योगिक रसायन, औद्योगिक कचरा (Industrial Effluents) किसी क्षेत्र में है या कोलतार रोड के पास, जहाँ ज्यादा गाड़ियाँ आती-जाती हैं या मोटर गैराज, हॉस्पिटल के पास किसी भी प्रकार का रिचार्ज कुआँ या रिचार्ज पाइप नहीं लगाएँगे। रिचार्ज पाइप से 'एक्विफायर' तक ऐसे क्षेत्र में पानी ले जाना तो घातक हो सकता है, वहाँ प्रदूषित पानी बढ़ाना उचित नहीं है।

(2) (a) पार्क, खेत आदि में पानी रिचार्ज कुआँ (अधिकतम 10 से 25 फीट गहरा बनाएँ तथा पानी भी रिचार्ज करें व कुआँ से सिंचाई का काम भी लें। यदि रिचार्ज कुआँ है तो 3 मीटर गहरा और यदि सिंचाई भी करनी है, तो 7 से 8 मीटर गहरा करें।

(b) झारखंड, बुंदेलखंड या किसी भी पठारी (Plateau) क्षेत्र में, जहाँ

18 से 35 फीट नीचे कड़ा पत्थर (Hard Rock) मिलता है, कुआँ 6 मीटर से 8 मीटर (या 20.26 फीट) गहरा करें और उसके साथ गाछट (SSC) जोड़ें। यह सिंचाई के काम भी आएगा, जिसमें नीचे 2 या 3 फीट पिलर पर कुआँ उठाया जाएगा। तीन-चार फीट नीचे यानी पिलर की उँचाई से लगभग एक फीट ऊपर तक बजरी या छोटी गिट्टी 1 सें. मी. मोटाई की डाल दें।

ऐसा करने से (a) मिट्टी के सीधे संपर्क में पानी नहीं रहेगा। पानी में घुलकर मिट्टी किनारे से नहीं धँसेगी। (b) पानी साफ रहेगा। (c) 2.3 फीट नीचे तक चारों तरफ गिट्टी से होकर तेजी से पानी बरसात में रिचार्ज करेगा, क्योंकि तीन फीट तक ईंट-सीमेंट की दीवार नहीं है। (d) लेकिन वैकल्पिक व्यवस्था में पिलर को स्टील की मजबूत जाली से जोड़ा जाएगा, जिसके छेद 7.10 मिलीमीटर के होंगे और जाली के बाहर 15 सें.मी. से 100 सें.मी. चौड़े खाली स्थान में या क्षैतिज रखी हुई जालीदार पी.वी.सी. पाइप में भरकर गिट्टी रखी जाएगी। (e) इसी प्रकार चूँकि बरसात के चार महीने पानी चारों दिशाओं में रिचार्ज होता रहेगा, जमीन में कुआँ के चारों तरफ पानी होगा और जब बारिश नहीं होगी तब कुआँ के अंदर तेजी से पानी वापस आएगा (Recoup) होगा और सिंचाई करने से खाली होने के बाद तेजी से भरकर उठेगा भी। इस प्रकार यह सदाबहार कुआँ (Perennial Well) सिद्ध होगा। पठारी इलाके में नीचे पत्थर होने के कारण पानी नीचे की दिशा में बहुत कम रिचार्ज हो पाता है। उसी प्रकार मानसून समाप्त होने पर पानी भी कुआँ में वापस नहीं आ पाता है। अत: पठारी इलाके में कुआँ 18 फीट चौड़ा और 20 फीट से 30 फीट तक गहरा होगा। कम-से-कम 20 पड़ोसियों को लगातार रिचार्ज कुआँ या खाई (Recharge Trench) बनाना होगा।

(3) गाद छन्ना टंकी (Silt Settelment Chamber) से होकर रिचार्ज कुआँ में पानी डालने से स्वच्छ पानी नीचे जाएगा और रिचार्ज भी होता रहेगा।

(4) रिचार्ज कुआँ में पानी मात्र 8 से 12 फीट नीचे छोड़ दिया जाता है, जहाँ से रिसाव (Seepage) से मिट्टी की काफी गहरी, लंबी लेयर से होकर फिल्टर होते हुए साफ व बैटीरिया मुक्त होते हुए (Debacterify होते हुए)

हानिकारक पदार्थों से मुक्त होते हुए पानी नीचे जाएगा। अत: यह शुद्ध जल ही होगा। (Soilis the Best Filter and the Best Debacterifier) यह बालू से भी कई गुणा ज्यादा असरकारी और प्रभावकारी है। मिट्टी में मित्र जीवाणु (Friendly Bacteria) है, जबकि गिट्टी (Grits/Pebbles) में मित्र जीवाणु अत्यंत कम होते हैं। गिट्टी में मिट्टी की गाद, धूल-कण आदि, सिर्फ छन सकते हैं। हाँ, मिट्टी में तो नीचे बालू और गिट्टी भी रिचार्ज होते पानी को अपने आप मिलते हैं।

(5) रिचार्ज कुआँ या कुआँ से 15 फीट दूर दोनों तरफ नीम के पेड़ लगाएँ। यह कीटनाशक (Insecticide) व दीमकनाशक (Pesticide) का काम करेगा। फिर जमीन में शुद्ध पानी रिचार्ज होगा। रासायनिक खाद का 65 प्रतिशत तथा दीमकनाशक (Pesticide) का 90.92 प्रतिशत अनुपयुक्त रह जाता है और मिट्टी, पानी व हवा को प्रदूषित करता है। इसलिए नीम को कीटनाशक/दीमकनाशक (Insecticide/Pesticide) के रूप में प्रयोग किया जाए। जैविक या शाश्वत खेती की जाए। जैविक खाद का अधिक-से-अधिक प्रयोग किया जाए। प्रदूषण मुक्त वातावरण में रहेंगे।

पानी रिचार्ज करने के फायदे—

(1) अकाल की समस्या से निजात मिलेगी।

(2) सड़कों पर जल भराव (Water Logging) की समस्या कम होगी।

(3) बाढ़ नियंत्रण (Flood Control) में प्रभावी मदद मिलेगी।

(4) खेती किसान के लिए लाभदायक व्यवसाय सिद्ध होगी। अनाज और सब्जी का उत्पादन बढ़ेगा तथा महँगाई की समस्या का समाधान तेजी से निकलेगा। जब अनाज आदि का उत्पादन बढ़ेगा तब किसानों को उपज का उचित मूल्य दिलाने के लिए सामुदायिक मंडी गाँवों के समूह में विकसित करनी होगी।

(5) पानी रिचार्ज जलाशय एक सप्ताह में तैयार किया जा सकता है। रिचार्ज प्रणाली सहित कुआँ तीन सप्ताह में तैयार किया जा सकता है।

(6) मेरे द्वारा आविष्कार किए गए डिजाइन से रिचार्ज कुआँ की पानी रिचार्ज क्षमता कई गुणा अधिक हो जाएगी, जिससे सिर्फ कृषि क्षेत्र में विकास दर 12 प्रतिशत से लेकर 30 प्रतिशत तक प्रतिवर्ष बढ़ जाएगी। इस प्रकार अर्थव्यवस्था का सर्वांगीण विकास होगा।

(7) (क) मई तक इसके निर्माण कार्य पूरे कर लेने से यह लक्ष्य 16 माह में

हासिल होना शुरू हो जाएगा।

(ख) बंगाल, झारखंड, बिहार, छत्तीसगढ़, भारत के पूर्वोत्तर सीमा प्रांत, केरल, पश्चिमी घाट के पश्चिमी हिस्से तथा समुद्री किनारे के जिलों में एक मानसून (4 महीने) बाद ही परिणाम मिल सकेगा।

(ग) देश के 60 से 75 प्रतिशत हिस्से में मात्र 28 महीनों में जल स्तर ऊपर उठकर 10 फीट नीचे आ जाएगा।

(घ) 40 माह में 75 से 85 प्र.श. स्थानों में जल स्तर तेजी से ऊपर आ जाएगा बशर्ते जल आवक क्षेत्र (जल संग्रहण क्षेत्र) जलाशय की तुलना में 20 से 40 गुणा तक बढ़ा लिया जाए। 18वीं सदी से पहले के तालाब भी जल संग्रहण क्षेत्र (आगौर) बढ़ाकर बनाए जाते थे।

(8) यह भारत के हर वर्ग के परिवार के लिए फायदेमंद हैं। शत-प्रतिशत आबादी के लिए रामबाण तरीका है।

(9) पानी का स्तर तेजी से उठने से कुआँ में कम पावर की मोटर लगानी पड़ेंगी। तब बिजली की बहुत बचत होगी। इस प्रकार आवर्ती व्यय (Recurring Expenditure) में अच्छी बचत होगी। (आवर्ती व्यय = हर महीने होने वाला खर्च)

(10) बोरिंग-पाइपिंग विधि के टैंक की अपेक्षा रिचार्ज कुआँ के लिए कम जमीन की आवश्यकता पड़ेगी।

(11) गाद छन्ना टंकी में जो गाद जमा होती है, उसे समय-समय पर साफ करके उपज के खेत में डाल लें। यह उपजाऊ मिट्टी (Alluvial Soil) है, जिसमें खेत की हरी खाद (Green Manure), जैविक खाद, अनुपयुक्त फर्टिलाइजर, खेत का गोबर (कंपोस्ट खाद), नाइट्रोजन तथा अन्य उपयोगी खनिज (Mineral) फास्फोरस, पोटैशियम, आयोडीन का मिश्रण है, जो बरसात के पानी के साथ बह जाते हैं, वह गाछट (SSC) में इकट्ठा हो जाता है। यह खरा सोना है। प्रतिवर्ष इसके व्यर्थ बह जाने से किसानों को अरबों रुपए का नुकसान होता है। इसलिए गाछट की मिट्टी को खेती के काम में लाएँ।

(12) रिचार्ज कुआँ बनाने से ट्यूबवेल या सबमर्सिबल सिस्टम को पुनः गहरा (रीबोर) नहीं कराना पड़ेगा। आज की तारीख में हर तीन से पाँच वर्ष में बोरवेल को रीबोर कराना आवर्ती व्यय (Recurring Expenditure) में शामिल हो गया है। यह बचेगा। इस प्रकार यह सर्वोत्तम निवेश है। अत्यंत

कम निवेश (खर्च) में कई गुणा लाभ हैं। ढक्कन लोहा, बाँस या लकड़ी की जाली का बनाएँ। दीवार ईंटों की या सिर्फ मिट्टी की। नीचे ईंट का एक स्तर। सीमेंट का प्रयोग बिल्कुल नहीं। फायदा—(1) पानी नीचे से भी तथा चारों ओर से रिचार्ज होता है। (2) पानी की गाद नीचे बैठ जाएगी, साफ पानी जाली से होकर रिचार्ज कुआँ या सिंचाई-सह रिचार्ज कुआँ में जाता है। (3) किनारे से या नीचे से मिट्टी पानी में या टंकी में नहीं गिरती है। (4) खर्च में बचत होती है (5) समय की बचत होती है। (6) मच्छर नहीं पनपते हैं।

बैठे रहे अगर चुपचाप,
सूख मरेंगे हम और आप

उपनिदेशक कृषि बाराबंकी उत्तर प्रदेश के कार्यालय के पास लेखक व श्री आनंद त्रिपाठी के द्वारा पानी रिचार्ज कुआँ बनाया गया। ध्यान रहे, इसमें कूड़ा नहीं डाला जाए, इसके लिए कवर लगाया जाना चाहिए।

पुलिस लाइन बाराबंकी में लेखक तथा पुलिस अधीक्षक बाराबंकी श्री नवनीत राणा के द्वारा पानी रिचार्ज कुआँ बनाया गया।

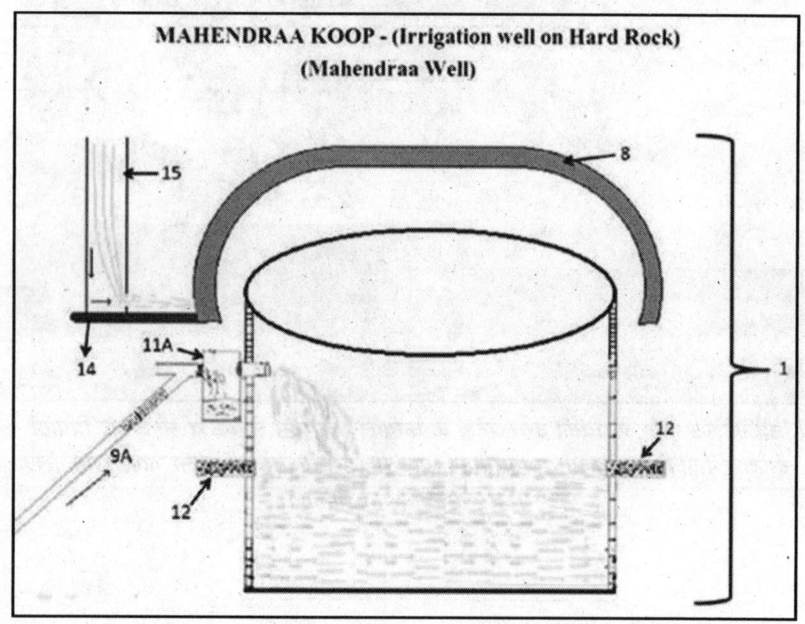

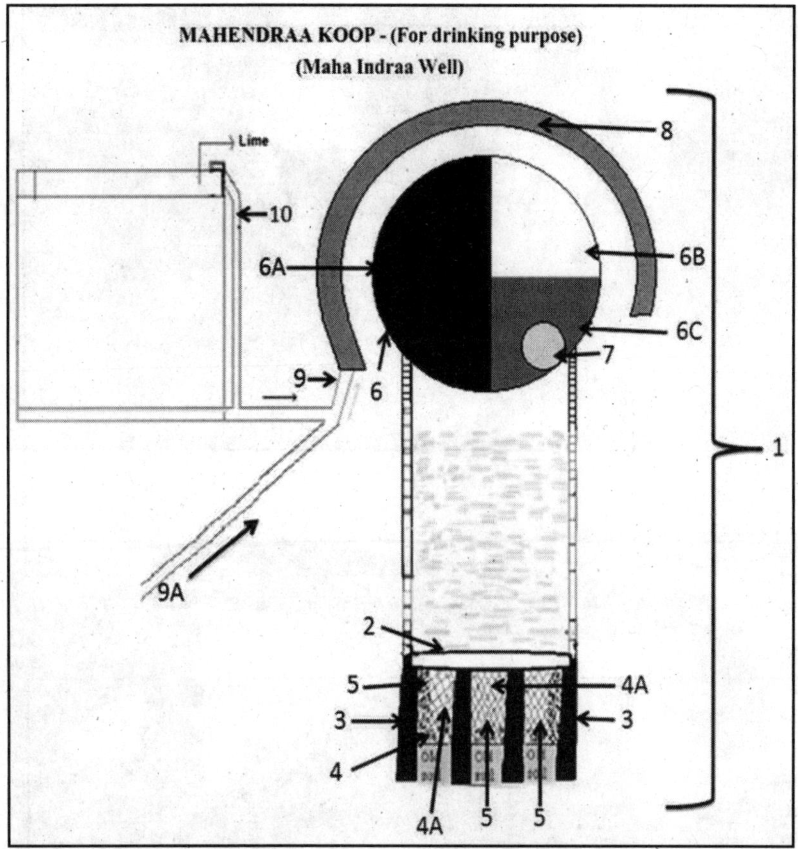

MAHENDRAA KOOP - (For drinking purpose)
(Maha Indraa Well)

Lime
8
10
6A
6B
6C
7
9
6
1
9A
2
5
4A
3
3
4
4A
5
5

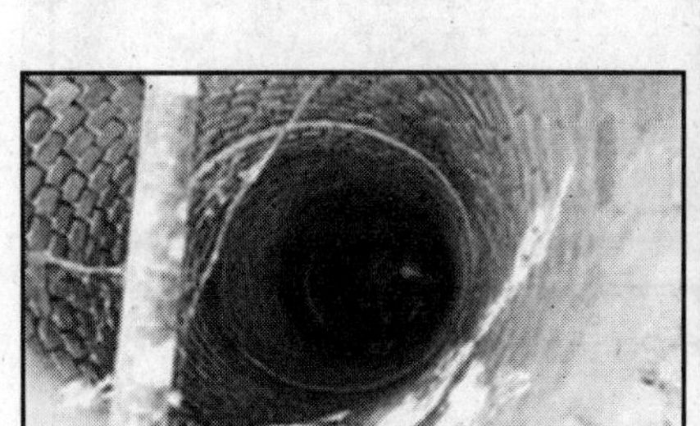

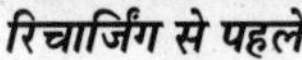

रिचार्जिंग से पहले

रिचार्जिंग के बाद

संत कुटी पलटू दास आश्रम लखनऊ में दो लाख वर्ग फुट में वर्षा जल का एक-एक बूँद रिचार्ज करने की व्यवस्था की गई।

डीआईजी आवास, झाँसी रेंज में जल संरक्षण कुआँ का निर्माण सन् 2008 में

(कृपया फोटो डाइग्राम के लिए पृष्ठ 272, 289 देखें)

□

33

एक पुनर्जीवित कुआँ की पीड़ा

मैं गाँव कंचनपुरा, जिला झाँसी, उत्तर प्रदेश का एक जलाशय हूँ। लोग मुझे भारत में कुआँ कहते हैं। मेरा जन्म 1967 में हुआ। मैंने 35 वर्षों तक मानव जाति, जीव-जंतुओं, पेड़ों और फसलों की सेवा की, मानस पुत्रों को पानी पिलाया, उनके कपड़े साफ किए, उनको खाने के लिए अन्न उपजाने में खुराक का काम किया। गाँव के सभी मवेशी व सभी मनुष्य मेरा इस्तेमाल करते थे।

सन् 2002 में इसी गाँव में हैंडपंप लगा दिए गए। उसके बाद लोगों ने मेरी उपेक्षा करनी शुरू की। मुझमें कूड़ा डालने लगे। अपने मित्र गाँववासियों की इस विवेकहीन हरकत से मेरे लिए खुलकर श्वास लेना भी दूभर हो गया। गाँववासियों ने तो मुझे मृत्यु शय्या पर ही लिटा दिया। सन् 2002 से अक्तूबर 2015 तक मैं कोमा में रहा। मुझे तो मृत मान लिया गया। पानी के देवता श्री वरुण की पूजा करने वाले देश में ही मैं बेगाना बना दिया गया। हालाँकि बाद में इस हैंडपंप और ट्यूबवेल से गाँव के मित्रों ने ज्यादा परेशानी महसूस करनी शुरू की।

लेकिन नवंबर 2015 से मैं सामान्य रूप से श्वास लेने लगा। होश आया तो अपने को साफ-सुथरा पाया। गाँववासी जो कुछ आपस में बात कर रहे थे, इससे मुझे जानकारी मिली कि जून 2015 से श्री महेंद्र मोदी आई.पी.एस. ने मेरी सुध लेने व मेरी सफाई करने के लिए गाँव वालों को समझाया था। बड़ी ना-नुकुर करने के बाद मेरी सफाई की गई। अब मेरे चेहरे पर रौनक लौट आई है। सफाई के बाद इंद्र देवता ने दो बार आसमान से मेरे लिए अमृत टपकाया। अब फिर से मैं पानीदार होने लगा हूँ। मनुष्य जाति तो मेरी संतान की तरह है। 4 दिसंबर, 2015 से गाय माता और मनुष्य दोनों ने मुझसे पानी निकालकर अपनी प्यास बुझाना शुरू कर दिया।

मोदीजी ने न सिर्फ मुझे चमकाया, बल्कि उन्होंने मेरे विकास के लिए कई आविष्कारी (Inventive) पहल की है। मुझमें पानी बैंक है। पर पास की दो गलियों से बरसात का पानी बहकर आगे बढ़ जाता है। मोदीजी ने मुझे 'महाइंद्र कूप' के रूप में विकसित करने का काम शुरू किया है। (1) (क) मेरे ऊपर ढक्कन लगाया जा रहा है, जिससे बारिश का पानी तो मेरे उदर में ही गिरेगा, पर भाप बनाकर सूरज की धूप मुझे नहीं चुरा सकेगी। (ख) इससे मुझमें गंदगी नहीं गिरेगी। (2) मेरे ऊपर का ढक्कन इतना बड़ा बनाया जा रहा है कि पहले की अपेक्षा ढाई गुना ज्यादा पानी इंद्र देवता सीधे मेरे जल बैंक में जमा करेंगे। (3) मेरे आजू-बाजू की गलियों का पानी बरसात में मेरे पास रिचार्ज करने के लिए व्यवस्था की जा रही है। इसके लिए 12 फीट लंबी, 3 फीट चौड़ी और 2 फीट गहरी तालाबी (ट्रेंच) श्रमदान से बनाई गई है। मैं आह्लादित हूँ, क्योंकि यह तालाबी (Trench) मेरी जीवनसंगिनी की तरह मुझे जिंदादिल बनाए रखेगी। पास की गलियों का पानी तालाबी से होता हुआ साफ होकर मेरे जल बैंक में बारिशभर जमा होता रहेगा।

अब मैं साल भर नई ऊर्जा से लबरेज पानीदार 'महाइंद्र कूप' बन सकूँगा। यह खयाल मुझे रोमांचित कर रहा है। मोदीजी के 'मिशन महाइंद्र कूप' का अभियान आगे बढ़ रहा है। पर एक कष्ट भी होता है, यह सुनकर कि भारत में लाखों कुआँ मेरी तरह पाट दिए गए हैं। क्या आप मेरी एक विनती सुनेंगे? भगवान् इंद्र भी इसीलिए क्रोधित हैं कि इंदारा (जलाशय) का सम्मान आजकल नहीं हो रहा है। और अब तो हर वर्ष 2 करोड़ 10 लाख शौचालय प्रतिवर्ष बनाए जाएँगे। यदि पर्याप्त पानी रिचार्ज नहीं करेंगे, संरक्षित नहीं करेंगे तो पानी कहाँ से आएगा? पानी नहीं रहेगा तो शौचालय की सफाई कैसे होगी? इसी प्रकार सन् 2024 तक करोड़ों नए फ्लैट बनाए जाएँगे, उसके लिए पानी कहाँ से आएगा? काश! आप लोग भी इसी तरह अपने आसपास के मेरे कूप बंधुओं को गोद लेते। यकीन मानिए, जितना पानी मेरे बैंक में आप द्वारा जमा किया जाएगा, उससे प्राणिमात्र का ही लाभ होगा। मैं अपना जल खुद एक बूँद भी ग्रहण नहीं करूँगा। मैं अपने ही देश के नागरिकों के हितसाधन करूँगा। आप अपना, अपने खलिहानों, अपने मवेशियों और गऊ माता का गला नहीं सुखाना चाहते हैं, तो मिशन 'महाइंद्र कूप' को सारे भारत में जन आंदोलन बनाइए। क्या आप भारतीय संविधान की धारा 51 (क) (छ) के अनुसार अपने मौलिक कर्तव्य का संकल्प लेने को अभी से तैयार हैं?

□

34

छत पर का ऊर्जामुक्त शुद्धिकृत वर्षा जल सीधे बहुमंजिली इमारत में

पेटेंट एक्ट 1970

इस समय बड़े पैमाने पर भूगर्भ जल का शोषण हो रहा है, इस कारण कई तरह की आपदाएँ पूरे देश में आ रही हैं, जिसमें ताजा उदाहरण उत्तराखंड के जोशीमठ का है। यह समय बहुत पहले आ चुका है कि वर्षा जल से पेयजल तथा रसोई के लिए पानी तथा घरेलू उपयोग की सारी आवश्यकताएँ वर्षा जल से पूरी की जाएँ। इसके लिए लेखक द्वारा इस मॉडल का आविष्कार किया गया है। इस बात का ध्यान रखा गया है कि बिजली की पूरी बचत हो। सिस्टम बनाने में भूजल का प्रयोग बिल्कुल नहीं किया गया है।

हमारे पास बने-बनाए मकान या अपार्टमेंट हैं या नए अपार्टमेंट या नए भवन बन रहे हैं। ग्रीन हाउस गैसों का उत्सर्जन शून्यप्राय करने के लिए भारत सरकार ने कई तरह के प्रयास किए हैं, लेकिन इसके साथ-साथ व्यक्ति, परिवार और समाज की ओर से समुचित प्रयास नहीं हो रहा है। अत: लेखक के मॉडल को अपनाने से कई तरह के लाभ होंगे, जिसे विस्तार से बाद में आगे वर्णित किया जाएगा। सबसे पहले वर्षा जल टंकी की संरचना का वर्णन नीचे किया जा रहा है—

1. जो मकान बने-बनाए हैं, उनकी छत के चारों तरफ से, डाउन पाइप लगे होते हैं, लेकिन वर्तमान प्रणाली में छत पर का पानी एक दिशा में पाइप से इकट्ठा किया जाएगा, इसलिए छत के ऊपर तीन दिशाओं में छत को इतना ऊँचा रखा जाए कि वर्षा जल एक ही दिशा से पाइप से निकाला जाए।
2. एक तरीका यह भी है कि छत के ऊपर शेड लगाया जाए। शेड पूरी छत को कवर करेगा और इसलिए शेड तीन-चार तरह के होंगे और बिल्डिंग की छत

से 9 फीट ऊँचाई पर पिलर अथवा पाइप के पिलर पर सेट किए जाएँगे। एक तरफ शेड की ऊँचाई 10 से 11 फीट तक तथा दूसरी तरफ 8 फीट रखी जाएगी। शेड में कुछ तो टाटा स्टील के शेड होंगे या ऐसे स्टील शेड होंगे, जिसमें जंग न लगे। कुछ शेड पारदर्शी (Transparent) तथा कुछ शेड अर्धपारदर्शी (Translucent) हो सकते हैं। कुछ शेड गुजरात, कर्नाटक, मध्य प्रदेश में मिलने वाली मिट्टी-सीमेंट की टाइल्स होंगी, जिसमें चिकनी मिट्टी (खास प्रकार की मिट्टी) लगभग 95 से 97 प्रतिशत तक तथा सीमेंट 3 से 5 प्रतिशत तक होगा। यह टाइल्स 40 साल तक चलेंगी। कुछ शेड संपीडित बाँस (Compressed Bamboo) के होंगे। इसका फायदा यह होगा कि जाड़े के दिनों में पारदर्शी अथवा अर्धपारदर्शी शेड के नीचे बैठ सकेंगे। बाँस या टाइल्स के शेड के नीचे गरमी के दिनों में बैठ सकेंगे। इन सभी शेड का फायदा यह होगा कि जूते-चप्पल पहनकर छत पर जा सकेंगे और छत का उपयोग अन्य कार्यों हेतु भी संभव हो सकेगा।

3. यदि शेड नहीं लगाना चाहते हैं, तो मानसून और बारिश से पहले छत की बढ़िया से सफाई करनी होगी और जूते-चप्पल बिना पहने छत पर जाना होगा। इसके साथ-साथ छत के तीनों तरफ सीमेंट व आरसीसी से ही पर्याप्त ऊँचाई ढलवाँ आकार (Slope) देकर बनाना होगा, ताकि वर्षा जल एक ही दिशा में नीचे गिरे। वास्तु शास्त्र के अनुसार उत्तर-पूरब से पानी पाइप से एकत्रित किया जाए। दक्षिण और पश्चिम दिशा ऊँची रहेगी।
4. पाइप 8 इंच से 12 इंच व्यास का हो सकता है जिसका 40 से 50 प्रतिशत हिस्सा ऊपर में काटकर शेड के एक साइड में बाँध दिया जाएगा। शेड से वर्षा जल एक दिशा में इसी पाइप से इकट्ठा किया जाएगा।
5. यदि आरसीसी की छत से वर्षा जल एकत्र किया जाना है, तो पाइप को बीच से काटने की जरूरत नहीं है, डाउन पाइप से एलबो जोड़कर 12 इंच व्यास के पाइप में इसे जोड़ा जा सकता है। छत के साइज के अनुसार 8 से 12 इंच व्यास का पाइप रखा जा सकता है अथवा कम या ज्यादा बारिश की मात्रा के अनुसार पाइप का साइज घटाया-बढ़ाया जा सकता है। पाइप से पानी इकट्ठा करने के बाद विशेष रूप से बने आविष्कृत वर्षा जल टंकी में साफ करने के बाद गिराया जाएगा, इसके लिए पहले पाइप को वाल्व (Valve) से जोड़ा जाएगा। वाल्व से छत पर की गंदगी और गंदा पानी या अम्ल वर्षा (Acid

Rain) नीचे गिरा दिया जाएगा। जब पारदर्शी शेड साफ दिखने लगे या वाल्व से निकलने वाला पानी दिखने में साफ लगने लगे तो इसे फिल्टर से गुजारा जाएगा। वाटर फिल्टर स्टील की जाली या नायलॉन की जाली का होगा। यह फिल्टर दो तरह के होते हैं—

(i) लेखक द्वारा आविष्कृत फिल्टर, जो स्वचालित (Fully Automatic) है और बारिश के समय छानी हुई गंदगी अपने आप बाहर गिर जाती है, इसके अंदर फिल्टर जाली 10 माइक्रॉन से लेकर 130 माइक्रॉन (Micron) तक की होती है।

(ii) दूसरे फिल्टर बाजार में बने-बनाए मिलते हैं, जो ऑटोमैटिक होने का दावा तो करते हैं, लेकिन एक स्टाफ या व्यक्ति द्वारा बारिश के दिनों में वर्ष में कई बार साफ करने की जरूरत पड़ती है, वरना फिल्टर जाम हो जाता है।

6. जब दिखने में बारिश का साफ पानी आना शुरू हो जाए तो फिल्टर से साफ करके उसे वर्षा जल टंकी के ऊपरी हिस्से से गिराते हैं या वर्षा जल टंकी की छत के ठीक नीचे से टंकी में गिराते हैं। या वर्षा जल टंकी के अंदर पाइप से ही नीचे फर्श पर लाया जाएगा और टंकी के अंदर फर्श पर स्टील या प्लास्टिक के बरतन में गिराया जाए, ताकि फर्श को कोई नुकसान न हो।

   यह आविष्कृत वर्षा जल टंकी चार भाग में होगी। भाग एक तथा भाग दो (T1 तथा T2) एक ऊँचाई पर होंगे। वास्तव में एक ही बड़ी टंकी के बीच में एक पतली दीवार 6 इंच, 5 इंच या 4 इंच की बनाई जाएगी।

7. जो टंकी की गहराई से लगभग 6 इंच कम ऊँची होगी। T1 छोटा होगा T2 बड़ा होगा, T2 मुख्य जलाशय होगा। T1 तथा T2 की गहराई 4 फीट से लेकर 7 फीट तक हो सकती है, यह वर्षा जल की आवश्यकता वर्षा जल की मात्रा या छत के क्षेत्रफल के अनुसार होगा।

8. मान लिया जाए कि टंकी की कुल क्षमता 30000 लीटर है, तो T1 की क्षमता 4000 से 6000 लीटर तक होगी। T2 की क्षमता 20000 लीटर की होगी। T3 की क्षमता भी 4000 से 6000 लीटर तक होगी।

9. T2 और T3 के बीच में T2 से नीचे कार्बन फिल्टर लगाया जाएगा, यह कार्बन फिल्टर आरसीसी के बने हुए चैंबर में ही हो सकता है। कार्बन चैंबर तथा T3 के अंदर फर्श तथा दीवार में चिकनी टाइल्स लगाई जाएँगी, जिससे

पानी की सफाई में मदद मिलेगी। कार्बन फिल्टर चैंबर में T2 से 2 पाइप से पानी 3 से 6 फीट तक नीचे लाया जाएगा। T2 से निकलने वाले पाइप एक तो T2 के फर्श से 2 इंच ऊपर से निकलेगा और दूसरा पाइप फर्श से 6 से 9 इंच ऊपर से निकलेगा। निकलने वाले पाइप का कुछ हिस्सा कार्बन फिल्टर के अंदर खाली स्थान में भी लटकेगा। कार्बन फिल्टर में लगभग ढाई फीट कार्बन बेड जमाया जाएगा और खाली हिस्से में जो पाइप लटक रहा है, वह छिद्रयुक्त (Perforated) होगा। कार्बन बेड के ऊपर नायलॉन की बोरिंग वाली जाली भी 2 तह में बिछाई जाएगी तथा कार्बन बेड के सबसे नीचे भी नायलॉन की बोरिंग वाली जाली बिछाई जाएगी। कार्बन फिल्टर के चैंबर से पाइप होकर छना हुआ वर्षा जल T3 में जाएगा। ये दो पाइप होंगे, जो चार-चार या छह-छह इंच व्यास के होंगे। इन पाइप के मुहाने पर भी बोरिंग में प्रयोग की जाने वाली नायलॉन छन्ना जाली (Filter) बाँध दी जाएगी, ताकि कार्बन के अंश कार्बन चैंबर में ही रह जाएँ। T3 फिल्टर किए गए साफ पानी का चैंबर है। T3 से साफ पानी निकासी के लिए 2 पाइप हैं। या तो इसमें यू.वी. फिल्टर जोड़कर इसका पानी बोतल में भरा जाए या किचन में ले जाकर वहीं यू.वी. फिल्टर से पास कराकर पेयजल और खाना बनाने के काम में लाया जाए।

10. कार्बन फिल्टर से साफ करने के बाद भी इस पानी को मैंने पीने योग्य पाया है, फिर भी यू.वी. फिल्टर भी इस्तेमाल किया जाए और जन स्वास्थ्य अभियंत्रण विभाग (PHED) की लैब टेस्टिंग रिपोर्ट भी ले लिया जाए, उसके बाद यह पानी मार्केटिंग के लिए तैयार।
11. पुन: प्रयोज्य बोतल (Reusable Bottle) में, क्लोरीन युक्त (Chlorinated) या खनिजयुक्त (Mineralised) पानी, जैसा चाहें तैयार।
12. टंकी की बनावट में कुछ और जरूरी बिंदु हैं। T1, T2, T3 तीनों टंकियों में ऊपर से टंकी में अंदर जाकर सफाई करने के लिए प्रवेश द्वार 2.5 फीट के हैं, जो साल में 1 या 2 बार ही सावधानी के साथ खोले जाएँगे। सामान्यत: ये स्टील ढक्कन से बंद (Airtight) होंगे।
13. इसी प्रकार तीनों टंकियों के नीचे सफाई के समय अवांछित पानी बाहर निकालने के लिए जल निकासी पाइप (Water Exit Pipe) लगे हैं, जो सबसे निचले भाग में बनाए हुए हैं, ताकि सफाई अच्छी हो। शेष 3 दिशाएँ टंकी के अंदर

थोड़ी ऊँची बनाई गई हैं, निकासी पाइप वाल्व से बंद रहते हैं, सिर्फ सफाई के समय इन्हें खोलना है।

14. सरकारें चाहें तो वाष्पीकरण घटाने के लिए (Vaporization Mitigation) तालाब बनाने में लेखक और इन तकनीकी स्टाफ की मदद ले सकती हैं।

इस आविष्कार के निम्नांकित लाभ 1 अरब 41 करोड़ भारतवासी (2022) तथा पूरी दुनिया के प्यासे मानव समुदाय को मिलेंगे—

1. वर्षा जल संरक्षण टंकी का नया डिजाइन तैयार किया गया है। यहाँ तक कि टंकी के ऊपर जो वर्षा जल गिरेगा, उसकी भी एक-एक बूँद उसी टंकी में साफ होकर हर प्रकार के घरेलू उपयोग के लिए उपलब्ध होगा।
2. अभी भी भारतवर्ष में बिजली की जरूरत का 60 प्रतिशत विद्युत उत्पादन तापीय विद्युत (Thermal Power) होता है। तापीय विद्युत का मतलब हुआ अत्यधिक मात्रा में कार्बन उत्सर्जन (Carbon Emission) और इसका परिणाम होता है गरमी में बढ़ोतरी। अत: मेरी आविष्कृत प्रणाली में विद्युत व्यय में कमी का मतलब हुआ प्रदूषण तथा वैश्विक तपन (Global Warming) से मुक्ति।
3. जिन क्षेत्रों में आर्सेनिक, फ्लोराइड आदि विष से युक्त पानी मिलने की शिकायत है, उन क्षेत्रों के लिए यह नई वर्षा जल टंकी एक वरदान साबित होगी।
4. टंकी निर्माण पर होने वाला खर्च देखकर परेशान न हों। यह भविष्य में होने वाली आय व बचत के लिए सुरक्षित निवेश (Investment) है। बिजली की बचत अतिरिक्त फायदा देगी।
5. अतिरिक्त बिजली की बचत—जब जलस्तर ऊपर उठेगा तो भूगर्भ जल की निकासी के लिए बहुत नीचे से पानी नहीं उठाना पड़ेगा। कम पावर की मोटर की जरूरत पड़ेगी। अत: दो-ढाई खरब किलोवाट घंटे के अतिरिक्त भी बिजली की बचत होगी।
6. हम लोग प्रजातांत्रिक प्रणाली में रह रहे हैं। अत: हवा और जल की शुद्धता बनाए रखना प्रत्येक नागरिक की जिम्मेदारी है। इसे मात्र सरकार के भरोसे नहीं छोड़ा जा सकता।
7. नदियों को आपस में जोड़ने (Interlinking of Rivers) मात्र से जलाभाव की समस्या से निजात नहीं पाई जा सकती। 2026 तक अगर जलाभाव की समस्या से निजात पानी है तो घर-घर वर्षा जल संरक्षण के प्रयास करना अत्यंत

आवश्यक है। अत: हमारा यह मोदी मॉडल 'सबका साथ सबका विकास' की भावना पर आधारित है। ऐसा करने से तीन महीने के अंदर हमारी वर्षा जल टंकियाँ भी तैयार हो जाएँगी और उस दिन से वर्षा की एक-एक बूँद संरक्षित होनी शुरू हो जाएगी। अम्ल वर्षा (Acid Rain) के रूप में सिर्फ 0.4 प्रतिशत से 4 प्रतिशत तक ही वर्षा जल सिंचाई आदि के लिए जमीन पर छोड़ा जाएगा।

8. पानी की माँग और आपूर्ति में अत्यधिक अंतर होने से प्रत्येक देश की अर्थव्यवस्था अस्वस्थ होने लगती है। अत: तीव्र विकास दर के लिए जल संरक्षण का हर संभावित मॉडल मेरे द्वारा विकसित किया गया है।
9. एक प्यासा व्यक्ति, प्यासा किसान या प्यासा उद्योग पाँच वर्ष तक इंतजार नहीं कर सकता। उदाहरण के लिए, नर्मदा-गोदावरी लिंक नहर (Link Canal) के एक प्रारंभिक प्रोजेक्ट को कार्यरत करने में 50 साल बीत गए। अत: इस आविष्कार की जरूरत पड़ी, जो तत्काल कार्य करना प्रारंभ कर दे।
10. अंतरराष्ट्रीय स्तर पर औसत वर्षा 1000 मिमी. सालाना होती है। (सन् 2022) भारत में औसत वर्षा 1100 मिमी. है। अत: भारत को छोड़कर दुनिया के शेष देशों के नागरिकों को साल में आठ माह से लेकर बारह माह तक (औसत दस माह तक) छत के वर्षा जल से समस्त घरेलू उपयोग की जरूरतें पूरी की जा सकती हैं।
11. इस वर्षा जल टंकी के लिए जमीन से सीढ़ी लगाने की आवश्यकता नहीं है। बल्कि छत पर से छोटी सीढ़ी सेतु (Bridge Ladder) वर्षा जल टंकी तक बनाकर सीढ़ी के खर्च को घटाया गया है।
12. जल आवक क्षेत्र (Water Catchment Area) को मेरे डिजाइन में 25 प्रतिशत से लेकर 160 प्रतिशत तक बढ़ाए जाने की व्यवस्था का प्रावधान है। इसका मतलब यह हुआ कि 200 वर्गमी. की छत का जलग्रहण क्षेत्र चारों दिशाओं से बढ़ाकर 410 वर्गमी. तक किया जा सकता है। यदि पश्चिमी राजस्थान अथवा पश्चिमी गुजरात में 43 सें.मी. सालाना बारिश होती है, तो एक परिवार 200 वर्गमी. की छत से 410 वर्गमी. जल ग्रहण क्षेत्र से वर्षा जल संचित कर वर्ष के 12 महीने वर्षा जल ले सकेगा। 125 वर्गमी. की छत का जलग्रहण क्षेत्र 320.6 वर्गमी. तक बढ़ाया जा सकता है।
13. दिल्ली/राष्ट्रीय राजधानी क्षेत्र में डीडीए फ्लैट्स के कैंपस में लगभग 33 प्रतिशत से 45 प्रतिशत भाग में फ्लैट बने होते हैं। तो शेष 67 प्रतिशत से 55

प्रतिशत भाग में 15 प्रतिशत भाग को खुला छोड़कर शेष 52 से 40 प्रतिशत क्षेत्र में सिर्फ पिलर पर दो तरह के शेड लगाकर वर्षा जल एकत्रित किया जा सकता है। एक अर्ध पारदर्शी (Translucent) तथा दूसरा अपारदर्शी, लेकिन पर्यावरण अनुकूल छत लगाकर। यह पर्यावरण अनुकूल छत संपीडित (Compressed) आसामी बाँस या कर्नाटक/महाराष्ट्र में प्रचलित मुख्यत: मिट्टी के बने तथा आग में पके मंगलूरु टाइल्स (जैसाकि आर्ट ऑफ लिविंग कैंपस, बेंगलुरु में गौशाला तथा छात्रों के गुरुकुल में प्रचलित है) या जी.आई. शीट का शेड लगाकर वर्षा जल एकत्रित किया जा सकता है। यह छत गरमी में राहत देगी। बारिश में वर्षा जल एकत्रित करेगी। अर्धपारदर्शी प्लास्टिक छत जाड़े में धूप उपलब्ध कराएगी और बारिश में वर्षा जल एकत्रित करेगी।

14. अत: भारतवर्ष में विभिन्न प्रांतों में बहुमंजिली इमारतों में घरेलू प्रयोग के लिए जल की उपलब्धता निम्नांकित आँकड़ों के अनुसार एक ही छत से हो सकेगी—

क्र. सं.	क्षेत्र	इमारत की मंजिलों की संख्या, जिसमें एक ही छत से 12 महीने पानी उपलब्ध कराया जा सकेगा
i.	मेघालय	15 से 30 मंजिल तक
ii.	उत्तर-पूर्वी भारत के अन्य सात प्रांत	4 परिवार के लिए 130 वर्गमी. के मकान में तथा बहुमंजिली इमारत में 30 मंजिल तक
iii.	मुंबई	10 से 20 मंजिल तक
iv.	पश्चिमी घाट के पश्चिम (महाराष्ट्र, गोवा, कर्नाटक, केरल, लक्षद्वीप, दमन व दीव), पांडिचेरी, कन्याकुमारी, अंडमान निकोबार द्वीप समूह, पूर्वी घाट के पूरब का छोटा सा हिस्सा (उड़ीसा, आंध्र प्रदेश, तमिलनाडु)	लगभग 5 से 15 मंजिल तक
v.	बंगाल, कोलकाता	8 मंजिल तक
vi.	झारखंड, छत्तीसगढ़, बिहार, उत्तराखंड	130 सें.मी.-3 से 5 मंजिल तक
vii.	पूर्वी तथा उत्तरी उत्तर प्रदेश	3 से 6 मंजिल तक
viii.	मध्य उत्तर प्रदेश	2 से 4 मंजिल तक

ix.	पश्चिमी उत्तर प्रदेश, बुंदेलखंड, एनसीआर, पूर्वी राजस्थान, हरियाणा, पंजाब, चंडीगढ़, महाराष्ट्र (पूर्वी), जम्मू-कश्मीर का कुछ हिस्सा, तेलंगाना, मध्य प्रदेश, कर्नाटक का अधिकांश भाग, तमिलनाडु का अधिकांश भाग	1 से 2 मंजिल तक
x.	हिमाचल प्रदेश, जम्मू-कश्मीर का अधिकांश भाग	4 से 6 मंजिल तक
xi.	पश्चिमी घाट के पूरब का महाराष्ट्र, पूर्वी गुजरात, पूर्वी राजस्थान	1 से 2 मंजिल तक
xii.	पश्चिमी राजस्थान व पश्चिमी गुजरात	1 मंजिल तक अथवा बिंदु संख्या 13 पर दिल्ली के डीडीए (दिल्ली विकास प्राधिकरण) के लिए दिए गए सुझाव को अमल में लाने पर साल के बारह महीने जल उपलब्ध

15. वर्षा जल यद्यपि पीने के लिए सुरक्षित माना गया है। किंतु इसके इस्तेमाल करने वाले नागरिकों को कुछ प्राकृतिक खनिज (Natural Minerals) की जरूरत पड़ती है। अतः सुझाव दिया जाता है कि ऐसे व्यक्ति (क) प्राकृतिक नीबू पानी (Natural Lemon Water), (ख) पपीता (Papaya), (ग) केला (Banana), (घ) मोटे अनाज, बाजरा, ज्वार आदि (Millets), (ङ.) सहजन (Moringa or Drum-stic), (च) जामुन (Black Berry), (छ) सौंफ (Fennel), (ज) पान का पत्ता (Betel Leaves) में से कुछ का सेवन करें तो भरपूर प्राकृतिक खनिज की आपूर्ति शरीर को हो सकती है।
16. पीने व भोजन के लिए सबसे उत्तम जल—क्योंकि पीने व भोजन के लिए यह सबसे उत्तम जल है। यह नए डिजाइन का उन्नत वर्षा जल टंकी में उपलब्ध होगा। टंकी के डिजाइन का कार्यरत मॉडल मेरे द्वारा दिया जा चुका है।
17. बाढ़ की विभीषिका में कमी आएगी, क्योंकि नदियाँ अपने दोनों तरफ के गाँवों व शहरों का बरसाती पानी स्वयं में समाते हुए आगे बढ़ती है। जब छत पर का पानी टंकियों में जमा कर लेंगे तो गलियों और नदियों पर पानी का दबाव घटेगा, इससे बाढ़ नियंत्रित होगी।
18. कम समय में लाभदायक परिणाम—मात्र 1 से 4 सप्ताह के अंदर भूतल पर

जमीन से 4 फीट ऊपर वर्षा जल टंकियाँ स्थापित की जा सकती हैं। कम समय में आपको बारिश का पानी मिल जाएगा, जबकि अन्य परियोजनाओं में महीनों, वर्षों या दशकों लग जाते हैं।

19. भारत की सामाजिक, आर्थिक परिस्थितियों के अनुकूल व्यवस्था—यह भारत की सामाजिक, आर्थिक परिस्थितियों के अनुकूल व्यवस्था है, क्योंकि 40 वर्षों में—(क) पानी की टंकी व उनकी स्थापना, (ख) सफाई की मशीन, (ग) सफाई पर खर्च, (घ) बिजली की बचत तथा (ङ) पानी की उपलब्धंता का आगणन करने पर स्पष्ट होता है कि इससे सस्ता व निरापद पेयजल उपलब्ध नहीं हो सकता। 1 रुपया में 90 लीटर से 300 लीटर तक या लगभग मुफ्त पेयजल उपलब्ध होगा। (च) प्रतिवर्ष रीबोरिंग करने या लिफ्ट मोटर बदलने आदि झंझटों से मुक्ति मिलती है। जमीन का पानी लिफ्ट करने में बोरिंग, रीबोरिंग, बिजली तथा (ड.) आर.ओ. सिस्टम. वार्षिक रख-रखाव ठेका पर खर्च आदि तमाम खर्च होते हैं। इस नए मॉडल की वर्षा जल टंकी पर खर्च वास्तव में खर्च नहीं है। बल्कि एक सुनिश्चित लाभकारी निवेश (Profitable Investment) है।

20. पर्यावरण को होने वाले नुकसान से भी भरपूर बचत, जब बिजली की बचत होगी तो सिर्फ बिजली ही नहीं बचेगी, बल्कि बिजली उत्पादन खासकर तापीय विद्युत उत्पादन (कोयला आदि से बनने वाली बिजली) के 'पर्यावरण को होने वाले नुकसान से भी भरपूर बचत' मिलेगी। तापीय बिजली उत्पादन से कार्बन उत्सर्जन बहुत ज्यादा होता है, जो वैश्विक तपन को बढ़ावा देता है।

21. देश के 75 से 85 प्रतिशत स्थानों पर साल के 365 दिन वर्षा जल से ही घर के सारे कामकाज किए जा सकते हैं। कुछ बड़े नगरों में तथा देश के 75 प्रतिशत स्थानों पर साल के 365 दिन वर्षा जल से ही घर के सारे कामकाज किए जा सकते हैं।

22. रेलवे प्लेटफॉर्म पर वर्षा जल से पेयजल—रेलवे प्लेटफॉर्म पर छत बहुतायत में उपलब्ध है। मात्र पानी की टंकियों व पाइप की व्यवस्था 3 फीट ऊँचे प्लेटफॉर्म पर करने से साफ पेयजल वर्षा जल से उपलब्ध कराया जा सकता है। कार्बन तथा यू.वी. फिल्टर की व्यवस्था करनी होगी।

23. इस प्रणाली में छत पर का जल ग्रहण क्षेत्र 20 प्रतिशत से लेकर 100

प्रतिशत तक बढ़ाया जा सकता है। यह 200 वर्गमीटर का जल ग्रहण क्षेत्र मात्र 120 वर्ग मीटर की छत पर तैयार हो जाएगा। सामान्यतः देहातों में 75 प्रतिशत तक बढ़ाया जा सकता है। इस कारण लखनऊ में 200 वर्गमीटर के जल ग्रहण क्षेत्र की छत से एक फ्लोर पर साल भर का घरेलू पानी मिलेगा। इसके अतिरिक्त तीन मंजिले मकान में एक ही छत की शेष दो मंज़िल (फ्लोर) को भी दो-तीन माह तक पेयजल तथा समस्त घरेलू उपयोग का पानी मिलेगा।

24. स्वच्छ भारत मिशन के अंतर्गत शौचालयों में अत्यंत उपयोगी—स्वच्छ भारत मिशन के अंतर्गत शौचालयों की संख्या बहुत तेजी से बढ़ रही है। खुले में शौच जाने की अपेक्षा शौचालय में लगभग 15 गुना अधिक पानी खर्च होगा। इसका पानी क्या आप भूगर्भ जल दोहन करके लाएँगे जबकि भूगर्भ जल स्तर दिनोदिन पाताल की ओर भागता जा रहा है। ऐसी स्थिति में मेरे द्वारा आविष्कृत प्रणाली छत पर के वर्षा जल से भारतवर्ष के 85 प्रतिशत भूभाग में साल के नौ माह से लेकर 12 माह तक स्वच्छ जल उपलब्ध कराएगी। शौचालय में मेरी उन्नत प्रणाली में सिर्फ कार्बन फिल्टर से काम चल जाएगा।

इस पेटेंटेड मॉडल की विस्तृत संरचना का विवरण जानने के लिए लेखक से मोबाइल 7518711186 पर अथवा ई.मेल jalgurumodi@gmail.com पर संपर्क कर सकते हैं।

शुद्धिकृत (Purified) वर्षा जल संचय टंकी

इसमें पहली बारिश (तेजाबी वर्षा) बाहर गिराने की व्यवस्था है।

4-7 फीट ऊँचे प्लेटफॉर्म पर छत पर के वर्षा जल के लिए शुद्ध जल संचयन टंकी

सावधानी

(1) यदि टंकी 5,000 लीटर से ज्यादा बड़ी है, तो सीमेंट-कंक्रीट की बनानी चाहिए।

(2) ये टंकियाँ प्लेटफॉर्म पर रखी जाएँगी, जो सीमेंट-कंक्रीट का होगा। यह प्लेटफॉर्म ईंट-सीमेंट के पिलर पर होगा। प्रत्येक टंकी के लिए 4 पिलर का प्रयोग होगा।

(3) यदि पीने या खाने के काम में इस्तेमाल नहीं करना है और छत की ऊँचाई 10 फीट है तो काम चल जाएगा।

रख-रखाव

हर तरह की पानी की टंकी को सफाई की जरूरत पड़ती है। यहाँ पर भी इन टंकियों का ढक्कन हटाकर साफ करने का काम जारी रहेगा, जो सामान्यत: टंकी में जमी गाद साफ करने के लिए होता है। इसी प्रकार छत के ऊपर बारिश के पहले जूते, चप्पल नहीं ले जाना चाहिए। छत की सफाई करने वाला व्यक्ति हाथ-पैर साफ रखकर छत पर जाएगा। छत पर बारिश से पहले तथा सप्ताह में एक बार अवश्य झाड़ू लेकर बरसाती कूड़ा, धूल आदि साफ कर लेना चाहिए।

मान लिया जाए, छत का क्षेत्रफल 150 वर्गमीटर है, तो लगभग 200 से 300 वर्गमीटर में बरसने वाले पानी की 28,000 लीटर की टंकी एक परिवार के लिए (दो माह का पानी) वर्षा जल जमा करने के लिए बनानी चाहिए। ऐसा करने से मानसून के पानी से 5-6 माह तक इस्तेमाल कर सकते हैं। इस प्रकार यह आगणन बुंदेलखंड के लिए है, लेकिन देश के 85 प्रतिशत हिस्से में बारिश के इसी पानी से साल के 12 महीने घर के सारे प्रयोग किए जा सकते हैं। 25 प्रतिशत गैर-मानसून वर्षा (17 से 29 प्रतिशत पानी) से 2 माह से लेकर 6 महीने तक का पानी घर के सारे काम के लिए किफायती खर्च करते हुए मिलेगा।

जनवरी 2017 में शुद्ध वर्षा जल टंकी बनाने पर खर्च का आगणन

छत का वर्षा जल ग्रहण क्षेत्र शहरी क्षेत्र में 25 प्रतिशत, 40 प्रतिशत, 75 प्रतिशत या 160 प्रतिशत तक बढ़ाया जा सकता है। वर्तमान में 50 वर्षों में एक परिवार द्वारा पानी पर खर्च = 6,37,000 रुपए। मेरी प्रणाली/मॉडल में खर्च व वर्तमान खर्च की तुलना में बचत नीचे चार्ट के अनुसार है।

वर्तमान जल प्रबंधन प्रणाली की अपेक्षा लेखक की प्रणाली के आर्थिक लाभ

क्र. सं.	स्थान प्रांत	(क) टंकी की क्षमता (लीटर में) (ख) घरेलू उपयोग की अवधि	(i) छत का क्षेत्रफल वर्ग-मीटर में (ii) वर्षा जल ग्रहण क्षेत्र बढ़ाने के बाद शहरी क्षेत्र व (ग्रामीण क्षेत्र)	घनमी. या लीटर में पानी का आयतन 1 घनमी. = 1000 लीटर	50 वर्षों का व्यय रुपए में (आगणन का वर्ष- 2016) (क) प्रथम तल (ख) भूतल छत के चारों ओर शेड का खर्च सहित (ग) बचत = आय-व्यय	कितने माह तक छत पर के वर्षा जल से घरेलू काम हो सकेंगे + अतिरिक्त पानी दूसरे फ्लैट को या रिचार्ज करने के लिए उपलब्ध होगा।
1	2	3	4 (क)	4 (ख)	5	6
1	दिल्ली, गुड़गाँव, गाजियाबाद, गौतमबुद्ध नगर (NCR) पश्चिमी उत्तर प्रदेश, पंजाब, हरियाणा वर्षा 61 सें.मी. = 0.61 मीटर सालाना	(क) 28,000 लीटर (ख) (दो माह)	(i) 300 (ii) 405 वर्गमीटर	405 X .61= 247 घनमीटर	(क) 3,64,000 रुगए (ख) 3,33,000 रुपए (ग) 6,37,000 X 18/12– 3,64,000 = 5,91,500 रुपए	8 माह तक गहले गलैट को +1,38,000 लीटर (= 5 माह तक दो अन्य फ्लैट को पानी)। कुल 18 माह का पानी एक परिवार को
		(क) 42,000 लीटर (ख) (तीन माह)	(i) 300 (ii) 405	2,47,000 लीटर	(क) 5,71,000 रु. (ख) 4,87,000 रु. (ग) 4,15,000 रु.	9–10 माह 1,10,000 लीटर (दो अन्य फ्लैट को चार माह)
2	केरल	(क) 28,000 लीटर (ख) (दो माह)	(i) 80 (ii)108	330 घनमीटर	(क) 3,88,000 रु. (ख) 3,32,000 रु. (ग) 6,37,000 X 2 – 3,32,000 = 9,42,000 रुपए	11–12 माह + 1,65,000 लीटर यानी दो फ्लैट को 12 माह पानी 4 फ्लैट को साल भर पानी

3	कन्या कुमारी, अंडमान निकोबार, पांडिचेरी, बंगाल	28,000 लीटर (दो माह)	(क) (a) 100-135 .... (b) 100-160	(ख) 338 घनमीटर 400 घनमीटर	(क) 3,88,000 रु. (ख) 3,32,000 रु. (ग) 8,86,125 रु.	दो फ्लैट को 12 माह पानी तथा तीसरे फ्लैट को 5 माह पानी (कुल 29 माह)
4	100 सें.मी. से ज्यादा सालाना बारिश के क्षेत्र में जैसे- पूर्वी तथा उत्तरी उत्तर प्रदेश	50,000 लीटर (तीन माह 20 दिन)	(a) 190-256 (b) 170-272	256 घनमीटर .... 272 घनमीटर	(क) 6,50,000 रु. (ख) 5,75,000 रु. (ग) 5,67,500 रु.	11-12 माह + दूसरे फ्लैट को 7 माह के लिए पानी (18-19 माह)
5	झारखंड, बिहार, छत्तीसगढ़	49,000 लीटर (साढ़े तीन माह)	(a) 190-256 (b) 160-256	333 घनमी. =3,33,000 लीटर	(क) 6,37,000 रु. (ख) 5,64,000 रु. (ग) 6,37,000 रु.	दो फ्लैट को साल भर पानी
6 (क)	लखनऊ या उत्तर प्रदेश का मध्य जोन	50,000 लीटर	300-350 वर्गमीटर 300X1.17 = 350	350X0.90= 315 घनमीटर	बचत-5,60,300 रुपए	1 फ्लैट को 12 महीना + दूसरे फ्लैट को 11 महीने पानी
(ख)	लखनऊ या उत्तर प्रदेश का मध्य जोन	50,000 लीटर से 55,000 लीटर (चार माह)	(a) 175-280 .... (b) 200-276	252 घनमीटर 248 घनमीटर	(क) 6,50,000 रु. (ख) 6,30,000 रु. (ग) 3,05,000 रु.	12 माह + दूसरे फ्लैट को 6 माह का पानी
(ग)	लखनऊ या उत्तर प्रदेश का मध्य जोन	50,000 लीटर से 55,000 लीटर (चार माह)	(a) 150-203 .... (b) 150-240	183 घनमी. .... 216 घनमी.	(क) 6,50,000 रु. (ख) 6,30,000 रु. (ग) 1,78,100 रु.	01 फ्लैट को 12 महीने तथा दूसरे फ्लैट को साढ़े तीन महीने पानी

7 (क)	मुंबई तथा भारत के पश्चिमी घाट के पश्चिम	28,000 लीटर	150-203 150X1.35= 203 वर्गमीटर	1015 घनमीटर	(क) 5,71,000 रु. (ख) 33,21,000 रु.	12 फ्लैट को 7 महीने पानी
(ख)	वर्षा 500 सें. मी. प्रतिवर्ष	42,000 लीटर (तीन माह)	(a) 100-135 शहर .... (b) 100-160 गाँव	675 घनमीटर .... 800 घनमीटर	(क) 5,71,000 रु. (ख) 4,87,000 रु. (ग) 38,88,000 रु.	10 फ्लैट को लगभग 6 माह पानी
8	पूर्वोत्तर भारत के आठ प्रांत व बंगाल (250 सें. मी.) 180 से 250 - या 1500 सें.मी. (मेघालय) वार्षिक वर्षा जल	42,000 लीटर (तीन माह)	(a) 200-270 (200X1.35) (b) 100-160 (गाँव 100 X1.60) (b) 150-240 (150X1.60)	676 घनमीटर 400 घनमीटर 600 घनमीटर	(क) 5,70,000 रु. (ख) 4,87,000 रु. (ग) 13,41,000 रु. या 20,22,000 रुपए	तीन या चार फ्लैट्स को साल भर पानी
9	भारत के 85 प्रतिशत क्षेत्र में	28,000 से 55,000 (चार माह)	(a) 50-300 वर्गमीटर) .... (b) 1,65,000 लीटर से 8,00,000 लीटर तक	222 घनमीटर से 800 घनमीटर तक	3,33,000 रुपए से 7,00,000 रुपए तक .... 56,000 रुपए से लेकर 39 लाख रुपए तक	12 माह+ अधिकतम 6 अन्य फ्लैट को भी पानी
10	बुंदेलखंड	55,000 लीटर	(a) 220 x 1.35 =297 .... (b) 220 x 1.60 =352	217 घनमीटर 257 घनमीटर	6,30,000 बिजली बची, शुद्ध पानी मिला .... 56,000 से 1,66,000 रु.	12 माह + लगभग तीन माह दो अन्य फ्लैट्स को पानी

11	झाँसी, कंचनपुर गौशाला में 100 गायों के लिए छत पर का वर्षा जल पीने के लिए	40,000 लीटर	575 वर्गमीटर 4,25,000 ली. प्रतिवर्ष 50 वर्ष में 2,12,50,000 लीटर	जरूरत का 46 प्रतिशत	2,00,000 रुपए–खर्च .... बचत 4,37,000 रुपए से लेकर 10,00,000 रुपए तक	7 माह .... बिजली बचत 62134 किलोवाट .... रुपए के रूप में 4,34,938 रुपए
	50 वर्षों में पेयजल मिला– 2,12,50,000 लीटर					

भारत के एक परिवार में औसतन 4.8 व्यक्ति रहते हैं, 2022 के आँकड़े के अनुसार

2. प्रत्येक परिवार को किफायती दर पर 85 लीटर प्रति व्यक्ति की दर से एक वर्ष में 1,48,920 लीटर पानी घरेलू उपयोग के लिए चाहिए।
3. 55,000 लीटर की वर्षा जल टंकी होने पर देश की 90 प्रतिशत आबादी को साल भर घर में पानी मिल सकता है।
4. (क) शहर में छत पर वर्षा का जल ग्रहण क्षेत्र 20 प्रतिशत से लेकर 150 प्रतिशत तक बढ़ाया जा सकता है। सामान्यत: विकास प्राधिकरणों की छतों में 50 प्रतिशत तक दिशाओं में जल ग्रहण क्षेत्र की बढ़ोतरी की जा सकती है।

   (ख) ग्रामीण क्षेत्र में छत का जल ग्रहण क्षेत्र 150 प्रतिशत तक बढ़ाया जा सकता है। शेड ऊँचाई पर हो तो 150 प्रतिशत तक जल ग्रहण क्षेत्र बढ़ जाएगा। वर्ष 2017 में यदि पानी की टंकी 16 फीट ऊँचाई पर है या इतनी ऊँचाई पर है कि पहली मंजिल पर पानी चढ़े तो प्रति ली. 13 रुपए और यदि भूतल पर ही टंकी है, तो अधिकतम खर्च 11 रुपए प्रति ली. टंकी बनाने, टंकी को छत से पाइप द्वारा जोड़ने, फिल्टर लगाने, टंकी का पिलर बनाने तथा छत पर का जल ग्रहण क्षेत्र बढ़ाने का खर्च हुआ। दिए गए चार्ट के अनुसार प्रत्येक श्रेणी में आर्थिक लाभ हैं।

(कृपया फोटो/डाईग्राम के लिए पृष्ठ 272 देखें)

□

35

छत पर के शुद्ध वर्षा जल टंकी का अर्थशास्त्र
(Economics of Purified Energy Free Roof Top Rain Water)

(1) स्थान—दिल्ली, गाजियाबाद, गुरुग्राम, गौतमबुद्ध नगर (एनसीआर)—बारिश 61 सेंटीमीटर सालाना, छत का क्षेत्रफल 240, 265 या 280 वर्गमीटर।

(क) प्रथम स्थिति—एक, दो, तीन या चारों दिशाओं में 20 प्र.श. से लेकर 150 प्र.श. तक वर्षा जल ग्रहण क्षेत्र छत पर बढ़ाया जा सकता है। बढ़ाए जाने पर क्षेत्रफल होगा 288 वर्ग मीटर से लेकर 550 वर्ग मीटर तक। 61 सें.मी. सालाना बारिश होने पर वर्षा जल एकत्र होगा—176 घनलीटर से लेकर 335 घनलीटर पानी।

(ख) दूसरी स्थिति—दिल्ली जैसे बड़े नगर में (शहरी क्षेत्र) छत का क्षेत्रफल 265 वर्गमी.। दो दिशाओं में 55 प्र.श. तक जल ग्रहण क्षेत्र में वृद्धि हो सकती है, खासकर डी.डी.ए. फ्लैट में।

अब यदि छत के मात्र दो तरफ जल ग्रहण क्षेत्र बढ़ाया जा सकता हो तो 265 वर्गमीटर की छत चाहिए। 265 X 1.55 = 411 वर्गमीटर- 411 X .61 = 251 घनमीटर = 2,51,000 लीटर। एक फ्लैट को 12 माह तथा दो फ्लैट्स को 3.3 माह पानी मिलेगा।

बिजली की बचत = 18 X 40 = 720 किलोवाट (kwh) सालाना।

(ग) तीसरी स्थिति—छत का क्षेत्रफल-280 वर्गमीटर-एक दिशा में जल ग्रहण क्षेत्र में वृद्धि। यदि छत के एक ही तरफ से (एक दिशा से) जल ग्रहण क्षमता बढ़ पाए तो मात्र 18 प्रतिशत से 30 प्रतिशत तक जल ग्रहण क्षमता बढ़ेगी। ऐसी स्थिति में पानी की टंकी चार माह की यानी

50 से 55 हजार लीटर की बनाएँ तो 12 (बारह) महीने पीने योग्य वर्षा जल मिलेगा। तब छत का क्षेत्रफल चाहिए—280 वर्गमीटर (एक दिशा में) 20 प्रतिशत क्षेत्र बढ़ने पर।

(2) स्थान—झाँसी या बुंदेलखंड—

छत का क्षेत्रफल—175 वर्गमीटर, 200 वर्गमीटर या 215 वर्गमीटर।

शहर—चारों तरफ से जल ग्रहण क्षेत्र बढ़ाने पर शहर में –175 X 2.5 = 437 वर्गमीटर।

टंकी की क्षमता—55,000 लीटर। वर्षा –73 सें.मी.

परिवार को साल भर पानी मिलेगा 437 X 0.73 = 319 घनमीटर =3,19,000 लीटर

(3) स्थान—झारखंड—छत का क्षेत्रफल–175 वर्गमीटर। मकान चार मंजिला। क्षेत्र—ग्रामीण।

जल ग्रहण क्षमता 60 से 160 प्रतिशत तक बढ़ाने पर परिणामी बढ़ोतरी 422 वर्गमीटर। क्योंकि छत पर 11 फीट के शेड के बाद 1 फीट जगह छोड़ते हैं। लेकिन धरातल से पिलर या पाइप का पिलर लेकर 12 फीट के शेड लगाने पर छत के बाहर 11 फीट जलग्रहण क्षेत्र हर दिशा में बढ़ जाता है। 422 X1.3 = 548.6 घनमीटर वर्षा जल एकत्रित किया जा सकता है। इसलिए परिवार की संख्या, जिसे पानी मिलेगा = 548600/176843 = 3.1 = लगभग 3 परिवार।

(4) लखनऊ या उत्तर प्रदेश का मध्य भाग (मकान चार मंजिल)।

(क) यदि 200 वर्गमीटर की छत है, तो लखनऊ जिले के ग्रामीण क्षेत्र में 408 वर्गमीटर तक वर्षा जल ग्रहण क्षेत्र बढ़ाया जा सकता है। बारिश 90 सें.मी.

यदि लखनऊ शहर है तो 408 X 0.9

या उ.प्र. के मध्य जोन में = 367 घनमीटर

= 3,67,000 लीटर पानी हुआ।

(ख) एक माह में चारों परिवार (चार मंजिल) (जुलाई या अगस्त में) खर्च करेंगे लगभग 55 हजार लीटर।

दो माह (जुलाई-अगस्त) में एक लाख 10 हजार लीटर खर्च हुआ। टंकी की क्षमता 55,000 लीटर की होने के कारण टंकी में (जुलाई-अगस्त में) शेष पानी बचेगा 55,000 लीटर।

(ग) तीन परिवार को छह महीने तक व एक परिवार को साढ़े आठ महीने तक पानी मिलेगा या

(घ) दो परिवार को 12 महीने तथा एक परिवार को अढ़ाई महीने तक घरेलू प्रयोग का सारा पानी मिलेगा।

(ङ) यदि सात मंजिला मकान है तो लगभग 4 माह तक सातों परिवार को पानी मिलेगा।

(च) निष्कर्ष—शहर में 200 वर्गमीटर, गाँव में 175 वर्गमीटर छत का क्षेत्रफल चाहिए। बेहतर होगा कि चार मंजिला मकान में दूसरी व तीसरी मंजिल को साल के 12 महीने वर्षा जल टंकी से पानी दिया जाए और प्रथम मंजिल को अढ़ाई महीने। प्रथम मंजिल को शेष साढ़े नौ महीने तथा भूतल को 12 महीने भूगर्भ जल का पानी दिया जाए, क्योंकि ऊपर की दो मंजिल की हम बिजलीगुक्त व्यवस्था करेंगे। मोटर से जमीन का पानी दूसरी व तीसरी मंजिल को लिफ्ट करने में ज्यादा बिजली खर्च होती है, जिसे हमें बचाना है। दूसरी व तीसरी मंजिल पर आर.ओ. का खर्च नहीं कराना है। वहाँ पर कार्बन तथा यू.वी. फिल्टर से काम चल जाएगा, जो आर.ओ. प्रणाली से कम खर्चीले हैं। (5) यदि पानी की टंकी की क्षमता 55 हजार लीटर कर दी जाए तो 55,000+ 28,000 लीटर (व्यय दो माह में एक फ्लैट का) = 83,000 लीटर पानी टंकी में बचाया तथा खर्च किया जाएगा। शेष 1,19,000–83,000 = 36,000 लीटर अतिरिक्त पानी बचा। लगभग 36,000 लीटर पानी तब भी (i) तीन पड़ोसियों/शेष तीन मंजिलों को देने के लिए शेष बचेगा या (ii) सिंचाई के लिए उपलब्ध होगा अथवा (iii) 36,700 लीटर पानी जमीन में सोख्ता गड्ढा बनाकर या पानी रिचार्ज कुआँ बनाकर रिचार्ज कर लेना चाहिए।

सफाई पर व्यय

एक परिवार के लिए फिल्टर मशीन पर खर्च 3 स्टेज या 5 स्टेज फिल्टर के लिए लगभग 2,000 रुपए अनावर्ती (non recurring expenditure) हुआ। सफाई की मशीन के रख-रखाव पर सालाना व्यय 350 रु. से 500 रु. तक।

एक प्रदूषणरहित किफायती वर्षा जल रिचार्ज प्रणाली बनाने के लिए तकनीकी स्टाफ की Consultancy राशि होगी 7 हजार रुपए से 10 हजार रुपए तक। यदि एक परिवार 4 सिस्टम बनाता है तो 30 हजार रुपए जल संरक्षण एक्सपर्ट को भुगतान करेगा।

लेकिन निर्बल आय वर्ग (EWS) मकानों के आकार (Size) छोटे होते हैं, हो सकता है 10 फ्लैट के परिवार मिलकर एक साझा रिचार्ज प्रणाली बनाएँ, तब 10 परिवार मिलकर 7 हजार से 10 हजार रुपए भुगतान करेंगे। इस प्रकार एक परिवार 700 रुपए से लेकर एक हजार रुपए तक भुगतान करेगा।

इसमें 4 साल तक रख-रखाव की कंसल्टेंसी फीस शामिल रहेगी, आवश्यकता पड़ने पर इसी राशि में वह तकनीकी सहयोग करेगा। सरकार को वह तकनीशियन इनकम टैक्स देगा, इससे सरकार को अतिरिक्त आय हो जाएगी।

4 साल बाद यह तकनीकी एक्सपर्ट क्या करेगा? उसे अपने रोजगार के अवसर कैसे मिलेंगे?

इस समस्या का समाधान है—

हमें माननीय प्रधानमंत्रीजी ने सही मंत्र दिया है—

'बारिश की बूँद जब भी और जहाँ भी बरसे, बचाना है।'

catch the rain , wherever and whenever it rains.

जब एक-एक बूँद बचाएँगे तो भूगर्भ जल का दोहन व शोषण नहीं होगा।

(2) हमारे देश में 16 करोड़ कुआँ (Dugwell), हैंडपंप, ट्यूबवेल, बोरवेल, सबमर्सिबल पंपसेट होने का अनुमानित आँकड़ा (Projected Figure) बनता है। इन सभी को पुनर्जीवित करना है या उनके नीचे का जल स्तर ऊपर उठाना है।

एक गाँव में इन कुओं के पास कम-से-कम 3 और अधिक-से-अधिक 10 वर्षा जल रिचार्जिंग सोखता गड्ढा (Trench) प्रतिदिन बनाना है।

यह तकनीशियन इन ट्रेंच को बनाने में तकनीकी सलाह देगा।

इसके लिए 4 साल का इंतजार नहीं करना है, उसे समय मिलने पर यह भी कार्य पूरा कर सकता है। पहले दूसरे वर्ष में ही करना शुरू कर देगा।

यदि एक तकनीशियन को 700 ट्रेंच इन कुओं के पास बनाने की जिम्मेदारी दी जाती है तो 16,00,00,000/700 = 2,28,571 तकनीशियन की जरूरत पड़ेगी।

इन सभी तकनीशियन को इस पुस्तक के लेखक समय-समय पर प्रशिक्षण देते रहेंगे

और व्यावहारिक प्रशिक्षण देकर TOT (Training of Trainers) तैयार करने पर भी ध्यान देंगे, ताकि जल स्तर तेजी से ऊपर लाने में मदद मिले।

प्रदूषणरहित तकनीक से तेजी से जल स्तर ऊपर करना लेखक का जुनून (Passion) है।

इन ट्रेंच को श्रमदान से भी तैयार किया जाएगा और प्राइवेट हैंडपंप को रिचार्ज करने के लिए कुआँ के स्वामी (Well Owner) के खर्च से श्रमिक की मदद से भी।

सरकारी हैंडपंप, ट्यूबवेल आदि को मनरेगा से रिचार्ज किया जाएगा।

यह व्यावहारिक रूप से तभी संभव होगा जब सरकार द्वारा प्रशासनिक दृढ़ता दिखाते हुए सभी को समाज और देशहित में अनिवार्य रूप से समयबद्ध कार्यक्रम के तहत वाटर हार्वेस्टिंग योजना लागू करें।

एक दिन में कम-से-कम एक और अधिक-से-अधिक 10 ट्रेंच हैंडपंप, कुआँ आदि के पास और खेतों में वर्षा जल रिचार्ज करने के लिए गाँव, कस्बे की आबादी को बनाने में यह तकनीशियन मदद करेगा, बनाना ओनर को है।

जल संरक्षण सिर्फ सरकारी जिम्मेवारी नहीं है, हर व्यक्ति और समुदाय की जिम्मेवारी है। सरकारों द्वारा यह बात जनता को समझाते हुए उनसे अनिवार्य रूप से अनुपालन सुनिश्चित कराया जाना आवश्यक है।

1 से 3 लाख तक तकनीशियन तो इसी काम में लग जाएँगे।

(3) 'छत पर का ऊर्जामुक्त शुद्धिकृत वर्षा जल सीधे बहुमंजिली इमारत में' इस मॉडल को तैयार करने के लिए इन्हीं तकनीकी विशेषज्ञ की वेतन देकर सेवाएँ ली जाएँगी, इस मॉडल के अनेक लाभ हैं, जिसे इस अध्याय में लिखा जा चुका है। (पुस्तक-सबजन पानी राखिये)

इसे बनाने में 2-3 महीने लगते हैं।

एक परिवार एक दिन में रसोई और पीने का कुल 35 लीटर खर्च करेगा, क्योंकि एक परिवार में औसत 4.8 सदस्य हैं।

एक वर्ष में 1 परिवार को चाहिए 365×35= 12,775 लीटर पेयजल।

एक वर्षा जल टंकी का सिस्टम तैयार करने पर औसत बारिश के हिसाब से 500 वर्ग मीटर की छत से 5,25,000 लीटर (गंदा पानी गिराने के बाद) पेयजल तैयार करने का लाइसेंस 1 (एक) परिवार को दिया जाएगा तो वह 41 परिवार को पेयजल की आपूर्ति कर सकता है।

हमारे देश में 29 करोड़ 40 लाख परिवार 2022 के अंत में थे।

तो ऐसे 29,40,00,000/41=71,70,731 परिवारों को 50 साल का रोजगार मिल गया। यदि 10 से 14 रुपए प्रति 1 लीटर उसके पानी की बोतल की कीमत रखी जाती है तो भी लागत व रख-रखाव की कीमत कम होने के कारण प्रति बोतल 5 रुपए की बचत होनी है।

तात्पर्य यह कि वर्तमान मूल्य (20 रुपए प्रति बोतल) की अपेक्षा आसमानी अमृत (Sky Water) की कीमत 50 से 70 प्रतिशत ही रखी जाएगी, क्योंकि मूल उद्देश्य है पर्यावरण अनुकूल (Eco-friendly) वातावरण धरती (Planet Earth) पर तैयार करना, पर्यावरण अनुकूल जन आंदोलन तैयार करना तथा यह जल संरक्षण संस्कृति आगे बढ़ाई जाए, इसलिए स्टार्टअप (Start up Model) को कार्यशील (Functional) करना, जो गतिमान (Vibrant) बना रहे।

71,70,731 परिवारों को ताउम्र रोजगार मिला, जो इस दूसरे Model में है और इनको बनाने के लिए 71,70,731/5 लाख तकनीशियन को रोजगार जारी रहेगा, यदि एक वर्ष में एक तकनीशियन 5 सिस्टम बनाने में तकनीकी पर्यवेक्षण (Supervision) करेगा।

इसे बनाने के लिए उसकी फीस होगी प्रति सिस्टम 80 हजार रुपए यानी 5 सिस्टम का 4 लाख वार्षिक। यह सिस्टम हर वर्ष चलता रहेगा।

यदि रख-रखाव (Maintenance) के लिए तकनीशियन की मदद ली जाती है, तो अलग से फीस लगेगी।

(4) इसी प्रकार रोड पर जलभराव रोकने के लिए शौचालय/स्नानागार के ऊपर वर्षा जल टंकी का मॉडल है, उसे बनाने के लिए। इसी प्रकार 14 लाख 34 हजार तकनीशियन कार्यरत (Engaged) होंगे।

(5) रोड के किनारे बारिश का पानी नाले में न मिले और उसे रिचार्ज किया जाए, इसके लिए यह मॉडल सरकारें चाहें तो बनवाएँ, इसमें भी तकनीशियन की जरूरत पड़ेगी।

(6) इस प्रकार लगभग 80 लाख परिवारों को आकर्षक (Handsome)रोजगार मिलेगा।

(7) जलवायु परिवर्तन, वैश्विक तपिश (Climate Change, Global Warming) से बचने के लिए, वृक्षारोपण के लिए, स्वच्छता अभियान, सरकारी बजट का अभियान नहीं, बल्कि स्वच्छता संस्कृति विकसित करने के लिए इन टेक्निकल स्टाफ को प्रशिक्षित और कार्यरत करके इनका रोजगार सदाबहार (Perennial) बनाया जा सकता है।

आम तौर पर कुंडी में एक ढक्कन रहता था और उसे उठाकर बाल्टी से पानी निकाल लि
यह तस्वीर बताती है कि लोग इनको कितना महत्व देते थे। वे पानी को ताले में बंद रखते

कुंड अथवा कुआँ के ऊपर ढक्कन लगाने से—

(1) पानी का भाप बनकर उड़ना बंद हो जाता है।

(2) पानी सुरक्षित रहता है। लेकिन

(3) बारिश में वर्षा जल कुंड में नहीं गिर पाता है।

□

36

जल संरक्षण अभियान : भारतवर्ष के लिए कार्ययोजना

तालाब तो आज भी खरे हैं, लेकिन 21वीं तथा 22वीं सदी में महाइंद्र कूप तथा उन्नत रिचार्ज ट्रेंच की आवश्यकता है, बेशक तालाबों की महत्ता को कौन इनकार कर सकता है ? सरकारें तालाब बना भी रही हैं। लेकिन जो आदर्श तालाब बनाए गए हैं, कई प्रांतों के कई तालाबों में फरवरी में भी पानी नहीं है। बेशक कुछ तालाबों में पानी है भी। इन तालाबों का स्वरूप सीढ़ीनुमा है, क्योंकि किनारे से मिट्टी कटकर न गिरे, इसका खयाल रखना है।

लेकिन इस तकनीक में कई कमियाँ हैं।

(1) उदाहरण के लिए, एक जिले में एक आदर्श तालाब बनाया गया, जिसकी ऊपरी लंबाई-चौड़ाई 40 मीटर × 50 मीटर है। गहराई है 3 मीटर। ऊपरी सतह का क्षेत्रफल (Surface Area) हुआ, 50 मी. × 40 मी. = 2000 वर्गमीटर। नीचे क्षेत्रफल है लगभग 1,400-1,500 वर्ग मीटर। इस प्रकार पानी का आयतन घट गया।

(2) इस तालाब को जल आवक क्षेत्रों से जोड़ा नहीं गया। इसे कम-से-कम तीन दिशाओं से जुड़वाँ गाद छन्ना टंकी (Twin Silt Settlement Chamber) बनाकर जल आवक क्षेत्र (Water Catchment Area) से जोड़ा जाना चाहिए था। जबकि सिर्फ एक तरफ से जोड़ा गया। उसमें भी गाद छानने के लिए जाली नहीं लगाई गई।

(3) सतह का क्षेत्रफल (Surface Area) अत्यधिक होने से पानी भाप बनकर उड़ जाता है। वाष्पीकरण से 20 से 40 प्रतिशत तक हानि (Evaporation Loss) होती है।

(4) वर्ष 2004 में भारत के 19.6 प्रतिशत जमीन में खेती होती थी। 2010 में कृषि क्षेत्र कम होकर 14.6 प्रतिशत रह गया। पाँच वर्षों में 6 प्रतिशत कम। आगे के वर्षों में और भी कम।

यदि यही रफ्तार मानी जाए तो वर्ष 2019 में घटकर अधिक-से-अधिक 10 प्रतिशत बचा होगा। यह अनुमानित आँकड़ा (Projected Figure) है।

लेकिन जमीन के किफायती प्रयोग पर योजनाबद्ध तरीके से काम करने के लिए उच्चीकृत डिजाइन (Innovated Designs) पर काम न के बराबर हो रहा है।

(5) श्री कौटिल्य के 'अर्थशास्त्र' में वर्णित प्रावधान की तरह उपभोगी/उपयोगकर्ता द्वारा जलाशय का रख-रखाव नहीं हो रहा है। अत: मैं कुछ तरीके बता रहा हूँ, जिससे तालाब में पानी भी रहेगा और जमीन भी बचेगी।

नीचे दिए गए उपाय से—(1) जमीन की 58 प्रतिशत तक बचत होगी। (2) वाष्पीकरण हानि अत्यंत कम हो जाएगी। (3) तालाब में भरपूर पानी रहेगा। (4) जिसे पुन: (तकनीक द्वारा) आविष्कृत ढक्कन का प्रयोग करने से वाष्पीकरण से होने वाली हानि लगभग 90 प्रतिशत तक कम की जा सकती है।

इसके लिए—(i) सतह का क्षेत्रफल (Surface Area) घटाना ही पड़ेगा। 40 मीटर × 50 मीटर × 3 मीटर का तालाब बनाने के बजाय (आयतन 6,000 घनमीटर में से 1,700 वर्गमीटर × 3 मी. = 5,100 घनमीटर) या 33 से 34 मीटर व्यास का 6 मीटर गहरा जलाशय बनाया जाएगा, जिसके किनारे पक्की दीवार होगी। सीढ़ीनुमा दीवार बनाने की आवश्यकता नहीं है, बल्कि गोलाकार जलाशय (कुआँनुमा) बनाना चाहिए। इसमें पानी के वाष्पीकरण से कम-से-कम 20 प्रतिशत हानि तो अवश्य होती थी। अत: यदि कुआँ का व्यास 33 से 30 मीटर भी कर देंगे तब भी पानी ज्यादा ही रहेगा। (ii) 33 मीटर व्यास का 6 मीटर गहरा कुआँ बनाएँगे तो आयतन (Volume) हो जाएगा $\pi r^2 \times h$ =3.143 ×(16.5मी.)^2 × 6 मी. = 5,130 घनमीटर तथा 35.6 मीटर व्यास रखने से 5975 घनमीटर आयतन होगा। (iii) इस व्यवस्था में चूँकि सतह का क्षेत्रफल 2,000 वर्गमीटर से घटकर 855 से 996 वर्गमीटर रह गया। इसलिए 57 प्र.श. से 50 प्र.श. सतह क्षेत्रफल घट गया और इसलिए वाष्पीकरण से हानि 57 से 50 प्रतिशत कम हो जाएगी। शेष वाष्पीकरण ह्रास समाप्त करने के लिए कुआँ के ऊपर विशेष प्रकार का कवर लगाया जा सकता है, जिसका मैंने आविष्कार किया है। इस कुआँ में—(a) रोशनी भी जाएगी। वाष्पीकरण हानि नगण्य रह जाएगी। (b) बारिश में सीधा पानी कुआँ में जाता

रहेगा। और इसलिए इस कुआँ का व्यास 34 मीटर से घटाकर 30 मीटर रखा जाए तब भी पर्याप्त पानी रहेगा। (c) इसी कुआँ में मेरे डिजाइन के अनुसार रिचार्जिंग क्षमता 25 प्रतिशत से लेकर 300 प्रतिशत तक बढ़ाई जा सकती है। साथ ही सिंचाई करने से पानी का स्तर जो कम होता है, जल्द भर जाएगा, (Recoup) भी हो जाएगा।

इस जलाशय (महाइंद्र कूप) में चारों दिशाओं के जल आवक क्षेत्र (Water Catchment Areas) से पानी लाकर गाछट (SSC- Silt Settlement Chamber) होकर बारिश में जमीन के अंदर रिचार्ज करना है।

6. नागरिकों को विभिन्न सुविधाएँ प्रदान करने के लिए पहली शर्त है, जल पुनर्भरण जलाशय (Water Recharge Reservoir) तैयार करना।
   i. मीडिया/टीवी पर जल प्रबंधन प्रशिक्षण कार्यक्रम सप्ताह में 2 दिन, महीने में 8 दिन चलाए जाएँ। मैं प्रशिक्षण देने के लिए तैयार हूँ।
   ii. प्रभावी व सार्थक परिणाम पाने के लिए—
      (क) दृढ़ प्रशासनिक कदम—जल संरक्षण, भूजल रिचार्ज योजना प्रभावी ढंग से नहीं लागू करने वाले अधिकारी की वार्षिक वेतनवृद्धि रोक दी जाए।
   iii. योजना लागू करने में सख्ती—गृह स्वामी यदि जल संरक्षण निर्देश लागू नहीं करते हैं तो उन्हें चेतावनी दी जाए कि उनका गृहकर (House Tax Surcharge) 90 दिन के बाद दूना कर दिया जाएगा।
   iv. लक्ष्य (Mission) की आवश्यकता अभी से प्रचारित की जाए।
   v. सिर्फ समस्याग्रस्त विकास खंडों (stressed/critical blocs) में ही नहीं बल्कि (हर जिले में जल प्रबंधन तकनीक घर-घर में लागू करें।)
   vi. अधिकारियों, कर्मचारियों की गोपनीय प्रविष्टि (ACR/APR) में (जल प्रबंधन के लिए किए गए सराहनीय कार्य) का उल्लेख हो। प्रोन्नति पाने के लिए जल प्रबंधन कार्य को अनिवार्य मुद्दा (Issue) बनाया जाए। जल स्तर ऊपर उठाना ही लक्ष्य हो। जल स्तर उठाने वाले स्टाफ को वार्षिक गोपनीय प्रविष्टि (PAR) में उत्कृष्ट श्रेणी दी जाए।
   vii. समस्याग्रस्त या अत्यधिक जल अवशोषित विकास खंडों (Dark, critical or overexploited development blocks) में

जलप्रबंधन तथा पर्यावरण संरक्षण के क्षेत्र में दिलचस्पी रखने वाले उत्साही व्यक्तियों/अधिकारियों/कर्मचारियों को पदस्थापित किया जाए।

viii. जल प्रबंधन की योजना को प्रभावी बनाने के लिए देश की आबादी को चार भागों में बाँटा जाए।

(क) **उच्च आय वर्ग**—25 प्रतिशत आबादी—इनके लिए अपनी ही आय के स्रोत से घर व प्लॉट में किफायती खर्च से जलप्रबंधन अनिवार्य किया जाए। यानी वर्ष 2025 तक ये जल पुनर्भरण प्रणाली (पानी रिचार्ज जलाशय या जल संरक्षण जलाशयं) अनिवार्य रूप से लागू करें। यदि इस निर्धारित अवधि तक ये योजना क्रियान्वित नहीं करते हों तो इनका गृहकर, जलकर आदि एक साल के लिए बढ़ा दिया जाएगा। ऐसी चेतावनी विभिन्न माध्यमों से जन सामान्य को दे दी जाए। इन्हें वित्तीय किफायत जल साख (Green/Water Credit Card) के रूप में दी जा सकती है।

(ख) **मध्य आय वर्ग** (Middle Income Group) की (25 प्रतिशत) आबादी को आसान किश्तों में भुगतान करने लायक ब्याजरहित ऋण (Interest Free Loan) दिया जाए, जिसका समायोजन (Adjustment) Green/Water Credit Card के द्वारा वित्तीय किफायत (Financial Credit) के रूप में किया जाए। जो व्यक्ति संरक्षित वर्षा जल से घरेलू उपयोग के लिए पानी का प्रबंधन कर ले, उसके जलकर की बचत होगी। इसे ही वह ब्याज (EMI) के लिए भुगतान करे।

(ग) **निम्न आय वर्ग** (Low Income Group) की उस आबादी (30–40 प्रतिशत आबादी) के लिए सरकार वित्तीय प्रावधान करे या स्वयं की पहल पर सरकारी योजना से जल संरक्षण जलाशय (Water Recharge System) का निर्माण करें। लागत मूल्य खेत/मकान के स्वामी को देकर रिचार्ज ट्रेंच स्वयं मकान या खेत के स्वामी द्वारा बनवाया जाए। सरकार इनके लिए सरकारी मकान में शुद्ध वर्षा जल (Clean Rooftop Rain Water) योजना के अंतर्गत 'शुद्ध वर्षा जल टंकी'

(Purified Rooftop Rain Water Tank) बनाया जाए। यह सरकार के ही व्यय से होगा। यह वर्तमान प्रणाली की अपेक्षा सस्ता साबित होगा।

(घ) **शेष आवासविहीन आबादी** (10–15 प्रतिशत) के लिए सिर्फ बिना सीमेंट की छत का निर्माण करके जल संचय प्रणाली लागू की जाए। यह भी सरकार अपनी योजना से करें। इन्हें आवास दिए जाने की घोषणा हो चुकी है। इन आवासों में (ग) की तरह सरकारी खर्च से शुद्ध वर्षा जल टंकी बनाई जाए।

ix. खेती करने के दौरान रासायनिक खाद की अपेक्षा हरी खाद, देशी गाय का जीवामृत, जैविक खाद या कंपोस्ट खाद में कम पानी की जरूरत पड़ती है। (Compost Manure, Green Manure and Bio Fertilizer Consume Less Water than Chemical Fertilizer during Agricultural Practices).

x. कुछ केसेज में सब्सिडी आधार भूतसंरचना (Infrastructure) के लिए आवश्यक होता है। टपक सिंचाई (Drip Irrigation) के लिए ब्याजमुक्त ऋण (Loan Without Interest) स्वीकृत करना विकास कार्य (Development Project) है। दायित्व (Liability) नहीं है। देश के 25 प्र.श. से लेकर 50 प्र.श. क्षेत्र में टपक सिंचाई की व्यवस्था करना तत्काल जरूरी है।

xi. पर्यवेक्षण अधिकारी विकास कार्यों की समीक्षा के लिए जब फील्ड में जाते हैं, तो प्रोजेक्ट या साइट का भौतिक निरीक्षण भी करते हैं। ऐसे प्रोजेक्ट का चुनाव अपने विवेक से अचानक किया करें, जिसके बारे में उन्हें खुद नहीं मालूम हो कि किस प्रोजेक्ट का औचक निरीक्षण करेंगे। कई बार ऐसा होता है कि किसी जिले में अगर तीस प्रोजेक्ट तैयार हुए हैं तो कुछ गिने–चुने प्रोजेक्ट निरीक्षण के लिए तैयार किए जाते हैं। शेष प्रोजेक्ट में धरातल पर बहुत कम काम हुआ होता है। अतः अधीनस्थ स्टाफ का सुझाव प्रोजेक्ट निरीक्षण के लिए नहीं माँगा जाए। (Supervisory Officers go to Field for Supervisionbut they Should Select the Site Randomly).

xii. स्प्रिंक्लर (Sprinkler) की उपयोगिता पर पुनर्विचार किया जाए। यह तो वाष्पीकरण हानि (Evaporation Loss) को बढ़ाता है। खासकर 600 मि.मी. से कम बारिश के खेतों में इसका इस्तेमाल बंद कर दिया जाए।

xiii. विकास कार्यों की पाक्षिक/मासिक तथा त्रैमासिक समीक्षा की जाए। (Review of Progress Needs Fortnightly/Monthly and Quarterly Monitoring).

xiv. भारत के प्रत्येक जिले में प्रत्येक परिवार को पानी रिचार्ज करने की तकनीक ब्लॉग पर या वेबसाइट पर, मीडिया के द्वारा उपलब्ध कराई जाए। मैं इसे निःशुल्क उपलब्ध कराने के लिए तैयार हूँ। मीडिया के द्वारा साप्ताहिक शैक्षणिक कार्यक्रम देने के लिए मैं तैयार हूँ। (Make water recharge technique available to every district/every family on website or blog & media, pvt. or govt. I am ready to serve).

xv. जल की गुणवत्ता का परीक्षण कराया जाए। (IITR, Lucknow– for examination of toxicity of ground water and other waters)

xvi. कानपुर तथा चिकनी मिट्टी के क्षेत्रों में भी प्रथम जलधारक स्तर (First Aquifer) में ही पानी रिचार्ज किया जाए, बशर्ते उसके नीचे चिकनी मिट्टी न हो। जिस स्तर से पानी रिचार्ज करने में दिक्कत न हो वहाँ तक की गहराई तक ही बोरिंग-पाइपिंग विधि अपनाएँ, उससे नीचे नहीं। इसके बाद पानी निकालने (extract करने) के लिए दूसरे या तीसरे ज़लधारक स्तर (Second/Third Aquifer) का पानी निकालें।

xvii. 4 अगस्त, 2004 को एक प्रांत में एक शासनादेश जारी किया गया, जिसमें कहा गया कि 20 एकड़ से ज्यादा क्षेत्रफल की योजनाओं के लिए न्यूनतम 1 एकड़ क्षेत्रफल में तालाब बनाया जाए, जबकि वर्षा जल की मात्रा के हिसाब से उ.प्र. को चार भागो में बाँटा जा सकता है। हाँ, तालाब के बजाय सिंचाई-सह-रिचार्ज जलाशय (Irrigation Cum Water Conservation Bodies) बनाए जाए। जलाशय

की गहराई 2 से 4 गुणा तक बढ़ाने से 80 प्रतिशत तक स्थान बचाया जा सकता है। लेकिन यह ध्यान रखना आवश्यक है कि जल आवक क्षेत्र (Water Catchments Areas) अधिक-से-अधिक रखा जाए तथा जल आवक क्षेत्र से बिना सीमेंट का प्रयोग किए कच्चे नाले अथवा ईंटों से तैयार किए गए नाले से इस जलाशय में अनिवार्य रूप से पानी लाया जाए। इसे स्थानीय प्रशासन अथवा पंचायत अथवा आम जनता की सहकारी समिति द्वारा पूरा किया जाए। इस जलाशय का रख-रखाव स्थानीय प्रयोगकर्ता ही करेंगे।

xviii. मकानों के कैंपस में पानी रिचार्ज करने के लिए 300 वर्गमीटर के भवनों के एरिया की सीमा तय करने की आवश्यकता नहीं है। दो पड़ोसी के मकान यदि 200-200 वर्गमीटर, 150-150 वर्गमीटर या 100-100 वर्गमीटर के हैं, तो दोनों अपने बॉर्डर पर संयुक्त रिचार्ज कुआँ 400, 300 या 200 वर्गमीटर का पानी रिचार्ज करने के लिए बना सकते हैं। इसी प्रकार छोटे-छोटे प्लॉट या फ्लैट के लिए 8 से 20 फ्लैट पर एक सामूहिक जल पुनर्भरण प्रणाली (Collective Water Recharge System) बना सकते हैं।

xix. 4 अगस्त, 2004 के शासनादेश में प्रस्तर 2 (6) में 100 वर्गमीटर या ज्यादा के प्लॉट में रिचार्ज करने का निर्देश जारी किया गया है।

xx. एक प्रांत में 29 अप्रैल, 2014 के जी.ओ. में वर्तमान नलकूपों को समाप्त (Phase Out) कर हाइड्रोजिलॉजिकल परिस्थितियों के अनुसार द्वितीय एक्विफायर्स समूहों में गहरे नलकूपों का निर्माण किए जाने का निर्देश दिया गया है। ऐसी योजनाओं से तो जमीन के अंदर का पानी खाली करने का आदेश जारी किया गया है। पानी रिचार्ज करने के उपाय इसमें नहीं हैं। कहावत है—'मर्ज बढ़ता गया, ज्यों-ज्यों दवा की'। ऐसी गलतियाँ तत्काल बंद की जाएँ। पानी रिचार्ज किया जाए। वह भी 95 प्रतिशत। गंगा नदी के दोनों तटों पर चिह्नित पोटेंशियल एक्विफायर्स (Aquifers जलधारक स्तर) में नलकूपों का निर्माण किए जाने का भी आदेश दिया गया। यानी नदियों में पानी तो घट ही रहा है, नदियों को जलरहित करने की प्रक्रिया ऐसी कारवाई से और भी तेज होती जाएगी। आगे यह भी लिखा गया, समग्र भूजल नीति का

प्रभावी क्रियान्वयन सुनिश्चित करने हेतु शासन के विकास एजेंडा वर्ष 2014-15 के सूत्र संख्या-171 'प्रदेश के भूजल प्रबंधन, वर्षा जल संचयन एवं भूजल रिचार्ज हेतु समग्र नीति का प्रभावी क्रियान्वयन' के रूप में शामिल करके नियमित अनुश्रवण मुख्य सचिव के स्तर पर किया जाना है।

xxi. (क) एक प्रदेश में मार्च, 2009 के शासनादेश में 1 लीटर पानी के बोतल के स्थान पर 250-300 मि.ली. पानी की बोतल का उपयोग करने का निर्देश है। जिससे इस अमूल्य धरोहर को अपव्यय से बचाया जा सके।

(ख) जल की मितव्ययिता का ध्यान इस शासनादेश में रखा गया है। लेकिन प्लास्टिक की बोतलों का प्रयोग प्रदूषण बढ़ाता रहेगा। प्लास्टिक के रिसाइकिल/रियूज प्लांट लगाने का आदेश भी आवश्यक है, ताकि प्लास्टिक की बोतलों तथा प्लास्टिक के कूड़ों से होने वाले प्रदूषण को रोका जा सके।

(ग) बोतल बंद पानी की जरूरत ही कहाँ है ? इसकी जगह आर.ओ./एक्वागार्ड का पानी विनष्ट होने वाले (Degradable) ग्लास में पीने का प्रबंध किया जाए, ताकि प्लास्टिक प्रदूषण न बढ़े। बोतल बंद पानी का ph value भी 7 से कम पाया गया है, जो स्वास्थ्य के लिए उपयुक्त नहीं है। साथ ही इस पानी में प्लास्टिक का अंश घुलने की प्रवृत्ति रहती है, जो स्वास्थ्य के लिए अहितकर है।

7. जल प्रबंधन से संबंधित विभागों में भ्रष्टाचार तथा सुस्ती पर प्रभावी अंकुश लगाना आवश्यक है। अत:

(क) वर्षा जल संचयन के सरकारी कार्यक्रम में भ्रष्टाचार की शिकायत होने पर सतर्कता अधिष्ठान (Vigilance Establishment) तथा भ्रष्टाचार निवारण संगठन (ACO) की अभिसूचना (Intelligence) व अन्वेषण इकाई (Investigation Section) को प्रभावी किया जाए।

(ख) लंबित अभियोजन (Pending Prosecution) के प्रकरणों में अभियोजन स्वीकृति आदेश जारी किए जाएँ।

8. (क) पानी रिचार्ज तालाबी (Water Recharge Trench) बनाने में सिर्फ 0.5 से 2.5 प्रतिशत तक जमीन चाहिए। और यह उस स्थान पर, जहाँ कम-से-कम 50 सें.मी. और अधिक-से-अधिक 200 सें. मी. सालाना बारिश हो। खेत, पार्क या परती जमीन हो। मतलब गैर-निर्मित क्षेत्र हो। यदि लेबर की मदद से ट्रेंच बनाना है तो एक मजदूर पर खर्च होंगे। आधा दिन में ही तैयार, यदि बहुत बड़ा खेत या फार्म है तो भी अधिक-से-अधिक तीन दिन में ट्रेंच तैयार। बड़े प्लॉट में ज्यादा ट्रेंच बनाने होंगे। एक मीटर गहरा ट्रेंच, 3 मीटर गहरे रिचार्ज कुआँ के बराबर है।

(ख) पूर्वी राजस्थान, अलवर, दिल्ली, पश्चिमी और दक्षिणी उत्तर प्रदेश, बुंदेलखंड आदि स्थानों पर, जहाँ सालाना 50-75 सें.मी. बारिश होती है, वहाँ 1.5 प्रतिशत (डेढ़ प्रतिशत) क्षेत्र रिचार्ज ट्रेंच बनाने के लिए पर्याप्त है, क्योंकि जब तक यह ट्रेंच भरता है, तब तक 1 फीट पानी रिचार्ज हो चुका होता है। रिचार्ज ट्रेंच, जिसका क्षेत्रफल 3 वर्ग मीटर है, उसका रिचार्ज एरिया है 3+3+3+1+1=11 वर्गमीटर, क्योंकि पाँच दिशाओं में पानी रिचार्ज होता है एक साथ और ट्रेंच में सभी दिशाएँ कच्ची हैं, कोई पक्की दीवार नहीं है।

जल स्तर ऊपर उठने का मतलब हुआ कि जमीन में 10 फीट मिट्टी खोदने पर ही पानी मिल जाए।

(ग) उ.प्र. का मध्य भाग—यहाँ लगभग 80 सें.मी. से 100 सें.मी. तक सालाना बारिश होती है। जमीन की आवश्यकता होगी—1 प्रतिशत से 2.0 प्रतिशत तक। रिचार्ज प्रतिशत होगा—87 से 93 प्रतिशत तक। जल स्तर 16 से 28 महीने में सामान्यत: ऊपर उठेगा। कहीं-कहीं 40 महीने लग सकते हैं।

(घ) पूर्वी तथा उत्तरी उ.प्र.—बारिश 100 से 150 सें.मी. तक। जमीन की आवश्यकता 1.75 प्रतिशत से 2.25 प्रतिशत तक। जल स्तर 4 महीने में (सामान्यत:) तथा (कहीं-कहीं) 16 महीने में ऊपर उठेगा।

(ङ) बिहार, झारखंड या ऐसे जिले जहाँ, बारिश 110 सें.मी. से 180 सें.मी. तक सामान्यत: होती है, जमीन की आवश्यकता, 1.5 से 2.5 प्रतिशत तक। जल स्तर 4 माह से 16 माह में उठ जाएगा।

(च) झारखंड, बिहार, छत्तीसगढ़, उड़ीसा के कुछ जिले तथा पश्चिमी बंगाल में 1.5 से 2.5 प्रतिशत जमीन चाहिए। जल स्तर सामान्यतया 4 माह से 12 माह में ऊपर उठ जाएगा। जल आवक क्षेत्र में कमी होने पर कहीं-कहीं 16 माह लग सकते हैं। अत: जल संग्रहण क्षेत्र बढ़ाया जाए।

(छ) भारत के उत्तर-पूर्वी प्रांत (पूर्वोत्तर भारत), केरल, कर्नाटक, महाराष्ट्र के पश्चिमी घाट के पश्चिम, झारखंड, छत्तीसगढ़ जहाँ 180 सें.मी. से 1,500 सें.मी. तक बारिश होती है, 1.5 प्रतिशत से 2.5 प्रतिशत तक जमीन (रिचार्ज क्षेत्र) पानी रिचार्ज करने के लिए चाहिए। ऐसे स्थानों में अत्यधिक बारिश होने के कारण जरूरत से ज्यादा पानी ओवरफ्लो करके बाहर नाले, नदी, फिर समुद्र में चला जाएगा। यहाँ पर एक मानसून या चार महीने में ही आदर्श ऊँचाई तक जल स्तर उठाया जा सकता है।

(ज) यहाँ आदर्श ऊँचाई का मतलब या जल स्तर ऊपर उठने से तात्पर्य यह है कि जब आप जमीन 10 फीट खोदेंगे तो आपको पानी मिल जाएगा।

(झ) लेकिन यह भी आवश्यक है कि लगातार 20 से 30 किसान या पड़ोसियों को लगातार पानी रिचार्ज ट्रेंच या जलाशय (पानी रिचार्ज-सह-सिंचाई कुआँ) बनाना पड़ेगा। यह भारत के सभी जिलों के लिए लागू है। वरना एक व्यक्ति या परिवार पानी रिचार्ज करे और पड़ोसी न करे तो पानी सभी दिशाओं में फैल जाएगा, जिससे जल स्तर तेजी से ऊपर नहीं उठ पाएगा।

(ञ) ट्रेंच या पानी रिचार्ज कुआँ बनाने के लिए अनिर्मित क्षेत्र में 1 प्रतिशत से 2.5 प्रतिशत तक तथा निर्मित क्षेत्र में से 1 प्र.श. से 3 प्रतिशत तक जमीन की जरूरत पड़ेगी। 10 सें.मी. से ज्यादा पानी बरसने पर ओवरफ्लो होकर बह जाएगा। इस अतिरिक्त पानी को अतिरिक्त ट्रेंच बनाकर पहले साल रिचार्ज किया जा सकता है। जल स्तर 4 माह में ही उठकर मात्र 10 फीट नीचे आ जाएगा। उसके बाद अगले साल से अतिरिक्त ट्रेंच की जरूरत नहीं पड़ेगी। इतना अधिक पानी रिचार्ज करने की आवश्यकता नहीं पड़ेगी।

(ट) आर्थिक दृष्टिकोण से भारत की आबादी को चार श्रेणी में माना जाए तो नीचे की लगभग आधी आबादी (जिनके पास जमीन है) को प्रति

परिवार 5000 रुपए सरकारी मदद तत्काल दी जानी चाहिए, ताकि वे मई तक रिचार्ज ट्रेंच शत-प्रतिशत खेतों में बना लें, खेत व पार्क में। (रिचार्जिंग के लिए जमीन की आवश्यकता कम-से-कम 1 प्रतिशत और अधिकतम 2.5 प्रतिशत होगी) लेकिन पड़ोस में परती जमीन, गली, पार्क या किसी दूसरे कारण से खाली जमीन या जंगल हो तो वहाँ भी कम-से-कम इतनी ही जमीन या उपलब्ध होने पर अधिक-से-अधिक 7 गुना जमीन में पड़ोसी किसान संग्रहण क्षेत्र (Water Catchments Areas) का पानी पड़ोस में या अपने खेत में रिचार्ज कर लें, ताकि जल स्तर एक या दो मानसून (4 या 16 महीने) में आदर्श ऊँचाई तक उठ जाए।

(9) जल संचय, जल संरक्षण तथा भूगर्भ जल पुनर्भरण करने से भारतवर्ष की 1.25 खरब यूनिट से लेकर अधिकतम 2.4 खरब तथा अप्रत्यक्ष बचत को जोड़ें तो 4 खरब यूनिट तक बिजली बचाई जा सकती है। जल स्तर ऊपर उठने से कम हॉर्स पावर की मोटर लगानी पड़ेगी। कुछ अतिरिक्त व्यवस्था करने से 5 से 7 खरब यूनिट तक बिजली बचाई जा सकती है।

(10) अनाज तथा फल की पैदावार बढ़ाने के लिए तथा स्वस्थ अनाज व फल उपलब्ध कराने के लिए भारतीय परंपरा की शाश्वत खेती/शून्य (Zero) बजट खेती की तकनीक उपलब्ध है। देखें श्री सुभाष पालेकर अमरावती, महाराष्ट्र की पुस्तकें तथा उनके सुझाव पर देश के विभिन्न प्रांतों में कुछ किसान शून्य बजट जहरमुक्त खेती करते हैं। इससे गरीब किसानों तथा हर वर्ग के किसानों को फायदा होता है। रासायनिक खाद, रासायनिक कीटनाशक का प्रयोग नहीं किया जाता। अत: पर्यावरण को नुकसान नहीं पहुँचता। जीवामृत तथा घनजीवामृत का प्रयोग करके पैदावार बढ़ाई जाती है। अत: मानवता की पीड़ा बढ़ाने वाली तथा विकास दर को ऋणात्मक बनाने वाली विनाशकारी बाढ़ के पक्ष में तर्क स्वीकार्य नहीं हो सकता। पैदावार बढ़ाने के लिए बाढ़ का आना जरूरी नहीं है।

(11) प्रदूषण बहुत तेजी से बढ़ रहा है। अत: बोरिंग-पाइपिंग विधि से सीधे जलधारक स्तर (Aquifer) को रिचार्ज करने की विधि तत्काल बंद कर दी जाए। इससे रासायनिक खाद, कीटनाशक, दीमकनाशक आदि से बनने वाला आर्सेनिक आदि जहर एक्विफायर में जाकर हमारे समाज को जहर पिला रहा है। पानी

रिचार्ज करने की सही तकनीक को लेखक ने समुचित रूप में लिखा है तथा सभी भारतीय भाषाओं व अंग्रेजी में मिले, इसका प्रयास चल रहा है।

(12) (क) ऐसी व्यवस्था करने से छोटे व सीमांत किसान (Small and Marginal Farmers) लीवर विधि (लट्ठा कुंडी आदि) से सिंचाई कर पाएँगें। बिजली तथा डीजल पंपसेट पर उनकी निर्भरता समाप्त होगी।

(ख) भारत के 75 से 85 प्रतिशत जिलों में कुआँ या ट्यूबवेल या रिचार्ज कुआँ के पास का जलस्तर बहुत तेजी से उठाकर जमीन की ऊपरी सतह से मात्र 10 फीट नीचे लाया जा सकता है। यहाँ ध्यान देना है कि भारत के 32,87,263 वर्ग किलोमीटर का पूरा क्षेत्र रिचार्ज नहीं करना है, बल्कि रिचार्ज कुआँ या रिचार्ज ट्रेंच या ट्यूबंवेल तथा उसके नजदीक की जमीन (Sub Surface Area) ही रिचार्ज करना है। इससे एक्विफायर भी अपने आप रिचार्ज होगा। लखनऊ में 60 दिनों के अंदर बारिश का पानी 250 फीट तक नीचे रिचार्ज हुआ है। लेखक के प्रयास से कुछ स्थानों पर 16 माह में और कुछ स्थानों पर 28 माह में भूजल स्तर इतना ऊपर उठ चुका है कि मिट्टी खोदें और 10 फीट नीचे पानी मिल गया।

यह उपलब्धि देश के 85 प्रतिशत जिलों में संभव है और वह भी अधिक-से-अधिक 3 मानसून में।

(ग) भारत के 80.85 प्रतिशत जिलों में कम-से-कम 4 माह और अधिक-से-अधिक 40 माह में जल स्तर ऊपर उठाया जा सकेगा। ऐसा इसलिए कि जल स्तर कुआँ ट्यूबवेल के पास का ही ऊपर उठाना है। भारत के शत-प्रतिशत भू-भाग में नहीं उठाना है।

(घ) जल संरक्षण खाई/कुंड/तालाबी (Trench) बनाना कुछ ही घंटों का काम है। परती जमीन या बड़े खेत में जेसीबी मशीन की मदद ली जा सकती है। अधिक-से-अधिक तीन दिन लगेंगे।

(ङ) एक व्यक्ति वास्तव में 30 मिनट मेहनत करे तो 10 आदमी मिलकर 5 घंटे में एक ट्रेंच तैयार करेंगे। इस प्रकार ये 10 परिवार एक माह में 7 ट्रेंच तैयार करेंगे। हमारे देश में 1,41,00,00,000 व्यक्ति हैं। (वर्ष 2022) एक परिवार में औसतन 4.8 व्यक्ति हैं। यानी कुल परिवार

की संख्या = 29 करोड़ 40 लाख हैं। 10 परिवार मिलकर एक माह में 7 ट्रेंच बना रहे हैं। इसलिए पूरे देश में एक माह में 29,40,00,000 x 7/10=20,58,00,000 ट्रेंच बनेंगे। हमारे देश में 2011 के आँकड़े के अनुसार 24,66,92,667 पेयजलस्रोत थे, जिनमें हैंडपंप, सभी तरह के कुआँ, ट्यूबवेल, बोरवेल तथा सबमर्सिबल पंपसेट की संख्या 13,09,93,806 थी। अतः मेरे आगणन में आज की तारीख में प्रोजेक्टेड फिगर से ज्यादा ही ट्रेंच मात्र एक माह में तैयार हो सकते हैं।

(च) महात्मा गांधी मनरेगा आदि सरकारी योजनाओं का पैसा जल संरक्षण के लिए इस्तेमाल किया जाए।

(छ) तालाब, जोहड़, नदी या इस प्रकार के जलाशयों की सफाई (Desilt) करने का काम प्रधानमंत्री ग्रामोदय योजना, ग्रामीण पेयजल, सुनिश्चित रोजगार योजना, स्वर्ण जयंती स्वरोजगार योजना, काम के बदले अनाज योजना आदि के बजट से किया जा सकता है।

(13) पश्चिम प्रेरित वाटर हार्वेस्टिंग (बोरिंग-पाइपिंग) विधि तत्काल त्याग देने की जरूरत है, क्योंकि इसमें सीधे एक्विफायर में पानी डाल दिया जाता है। प्रदूषण दिनोदिन बढ़ता जा रहा है। इससे एक्विफायर भी प्रदूषित हो रहा है। दीमकनाशक (Pesticides) कीटनाशक (Insecticides) तथा रासायनिक खाद (Chemical Fertilizer) का अनुपयुक्त (Unutilized) भाग पानी तथा पर्यावरण को प्रदूषित करता रहता है। यही प्रदूषण सीधा जलधारक स्तर (Aquifer) को प्रदूषित कर देता है। इसी प्रकार अन्य जलाशय प्रदूषित हो रहे हैं। अतः बोरिंग-पाइपिंग विधि से सीधे एक्विफायर को रिचार्ज करना तत्काल बंद कर दिया जाए। अतः 2020-2021 तक अनाज संरक्षण गोदाम बनाने तथा उनका निर्यात करने की व्यवस्था करने की जरूरत पड़ेगी। जल संरक्षण से आर्थिक समृद्धि आएगी तथा गरीबी, भुखमरी व बेरोजगारी अत्यंत कम हो जाएगी।

(14) भूगर्भ जल पुनर्भरण तथा जल संरक्षण से विद्युत बचत करना हमारी जीवन-शैली का हिस्सा बनाया जाए। जल संरक्षण संस्कृति विकसित की जाए, क्योंकि हमारे पास अपार जनशक्ति है। इस जनशक्ति तथा मानव संसाधन का सदुपयोग करने से बेरोजगारी दूर होगी, रचनात्मक तथा सृजनात्मक शक्ति बढ़ेगी। युवा शक्ति अच्छे कार्य में जुट जाएगी। समय का सदुपयोग होगा। नक्सली या हिंसक संगठनों को नए युवक मिलने बंद हो जाएँगे।

(15) इस प्रकार जल संरक्षण तथा जल प्रबंधन से जल प्लावन (Water Logging) की समस्या समाप्त होगी।

(16) बाढ़ पर नियंत्रण होगा।

(17) उत्तराखंड में उपरांकित तीनों तरीकों से जल प्रबंधन करना होगा, ताकि उत्तराखंड और उत्तर प्रदेश में बाढ़ की समस्या पर नियंत्रण संभव हो।

(18) हमारे पड़ोसी देश नेपाल से भी अनुरोध किया जा सकता है कि वे इसी प्रकार जल संरक्षण व जल प्रबंधन करें और उन्हें सहयोग देने पर विचार किया जा सकता है। नेपाल में जल प्रबंधन करने से बिहार और उत्तर प्रदेश में आने वाली बाढ़ की विभीषिका घटाई जा सकेगी।

(19) जल प्रबंधन के इन तरीकों से अनियमित वर्षा से होने वाली समस्या तथा पानी की कमी के कारण सिंचाई की समस्या का समाधान होगा। अनियमित बारिश से होने वाले नुकसान, मानसून में बदलाव व मानसून के मनमौजीपन के कारण होने वाले नुकसान की समस्या का समाधान निकल सकेगा, कृषि क्षेत्र में सही समय पर बीज बोना संभव हो सकेगा।

(20) रिचार्ज-सह-सिंचाई जलाशय या कुआँ की रिचार्ज क्षमता कम-से-कम 25 प्रतिशत और अधिक-से-अधिक 200 प्रतिशत तक बढ़ाई जा सकती है।

(21) शून्यप्राय बजट (Zero Some Budget) से स्वच्छ पानी जमीन के अंदर रिचार्ज किया जा सकता है। जल प्रबंधन ट्रेंच द्वारा बेहतर गति से पानी रिचार्ज करना संभव हुआ है।

(22) 15-20 हजार रुपए खर्च करके तालाबों को गादमुक्त रखने की व्यवस्था की जा सकती है। तालाबों से गाद की सफाई करने के लिए उस पर होने वाले भारी व्यय को बचाया जा सकता है। इस आाय से जुड़वाँ गाद छन्ना टंकी तालाबों में गिरने वाले बरसाती पानी के मुहाने पर जोड़ दी जाए और उसमें जाली भी गाछट के दोनों ओर लगाई जाए।

(23) इसी प्रकार गुजरात व राजस्थान में वाश बेसिन के पानी का पुन: प्रयोग करने की तकनीक लिखी गई है।

(24) जल स्तर आर्दा ऊँचाई तक (सतह से मात्र 10 फीट नीचे) उठ जाएगा। तब कृषि एक लाभदायक व्यवसाय सिद्ध होगा।

(25) बाजार का प्रबंधन इस रूप में किए जाने की आवश्यकता है, ताकि भारतीय किसान खेती के व्यवसाय को लाभदायक स्थिति में पा सकें। उनकी आर्थिक एवं वित्तीय लाचारी खत्म हो।

(26) कृषि उत्पादों के मूल्य पर नियंत्रण करने के लिए बिचौलियों (Middlemen) को लगभग समाप्त करना पड़ेगा। इसके लिए सुविचारित व ठोस कदम उठाए जाने की आवश्यकता है।

(27) जल संरक्षण करने की दिशा में पहला कदम होना चाहिए—छोड़ दिए गए (परित्यक्त) व पुराने कुओं तथा सूखे हुए पुराने जलाशयों, गड्ढों को चिह्नित करना तथा उनकी गणना करना। यह काम 60 दिनों में पूरा हो जाए। इसके बाद इन जलाशयों के साथ गाद छन्ना टंकी अथवा जुड़वाँ गाद छन्ना टंकी जोड़ी जाए, जिसमें पानी के पहले प्रवेश बिंदु पर 1 सें.मी. छेद की स्टील जाली तथा गाद छन्ना टंकी से जलाशय में पानी गिराने से पहले लगभग 2 मिलीमीटर छेद की नायलॉन या स्टील की जाली स्थायी रूप से जोड़े जाने की आवश्यकता है। ये काम अधिकतम 60 दिनों में पूरे हो जाएँ।

(28) जल आवक क्षेत्र (Water Catchments Areas), जिसे राजस्थान में 'आगौर' भी कहते हैं, की ढाल (Slope) इन जलाशयों की ओर होनी चाहिए, ताकि बरसात का ज्यादा (अतिरिक्त) पानी इन जलाशयों में आसानी से पहुँच सके। सभी प्रकार के जलाशयों के लिए यह बिंदु अत्यंत महत्त्वपूर्ण है। इसे अवश्य ध्यान में रखा जाए।

(29) सामान्यत: पानी रिचार्ज कुआँ/जलाशय को ट्यूबवेल या बोरवेल या सिंचाई के कुआँ से 1 या 2 मीटर दूर बनाना चाहिए, ताकि इन जलाशयों को पानी रिचार्ज कुआँ या पानी रिचार्ज खाई (Trench) में पानी रिचार्ज करने का सीधा फायदा इन जलाशयों को हो।

(30) कुछ प्रांतों में हैंडपंप आदि का व्यर्थ पानी रिचार्ज किया जा रहा है। इनकी निगरानी या इनका रख-रखाव ग्राम पंचायतों अथवा स्थानीय निकायों द्वारा किया जाना चाहिए।

(31) उपरांकित के अतिरिक्त आवासीय कॉलोनी के अनिर्मित हिस्सों के लगभग आधे भाग में यदि पर्यावरण अनुकूल (Eco Friendly), अर्धस्थायी (Semi Permanent) छत 23 फीट ऊँचाई पर बनाई जाएँ तो दिल्ली, चेन्नई, बेंगलुरु, भुवनेश्वर, भोपाल आदि स्थानों में, जहाँ सालाना 90 सें.मी. से कम बारिश होती है, वहाँ पर पानी की समस्या नियंत्रित की जा सकती है—उदाहरण के लिए, दिल्ली में दिल्ली विकास प्राधिकरण द्वारा निर्मित कुछ आवासीय कॉलोनी में चार मंजिले मकान हैं और उनके कैंपस में लगभग 60.70 प्रतिशत

स्थान खाली (अनिर्मित) हैं। ऐसे अनिर्मित स्थानों में से 15 प्रतिशत स्थान जाड़े में धूप सेवन के लिए खाली रखे जाएँ और 45 से 55 प्रतिशत स्थान पर 15 से 26 फीट या 30 फीट की ऊँचाई पर मजबूत पिलर तथा बीम पर बाँस की छत और कहीं-कहीं अन्य प्रकार की पर्यावरण अनुकूल छत या पारदर्शी छत बनाकर छत पर का पानी पाइप से टंकी में सफाई करने के बाद संरक्षित किया जा सकता है। इस 45.55 प्रतिशत स्थान पर दीवार बनाने की आवश्यकता नहीं है। सिर्फ पिलर पर छत होगी, जिसका मुख्य उद्देश्य होगा वर्षा जल का संचय। पिलर लकड़ी का, पाइप, सीमेंट या स्टील का हो सकता है। नीचे के स्थान का उपयोग पहले की तरह जारी रहेगा। पारदर्शी छत के नीचे जाड़े में बैठ सकेंगे और अपारदर्शी (Opaque) छत के नीचे गरमी में।

(32) कुआँ के ऊपर ढक्कन का डिजाइन लेखक श्री महेंद्र मोदी ने तैयार किया है। इस डिजाइन की 6 विशेषताएँ हैं—(क) सूरज की किरणें कुआँ/जलाशय में प्रवेश करेंगी। कवर का मैटेरियल उसी हिसाब से चुना जाएगा, लेकिन इस ढक्कन का पारदर्शी होना आवश्यक नहीं है, क्योंकि इस कुआँ/जलाशय से सिंचाई के लिए लगातार पानी निकाला जाएगा। अतः ढक्कन पारदर्शी हो भी सकता है, नहीं भी हो सकता है। (ख) कुआँ के ऊपर होने वाली बारिश सीधे कुआँ में गिरेगी। (ग) पानी का भाप बनकर उड़ना बंद हो जाएगा। वाष्पीकरण से होने वाली हानि लगभग 95 प्रतिशत समाप्त हो जाएगी। (घ) कूड़ा-करकट कुआँ में नहीं गिरेगा। कुआँ साफ रहेगा। (ङ) इस प्रकार जल स्तर ऊपर उठने से अप्रत्यक्ष रूप में पुनः बिजली/ऊर्जा की बचत होगी। (च) चूँकि प्रतिदिन पानी खर्च होगा, अतः आपको ताजा पानी मिलता रहेगा।

लेखक द्वारा जो महाइंद्र कूप के डिजाइन का आविष्कार किया गया है, उसमें उन्नत डिजाइन के ढक्कन का भी उपयोग किया गया है।

(33) स्थायी या उन्नत जल रिचार्ज ट्रेंच, लेखक द्वारा रिचार्ज ट्रेंच बनाने के तरीके तथा बनाने में बरती जाने वाली सावधानियों के बारे में पुस्तिका में लिखा गया है। दो तरह के ट्रेंच होंगे—

(क) स्थायी ट्रेंच कवर सहित। इस ट्रेंच में पक्के पिलर होंगे तथा बिना सीमेंट की ईंटों की दीवार होगी। यदि ट्रेंच की गहराई 5 फीट है तो सुरक्षा के लिए कवर होंगे। कवर स्टील, लोहे या लकड़ी के जालीदार ढक्कन के रूप में होंगे। यह शैक्षणिक संस्थाओं के लिए उपयुक्त है।

(ख) अस्थायी ट्रेंच—गहराई 2 फीट से लेकर 5 फीट तक। इसमें दीवार भी कच्ची होगी। ढक्कन की व्यवस्था सुरक्षा की आवश्यकतानुसार की जा सकती है। मई महीने में ट्रेंच बनाकर बरसात समाप्त होने के बाद अक्तूबर या नवंबर में ट्रेंच को उसकी निकाली गई मिट्टी से भरा जा सकता है, ताकि उपजाऊ मिट्टी, जो खेतों के ऊपर रहती है, वह नहीं हटे। ट्रेंच के स्थान का प्रयोग पुनः फसल के लिए कर सकते हैं।

(ग) यदि विकास अधिकारी को जल प्रबंधन के लिए बजट आवंटित न किया जाए या मात्र 10 प्रतिशत बजट दिया जाए तो जल प्रबंधन उसे कैसे करना चाहिए? इस प्रश्न का उत्तर (ख) में ही है।

(34) जलाशय अथवा पानी रिचार्ज कुआँ अथवा ट्रेंच के पास रासायनिक खाद या रासायनिक कीटनाशक या रासायनिक दीमकनाशक का प्रयोग न किया जाए। नीम, प्राकृतिक खाद, प्राकृतिक कीटनाशक या जैविक कीटनाशक का प्रयोग किया जाए, ताकि आर्सेनिक जैसे जहरीले पदार्थ की वृद्धि खेत व वातावरण में नहीं हो। ध्यातव्य है कि लेड तथा सल्फर के प्रयोग से आर्सेनिक बढ़ता रहता है, जो रासायनिक खाद तथा रासायनिक कीटनाशक से आता है। अतः नीम, अमलतास, आँवला, पीपल तथा अन्य ऐसे पर्यावरण मित्र वृक्षों को बढ़ाया जाए।

(35) (क) तालाब/जलाशय में पूरे वर्ष पानी बना रहे, इसके लिए क्या करना चाहिए?

(ख) तालाब या जलाशय बनाने के समय जमीन की बचत कैसे करें?

(ग) जलाशय बनाते समय अप्रत्यक्ष रूप से धन की बचत कैसे करें? इन प्रश्नों का उत्तर श्री महेंद्र मोदी द्वारा अपनी पुस्तक में दिया गया है।

(36) यदि आपने नया प्लॉट खरीदा है तो उसकी जमीन पर पहला कदम क्या होना चाहिए? प्लॉट पर कब्जा लेने के बाद उसकी मेंड़बंदी कर ली जाए अथवा चार दीवारी देने के बाद प्लॉट में उस स्थान का चुनाव कर लिया जाए, जहाँ कल रहकर आप पानी निकालने के लिए जलाशय बनाएँगे या ट्यूबवेल लगाना चाहते हैं। उस बिंदु से एक-दो मीटर दूर पानी रिचार्ज करने के लिए ट्रेंच अभी ही बना लें तथा अपने प्लॉट या खेत में बरसात का अतिरिक्त पानी तथा आसपास के परती स्थान (Fallow Land) का पानी भी कच्चे नाले बनाकर लेते आएँ तथा उस ट्रेंच में रिचार्ज करें। ऐसा करने से जल स्तर ऊपर उठाने में

मदद मिलेगी। और जब कुछ वर्षों बाद बोरिंग की जाएगी तो बहुत गहरी बोरिंग नहीं करनी पड़ेगी।

(37) सेंटर फॉर साइंस एंड इनवायरमेंट, नई दिल्ली की पुस्तक में हैंडपंप और बोरवेल के माध्यम से छत पर का पानी सीधे एक्विफायर में डाल दिया गया है, लेकिन छत पर के पानी में बरसात में बरसाती कीड़े या कोई भी जीव-जंतु जा सकते हैं और जल को प्रदूषित कर सकते हैं। इससे जलधारक स्तर (Aquifer) प्रदूषित हो सकता है। अत: इस डिजाइन में संशोधन करने की आवश्यकता है।

(क) इस छत पर के पानी को भी रिचार्ज करने से पहले फिल्टर कर लिया जाए। वातावरण में प्रदूषण तेजी से बढ़ रहा है। छत पर का पानी डाउन पाइप से नीचे लाने के समय लगभग 2 मिलीमीटर छेद की स्टील या नायलॉन की जाली का प्रयोग पानी छानने के लिए किया जाए या छत से पानी पाइप लाइन में उतारने के बाद बीच में ही इस तरह के फिल्टर या बने-बनाए फिल्टर का प्रयोग कर लिया जाए।

(ख) पानी रिचार्ज करने से पहले क्लोरीनीकरण (Chlorination) या ब्लीचिंग पाउडर डालने के बिंदु पर विचार किया जा सकता है। अम्ल वर्षा को बारिश की शुरुआत में बाहर गिरा लिया जाए। ऐसा साल में तीन बार करना पड़ेगा, इसमें लगभग 5 मि.मी. पानी खर्च होगा।

(38) (क) पानी रिचार्ज करने के लिए सघन अभियान चलाने के साथ-साथ 6 मीटर चौड़ा और 8 मीटर गहरा (90 सें.मी. वार्षिक से ज्यादा बारिश के क्षेत्र में) या 10 मी. गहरा (50 से 90 सें.मी. वार्षिक बारिश के क्षेत्र में) सिंचाई-सह-रिचार्ज कुआँ (महाइंद्र कूप) बनाया जाए। इससे रिचार्जिंग तथा सिंचाई दोनों उद्देश्यों की पूर्ति होगी।

(ख) महाइंद्र कूप से कम-से-कम चार महीने (एक मानसून) और अधिक-से-अधिक 2 वर्ष 4 महीने (तीन मानसून) में पानी रिचार्ज होकर पानी 10 फीट नीचे ही उपलब्ध हो जाएगा।

(ग) इस नए प्रकार के जलाशय (महाइंद्र कूप) से 5 पड़ोसी किसान अपने-अपने खेतों में सिंचाई कर सकते हैं।

(घ) टपक सिंचाई (Drip Irrigation) की तकनीक अपनाने तथा पानी बनाने वाली तकनीकों जैसे आच्छादन (Mulching) का प्रयोग करके

कम-से-कम 15 तथा अधिक-से-अधिक 30 किसान इस विशेष जलाशय से साल भर पानी इस्तेमाल कर सकते हैं।

(ड) सिंचाई-सह-रिचार्ज कुआँ में प्रत्येक बारिश में निर्बाध रूप से पानी रिचार्ज होता रहे तथा बारिश से पहले गाद छन्ना टंकी (Silt Setlment Chamber)की सफाई होती रहे। कच्चे जल प्रवाह नाले, जिससे पानी गाद छन्ना टंकी में गिरता है, उसकी सफाई बरसात से पहले परिवार या समुदाय द्वारा अवश्य की जाए, ताकि पानी रिचार्ज करने में बाधा न हो। यह आवश्यक शर्त है। आवश्यकतानुसार नाले की सफाई बरसात में हर पखवाड़े देख ली जाए।

(39) वर्ष 2010 के आँकड़े के अनुसार भारतवर्ष के 14.6 प्रतिशत भू-भाग में खेती होती थी। वर्ष 2014 में खेती की जमीन घटकर लगभग 12 प्रतिशत रह गई होगी। अतः कृषि की जमीन में खेती के एक प्लॉट के लिए उस खेत में बारिश में गिरने वाला पानी रिचार्ज करने के लिए तो उपलब्ध ही है। अधिक-से-अधिक (सैद्धांतिक रूप में) औसतन 5 गुना ज्यादा बड़े जल आवक क्षेत्र (Water Catchment Areas) का पानी रिचार्ज करने के लिए उपलब्ध है। लेकिन चूँकि छत पर का पानी लेखक के अनुसार बिजली बचाने के लिए पानी की टंकी में ही संरक्षित करना है और मकान, जो हमारे देश में उपलब्ध हैं, वे अधिक-से-अधिक देश के लगभग 8 प्रतिशत जमीन में खड़े हैं। अतः 12 प्रतिशत जमीन $ 8 प्रतिशत मकान का क्षेत्र = 20 प्रतिशत जमीन के लिए लगभग 5 गुना जल आवक क्षेत्र (Water Catchment Areas) का पानी सैद्धांतिक रूप में उपलब्ध है।

अतः तेजी से जल स्तर उठाने के लिए यह आवश्यक है कि आप अपने खेत के ट्रेंच या जलाशय में या आसपास के खाली स्थान, परती जमीन, पार्क, गली आदि का साफ पानी भी रिचार्ज करें। अतः अपने खेत में रिचार्ज-सह-सिंचाई-जलाशय के आसपास अस्थायी ट्रेंच (Temporay of KUTCHA TRENCH) अधिक-से-अधिक पानी रिचार्ज करने के लिए बनाना आवश्यक है। कुछ ट्रेंच स्थायी रूप से बने रहेंगे और कुछ कच्चे ट्रेंच 2 से 4 महीने के लिए बनाए जाएँगे। ऐसा करने से जल स्तर तेजी से ऊपर उठाने में मदद मिलेगी। योजनाबद्ध तरीके से पानी रिचार्ज करने से जिन स्थानों पर 50 सें.मी. से ज्यादा सालाना बारिश होती है, वहाँ भी तेजी से जल स्तर उठाया जा सकेगा।

(40) जल प्रबंधन प्रशिक्षक—एक बार जल स्तर उठाने के बाद इस उपलब्धि को स्थायित्व प्रदान करना आवश्यक है।

(क) इसके लिए पूरे दो में सवा लाख से लेकर तीन लाख तक जल प्रबंधन प्रशिक्षक नियुक्त किए जा सकते हैं, जिन्हें जल प्रबंधन तथा पर्यावरण प्रबंधन का प्रशिक्षण दिया जाएगा।

(ख) और ये पानी रिचार्ज करने के सारे कार्यों में जनता को तकनीकी सहायता देने तथा उनका अनुश्रवण करने के लिए साल भर उपलब्ध रहेंगे।

(ग) हर परिवार की तथा जल प्रबंधन प्रशिक्षक की सामूहिक जिम्मेदारी होगी कि वे जल स्तर मात्र 10.12 फीट नीचे बनाए रखें।

(घ) उपभोक्ता परिवार ही पानी रिचार्ज ट्रेंच या जलाशय के रख-रखाव का खर्च देगा अथवा तकनीकी जानकारी लेने के बाद स्वयं श्रमदान करके जल प्रबंधन को अपनी जीवन संस्कृति का हिस्सा बनाएगा।

(ङ) जल प्रबंधन प्रशिक्षक प्रारंभ में अस्थायी (Temporary) स्टाफ होंगे। वे आई.टी.आई. या पॉलीटेक्निक से डिप्लोमा होल्डर हो सकते हैं, लेकिन जिनकी स्वाभाविक रुचि जल संरक्षण या पर्यावरण संरक्षण में होगी, उन्हीं को जल प्रबंधन प्रशिक्षक बनाया जाएगा। उनकी उपलब्धि को देखते हुए उन्हें स्थायी स्टाफ बनाया जा सकेगा।

(41) जल प्रबंधन प्रशिक्षक तैयार करने के लिए तथा प्रशिक्षकों को प्रशिक्षित करने के लिए मैं तैयार हूँ। जल प्रबंधन, शिक्षा अभियान चलाने के लिए मीडिया, पत्रकार, मास मीडिया, वैज्ञानिक, अर्थशास्त्री, अध्यापक, छात्र व युवा काम करने वाले स्वयं सेवी संस्थाओं, एन.सी.सी. तथा राष्ट्रीय सेवा योजना (एन. एस.एस.), क्लब आदि का सहयोग आवश्यक है।

(42) नक्सली, हिंसक तथा विध्वंसात्मक गतिविधियों में भर्ती किए जाने वाले युवकों को रचनात्मक कार्यों में व्यस्त किया जाना तथा उन्हें रोजगार देना आवश्यक है। जल प्रबंधन अभियान से बेरोजगारी, मूल्य-वृद्धि, जल अभाव, जल प्लावन तथा बाढ़ जैसी समस्याओं पर प्रभावी नियंत्रण स्थापित किया जा सकेगा।

(43) भारत सरकार तथा प्रांतीय सरकारों के जल संरक्षण से संबंधित शासनादेश, तकनीक तथा नीतियों में तत्काल मेरे इन सुझावों के अनुसार संशोधन लाया जाना आवश्यक है। इसी प्रकार विभिन्न संगठनों जैसे रोटरी क्लब, लॉयंस

क्लब, भारत विकास परिषद् आदि के वाटर रिचार्जिंग (जिसे अब तक वाटर हार्वेस्टिंग कहा गया है) से संबंधित तकनीक परिपत्र में संशोधन अत्यंत आवश्यक है।

(44) छोटे-छोटे जल गुणवत्ता मापक यंत्र (वाटर क्वालिटी टेस्टिंग किट्स) बाजार में किफायती दर पर उपलब्ध कराया जाना आवश्यक है। इस संबंध में सरकारों के सकारात्मक हस्तक्षेप की आवश्यकता है।

(45) इसी प्रकार हर स्तर के शैक्षणिक संस्थानों के छात्र-छात्राओं तथा 45 साल से कम के युवकों को इन जल संरक्षण तकनीकों को बताना आवश्यक है। छात्र-छात्राओं के लिए, चाहे वे किसी भी विषय के हों, जल प्रबंधन से संबंधित विषय अनिवार्य किया जाना चाहिए। 5 प्रतिशत अंक अनिवार्य रूप से जल संरक्षण तथा पर्यावरण संरक्षण के लिए रखे जाने चाहिए।

(46) फ्लाइंग डब्ल्यू. (Flying-W)—साफ वर्षा जल सीधे घर में (energyfree purified rooftop rain water direct to house) (क्लीन आर.टी. आर.डब्लू.डी.टी.एच.) तकनीक अपनाकर घरेलू आवश्यकता के लिए साफ पानी की आपूर्ति की जा सकती है। इसके लिए अलग से अध्याय लिखा गया है।

(ङ) समुद्र के पानी का नमक अलग करके पीने योग्य बनाने के बजाय छत पर के वर्षा जल से पीने का पानी एकत्र करना ज्यादा सुरक्षित तथा काफी सस्ता होगा।

(च) कभी-कभी वर्षा जल के श्रावित जल (Distilled Water) होने के कारण उसमें खनिज पदार्थ (Minerals) का अभाव होने की बात कही जाती है। खासकर पानी साफ करने वाली या केंट, आर.ओ. आदि पानी का बोतल बेचने वाली कंपनियों के द्वारा।

उत्तर निम्नांकित प्रस्तरों में दे रहा हूँ—

(छ) (i) वर्षा जल अत्यंत सस्ता है और सुरक्षित भी।

(ii) हम लोग भोजन से खनिज (Minerals) लेते हैं। जितने खनिज की आवश्यकता हमारे शरीर व स्वास्थ्य के लिए है, उसे पाने के बाद भी अनावश्यक खनिज व्यर्थ शरीर से बाहर हो जाते हैं, अनुपयुक्त रह जाते हैं या इतने अधिक खनिज की जरूरत हमें नहीं है।

(iii) जल निगम आदि संस्थाओं द्वारा आपूर्ति किए जा रहे पानी में खनिज की मात्रा अलग से बहुत कम मिलाई जाती है।

(iv) फिर भी इस विषय पर वैज्ञानिकों द्वारा गहन मंथन के बाद पेयजल आपूर्ति पाइप लाइन में क्लोरीनीकरण की तरह खनिजीकरण (Mineralization) किया जा सकता है। 0.8 मिलीग्राम (mg.) मैग्नीशियम या 0.4 मिलीग्रामय (mg.) फासफोरस प्रति लीटर मिलाए जा सकते हैं।

(v) पानी तैयार करने वाली तथा आर.ओ. कंपनियाँ इस समस्या को काफी बढ़ा-चढ़ाकर बता रही हैं।

(vi) प्रथम चरण में दिल्ली, चेन्नई, समुद्री सीमा से लगे जिलों तथा ऐसे शहरी क्षेत्रों, जहाँ 70 सें.मी. से कम बारिश होती है, वहाँ 10 हजार लीटर से लेकर 42 हजार लीटर क्षमता तक की पानी की टंकी बनाई जाए।

(ज) 4 से 7 फीट ऊँचे प्लेटफॉर्म पर या 14.16 फीट तथा 24.26 फीट ऊँचे प्लेटफॉर्म पर टंकी बनाकर भूतल तथा प्रथम तल पर के आवासों में पानी की पूर्ति की जाए। 4 या 15 फीट ऊँचाई के प्लेटफॉर्म पर पानी की टंकी बनाने से टंकी के नीचे के स्थान का अन्य कार्यों में उपयोग कर सकते हैं। ये टंकियाँ पिलर पर बनेंगी।

(झ) 14-17 फीट ऊँचे प्लेटफॉर्म पर पानी की टंकी बनाने से भूतल पर के आवास पर पानी की आपूर्ति की जाए। ऐसी टंकियाँ उन जिलों में बनाई जाएँ जहाँ 50 सें.मी. से ज्यादा बारिश प्रतिवर्ष होती है।

(ञ) इन सभी आय वर्ग द्वारा पर्यावरण तथा जल संरक्षण किया जाएगा। अतः इन्हें ग्रीन क्रेडिट कार्ड या जल क्रेडिट कार्ड दिया जाए। उनके द्वारा दिए जाने वाले ब्याज की राशि इस कार्ड से समायोजित की जाए। शेष किश्तों (EMI) का भुगतान आसान किश्तों में रखा जाए। निम्न आय वर्ग की 40 प्रतिशत आबादी को जो सरकारी सहायता/लोन दिया गया है, वह इसी क्रेडिट कार्ड से समायोजित कर भुगतान माना जाए। इसी प्रकार मध्य वर्ग को दिए गए ऋण पर, जो कि ब्याजमुक्त रखा गया है, उस ब्याज की पूर्ति क्रेडिट कार्ड के रूप में आंशिक रूप से समायोजित की जा सकती है।

(ट) जब कम बिजली की जरूरत पड़ती है, तो बिजली का उत्पादन भी कम होगा। इससे वातावरण को कम नुकसान होगा। वैश्विक तपन (Global Warming) में कमी आएगी।

(ठ) जल संरक्षण करने के प्रोत्साहनस्वरूप जलकर में भी कमी की जा सकती है। वर्षा जल से घरेलू काम करने वाले का जलकर समाप्त कर दिया जाए। पानी का परिवहन मध्य प्रदेश, महाराष्ट्र तथा गुजरात के कुछ हिस्सों में ट्रेन, टैंकर या पाइप लाइन द्वारा किया जाता रहा है। यदि आप पानी के परिवहन पर होने वाले खर्च तथा प्रतिवर्ष जमीन से पानी के दोहन में बिजली पर होने वाले खर्च का आकलन करें तो पानी की टंकी बनाने पर होने वाले खर्च की अपेक्षा ये पहले के तरीके ज्यादा महँगे साबित होते हैं। अत: छत पर के वर्षा जल को मेरे द्वारा बताए गए तरीके से संचित करना हर तरह से सुविधाजनक होगा।

(श) इस नई तकनीक को अपनाने से जमीन के अंदर से आर्सेनिक धातु व फ्लोराइड प्रदूषित पानी के उपभोग से हम बच सकेंगे।

(47) नदियों के किनारे के उद्योग-धंधे नदियों से कम-से-कम 3 किलोमीटर दूर बनाए जाएँ। औद्योगिक इकाइयों द्वारा प्रयोग में लाए गए अपशिष्ट पानी (Grey Water) को शोधित (Purify) करने के बाद इस पानी को सिंचाई के काम में लाना चाहिए। उद्योगों के पानी को वाटर ट्रीटमेंट प्लांट या सीवेज (Micro Organism) ट्रीटमेंट प्लांट में साफ करना चाहिए या रीसाइकिल करें, उसके बावजूद इस पानी को नदियों में नहीं डाला जाए और न ही इसे रिचार्ज किया जाए। इसको सिंचाई के काम में लाया जाए, बशर्ते इसमें हानिकारक रसायन नहीं हो।

(48) नाली प्रबंधन प्रणाली (Drainage Management System) में सुधार करने की जरूरत है। इस विषय पर लेखक द्वारा लेख लिखा गया है। सीवेज/नाले का पानी नदियों में न मिले, उसी प्रकार बारिश का पानी शहरों के सीवर लाइन में न मिले।

(49) घरों में वातानुकूलन यंत्र (Air Conditioner) लगाने के बजाय प्राकृतिक शीतलन (Natural Cooling) का प्रबंध करना चाहिए। इसके लिए अपने मकान के बाहर अधिक-से-अधिक दिशाओं में पेड़-पौधे लगाए जाएँ, खासकर नीम के पेड़।

(50) जल की बरबादी एक आपराधिक कृत्य है। इस प्रकार का कानून बनाया जाना चाहिए। इसी प्रकार तालाब तथा नदी पर अतिक्रमण करना एक संज्ञेय व गैर-जमानती अपराध बनाने के लिए कानून में संशोधन किया जाए, जिसके लिए सजा 2 साल से लेकर अधिकतम 10 साल तक हो।

(51) चट्टानों की दरारों (Cracks) में पानी खोजने के यंत्र से पानी खोजना एक खर्चीला काम है तथा अधिकतर केसेज में यह असफल रहता है।

(52) हर खेत में पानी रिचार्ज ट्रेंच बनाने के अलावा कम-से-कम 4 और अधिक-से-अधिक 10 किसानों के लिए एक सामान्य सिंचाई-सह-रिचार्ज कुआँ/जलाशय बनाने की आवश्यकता है।

(53) पानी की बचत करने वाली तकनीक किसानों को बताए जाने की आवश्यकता है। बताने के अलावा उनकी आदतों में शामिल करने की जरूरत है।

(54) जैविक तथा शून्य बजट आदि प्राकृतिक खेती में सिंचाई के लिए कम पानी की आवश्यकता पड़ती है।

(55) (क) कुछ कृषि वैज्ञानिकों ने सरकारी सेवा में नौकरी करने के बजाय खेती को व्यवसाय के रूप में अपनाया तथा रासायनिक खाद और रासायनिक उर्वरक का प्रयोग वे नहीं करते। उनकी खेती काफी लाभदायक व्यवसाय साबित हो रही है, लेकिन अधिकतर किसानों को ऐसा ही प्रशिक्षण दिया जाना शेष है।

(ख) सिंचित खेतों के ऊपर आच्छादन (Mulching) ईख की पत्तियों से या धान के पुआल आदि जैविक पदार्थों से करने पर जमीन की मिट्टी में नमी बनी रहती है। इससे सिंचाई के लिए कम पानी की जरूरत पड़ती है।

(56) एक प्रांत के शासनादेशों में प्रावधान है कि 20 एकड़ की जमीन के लिए कम-से-कम 1 एकड़ के क्षेत्र में तालाब बनाया जाए। इसका मतलब हुआ कि कम-से-कम 5 प्रतिशत जमीन में तालाब बनाया जाए। यही निर्देश सन् 2003 से लेकर 2014 तक के शासनादेशों में दोहराया गया, जबकि उस प्रदेश के पश्चिम तथा दक्षिण के जिलों में 40-75 सें.मी. तथा उत्तर व पूरब के जिलों में 100-130 सें.मी. सालाना बारिश होती है। अत: तालाबों के साइज में अंतर होना चाहिए, जिस पर ध्यान दिए जाने की आवश्यकता है।

(57) इस प्रकार के तालाब 5 प्रतिशत जमीन में बनाए गए हैं और उनकी गहराई लगभग 3 मीटर होती है। जिस तालाब के ऊपर की लंबाई × चौड़ाई 50 मी. ×

20 मी. हो, उसकी सतह का क्षेत्रफल हुआ 1,000 वर्गमीटर जबकि 3 मीटर नीचे तालाब की सतह का क्षेत्रफल हुआ 46 मी. × 16 मी. = 736 वर्गमीटर या ऊपरी सतह का 74 प्रतिशत। इसलिए तालाब पूरा भरा होने पर औसत क्षेत्रफल (1,000+736)/2 वर्ग मीटर = 868 वर्ग मीटर, जबकि जमीन खर्च हुई 1,000 वर्ग मीटर। पानी का आयतन हुआ 868 × 3 = 2,604 घन मीटर जबकि जलाशय की बनावट में सुधार से आयतन हो सकता है 1,000 वर्गमीटर × 3 = 3,000 घन मीटर या 2,604 घन मीटर आयतन पानी के लिए जमीन की बचत हो सकती है 15 प्रतिशत या गहराई 3 के बजाय 6 मीटर करने से खर्च तो बढ़ेगा, पर जमीन 58 प्रतिशत बचेगी। पानी की कम भाप बनेगी। वाष्पीकरण से हानि 58 प्रतिशत कम हो जाएगी।

चूँकि प्रति व्यक्ति जमीन की उपलब्धता घटती जा रही है तथा सतह का क्षेत्रफल ज्यादा बड़ा होने से पानी के वाष्पीकरण से हानि की दर ज्यादा होती है। अत: अधिकतर तालाबों में फरवरी के महीने तक पानी सूख जाता है। इस कारण साल के 5 महीने तक तालाब में पानी नहीं रहता है। अत: बेहतर होगा कि 50 मी. लंबा × 50 मी. चौड़ा × 3 मी. गहरा तालाब बनाने के बजाय (क) 40 मीटर व्यास (Diameter) का तथा 6 मीटर गहरा कुआँ/जलाशय बनाया जाए, जिसका ऊपरी क्षेत्रफल हुआ 1,250 वर्ग मी.। इससे 50 प्रतिशत तक स्थान की बचत करके 6,912 घन मी. के बजाय 7,500 घन मी. पानी उपलब्ध रहेगा। जबकि इस समय 7,500 घन मी. के तालाब में फरवरी में भी अकसर पानी नहीं बचता है और इस तालाब का ऊपरी क्षेत्रफल है 2,500 वर्ग मी.।

इसका मतलब है कि जलाशय के डिजाइन में बेहतरी करने से (तालाब की जगह कुआँ बनाने पर) (i) ऊपरी सतह के क्षेत्रफल में 50 प्रतिशत जमीन की बचत होगी। (ii) वाष्पीकरण से हानि भी उसी अनुपात में कम हो जाएगी। इस केस में 2,500 वर्ग मी. सतह के क्षेत्रफल के तालाब में (iii) चूँकि सतह का क्षेत्रफल (Surfacace Area) घटाया जा चुका है। अत: कुआँ के ऊपर उन्नत डिजाइन का ढक्कन लगा देने से वाष्पीकरण से हानि लगभग शून्य कर दी जाएगी। (iv) चूँकि इस जलाशय में अधिक-से-अधिक जल आवक क्षेत्र (आगौर) का पानी आएगा। अत: यह जलाशय नहीं सूखेगा। (v) जलाशय खोदने में 25 से 40 प्रतिशत बचत करके इस जलाशय/कुआँ की दीवार खड़ी करने में बचत का पैसा लगा सकते हैं, क्योंकि वाष्पीकरण से हानि लगभग इतने पानी की हो जाती है, चूँकि प्रतिवर्ष लगातार बारिश के पानी से रिचार्जिंग की जाती रहेगी। अत: जलाशय में तथा जलाशय से किसानों को लगातार पानी दिया जाना पूरी तरह से संभव

होगा। (vi) साथ ही जमीन (ऊपरी सतह का क्षेत्रफल) की बचत 50 से 58 प्रतिशत तक हो जाएगी। (vii) इस सिंचाई-सह-रिचार्ज कुआँ को अधिकतम जल आवक क्षेत्र (Water Catchments Areas) से बरसात का पानी देना जरूरी है। अत: अधिकतम जल आवक क्षेत्र से कच्चे नाले द्वारा या ईंटों के नाले बनाकर पानी कुआँ के पास रिचार्ज करना जरूरी है या पानी सिंचाई के कुआँ में डालने से पहले बड़ी जुड़वाँ गाद छन्ना टंकी बनाकर कुआँ से उसे जोड़ा जाए तथा गाद छन्ना टंकी का पानी स्टील की जाली से गुजारने के बाद पाइप से होकर कुआँ में डाला जाए।

(58) पानी रिचार्ज करने के संबंध में आम आदमी को तकनीकी ज्ञान नहीं दिया गया है। अत: इस पुस्तक की आवश्यकता है।

पोस्टिंग पाने की भी अब
बदली रीति पुरानी
जल स्तर उठाने की
तकनीक सीख रहे ट्रेनी

□

37

वैश्विक तपिश तथा जलवायु परिवर्तन : समस्या और समाधान

(Solutions to the Challenges of Global Warming and Climate Change)

पिछले कई दशकों से धरती के जीव-जंतु अत्यधिक तापमान से लगातार परेशान हैं। खासकर उष्ण कटिबंधीय देशों में यह समस्या ज्यादा है। यहाँ गरमी बहुत ज्यादा बढ़ गई है। यानी दक्षिण एशिया और अफ्रीका के लोग तथा समुद्र के किनारे बसे तमाम देशों में तूफानी वर्षा तथा विश्व के कई देशों में असमय वर्षा, अत्यधिक वर्षा या अत्यधिक सूखा उसी प्रकार ठंडक के दिनों में ठंडक की अधिकता आदि कई मौसमी विसंगतियाँ आती गईं। इसका कारण है, धरती के औसत तापमान का बढ़ जाना और अलग-अलग देशों में तापमान के अत्यधिक बढ़ जाने से तमाम तरह की परेशानियाँ पैदा होना। इन्हें हम वैश्विक तपिश (Global Warming) तथा जलवायु परिवर्तन के नाम से जानते हैं।

सन् 1700-1850 के बीच में यूरोप में औद्योगिक क्रांति हुई, जो धीरे-धीरे दुनिया के लगभग सभी देशों में फैलती गई। इसका असर नकारात्मक हुआ। जहाँ 17वीं सदी के प्रारंभ तक कार्बन डाइऑक्साइड, मीथेन आदि ग्रीन हाउस गैसों का उत्सर्जन व पेड़-पौधों और वन आच्छादित क्षेत्रों द्वारा आपसी संतुलन बनाया जाता था, जिससे तापमान ज्यादा नहीं बढ़ता था। तापमान ज्यादा बढ़ने से धरती, पर्यावरण और मौसम का मिजाज गरम होता गया। औद्योगिक क्रांति आने के साथ-साथ ग्रीन हाउस गैसों के उत्सर्जन में वृद्धि तो हुई ही, आबादी बढ़ने से रोड, ट्रांसपोर्ट व ट्रैफिक भी बढ़ते गए। आदमी ने धूल और धुएँ की भी अधिकता कर दी। इन सबका मिला जुला प्रभाव यह हुआ कि धूल, धुएँ के साथ-साथ कार्बन डाइऑक्साइड, मीथेन, नाइट्रस आक्साइड, क्लोरोफ्लोरो कार्बन,

फ्लोरीन आदि ग्रीन हाउस गैसों का उत्सर्जन (Emission) बहुत बढ़ गया। इनमें मात्रा के दृष्टिकोण से कार्बन डाइऑक्साइड का उत्सर्जन सबसे ज्यादा है, लेकिन सबसे ज्यादा घातक और हानिकारक मीथेन, नाइट्रस ऑक्साइड व फ्लोरीन हैं। मीथेन कार्बन डाइऑक्साइड की अपेक्षा 80–120 गुना ज्यादा गरमी पैदा करता है। सन् 1750–1850 के बीच धरती का औसत तापमान 13.42°C था, जो 1951–1980 के बेसलाइन तक आकर 0.58°C बढ़ गया और सन् 2022 में 1.2°C तक बढ़ चुका है।

1. ब्राजील में 100 प्रतिशत इथेनॉल से गाड़ी चलती है। हम भारतवासी उससे भी पीछे हैं।
2. कृषि विभाग में खेती से जितना कार्बन उत्सर्जन होता है, उसका 17.5 प्रतिशत सिर्फ चावल उत्पादन से होता है। पानी तो बेतहाशा खर्च होता हीं है। 1 किलो चावल के लिए 4,000 लीटर पानी, 1 किलो चीनी के लिए 2,000 लीटर पानी खर्च होता है। दोनों के निर्यात के कारण प्रतिवर्ष 63 अरब घनमीटर पानी मुफ्त में खर्च होता है, जबकि यह घाटे का सौदा है। एक टन चावल के लिए 390 डॉलर खर्च होता है और भारत को आय होती है, सिर्फ 354 डॉलर प्रति टन। इसमें पानी, बिजली, खाद पर सब्सिडी के कारण खर्च होता है, जिसके कारण काफी घाटा होता है। इसलिए 21 मिलियन मीट्रिक टन (MMT) चावल और 10.4 MMT चीनी का निर्यात बहुत महँगा पड़ता है। दोनों को जोड़कर 42+21=63 अरब घनमीटर पानी बरबाद होता है। अत: ऐसी तकनीक से चावल उपजाया जाए कि चावल में पानी की खपत कम की जाए। जैसे AWD (Alternate Wetting Drying), DSR (Direct Seeded Rice) तथा सूक्ष्म सिंचाई (Micro Irrigation) जैसी ड्रिप सिंचाई तकनीक का इस्तेमाल करना होगा। इससे 50 प्रतिशत तक पानी बचेगा। कार्बन फुटप्रिंट घटेगा। किसानों को प्रोत्साहन (Incentive) देना होगा। जैसे हरियाणा में 'मेरा पानी, मेरी विरासत' सिर्फ खरीफ फसल के लिए दिया जाता है।
3. विद्युत ऊर्जा–संलयन (Fusion) तकनीक। नाभिकीय संलयन (Nuclear Fusion) भविष्य की ऊर्जा है। सूरज से गरमी निकलती है, Fusion तकनीक से। समुद्र के पानी से हाइड्रोजन फ्यूल निकालकर गाड़ी में या मोटर चलाने में प्रयोग किया जाएगा। यह बिल्कुल हरित ऊर्जा (Green energy) है।

4. ऑफशोर समुद्री हवा से बिजली बनाना–2019 में 0.4 प्रतिशत ऊर्जा ही Offshore wind से आती थी। U.K. पवन ऊर्जा उत्पादन में सबसे आगे है
5. बिजली–ग्रीन एनर्जी को संचित करने के लिए–Lithium बैटरीज की आवश्यकता होगी।
6. सौर ऊर्जा को दिन में ताप के रूप में संचित करना और रात में विद्युत ऊर्जा में परिवर्तित करने की आवश्यकता है।
7. तापीय विद्युत ऊर्जा प्लांट में जो कार्बन उत्सर्जित होता है, उस कार्बन को हवा में अवमुक्त करने के बजाय सीधा जमीन के अंदर गाड़ने या पानी में घोलकर गाड़ देने या समा देने से कार्बन उत्सर्जन की समस्या कम की जा सकती है।
8. जीवाश्म ईंधन (Fossil fuel) की अपेक्षा सोलर प्लांट में 5 से 50 गुना ज्यादा स्थान की जरूरत होती है। इसी प्रकार पवन ऊर्जा में स्थान की जरूरत सोलर प्लांट से 10 गुना ज्यादा है।
9. उत्पादन उद्योग (Manufacturing) से GHG का 31 प्रतिशत उत्सर्जन होता है। Steel, Cement, Plastic, Fertilizer, Aluminium etc. फ्लोटिंग ब्रिज में सीमेंट का न्यूनतम प्रयोग किया गया।
10. डाइऑक्साइड उत्सर्जित होता है।

    Limestone + heat – Calcium oxide + Carbon dioxide में Ca,C और O_2 है। Plastic, Polypropylene, acrylic, Laundry में (C,H और O) Detergent का प्रयोग होने के कारण।
11. प्लास्टिक को एक साथ एकत्र करके – Carbon Sink बनाया जा सकता है। कोयले को बिना जलाए कार्बन का सीमेंट, खाद, प्लास्टिक उत्पादन में प्रयोग किया जाए। इसके लिए हवा से कार्बन डाइऑक्साइड का उपयोग किया जाए।
12. रिसाइकिलिंग करने की अपेक्षा पुनः प्रयोग करने से कार्बन उत्सर्जन कम होता है, ऊर्जा बच जाती है।
13. रोड तथा बिल्डिंग या अपार्टमेंट में सीमेंट का अत्यावश्यक होने पर ही न्यूनतम प्रयोग करें। इसी तरह बिजली का न्यूनतम प्रयोग हो। लकड़ी का अधिकतम उत्पादन तथा उपयोग किया जाए। सीमेंट और स्टील

का कम प्रयोग किया जाए। सभी सीमेंट, तोड़ी गई दीवारों के सामान (Material) का पुनः उपयोग हो।

14. एयर कंडीशनर, फ्रीज तथा हीटर का कम प्रयोग हो। इसके लिए हर अपार्टमेंट और कॉलोनी के चारों ओर घने पत्तों वाले पेड़, ग्रीन बेल्ट (हरित पट्टी) विकसित की जाए। गाड़ियों के पास पेड़ों की छाया हो। मकान की दीवारें तथा मकान ऐसे बनाएँ कि एयर कंडीशनर की जरूरत न पड़े। इंसुलेटर्स में हवा, मिट्टी का प्रयोग किया जाए। हवा महल जयपुर टीजेड होम्स बेंगलुरु की तकनीक, हैंगिंग लताएँ गार्डेन, बरामदे में कूलर, टाट तथा बायोपरदा का प्रयोग बढ़ाया जाए। छत में संपीडित बाँस की छत (Compressed Bamboo Roof) लगाई जाए।

15. मांसाहार, ग्रीन हाउस गैस–उत्सर्जन का बड़ा कारण है। बीफ के रूप में जितनी कैलोरी मिलती है, 2 से 6 गुणा उन मवेशियों को तैयार करने में खर्च होती है। मांसाहार जलवायु आपदा को आमंत्रण देता है। एक अरब पालतू मवेशी डेयरी और बीफ के लिए हैं। इसलिए कृत्रिम मीट का इस्तेमाल करें।

    मिथेन (CH_4) का एक अणु molecule डाइऑक्साइड के एक अणु की अपेक्षा 28 गुणा ज्यादा गरमी पैदा करता है।

16. नाइट्रस ऑक्साइट कार्बन डाइऑक्साइड की अपेक्षा 265 गुणा ज्यादा गरमी पैदा करता है।

17. कृषि और वानिकी इस प्रकार से की जाए कि ग्रीन हाउस गैस तथा मिथेन कम–से–कम बने, उदाहरण चावल (Paddy)

18. 1 पेड़ काटने से पाँच साल पहले 5 पेड़ लगाओ की नीति तथा कार्बन क्रेडिट व वाटर क्रेडिट की नीति अपनाई जाए तभी पेड़ काटने के लिए कांट्रेक्टर को परमिट दिया जाए।

19. खेती में रासायनिक खाद का संतुलित प्रयोग हो। सन् 2100 तक आवश्यकता के अनुसार अनाज का उत्पादन बढ़ाना पड़ेगा।

20. Cow burps, पालतू मवेशी, सूअर व हाथीजनित मीथेन गैस भी एक समस्या है।

21. मनुष्य की पाचन प्रणाली में एक चैंबर होता है, गाय के चार चैंबर होते हैं, लेकिन गाय से मीथेन उत्सर्जित होता है।

22. दुनिया में जितना भोजन बरबाद होता है, उसका 40 प्रतिशत अमेरिका में बरबाद किया जाता है, सड़ जाता है। बरबाद भोजन से प्रतिवर्ष 3.3 अरब टन ग्रीन हाउस गैस उत्सर्जित होता है।

23. आदमी के व्यवहार में बदलाव की सख्त जरूरत है। हर चीज का अधिकतम उपयोग किया जाए। स्मार्ट डस्टबिन, फल, सब्जी के ऊपर प्लांट आधारित कोटिंग से भोजन बरबाद करने वाले को ट्रैक करके, किस घर, बिजनेस या होटल से कितना भोजन बरबाद हुआ, यह बतलाया जा सकता है।

24. पौधों, पेड़ों को नाइट्रोजन की जरूरत पड़ती है, जो अमोनिया, जमीन, हवा से लेते हैं। रासायनिक खाद (Chemical Fertilizer) का न्यूनतम प्रयोग हो, जमीन के मित्र जीवाणु (Organism) दूर भागकर अपना काम—नाइट्रोजन उत्पादन बंद कर देते हैं। पूरी दुनिया में फर्टिलाइजर के रूप में जितना खाद हम प्रयोग करते हैं, उसका 92 प्रतिशत तक अनावश्यक है और पर्यावरण को नुकसान पहुँचाता है। नाइट्रस ऑक्साइड बनाता है। रासायनिक खाद से 1.3 अरब टन ग्रीन हाउस गैस 2010 में बना, जो सन् 2100 तक 1.7 अरब टन हो जाएगा। अत: फर्टिलाइजर उत्पादन एवं खपत में नई टेक्नॉलॉजी की जरूरत है। रासायनिक खाद की खपत घटाई जाए, इसका न्यूनतम प्रयोग (Judicious use) हो तथा N_2O को कैप्चर करने के लिए नई तकनीक की जरूरत है। इसलिए Genitically Modified Microbes, जिससे नाइट्रोजन अवशोषण/fixation हो, ऐसा माइक्रोब्स विकसित हो चुका है।

25. कृषि तथा वानिकी (Forestry)—कृषि से 70 प्रतिशत तथा वानिकी से 30 प्रतिशत ग्रीन हाउस गैस का उत्सर्जन होता है।

26. वर्ल्ड बैंक की रिपोर्ट के अनुसार 5 लाख वर्गमील यानी 3 प्रतिशत वन क्षेत्र 1990 से पूरी दुनिया में (3 प्रतिशत वनक्षेत्र) वनाच्छादित क्षेत्र उजाड़ दिए गए। पेड़ उखाड़ने से पेड़ के नीचे के कार्बन भी हवा में अवमुक्त होकर कार्बन डाइऑक्साइड बन जाते हैं, उनका धरती के अंदर पत्थर बन जाना ही समाधान है।

27. नाइजीरिया 1990 से अपने वन क्षेत्र का 60 प्रतिशत उजाड़कर पेड़ से चारकोल बनाकर निर्यात कर चुका है।

28. जंगल में आग लगने (Tropical Climate) से ग्रीन हाउस गैसों का उत्सर्जन बढ़ता है। एक पेड़ 40 वर्ष में 4 टन कार्बन डाइऑक्साइड अवशोषित करता है।
29. उष्णकटिबंधीय क्षेत्र (Forest Fires) में पौधा व वृक्षारोपण तथा वृक्ष संरक्षण उपयोगी है, गरमी को कम करता है, नमी छोड़ता है। इससे बादल बनता है, जो सूर्य की किरणों को वापस परावर्तित करता है। जहाँ भी पेड़ कटता हो, चिपको आंदोलन चलाएँ।
30. गाड़ियाँ—51 अरब टन कार्बन डाइऑक्साइड समतुल्य का 16 प्रतिशत गाड़ियों से उत्सर्जित होता है। दुनिया में एक अरब गाड़ियाँ रोड पर हैं। जीवाश्म ईंधन (Fossil Fuel) के स्थान पर हवा के कार्बन और पानी के हाइड्रोजन और इथेनॉल का ईंधन प्रयोग करें। ब्राजील में 100 प्रतिशत इथेनॉल से कारें चलती हैं, जो ईख और चुकंदर (Beat Sugar) से बनते हैं।
31. Biofuel—कृषि अवशेष (Farming Residue) जैसे Corn Stalks पेपर बनाने में Waste पेपर, भोजन के अवशेष, पराली (Farmland Waste) से Biofuel तैयार किया जाए। इसका उत्पादन किसी भी बंजर जमीन पर हो सकता है।
32. Advanced biofuels या इलेक्ट्रो फ्यूल—हाइड्रोजन समुद्र से, पानी से, हवा के कार्बन डाइऑक्साइड से कार्बन लेकर तैयार किया जाता है। सभी जगह ग्रीन प्रीमियम खर्च सभी ईंधन में देना पड़ेगा। इसमें सरकार की ओर से सब्सिडी की जरूरत पड़ेगी।
33. मध्यम और छोटे आकार की गाड़ियों में EV बैटरी का प्रयोग किया जा सकता है। परमाणु विखंडन (Nuclear Fission) तथा (Nuclear Fusion) से 24 घंटे और वर्ष के 365 दिन स्वच्छ ऊर्जा मिलेगी बिल्कुल कार्बनमुक्त तथा पृथ्वी के हर कोने में। उदाहरणार्थ, फ्रांस में कुल विद्युत उत्पादन का 70 प्रतिशत हिस्सा नाभिकीय संयंत्र से मिलता है, जो विश्व में सर्वाधिक है। सौर ऊर्जा तथा पवन ऊर्जा कुल उत्पादित ऊर्जा का 7 प्रतिशत ही योगदान कर रहे हैं। अभी भारत में 60 प्रतिशत ऊर्जा कोयला जीवाश्म ईंधन से तापीय ऊर्जा के रूप में ही मिल पा रही है। दुनिया का तीसरा सबसे बड़ा ऊर्जा उत्पादन भारत में हो रहा है। पुनर्नवीकरणीय

ऊर्जा (Renewable Energy) लगभग 40 प्रतिशत है। लेकिन इसमें पनबिजली (Hydro Power) शामिल है। नाभिकीय ऊर्जा सबसे दक्ष ऊर्जा है। इसमें पदार्थों की खपत सबसे कम है। मुख्य खर्च सिर्फ एक बार प्लांट लगाने में होता है। यानी अनावर्ती व्यय एक बार ज्यादा होता है, लेकिन भारत में कुल ऊर्जा का मात्र 1.7 प्रतिशत ही नाभिकीय ऊर्जा मिल पाती है, क्योंकि हमारे पास परिष्कृत यूरेनियम और प्लूटोनियम नहीं हैं, किंतु ग्रीन हाउस गैस का उत्सर्जन नाभिकीय ऊर्जा में नगण्य है।

34. सूक्ष्म सिंचाई प्रणाली (Micro Irrigation) से 50 प्रतिशत पानी की बचत होगी, जैसे—ड्रिप सिंचाई, सूक्ष्म सिंचाई प्रणाली, स्थानीय सिंचाई (Localised Irrigation) सिंचाई में खाद और पानी दोनों की बचत होती है। इस पर नियंत्रण करने से कार्बन फीटप्रिंट घटेगा। इसी प्रकार किसानों को कम पानी की लागत वाली फसलों को उपजाने के लिए प्रोत्साहित करने की जरूरत है। ऐसा कुछ प्रांतों ने किया है।

35. बेल्जियम तथा आइसलैंड में स्विट्जरलैंड की एक स्टार्टअप कंपनी सीधा एयर कार्बन हवा से लेकर (DAC) जमीन के अंदर पानी में घोलकर जमा कर देगी। यह प्रोजेक्ट 2024 में तैयार होगा तथा हर वर्ष 36,000 टन कार्बन डाइऑक्साइड सोखेगा। यह पंखा और फिल्टर के ब्लॉक से कार्बन डाइऑक्साइड सोखेगा। यह कार्बन डाइऑक्साइड जमीन के अंदर कार्बन चट्टान में बदल जाएगी।

36. संयुक्त राष्ट्र के सेक्रेटरी जनरल एंटोनिया गुटेरस ने कहा है कि "2030 तक 600 गीगावाट बैटरी स्टोरेज की जरूरत होगी। सौर और पवन ऊर्जा प्रोजेक्ट बढ़ाने पड़ेंगे। इन प्रोजेक्ट्स का अनुमोदन फास्ट ट्रैक पर करना पड़ेगा तथा विद्युत ग्रिड को अत्याधुनिक बनाना पड़ेगा। सब्सिडी जीवाश्म ईंधन से हटाकर स्वच्छ ऊर्जा पर बढ़ानी पड़ेगी। विश्व के सभी शासनाध्यक्ष तथा राज्य अध्यक्षों को इसे आपातकालीन जरूरत मानकर नीतियों का निर्धारण करना पड़ेगा। 2030 तक ग्रीन हाउस गैस उत्सर्जन 45 प्रतिशत घटाना पड़ेगा तथा 2050 तक ग्रीन हाउस गैस उत्सर्जन शून्यप्राय कर देना पड़ेगा। लेकिन त्रासदी यह है कि उत्सर्जन कुल मिलाकर वर्तमान दर से 2030 तक लक्ष्य के उलट 14 प्रतिशत बढ़ जाएगा।"

37. यह अच्छी खबर है कि पवन ऊर्जा पर खर्च घटा है। सामान्यतः स्वच्छ ऊर्जा पर खर्च बाद में घटता है। इसी तरह स्वच्छ ऊर्जा में निवेश करने से जीवाश्म ऊर्जा की अपेक्षा तीन गुना ज्यादा रोजगार सृजित होगा।

38. इसलिए पर्यावरण को संतुलित करने के लिए शारीरिक श्रम, प्लास्टिक पर प्रतिबंध, प्रभावी कूड़ा प्रबंधन, कूड़ा जलाने पर प्रतिबंध तथा वायु प्रदूषण और वाहन प्रदूषण को वायु गुणवत्ता सूचकांक 100 से कम रखना आवश्यक है।

भारत में विद्युत उत्पादन (सितंबर 2022)—

(i) कोयला—51 प्रतिशत (2,04,080 मेगावाट)

(ii) लिगनाइट—1.7 प्रतिशत

(iii) जल विद्युत—11.7 प्रतिशत

(iv) पवन सौर तथा अन्य

(v) गैस—6.2 प्रतिशत

(vi) नाभिकीय (Nuclear)—1.7 प्रतिशत

(vii) डीजल—0.1 प्रतिशत

पुनर्नवीकर्णीय ऊर्जा—27.6 प्रतिशत

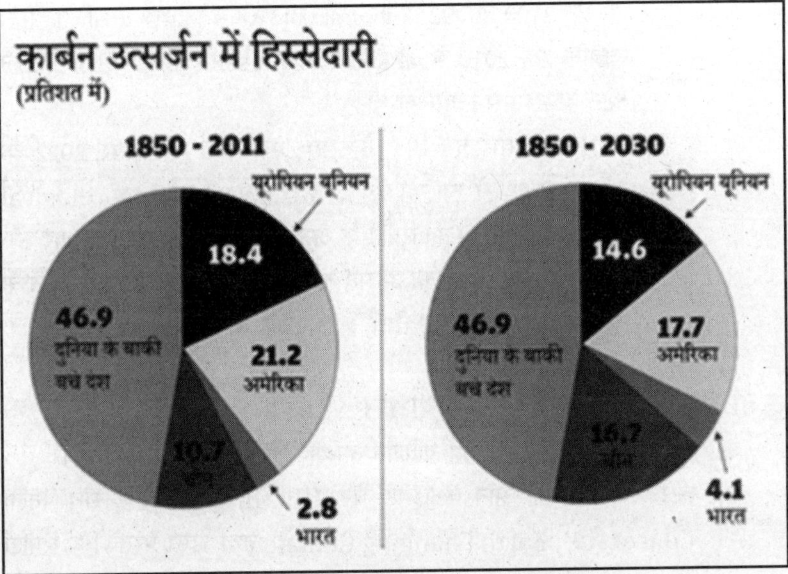

हमारी धरती पर्यावरण आपदा का शिकार न हो, इसके लिए

i. ग्रीन हाउस गैसेज (Green House Gases) का उत्सर्जन शून्यप्राय होना आवश्यक है।

ii. डाटा के माध्यम से चिंताएँ व्यक्त करते रहने के बजाय समाधान खोजने पर जोर दिया जाए। तकनीकों में नवोन्मेष (Invention) तथा परंपरागत भारतीय व प्राकृतिक समाधान निकाला जाना आवश्यक है। सरकार के साथ-साथ व्यक्ति, समाज, प्राइवेट सेक्टर और कंपनियों के द्वारा सार्थक, व्यावहारिक और समन्वित प्रयास करने आवश्यक हैं।

iii. सन् 1750-1900 की अपेक्षा सन् 2050 तक धरती के ऊपर वायुमंडल का तापमान औसतन 1.5 डिग्री c से ज्यादा न बढ़े, इसके लिए अब सन् 2032 तक प्रतिवर्ष हम 38.18 अरब टन से ज्यादा कार्बन डाइऑक्साइड के समतुल्य ग्रीन हाउस गैसों (GHG) का उत्सर्जन (Emission) नहीं कर सकते। इस धरती पर इस समय कार्बन डाइऑक्साइड के समतुल्य ग्रीन हाउस गैसों (GHG) का उत्सर्जन (Emission) किया जा रहा है। यदि इस पर नियंत्रण नहीं किया गया तो सन् 2100 तक 92 गीगाटन ग्रीन हाउस गैस प्रतिवर्ष उत्सर्जित होंगी। जबकि सन् 2010 में जीवाश्म ईंधन (Fossil Fuel) से 31 गीगाटन ग्रीन हाउस गैस निकलती थी।

iv. COP-27 सम्मेलन मिश्र के सर्म-अल-शेख में नवंबर-2022 के प्रथम सप्ताह में हो रहा है। WMO (World Meteorological Organization) की रिपोर्ट के अनुसार सन् 2026 तक एक बार कम समय के लिए विश्व का औसत तापमान सन् 1850-1900 के बीच के औसत तापमान से 1.5 डिग्री c तक बढ़ जाएगा।

ऊर्जा सेक्टर के उत्सर्जन का समाधान

1. मई 2022 में दुनिया की 11 प्रतिशत आबादी के पास बिजली नहीं थी।
2. इंटर गवर्मेंट पैनल ऑन क्लाइमेट चेंज (IPCC), संयुक्त राष्ट्र संघ पैनल, Consensus , Earth Changing Climate तथा अन्य पुस्तकों व रिपोर्टों के अनुसार हमारे प्रयास अपर्याप्त हैं।

3. भारत सरकार ने ऊर्जा की आवश्यकताओं का 40 प्रतिशत लक्ष्य पुनर्नवीकरणीय ऊर्जा (Renewable Energy) से हासिल कर लिया है। सन् 2030 के संशोधित लक्ष्य के अनुसार 50 प्रतिशत ऊर्जा पुनर्नवीकरणीय ऊर्जा (Renewable Energy) होगी।
4. लेकिन ग्रीन हाऊस गैसों का सिर्फ 27 प्रतिशत उत्सर्जन ऊर्जा/बिजली से होता है।
5. सौर ऊर्जा को विद्युत ऊर्जा के रूप में सँजोकर रखने के लिए पर्याप्त बैटरी तथा उन्नत तकनीक की जरूरत है या इसे तापीय (Thermal) रूप में ही सँजोने की जरूरत है, ताकि रात्रि में इसका उपयोग किया जा सके। इसे विद्युत ग्रिड में जमा भी किया जा सकता है।
6. युवा पीढ़ी द्वारा हरित आंदोलन (Green Movement) चलाने की जरूरत है।
7. ग्रीन हाउस गैसेज ताप (Heat) को बंद (Trap) कर लेते हैं। ये हैं—कार्बन डाइऑक्साइड, नाइट्रस ऑक्साइड, मिथेन, क्लोरो फ्लोरो कार्बन, फ्लोरीन, सल्फर डाइऑक्साइड आदि।
8. हमारे वायुमंडल में 10,000 वर्षों तक ग्रीन हाउस गैस बनी रह सकती हैं। सन् 1750 से लेकर सन् 1800 के मध्य यानी औद्योगिक क्रांति के समय में पर्यावरण में ग्रीन हाउस गैसेज व कार्बन डाइऑक्साइड तथा ऑक्सीजन का संतुलन बना रहता था। उत्सर्जित (Emitted) ग्रीन हाउस गैस अवशोषित (Absorbed)ग्रीन हाउस गैस (GHG) के लगभग बराबर हुआ करता था। पेड़–पौधों की पर्याप्त संख्या व वन क्षेत्र के बहुतायत होने के कारण ऐसा हो पाता था।
9. ग्रीन हाउस गैसों के उत्सर्जन को शून्य करने के साथ–साथ वायुमंडल में जो पहले से फँसी हुइ (Trapped) ग्रीन हाउस गैसें हैं, उन्हें हटाना या प्रभावहीन करना (Decompose) करना भी जरूरी है, तभी पर्यावरण के अटपटे व अनुशासनहीन व्यवहार को काबू में लाना संभव है।
10. स्टील सीमेंट, फर्टीलाइजर तथा प्लास्टिक से ग्रीन हाउस गैसों का 31 प्रतिशत उत्सर्जन होता है।
11. सन् 1750 ई. से 6 डिग्री c तापमान घट जाए तो हम हिम युग (Ice Age) में पहुँच जाएँगे। 4 डिग्री c तापमान घट जाए तो डायनासोर युग में पहुँच जाएँगे।

12. वर्तमान में औसत वैश्विक तापमान (Global Mean Temperature) सन् 1750 की अपेक्षा 1 डिग्री c से 1.3 डिग्री c तक बढ़ चुका है।

लेकिन औसत तापमान वृद्धि से विषम परिस्थिति की भयावहता का सही-सही एहसास नहीं होता। कुछ देशों या कुछ देशों के कुछ जिलों में 2 डिग्री c तापमान की औसत बढ़ोतरी सन् 1750-1800 की अपेक्षा हो चुकी है।

10 अप्रैल से 20 मई, 2022 के बीच भारत के कुछ शहरों जैसे—दिल्ली व बाँदा (उ.प्र.) में औसत से 6 डिग्री c ज्यादा तापमान रिकॉर्ड किया गया है। यानी यहाँ पर तापमान 49.2 डिग्री c तथा 49 डिग्री c पहुँच चुका है। यदि 5 डिग्री c और तापमान बढ़ जाए, तो समझिए, तापीय प्रलय (Heat Disaster) आ चुका है। जहाँ भी पठारी क्षेत्र (Plateau Area) है जैसे—अरावली व डक्कन प्लेटो; वहाँ धरती को पसीना आने के लिए पर्याप्त पानी उसमें नहीं है। पसीना आने से धरती का गुप्त ताप (Latent Heat) अवमुक्त (Release) होता है। तब वायुमंडल का तापमान घटता है। गरमी बढ़ रही है। ये कठोर चट्टानें गरमी की सुग्राहक (Sensitive) होती हैं।

13. मिथेन गैस वायुमंडल में कार्बन डाइऑक्साइड से 120 गुना ज्यादा तथा अचानक बहुत ज्यादा गरमी पैदा करती है। बादलों के फटने के पीछे का कारण मिथेन व नाइट्रस ऑक्साइड जैसी ग्रीन हाउस गैसें ही हैं।

14. कार्बन का उत्सर्जन धरती पर 37 अरब टन प्रतिवर्ष है, लेकिन शेष ग्रीन हाउस गैसें, जो कार्बन डाइऑक्साइड के समतुल्य मात्रा में हैं, 14 अरब टन और हैं। कुल मिलाकर कार्बन डाइऑक्साइड के समतुल्य गैस 51 अरब टन प्रतिवर्ष उत्सर्जित हो रही हैं। हम गाड़ियों में ग्रीन हाउस गैसों के कारण वैश्विक तपिश (Global Warming) का अनुभव करते हैं।

15. सभी अणु (Molecules) कंपन (Vibrate) करते हैं, यानी गतिमान रहते हैं। वे जितनी तेज गति से गतिमान होते हैं, उतने ही ज्यादा वे गरम् होते हैं। मतलब उतनी ही ज्यादा वे गरमी पैदा करते हैं। जब खास तरह के अणु खास वेवलेंथ (Wavelength) के विकिरण (Radiation) से टकराते हैं, तो उस विकिरण को वे रोक लेते (Block करते) हैं तथा इस विकिरण की ऊर्जा को सोख लेते हैं। ऐसा होने से वे ज्यादा गतिमान हो जाते हैं तथा गरमी का एहसास भी ज्यादा होता है। जो अणु अलग-अलग तरह के परमाणु से बनते हैं, वे इस रेडिएशन की ऊर्जा ज्यादा सोखते हैं। इस कारण कार्बन डाइऑक्साइड

(CO_2), मिथेन (CH_4), क्लोरो फ्लोरो कार्बन (CFC), नाइट्रस ऑक्साइड (N_2O) आदि गैसेज के कंपाउंड के अणु ऑक्सीजन (O_2) जैसे एक ही परमाणु से बने अणु की अपेक्षा ज्यादा गरमी पैदा करते हैं।

16. जिस गति से हम ग्रीन हाउस गैसों का उत्सर्जन सन् 2022 में कर रहे हैं, यदि हमने इस उत्सर्जन को काबू में नहीं रखा तो सन् 2050 तक तापमान बढ़कर 3 डिग्री c तक पहुँच सकता है तथा सन् 2100 तक 4 डिग्री c तक पहुँच जाएगा। यह सीधा-सीधा प्रलय को निमंत्रण है। जिसके लिए संयुक्त राज्य अमेरिका (यू.एस.ए.), रूस, चीन, इंडोनेशिया ज्यादा जिम्मेदार होंगे। यू.एस.ए. का सुप्रीम कोर्ट तथा वहाँ की संसद व राजनीतिक दृष्टि से विभाजित जनमानस दुनिया के ग्रीन हाउस गैस उत्सर्जन का 40 प्रतिशत भाग अकेले उत्सर्जित करता है। सन् 1750 की अपेक्षा 1.5 डिग्री c से 2 डिग्री c होने का मतलब यानी 0.5 डिग्री c ज्यादा बढ़ने का मतलब गरमी में सिर्फ 33 प्रतिशत बढ़ोतरी नहीं होगी, बल्कि यह गरमी 100 प्रतिशत तक बढ़ेगी।

17. कृषि उत्पाद पर कुप्रभाव—अनाज का उत्पादन घटकर आधा हो जाएगा। बहुत बड़ी आबादी को पेयजल तक नसीब नहीं होगा। बाढ़, मच्छर, मलेरिया, दिमागी संतुलन का बिगड़ना तथा अन्य बीमारियाँ बढ़ जाएँगी। उदाहरण के लिए, सीरिया में 2007-2010 के बीच 15 लाख लोग खेती छोड़कर शहर के अनिश्चित जीवन की ओर बढ़ चुके हैं। यह सूखा पड़ने के कारण हुआ।

18. उत्सर्जन चार्ट (GHG Emission Chart)

    i. मैन्युफैक्चरिंग—सीमेंट, स्टील, प्लास्टिक, फर्टिलाइजर —31 प्रतिशत
    ii. बिजली उत्पादन—27 प्रतिशत
    iii. कृषि, पशुपालन आदि —19 प्रतिशत
    iv. वाहन ट्रांसपोर्ट, कार, भारी वाहन, हवाई जहाज, समुद्री जहाज सहित —16 प्रतिशत
    v. एयर कंडीशनर, हीटर, गीजर, रेफ्रिजरेशन, हेयर ड्रायर आदि—7 प्र.श. हेयर ड्रायर 1500 वाट (जूल/सेकेंड) बिजली का उपयोग करता है।

(Power Density – watts per square metre of land used is called power density.)

लेकिन जीवाश्म ईंधन (fossil fuel) तो गंदी ऊर्जा देता है।

19. DAC-Direct Air Capture और Point Air Capture Technology (Switzerland) तथा स्वीडन में इस्तेमाल किए जा रहे हैं—दुनिया की सकल विश्व आय का 6 प्रतिशत DAC तथा Point Carbon Air Capture (स्थापित) करने के लिए खर्च करना होगा। लेकिन ऐसे 50,000 DAC प्लांट पूरी दुनिया में चाहिए और यह सिर्फ कार्बन डाइऑक्साइड का उत्सर्जन सोखेगा (Capture करेगा), दूसरे ग्रीन हाउस गैसेज उत्सर्जन पर DAC प्लांट प्रभावहीन है।

20. अत: ग्रीन हाउस गैस उत्सर्जन को ही शून्यप्राय (Zerosome) करना आवश्यक है। किसी भी चीज को जलाना बंद करना पड़ेगा जैसे—कूड़ा, प्लास्टिक, पत्ती। धुएँ के साथ-साथ धूल पर भी नियंत्रण आवश्यक है। बचाव के ऐसे तरीके ही कार्बन उत्सर्जन घटाने के सबसे सस्ते तरीके हैं। (क) इसके लिए सड़के के किनारे निर्माण कार्य के बाद जो छोड़े हुए धूल-मिट्टी हैं, उसे सड़के से दूर हटा दें। (ख) सड़क के किनारे का कच्चा भाग पक्की सड़क (Matalled Road) से 2-3 इंच नीचे हो और उस पर दूब घास जमा दी जाए, ताकि ग्रीष्म ऋतु में भी कम गरमी लगे और बरसात में किनारे की मिट्टी सड़क पर न आए और मिट्टी सूखने पर गाड़ियों के आवागमन के कारण धूल उड़ने का कारण न बने। (ग) पेड़ काटने से भी गरमी बढ़ती है। पेड़ भी छाया देकर मिट्टी की नमी बचाते हैं। पेड़-पौधे धूप का उपयोग प्रकाश संश्लेषण (Photosynthesis) में करते हैं। लेकिन ये पेड़ पसीना भी बहाते (Transpire) हैं, जमीन से पानी लेकर। इसलिए पेड़ों के पास और उनकी छाया में हवा ठंडी रहती है।

21. इस समय पूरी दुनिया में दो-तिहाई (2/3) विद्युत ऊर्जा का उत्पादन जीवाश्म ईंधन (Fossil Fuel) से हो रहा है। भारत में यह 60 प्रतिशत है

ऊर्जा के स्त्रोत का विश्व परिदृश्य
(World Scenario of Energy Sources)

1. सौर ऊर्जा + पवन ऊर्जा—7 प्रतिशत
2. पुनर्नवीकरणीय ऊर्जा (RNE) —11 प्रतिशत
3. नाभिकीय (Nuclear) —10 प्रतिशत
4. प्राकृतिक गैस + तेल —23 प्रतिशत + 3 प्रतिशत = 26 प्रतिशत
5. कोयला —36 प्रतिशत

6. जल विद्युत —16 प्रतिशत
7. अन्य —1 प्रतिशत

22. सौर ऊर्जा उष्ण कटिबंधीय (Equatorial Line) के देशों में बहुतायत में होती है। सौर ऊर्जा दिनों-दिन सस्ता भी होता जा रहा है। इसके लिए क्षेत्रीय विद्युत ग्रिड (Electric Grid) की जरूरत है। सन् 1750-1850 के बीच धरती का औसत तापमान 13.42 डिग्री c था, जो 1951-1980 के बेसलाइन तक आकर 0.58 डिग्री c बढ़ गया और सन् 2022 में 1.2 डिग्री c तक बढ़ चुका है।

    1750 —13.42 डिग्री c

    1900 —13.42 डिग्री c+ 0.3 डिग्री c = 13.72 डिग्री c

    1900 से (1951-1980)—13.72 डिग्री c + 0.28 डिग्री c = 14.00 डिग्री c

    (1951-1980) से 2015 के दरमियान 0.85 डिग्री c बढ़ गया।

    इस प्रकार 1915 में तापमान 14.85 डिग्री c हो गया।

    2016-2017 - 15.00 डिग्री c

    इस प्रकार सन् 1750 से सन् 2016 के बीच 1.58 डिग्री c तापमान बढ़ा है। यह दूसरे स्रोत से तापमान वृद्धि का आकलन है। लेकिन नासा इमेज (NASA Image) के अनुसार (1890-1910) से 2016 के बीच तापमान में वृद्धि 1.7 डिग्री c हुई। इस प्रकार पेरिस समझौते द्वारा तय की गई लक्ष्मण रेखा 1.5 डिग्री c को हम पहले ही पार कर चुके हैं। एक अन्य स्रोत के अनुसार धरती की सतह का तापमान सन् 1750 की अपेक्षा सन् 2016 में 2 डिग्री c से अधिक हो चुका है। अब तक के रिकॉर्ड के अनुसार सन् 2016 में सबसे ज्यादा तापमान दर्ज किया गया।

23. समुद्री जहाज तथा हवाई जहाज में उच्चीकृत जैविक ईंधन (Biofuels) तथा इलेक्ट्रो फ्यूल (Electro Fuel) का प्रयोग करने से बहुत ज्यादा ग्रीन प्रीमियम ईंधन का उपयोग करना पड़ेगा।

24. ईंधन का इष्टतम उपयोग (Optimum Use) करने पर ध्यान देना होगा। जैसे—पैदल टहलना, साइकिल का उपयोग करना, कार पुलिंग करना, मीडियम साइज सार्वजनिक वाहन (Public Transport) का उपयोग करना तथा ज्यादा सक्षम इंजन का आविष्कार करके उपयोग करना, हाइड्रोजन चलित वाहन का प्रयोग करना।

25. ग्रीन प्रीमियम खर्च को कम कैसे किया जाए—बैटरी की कीमत लगातार घटती जा रही है। गैसोलीन भी सस्ता है। विद्युत वाहन के लिए चार्जिंग स्टेशन भी बढ़ाए जा रहे हैं। भारत, चीन और यूरोप जीवाश्म ईंधन चालित गाड़ियाँ धीरे-धीरे घटाने के लक्ष्य पर काम कर रहे हैं। लेकिन स्वच्छ ईंधन वाहनों के लिए स्वच्छ ईंधन/ऊर्जा की जरूरत है। समुद्री जहाज तथा मिलिट्री एयरक्राफ्ट में नाभिकीय ऊर्जा का उपयोग पहले से किया जा रहा है।

26. गरम स्थान पर ठंडक के लिए एयरकंडीशनर तथा अत्यधिक ठंडे स्थान पर हीटर का प्रयोग करने के लिए वैकल्पिक स्रोतों पर ध्यान देना पड़ेगा। इसके लिए फ्रांस जैसे देशों के पास पहले से नाभिकीय ऊर्जा से बिजली दी जा रही है। नाभिकीय विखंडन (Nuclear Fission) तथा नाभिकीय संलयन (Nuclear Fusion) से उत्पन्न विद्युत का प्रयोग बढ़ाना पड़ेगा। वर्तमान में 51 अरब टन कार्बन डाइऑक्साइड के समतुल्य ग्रीन हाउस गैसों के उत्सर्जन का 7 प्रतिशत मुख्यतः ए.सी., फ्रीज और हीटर के उपयोग से होता है। यू.एस.ए. में 90 प्रतिशत से ज्यादा मकानों में एयर कंडीशनर है। जबकि सबसे ज्यादा गरम देशों में 10 प्रतिशत घरों में एयर कंडीशनर हैं। भारत में 6 प्रतिशत बिल्डिंग में ए.सी. हैं। चीन एयर कंडीशनर का सबसे बड़ा बाजार है। सन् 2018 में पूरी दुनिया में ए.सी. की बिक्री 15 प्रतिशत बढ़ी। यही स्थिति ब्राजील, भारत, इंडोनेशिया और मैक्सिको में है। वर्तमान दर से सन् 2050 तक 5 अरब ए.सी. यूनिट उपयोग में होंगे। यह बहुत बड़ी आपदा (Disaster) होगी। एयर कंडीशनर कार्बनरहित (Dicarbonize) करने के लिए विद्युत ग्रिड (Power Grid) को कार्बनरहित करना होगा। इंटरनेशनल एनर्जी एजेंसी (IEA) का कहना है कि सही नीति निर्धारण से ए.सी. यूनिट की कार्य-क्षमता दुगुनी की जा सकती है और तब सन् 2050 तक ए.सी. के लिए ऊर्जा की माँग 45 प्रतिशत कम की जा सकती है।

27. रेफ्रिजरेटर में फ्लोरीन गैस का प्रयोग होता है, जो जलवायु परिवर्तन के लिए बहुत ही हानिकारक है। फ्लोरीन गैस 100 वर्ष बाद कार्बन डाइऑक्साइड की अपेक्षा कई हजार गुना ज्यादा गरमी पैदा करती है। फ्लोरीन गैस कूलेंट है। कई देशों ने लक्ष्य तय किया है कि सन् 2045 तक इनमें 80 प्रतिशत कमी करके बेहतर और कम हानिकारक कूलेंट का प्रयोग किया जाए। भारत में मिट्टी के कूलर भी प्रयोग में आ चुके हैं। सन् 2016 में 197 देशों ने इस दिशा में

अनुसंधान को आगे बढ़ाने के लिए सम्मेलन करके सहमति जताई। जर्मनी, स्विट्जरलैंड और फ्रांस में गरम पानी के पाइप का प्रयोग बढ़ाया जा रहा है और कुछ देशों में कूलिंग पाइप्स तथा नारियल शेल (Coconut Shells) का प्रयोग छत की सीलिंग (Ceiling) में प्रारंभ किया जा रहा है। आवश्यकता इस बात की है कि स्वच्छ हीट पंप का प्रयोग बढ़ाया जाए तथा गैस, तेल, वाटर हीटर, तथा भट्टी का त्याग किया जाए। स्वच्छ ईंधन का उपयोग बढ़ाया जाए। एयर कंडीशनर का भी त्याग किया जाए।

हीट पंप सस्ता भी है। इसका सिद्धांत यह है कि हवा या तरल (Liquid) जब फैलते हैं तो इनका तापमान बदल जाता है। फैलने पर ठंडक बढ़ती है। सर्दी में बाहर की गरमी कूलेंट की मदद से कमरे के अंदर लाई जाती है। ऐसा करने से खर्च में 16 प्रतिशत से 27 प्रतिशत तक बचत होती है।

28. विद्युत उत्पादन तथा आपूर्ति शृंखला (Chain) कार्बनरहित कैसे करें?
   (क) विद्युत हीट पंप का प्रयोग करें।
   (ख) पावर ग्रिड को कार्बनरहित करें।
   (ग) ऊर्जा का महत्तम तथा दक्षता से उपयोग हो।

29. सन् 2060 तक बढ़ी हुई आबादी को आवासीय छत देने के लिए 2.5 खरब वर्ग फीट भवन (Building) की जरूरत पड़ेगी। यू.एस.ए. का Bullitt Centre ग्रीन बिल्डिंग का अच्छा उदाहरण है।

   गरमी में बिना एयर कंडीशनर के शीतलता की व्यवस्था करना तथा जाड़े में स्वतः गुनगुनी धूप का एहसास हो, ऊर्जा बचत करने वाली टेक्नोलॉजी का इस्तेमाल हो, सौर ऊर्जा पैनल हो और सिटी के पावर ग्रिड से जुड़ा हो, भवन सुपर टाइट एनवेलप की तरह हो, अच्छी तरह तापरोधी (Heat Insulated) हो, ऐसी व्यवस्था करनी होगी। खिड़कियाँ दोहरी या तिहरी चमक वाली (Triple Glazed) हो, दो-दो ऊर्जा दक्ष दरवाजे हों, स्मार्ट ग्लास का प्रयोग हो या भारत के मध्ययुगीन भवनों का उदाहरण लेकर बिल्डिंग की तकनीक (Technology of Medieval India) व मटेरियल का प्रयोग फिर से प्रारंभ किया जाए।

30. तापमान ज्यादा बढ़ने से समुद्र का जलस्तर बढ़ेगा, बाढ़ आएगी और इसलिए पावर ग्रिड को ऊँचे स्थानों पर लाना पड़ेगा, समुद्री बंदरगाह, पुल, अस्पताल सभी आवश्यक सार्वजनिक भवन आवासीय स्थान आदि ऊँचे स्थानों पर लाने

होंगे। वृक्षारोपण व वृक्ष संरक्षण की संस्कृति विकसित करनी होगी। पेड़ कटान बंद करने होंगे।

31. ग्रीन हाउस गैसों का उत्सर्जन सन् 2030 से पहले ही और भी कम करना पड़ेगा।

शून्य प्राय: उत्सर्जन (Emission Near Net Zero)—दुनिया के देशों की 20 प्रतिशत से 40 प्रतिशत तक आबादी 2 डिग्री c तापमान वृद्धि सन् 2022 से महसूस कर रही है। धरती की सतह में पानी समाप्त हो जाने से उपसतह (Sub-Surface) ठंडा नहीं हो रहा है, क्योंकि धरती की सतह से पसीना नहीं निकल पा रहा है।

32. मीथेन और नाइट्रस ऑक्साइड का प्रयोग वाटर हीटर या स्टोव में हो रहा है।

33. हर परिवार या व्यक्ति या किसी भी क्षेत्र का उपसमाज स्थानीय पहल पर मीथेन का उत्सर्जन बंद कर सकते हैं या अत्यंत कम कर सकते हैं। इसकी शुरुआत रसोईघर से करनी होगी। गाँव में स्टोव व चूल्हे का इस्तेमाल कम-से-कम करना व इससे बेहतर है कि सौर कुकर व गैस पाइप लाइन का उपयोग कर वायुमंडल में बढ़ रही जहरीली गैसों की मात्रा को कम कर सकते हैं, जिससे बादल फटना, बाढ़ जैसी आपदाओं को कम किया जा सकता है। किचन में व्यर्थ गीले कूड़े को एक अलग कूड़ेदान (जिसका निचला हिस्सा मिट्टी से लगा हो व ऊपर जाली लगाई गई हो) में डालना व सूखा कूड़ा एक अलग कूड़ेदान में डालना चाहिए, इससे मीथेन गैस का उत्सर्जन कम-से-कम होगा। अनाज, दाल, सब्जी, दूध का द्रव अंश कूड़ेदान की जाली से छनकर मिट्टी में चला जाएगा या जहाँ मिट्टी नहीं है, संशोधित कूड़ेदान के निचले बरतन में द्रव अंश चला जाएगा, जिससे किचन वेस्ट का सड़ना बंद होकर मीथेन गैस का निकलना लगभग समाप्त हो जाएगा। वरना 24 घंटे मीथेन गैस बनती रहती है। निचले बरतन में उतरा हुआ द्रव पहले कार्बन बेड से नीचे मिट्टी में उतारा जा सकता है या मिट्टी के गड्ढे में इस द्रव रूप में किचन के पानी को पहले कार्बन या चारकोल के बेड पर डाला जाए, जहाँ से शोधित पानी जमीन के अंदर चला जाएगा। कार्बन बेड से किचन द्रव को ले जाने का उद्देश्य है किचन वेस्ट को साफ करना तथा बदबू को समाप्त करना। इससे मीथेन गैस बनने की संभावना लगभग समाप्त हो जाएगी और धरती के अंदर मित्र जीवाणु (Friend Bacteria) किचन वेस्ट के द्रव रूप में अवशिष्ट पदार्थ को विच्छेदित (Dicomposed) कर सकेंगे।

विकास प्राधिकरण या नगर निगम या अन्य स्थानीय निकाय द्वारा गीले कूड़ेदान की बनावट में तत्काल सुधार करना चाहिए। गीला कूड़ेदान तीन भागों में हो—गीले कूड़ेदान में गीला कूड़ा डालने के बाद एक जाली की व्यवस्था हो, ठोस अनाज ऊपर रह जाएँगे और द्रव (Liquid) नीचे चला जाएगा। जाली के नीचे कार्बन या चारकोल का बेड/लेयर हो और वहाँ से द्रव रूप में किचन वेस्ट गुजरेगा, उसके बाद कार्बन के नीचे पुनः महीन छेद से द्रव (Liquid) को नीचे उतरने की व्यवस्था हो, उसके बाद तीसरा भाग या तो द्रव सँजोने के लिए स्थान/Bowl हो या मिट्टी के ऊपर अगर कूड़ेदान होता है, तो कूड़ेदान को मिट्टी के गड्ढे के ऊपर इस तरह एडजस्ट किया जाए कि शोधित पानी जमीन के अंदर चला जाए। चूँकि लिक्विड वेस्ट को कार्बन से शोधित (Treated) किया गया है, इसलिए बदबू (Faul Smell) आने की संभावना समाप्त हो जाएगी और मीथेन गैस बनने की संभावना भी समाप्त हो जाएगी।

34. शहर के नालों की संरचना में तत्काल सुधार की जरूरत है। घरों के शौचालय तथा किचन का गंदा पानी इन नालों में जाने के बाद नाले का ऊपरी हिस्सा खुला होने के कारण मीथेन गैस, प्रदूषित हवा या मच्छर आदि हानिकारक जीवाणु भरी हवा हम श्वास में लेते रहते हैं। इसलिए नालों के ऊपर 3 मीटर तक स्थायी ढक्कन और हर 3 मीटर के बाद 1 मीटर खुलने वाला हल्के वजन का ढक्कन लगाने की जरूरत है, जिसे आवश्यकतानुसार सफाई के समय खोला जा सके।

35. वैश्विक तपिश के दुष्प्रभाव—

(क) समुद्र तल की ऊँचाई का बढ़ना।

(ख) बाढ़ आना।

(ग) दूसरी जगहों का सूखाग्रस्त होना।

(घ) बादल का फटना।

(ङ) जंगल में आग का लगना।

(च) उपज अवधि का घटना।

(छ) अनाज और फल का उत्पादन घटना।

(ज) फल की गुणवत्ता घटना।

(झ) आदमी की कार्यक्षमता घटना।

(ञ) जीवन की गुणवत्ता में तेजी से कमी।

(ट) मानसिक रूप से मंद बुद्धि व कमजोर बच्चों का पैदा होना।

(ठ) बीमारियों में वृद्धि जैसे—मलेरिया, डायरिया, एनीमिया, निमोनिया आदि।

(ड) आदमी की सहनशीलता में कमी तथा तनाव में वृद्धि।

(ढ) दुधारू पशुओं के दूध की मात्रा में कमी।

(ण) गाँव की आबादी का अनिश्चित भविष्य की ओर पलायन।

(त) समुद्री व अन्य तूफान।

(थ) लू में वृद्धि।

(द) मानसून का बहुत पहले या बाद में शुरू होना।

(ध) असामान्य रूप से बहुत ज्यादा बारिश हो जाना तथा

(न) मौसम विभाग की भविष्यवाणी का बार-बार असफल होना।

(प) मानसून का देर से बंद होना।

(फ) हर प्रकार के मौसम जैसे—सर्दी, गरमी या वर्षा में न्यूनतम और अधिकतम की सीमा में ज्यादा का अंतर होना।

(ब) फसली क्षेत्र में कमी होना।

(भ) बार-बार फल, अनाज, तिलहन व दलहन को नुकसान पहुँचना आदि इस तरह की समस्याएँ वैश्विक तपन तथा जलवायु परिवर्तन के दुष्प्रभाव हैं। इसके लिए उच्चीकृत पूर्व सूचना तथा चेतावनी प्रणाली (Advanced Early Warning System) खासकर समुद्र के किनारे तथा बंदरगाहों पर लगना आवश्यक है।

36. इन समस्याओं का समाधान—

(i) समुद्र के किनारे सदाबहार वनस्पति (Mangrove)

(ii) हर शहर व गाँव के पास जंगल तथा सामाजिक वन व पेड़-पौधों का बढ़ाया जाना।

(iii) बिल्डिंग तथा आवासीय सेक्टर/ब्लॉक के पास या उनके प्रांगण में हरित पट्टी (Green Belt) का बढ़ाया जाना।

(iv) गाड़ियों व मवेशियों के लिए हरित छाया का प्रबंध करना।

(v) सस्ते तथा मितव्ययी वर्षा जल रिचार्ज प्रणाली व रिचार्ज ट्रेंच का बनाया जाना।

(vi) भू-क्षरण रोकने के तरीके अपनाना आदि कदम उठाने आवश्यक हैं।

(vii) नीबू घास, नीबू तथा अन्य फलदार झाड़ीनुमा पौधे लगाने से भू-क्षरण को कम किया जा सकता है।

(viii) ऐसे फल व अनाज पर रिसर्च बढ़ानी होंगी, जो कम समय में तैयार हो जाएँ और अत्यधिक धूप बरदाश्त कर सकें या कम पानी में तैयार हो सकें। इनको विकसित करने की आवश्यकता है।

(ix) जगह-जगह पर कूलिंग ग्रीन टावर, जो प्राकृतिक हों, उनका विकास हमारी तात्कालिक आवश्यकता है। इसके लिए पीपल, बड़, पाकड़, जामुन, बाँस, साल, शहतूत, आदि घने पत्तों वाले पेड़-पौधों की दो-तीन कतारें लगाने से या उनके बगीचे लगाने से तापमान कम किया जा सकता है।

(x) बाढ़ पीड़ित व बाढ़ग्रस्त क्षेत्रों में बाढ़रोधी पुल बनाने की आवश्यकता है।

(xi) छोटे किसान, गरीब, निम्न व मध्यम आय वर्ग के व्यक्ति के लिए हर वर्ष अनाज, फल, सब्जी लगाने से पहले उचित सुझाव देना तथा

(xii) उनको अपनी उपज का लाभदायक हिस्सा मिले, इसके लिए मूल्य नियंत्रण अत्यंत आवश्यक है। एक छोटे उदाहरण से इसे समझा जा सकता है—शाहजहाँपुर जिले में अगस्त 2021 में एक गाँव में मैंने किसान के खेत में ही खीरा बिकते हुए पाया, देखने पर मैंने पूछा कि व्यापारी किस दर से किसान से खीरा खरीद रहा है ? पाया कि मात्र 3 रु. किलो बेच रहा है, जबकि उसी समय सब्जी मंडी व बाजार में खीरे का मूल्य 30 रु. किलो था। इसका अर्थ यह हुआ कि किसान को अपनी उपज का भी खर्च न मिले और पसीना बहाने का कोई फायदा नहीं, क्योंकि उसे आज की रसोई की चिंता है और व्यापारी कम मेहनत में सारा-का-सारा लाभांश ले गया। इसका समाधान यह है कि मंडी हो या बाजार, व्यापारी को प्रतिदिन स्लेट आदि पर चॉक से यह लिखना आवश्यक है कि उसने किस किसान से फल, सब्जी, अनाज खरीदा, किसान का मोबाइल नंबर उल्लिखित हो। खरीदी मूल्य क्या है ? और विक्रय मूल्य क्या है ? विक्रय मूल्य का आधा उसे किसान को देना आवश्यक है। यदि 30 रु. किलो खीरा या कोई भी वस्तु बिक रही/रहा है तो उसे संबंधित किसान को उसका 50 प्रतिशत यानी 15 रु. देना

जरूरी है। वास्तव में मूल्य वृद्धि का फायदा 5 प्रतिशत से 10 प्रतिशत लोगों को हो रहा है और नुकसान लगभग 90 प्रतिशत लोगों को।

37. 4 डिग्री तापमान बढ़ने से उत्तरी अफ्रीका (Sub-Saharan Africa) में कृषि योग्य जमीन 20 प्रतिशत घट जाएगी। हम जलवायु आपदा के कगार पर हैं। कृषि उत्पाद में कमी, मूल्यवृद्धि, जीवन की गुणवत्ता में तेजी से कमी व अत्यधिक आर्थिक असमानता आएगी। सन् 2100 में हर वर्ष 1 करोड़ लोग लू से मरेंगे।

38. बीमारियाँ और उपचार—मलेरिया, डायरिया, एनीमिया।

उपचार—योगासन, प्राणायाम तथा आयुर्वेदिक जीवन अपनाना होगा। अनाज आदि का उत्पादन तिहरा करना पड़ेगा। अफ्रीका सिर्फ 2 प्रतिशत ग्रीन हाउस गैस उत्सर्जन के लिए जिम्मेदार है। लेकिन जलवायु परिवर्तन की मार यहाँ सबसे ज्यादा पड़ रही है।

7 सितंबर, 2022 को शर्म-अल-शेख (मिस्र) से अच्छी खबर आई कि पहली बार वार्त्ता टेबल पर कार्बन उत्सर्जन ज्यादा करने वाले समृद्ध देश निर्दोष विकासशील देशों को ग्रीन टेक्नोलॉजी तथा 100 अरब डॉलर Adaptation Fund देने के लिए सकारात्मक प्रयास करने जा रहे हैं। प्रयास फलीभूत हो सकता है। बल्कि जर्मनी 6 अरब डॉलर दे रहा है। जर्मनी पूरे विश्व में वैश्विक तपिश कम करने के लिए सबसे ज्यादा गंभीर और संवेदनशील है। इतना ही नहीं, रूस-यूक्रेन युद्ध के बाद जहाँ कुछ अन्य देश पुन: जीवाश्म ईंधन का प्रयोग कर रहे हैं, वहीं जर्मनी तेजी से पुनर्नवीकरणीय ऊर्जा (RNE) बढ़ाने की दिशा में तेजी से चल पड़ा है और अपनी टेक्नोलॉजी गोलार्ध के उत्तरी देशों (विकसित) से दक्षिणी देशों (विकासशील) को देने के लिए तेजी से सराहनीय कार्य कर रहा है। भारत और जर्मनी जलवायु परिवर्तन की समस्या का संयुक्त समाधान निकालने की दिशा में कार्य कर रहे हैं। साथ ही जर्मनी अन्य देशों के साथ भी पार्टनरशिप (Just Energy Transition Partnership) बढ़ा रहा है और उनकी अर्थव्यवस्था को गति देने के लिए भी कार्य कर रहा है।

39. कृषि अनुसंधान समूह—मैक्सिको स्थित खेती का सबसे बड़ा अनुसंधान संगठन CGIAR (The Consultative Group for International Agricultural Research) है। उन्नत पौधे, बीज तथा जेनेटिक्स में सुधार के क्षेत्र में CGIAR ने लगातार बेहतर काम किया है। वैज्ञानिक नॉर्मन बोरलॉग कृषि

क्षेत्र में वैज्ञानिक क्रांति लाने के लिए विश्वप्रसिद्ध अमर नाम हैं। नई जलवायु अनुकूल फसलें तथा पशु नस्ल, स्कूबा चावल, सूखारोधी धान की किस्म तथा जलमग्न धान की फसल तैयार करने में कृषि अनुसंधान संस्थानों का बड़ा योगदान है। पौधों की बीमारियों और उन्हें बरबाद करने वाली कीड़ों के संबंध में चेतावनी देने के लिए कैमरा, ड्रोन तथा ग्राउंड सेंसर तैयार किए गए हैं। इसी प्रकार सामाजिक सुरक्षा प्रणाली को मजबूत करने की आवश्यकता है।

40. Global Commission on Adaptation—जलवायु परिवर्तन से अनुकूलन के लिए लोगों को तैयार करता है।
41. महिला कृषक 25 प्रतिशत से 30 प्रतिशत ज्यादा कृषि उपज देने में सक्षम हैं।
42. किसानों को भी जलवायु परिवर्तन के लिए तकनीकी सुझाव तथा रिसर्च व अन्य सहायता की आवश्यकता है।
43. नगर नियोजन तथा गृह निर्माण में बिल्डिंग प्रोटोकॉल में बदलाव की जरूरत है। जलवायु निरपेक्ष भवन (Climate Proof Buildings) तैयार करने के लिए नए बिल्डिंग प्रोटोकॉल लागू करने की आवश्यकता है। इस संबंध में प्राचीन भारतीय तकनीक तथा मध्यकालीन भारतीय तकनीक ज्यादा उपयुक्त हैं। अभी भी भारत में तमिलनाडु में 2000 वर्ष पुराने बाँध तथा सैकड़ों वर्ष पुराने किले व राजमहल सिद्ध करते हैं कि उनमें प्राकृतिक रूप में वातानुकूलन की व्यवस्था थी तथा वे भवन अभी भी पूरी तरह मजबूती से खड़े हैं। नाली प्रबंधन प्रणाली (Drainage System) में सुधार की आवश्यकता है।

    समुद्र के किनारे समुद्री तूफान से बचने के लिए तथा बढ़ते जलस्तर से होने वाले नुकसान से बचने के लिए ऊँचे समुद्रतट (Seawalls) बनाने की जरूरत होगी।
44. आपातकालीन परिस्थितियों से निपटने के लिए आपदा निवारण करने हेतु सबसे पहले पहुँचने वाली टीम (First Responders Team) को प्रशिक्षित करके जगह-जगह पर उन्हें स्थापित करना पड़ेगा।
45. कृषि क्षेत्र में बीमा सुरक्षा योजना के पुनः परीक्षण की आवश्यकता है, ताकि विलंब के कारणों को दूर किया जा सके।
46. भारत में लगभग एक-तिहाई आबादी नगरीय क्षेत्र में रहती है, जबकि वैश्विक स्तर पर 50 प्रतिशत लोग नगरों में रहते हैं। इन 50 प्रतिशत शहरी लोगों के पास संपूर्ण संपदा व संपत्ति का 75 प्रतिशत है।

47. एक अनुमान के अनुसार सन् 2050 तक जलवायु परिवर्तन से उत्पन्न आपदा की स्थिति की आर्थिक कीमत 1 खरब डॉलर (1 trillion dollar)प्रतिवर्ष होगी।

48. कार्यस्थलों पर शीतलीकरण केंद्र (Cooling Centres Near Work Places) बनाए जाएँ। जिनके पास एयर कंडीशनर नहीं हैं, उनके लिए प्राकृतिक शीतलीकरण केंद्र ज्यादा उपयुक्त होंगे। इसके लिए घनी पत्तियों वाले बड़े-बड़े पेड़ों के समूह तथा संपूर्ण प्राकृतिक हरियाली व घास से हरे-भरे क्षेत्र तथा पास में छोटे जलाशय ज्यादा उपयुक्त होंगे।

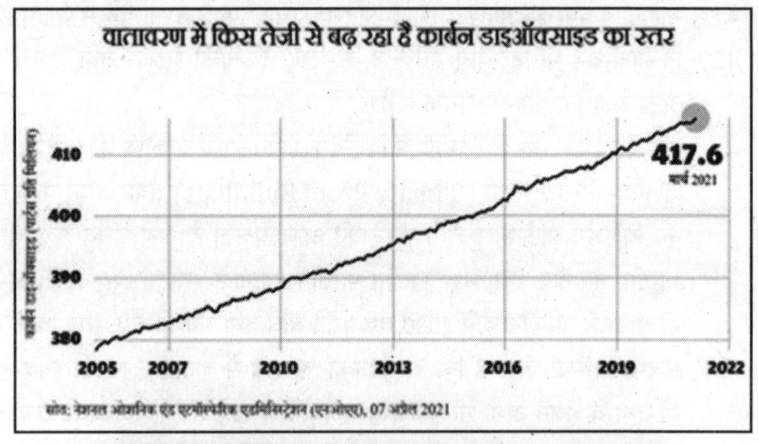

भारत चौथा सबसे बड़ा कार्बन उत्सर्जक देश है।

49. सन् 1750 से 2 डिग्री c से ज़्यादा तापमान हो जाने पर Coral Reefs समाप्त हो जाएँगे और Coral Reefs खत्म होने से इन स्थानों पर मछलियाँ भी आधी हो जाएँगी, अन्य जीव-जंतु भी घट जाएँगे।

समाधान—

(i) इसलिए वायुमंडल में संतुलन लाने के लिए वन क्षेत्र तथा वृक्षारोपण व वृक्ष संरक्षण अभियान में तेजी लाई जाए।

(ii) समुद्र किनारे जल अवरोध बनाने से ज्यादा निरापद और सस्ता है प्राकृतिक मैंग्रोव विकसित करना। मैनग्रोव जल की गुणवत्ता भी बेहतर करता है।

(iii) जल स्रोत व जलधारा का स्तर ऊपर उठाना आवश्यक है। इसलिए जल संरक्षण को सामाजिक आंदोलन बनाना पड़ेगा।

(iv) समुद्र से पेयजल तैयार करने के लिए डीसेलिनेशन (Desalination) महँगा पड़ता है और अगर समुद्र के किनारे डीसेलिनेशन विधि अपनाई भी जाए तो स्वच्छ पेयजल का दूर स्थान के लिए ट्रांसपोर्टेशन महँगा पड़ता है।

(v) इसी प्रकार हवा से पानी बनाना भी खर्चीला कार्य है।

(vi) इसलिए बारिश का पानी भू-गर्भ में रिचार्ज करना और इसके लिए ट्रेंच तथा मेंड़बंदी करना व झाड़ियों का उपयोग करना बेहतर होगा।

(vii) तालाबों की संख्या बढ़ाने पर भारत सरकार गंभीर है, यह अच्छी बात है, लेकिन हर वर्ष जितने नए तालाब बनना दिखाया जा रहा है, प्रतिवर्ष बनाए जा रहे, तालाबों की जियोमैपिंग (Geomapping) तथा अक्षांश, देशांतर से उनका चिहनीकरण भी प्राथमिकता के कार्य होने चाहिए, ताकि इस संबंध में भ्रष्टाचार की संभावना घट जाए।

(viii) इसी श्रेणी में आगे प्रयोग किए गए पानी का पुनः प्रयोग (Re-use) व पुनश्चक्रण (Recycling) की भी जरूरत पड़ सकती है।

(ix) इसके साथ-साथ नगरों में नालों में बारिश का पानी मिलना समाप्त करना पड़ेगा। इसके लिए सड़कों के किनारे व जगह-जगह पर वर्षा जल रिचार्ज प्रणाली बनानी पड़ेंगी, जिसमें बोरिंग, पाइपिंग विधि की आवश्यकता नहीं है।

(x) यह भी ध्यान रखा जाए कि सीवेज लाइन बेसमेंट में न उतरे। यह समस्या कई स्थानों पर आ चुकी है।

(xi) इसके अतिरिक्त ऐसे तालाब बनाने की आवश्यकता है, जिससे वाष्पीकरण से होने वाली हानि को कम-से-कम आधा किया जा सके।

(xii) इसी कड़ी में यह भी बताने की जरूरत है कि बिजली का बिना प्रयोग किए बारिश के पानी से पेयजल तैयार किया जाए।

(xiii) इस संबंध में सरकार को नीतिगत समर्थन की जरूरत है, ताकि प्राइवेट निवेशक जल संरक्षण कार्यों में सहयोग कर सकें।

(xiv) इस संबंध में उल्लेखनीय है कि लेखक द्वारा कई मॉडल विकसित किए जा चुके हैं, जिसमें 4 पेटेंटेड मॉडल भी हैं।

50. 2020 से 2030 के बीच में 1.8 खरब डॉलर का निवेश करने से जलवायु परिवर्तन से होने वाले नुकसान को नगण्य किया जा सकता है और इससे 7 खरब डॉलर की आय होगी। मतलब यह कि दुनिया के जी.डी.पी. का 0.2 प्रतिशत भी निवेशित किया जाए, तो हरित सुरक्षा देने में कामयाबी मिलेगी और निवेश से 4 गुना अधिक लाभ भी होगा।

51. नाइजर और चीन ने इकोसिस्टम बेहतर करने के लिए उल्लेखनीय कार्य किया है। भारत ने सौर ऊर्जा के क्षेत्र में बेहतर कार्य किया है। मैक्सिको ने जल बेसिन बनाकर हरित वायुमंडल विकसित करने का कार्य किया है।

52. समाधान—समुद्री तूफान को शांत करने व उसका प्रबंधन करने के लिए ड्रेनेज प्रणाली (Storm Water Drainage System) मजबूत करना आवश्यक है। असामान्य रूप से बहुत ज्यादा बारिश होने पर शहरों का पानी भी नालों द्वारा समुद्र तल तक ले जाना भी आवश्यक है। भू-क्षरण (Soil Erosion) को नियंत्रित करना कृषि क्षेत्र में पर्याप्त उपज बनाए रखने के लिए बहुत जरूरी है। इस दिशा में भारत में बहुत काम किया जाना शेष है। स्मार्ट सिटी प्रोजेक्ट निवेशकों को तेजी से इस कार्य पर फोकस करना पड़ेगा।

53. हरित वायुमंडल विकसित करने तथा हरित प्रीमियन प्रबंधन के लाभ—

(क) गृहयुद्ध की संभावना समाप्त होगी।

(ख) किसानों का बाढ़ व सूखे से बचाव होगा।

(ग) नगरों तथा आवासीय क्षेत्रों का चक्रवाती तूफान (Hurricane) से बचाव होगा।

(घ) जलवायु प्रभावित आबादी को शरणार्थी बनने की जरूरत नहीं पड़ेगी।

(ङ) भुखमरी और कुपोषण की जरूरत नहीं आएगी।

(च) संतुलित आर्थिक विकास दर में तेजी आएगी तथा सकारात्मक वातावरण बनेगा।

(छ) हर स्तर पर—घरेलू, राष्ट्रीय व अंतरराष्ट्रीय स्तर पर फायदे होंगे।

54. वैश्विक स्तर पर गरीबी—सन् 1990 में दुनिया की 36 प्रतिशत आबादी गरीब थी। सन् 2015 में गरीबों का प्रतिशत घटकर 10 प्रतिशत रह गया। लेकिन कोविड महामारी के बाद गरीबों का प्रतिशत बढ़कर 13 प्रतिशत हो गया। बेहतर यही होगा कि विकटतम दिनों के लिए हर स्तर पर तैयारी की जाए।

55. समुद्री सतह पर बर्फ की चट्टानों की तरह दिखने वाले रवादार स्ट्रक्चर वास्तव में मीथेन से भरा टीला है, जब ये विस्फोट करेंगे तो एकाएक बहुत ज्यादा गरमी पैदा होगी।

56. नए तकनीकी समाधान—वैज्ञानिक खासकर यूरोप के वैज्ञानिक लगातार वैश्विक तपिश को कम करने की दिशा में प्रयास कर रहे हैं। Geoengineering—सूर्य की जितनी गरमी धरती पर पहुँचती है, उसका 2 प्रतिशत परावर्तित (Reflect Back) कर दिया जाए। बादल को नमक की मदद से चमकीला बनाकर तथा वायुमंडल के ऊपरी हिस्से में सूक्ष्मकण (Fine Particles) बिखेरकर। Cirrus Clouds—सायरस क्लाउड भी सूर्य की किरणों और धूप को वापस अंतरिक्ष (Space) में परावर्तित कर देते हैं, जिससे तापमान घटता है।

57. सौर तथा पवन ऊर्जा से प्राप्त ऊर्जा का विद्युत रूप में संग्रह करने के लिए नई तकनीक को विकसित करना होगा। इसी प्रकार स्टील उत्पादन प्रौद्योगिकी में भी उल्लेखनीय नवीन प्रगति की आवश्यकता है, ताकि स्टील बनाने में होने वाले कार्बन उत्सर्जन को घटाया जा सके।

58. जंगलों को आग से बचाने के लिए समुचित कदम उठाने जरूरी हैं। इसके लिए जंगलों के बीच कुछ दूरी बनाई जाए, ताकि आग लगने पर आगजनी की शृंखला तोड़ी जा सके। आग छोटे क्षेत्र में सीमित रह जाएगी। उदाहरण के लिए, 2 किमी. तक जंगल हो, फिर 100 मी. तक कोई पेड़ या वनस्पति नहीं। इस नीति से भी जंगल की आग सीमित की जा सकती है।

59. कुछ अन्य उपाय हैं, स्मार्ट एनर्जी की नीति अपनाना—
   (क) विद्युतीकरण—कम विद्युत व्यय के लिए CFL का उपयोग करना।
   (ख) ऊर्जा सुरक्षा—पब्लिक ट्रांसपोर्ट के लिए दक्ष ईंधन व्यय नीति अपनाना।
   (ग) आर्थिक पुनर्निर्माण तथा आर्थिक उबार (Recovery) के तरीकों पर मंथन करना, रिसर्च करना (R&D) और स्वच्छ ऊर्जा में निवेश जैसे—हाइड्रोजन चलित वाहन का प्रयोग तथा नाभिकीय संलयन (Nuclear Fusion) की दिशा में आगे बढ़ना पड़ेगा।
60. नाभिकीय संलयन (Nuclear Fusion) ऊर्जा का प्रयोग करना ITER अंतरराष्ट्रीय ताप नाभिकीय प्रायोगिक रिएक्टर (International Thermonuclear Experimental Reactor) इस दिशा में रिसर्च कर रहा है, जो फ्रांस में है। लेकिन अनुमान है कि 2035 तक यह प्रयोग सफल हो पाएगा। दुनिया के 40 देशों के संयुक्त प्रयास से यह कार्य हो रहा है। यूरोप, चीन, भारत, जापान, रूस, कोरिया, यू.एस.ए. भी मिलकर इसमें खर्च कर रहे हैं। यह धरती पर सूरज बनाने का प्रयोग है, जिसे सन् 1988 में स्थापित किया गया था।
61. दुनिया के लगभग सभी देशों में आपसी समझ और सहयोग की अब ज्यादा जरूरत है। कार्बन पावर प्लांट्स की भी जरूरत है। उत्सर्जन को नियंत्रित करने के लिए अदृश्य खर्चे भी काफी हैं। इसके विपरीत अमेरिका द्वारा रूस के पड़ोसी देश यूक्रेन में खतरनाक हथियार स्थापित करने के निर्णय के कारण और यूक्रेन को नाटो का सदस्य बनाए जाने की पहल के कारण रूस-यूक्रेन युद्ध प्रारंभ हुआ, जिसका ताप पूरी दुनिया को झेलना पड़ रहा है। इस कारण ग्रीन एनर्जी की दिशा में जो हम सभी देश बढ़ना चाह रहे थे, उसके बजाय यह लक्ष्य अब और दूर होता जा रहा है।
62. राष्ट्रीय व क्षेत्रीय सरकारें तथा स्थानीय निकाय (Local Bodies) तथा सभी अंतरराष्ट्रीय नागरिक (World Citizens) व राष्ट्रीय नागरिकों (Citizens of the Country) को सकारात्मक प्रयासों के द्वारा वैश्विक तपिश को नियंत्रित करना पड़ेगा।
63. अनुसंधान और विकास (Research & Development) सामान्यत: अब तक सरकारों का काम रहा है, क्योंकि बिजनेस कंपनियाँ लाभप्रद प्रोजेक्ट्स में ही निवेश करना चाहती हैं। जबकि अत्यधिक समय लगने की संभावना

तथा अनिश्चितता के कारण सरकारों को रिसर्च अपने हाथ में लेना पड़ता है। इसलिए रिसर्च को गतिमान करने के लिए रिसर्च के उत्पाद (Product) के माँग पक्ष (Demand Side) को प्रोत्साहित करने की जरूरत है। कार्बन टैक्स लगाने की जरूरत पड़ सकती है। यानी बाजार में ग्रीन प्रीमियम को शून्य करने की जरूरत है, ताकि स्वच्छ ऊर्जा और ग्रीन गैसरहित चीजें कार्बनयुक्त चीजों से थोड़ी सस्ती हों या लगभग बराबर कीमत की हों।

64. हरित तकनीक के बिजनेस में परंपरागत बिजनेस से ट्रांसफर करने में समय लगता है, परेशानी भी होती है। यह परिवर्तन कम कष्टदायी हो, इसके लिए सरकार को भी सहायता देनी चाहिए। जैसे—लोन जारी करने में सहूलियत देना, मार्केटिंग में मदद करना, रोजगार बनाए रखने में मदद करना, तकनीक आसानी से बिजनेसमैन और उद्योगपति को मिल पाए, इसका ध्यान रखना। बड़ा आर्थिक घाटा न हो, इसे ध्यान में रखना। नीतिगत फैसले जनता के मुफीद हों, ताकि जीवाश्म ऊर्जा समयबद्ध तरीके से छोड़ी जा सके। इस दिशा में भारत सरकार ने प्रयास भी किया है, जिससे सौर ऊर्जा अब 90 प्रतिशत सस्ती हो चुकी है।

65. दिसंबर 2015 में पेरिस समझौता हुआ। इनके प्रावधानों को लागू करने के लिए जनता अपने जन प्रतिनिधियों पर दबाव बनाए। Breakthrough Energy org. कहता है कि जलवायु आपदा न बने, इसके लिए सन् 2050 तक ग्रीन हाउस गैस उत्सर्जन को शून्य करना होगा। यू.एस.ए. के राष्ट्रपति श्री बाइडन यह चाहते भी हैं, लेकिन वहाँ की सुप्रीम कोर्ट ने समय अनुकूल फैसला नहीं लेने दिया।

66. वैश्विक तपिश की झुलसन का एहसास सन् 2050 नहीं, बल्कि सन् 2025 से 2035 के बीच ही भारत में लोगों को ज्यादा परेशान करेगा। लेकिन ऐसा प्रतीत होता है कि औसत वैश्विक तपिश सन् 1750–1850 की अपेक्षा 2022 में 1.2 डिग्री c बढ़ी है। जो 1.2 डिग्री c से ज्यादा बढ़ी है, वह आभासित वृद्धि है। जो गुप्त ताप (Latent Heat) की तरह गरमी अंटार्टिका, आर्कटिक तथा उत्तरी और दक्षिणी ध्रुव के हिम पर्वत को पिघलाने में खर्च हो रही है, क्योंकि इन क्षेत्रों का तापमान −51 डिग्री c से −11 डिग्री c तक पहुँचने में सतह पर अवक्षेपित (Precipitate)नहीं हो रही है या धरती पर रहने वालों पर नहीं पहुँचकर बर्फ के तापमान परिवर्तन में खो जा रही है। जब बर्फ का तापमान

0 डिग्री c पर पहुँच जाएगा और पिघल जाएगा तब धरती के जीव-जंतुओं और मनुष्य जातियों के लिए वातावरण की तपिश को एकाएक बढ़ा देगा। इसलिए इस अध्याय के लेखक को लगता है कि सन् 2050 नहीं, बल्कि भारत की आबादी के लिए सन् 2025 से 2035 के बीच वह प्रलयकारी दृश्य आ धमकेगा। इसके कई लक्षण सन् 2022 में ही अपना ट्रेलर दिखा चुके हैं। इस संबंध में भारत के बड़े भू-भाग में तथा हर वर्ष 4 नए प्रांतों में औसत तापमान का लगातार बढ़ते जाना, कई प्रांतों में और कई जिलों में अतिवृष्टि होना, कई प्रांतों में सूखा पड़ना, उस प्रलय के पूर्ववर्ती दृश्य नहीं तो और क्या हैं? जिस प्रकार हमारा अनुमान था कि चीन की आबादी के बराबर होने में कुछ वर्ष लगेंगे, लेकिन उसमें भी भारत में तेजी आ चुकी है उसी प्रकार तापीय प्रलय (Heat Disaster) आने में अब ज्यादा समय नहीं बचा है, जिसके लिए हम एकाएक तैयार नहीं हो पाएँगे।

इसलिए हर दिन हम पेड़-पौधे और वन आच्छादित क्षेत्र बढ़ाने के लिए प्रयासरत रहें। सन् 2030 तक भारत की तैयारी पूरी हो जाए, इसके लिए भारतीय उप महाद्वीप में एक-तिहाई क्षेत्र में वन क्षेत्र अवश्य तैयार हो जाएँ। अतः कार्बनरहित वातावरण बनाने के लिए रिसर्च में भी तेजी लाने की आवश्यकता है। चूँकि पेड़-पौधों को विकसित होने में समय लगता है, इसलिए पौधे व वृक्ष लगाने के बाद उनको संरक्षित करना मात्र मौलिक कर्तव्य न हो, बल्कि इस मौलिक कर्तव्य को कानूनी रूप से लागू करना हर नागरिक के लिए बाध्यकारी किया जाए। यह आपातकालीन स्थिति आ चुकी है। इसलिए नवोन्मेषित तकनीक (Invented Technique) विकसित करने में तेजी तथा इसकी माँग में तेजी दोनों होना आवश्यक है। इसके साथ-साथ जनता को संवेदनशील होकर जिम्मेदारी के साथ काम करना जरूरी है।

(i) आवश्यक तकनीक

(क) कार्बनरहित हाइड्रोजन का उत्पादन।

(ख) विद्युत ग्रिड में बिजली पूरे स्केल में जमा रखी जाए, ऐसी तकनीक विकसित करके पूरे मौसम में संचित बिजली को उपयोग में लाया जा सके।

(ग) इलेक्ट्रो ईंधन (Electro Fuel) का प्रयोग करना।

(घ) उच्चीकृत बायो ईंधन (Bio Fuel) को प्रचलन में लाना।

(ङ) शून्य कार्बन सीमेंट तैयार करना।

(च) जैविक डेयरी और जैविक मीट जैसे—मशरूम के स्वाद से मिलते-जुलते प्रोडक्ट तैयार करना।

(छ) शून्य कार्बन खाद

(ज) परमाण्विक विखंडन (Nuclear Fission) की अगली पीढ़ी।

(झ) नाभिकीय संलयन (Nuclear Fusion)

(ञ) Direct Air Capture तथा Carbon Point Capture (Capturing Carbon at Carbon Emission Point)

(ट) भूतल से बिजली का ट्रांसमिशन।

(ठ) कार्बनरहित प्लास्टिक।

(ड) भू-तापीय ऊर्जा (Geo-therma Energy)

(ढ) गरम पानी को पंप से ले जाना।

(ण) बिजली का तापीय रूप में संग्रहण।

(त) सूखा और बाढ़रोधी अनाज की किस्में तैयार करना।

(थ) ताड़ का तेल (Palm Oil) का वैकल्पिक तेल व भोज्य पदार्थ।

(द) फ्लोरीन गैस विहीन कूलेंट का विकास करना, ताकि रेफ्रिजरेटर में इसका प्रयोग हो।

67. इन लक्ष्यों को द्रुत गति से हासिल करने के लिए सरकारों को निम्नांकित कदम उठाने की आवश्यकता है—

(क) स्वच्छ ऊर्जा व कार्बनरहित उत्पादों के लिए अनुसंधान विकास में 5 गुना तेजी लाई जाए। इस समय भारत में R&D पर सरकारी आर्थिक निवेश सिर्फ 0.02 प्रतिशत है। इसे बढ़ाकर 0.2 प्रतिशत करने की आवश्यकता है।

(ख) लेकिन बड़े जोखिम (High Risk) के R&D से बड़े पुरस्कार (High Reward) की भी प्रबल संभावना है। उदाहरण के लिए, हाई जिनोम प्रोजेक्ट (HGP- High Genome Project) का नेतृत्व यू.एस.ए. ने किया, जिसमें 6 देश पार्टनर हैं। अरबों रुपए खर्च करने पर 13 वर्ष बाद 141 गुना फायदा हुआ। इस प्रकार गंभीर बीमारियों के इलाज में इन देशों को बहुत बड़ा फायदा हुआ।

(ग) प्रारंभ से ही R&D इकाई (Unit) को उद्योगों के साथ-साथ काम करना है।

(घ) नवोन्मेष (Inovations and Inventions) के लिए माँग बढ़ाई जाए, यानी नवोन्मेष संस्कृति का विकास किया जाए।

(ङ) जोखिम लेने से होने वाला खर्च कम किया जाए—इसके लिए आर्थिक प्रोत्साहन दिए जाएँ। ग्रीन प्रीमियम कम करने के लिए टैक्स क्रेडिट, लोन गारंटी, सरकारी नीति में स्थायित्व और स्पष्टता, संगतता (Consistency) और तार्किकता हो। बिजनेस प्रारंभ करना और भी आसान हो और सुगम किया जाए (Starting a business must be made easier and less expensive)। अनावश्यक खर्च पर रोक हो। नए बिजनेस या उद्योग की यूनिट लगाने के लिए पूँजी निवेश की अपेक्षा विकसित कौशल (Developed Skill) को प्रोत्साहन व प्राथमिकता दी जाए। वर्तमान में यह पूँजी का खेल (Capital Intensive) हो गया है। स्किल डेवलपमेंट ज्यादातर कौशल विकास प्रमाण पत्र बाँटने का खेल हो गया है। स्किल डेवलपमेंट में भी प्रतियोगिता लानी आवश्यक है।

(च) शून्य कार्बन नीति लागू की जाए, ताकि कार्बन उत्सर्जन शून्य करने वाली किसी भी तकनीक के लिए फायदेमंद हो। नीति निष्पक्ष हो।

(छ) ऐसी आधारभूत संरचनाएँ (Infrastructure) बनाई जाएँ, ताकि नई तकनीक को बाजार में पहुँचने में मदद मिले। जैसे—सौर ऊर्जा और पवन ऊर्जा को विद्युत ग्रिड से जोड़ना, कैप्चर किए गए कार्बन डाइऑक्साइड और हाइड्रोजन के लिए पाइप लाइन की व्यवस्था करना।

(ज) नई तकनीकों के अनुरूप नियम तैयार करना और उसे लागू करना। उसी प्रकार कार्बन या ग्रीन हाउस गैस उत्सर्जन पर टैक्स लगाना, स्वच्छ ऊर्जा का मानक तय करना।

68. IBRD जैसी अंतरराष्ट्रीय संस्थाओं की भूमिका।

Montreal protocol में ओजोन लेयर को घटाने पर जोर दिया गया।

COP-21 में लक्ष्य तय किया गया कि ग्रीन प्रीमियम इतना कम किया जाए कि कम आमदनी वाले देशों के लिए कार्बन उत्सर्जन कम करना आसान हो।

69. व्यक्ति/नागरिक स्तर पर उठाए जाने वाले कदम—

(i) स्वच्छ ऊर्जा को प्राथमिकता दी जाए, अंतरराष्ट्रीय स्तर पर सरकारों पर स्वच्छ ऊर्जा का विकल्प अपनाने के लिए दबाव बनाया जाए, पत्राचार करके, ई-मेल करके, सोशल मीडिया पर सरकारों को सुझाव दें, अनुस्मारक दें, प्रश्न करें, उपभोक्ता और उत्पादक के तौर पर ईमानदारी और सिद्धांतों का अनुगमन करें। हर घर से कार्बन उत्सर्जन कम किया जाए। बिजली के लिए LED का उपयोग बढ़ाया जाए।

(ii) (क) नए घर बनाते समय या मरम्मत करते समय या पुराने घर को नए रूप देने के समय पुनश्चक्रित (Recycled) स्टील का प्रयोग किया जाए।

(ख) परावर्तक इंसुलेटर (Reflective Insulator) का प्रयोग किया जाए।

(ग) शाकाहार को बढ़ावा दिया जाए।

(घ) वृक्ष संरक्षण संस्कृति का हर माह अनुश्रवण किया जाए।

(ङ) वृक्ष संरक्षण के क्षेत्र में व्यक्तिगत व स्थानीय प्रयासों को प्रोत्साहन दिया जाए, इनाम दिया जाए।

(च) प्राइवेट कंपनियों में आंतरिक कार्बन टैक्स सिस्टम बनाया जाए।

(छ) R&D के नवीनतम ग्रीन उत्पाद (Green Product) को उपयोग में लाने वाले व्यक्ति/ग्राहक को सरकार द्वारा भी और प्राइवेट कंपनियों द्वारा भी इनाम/पुरस्कार दिया जाए। प्राथमिकताएँ तय की जाएँ। कंपनियों के बीच भी आपसी सहयोग व सामंजस्य बढ़ाया जाए तथा संयुक्त प्रयास से R&D को प्रोत्साहन दिया जाए। इसमें निवेश खासकर सीमेंट, स्टील तथा प्लास्टिक बनाने वाली कंपनियों को, जो ग्रीन हाउस गैसों का ज्यादा उत्सर्जन करती हैं, उन्हें यह जिम्मेदारी अवश्य दी जानी चाहिए। इसके लिए कठिन फैसले लेने पड़ेंगे। साथ-साथ नवोन्मेषकों (Innovators) को प्राथमिक स्टेज में ही मदद दी जाए, ताकि उनके उत्पाद का प्रसार हो। प्रोत्साहन में Fellowship या इन्क्यूबेशन (Incubation) जारी किया जाना आसान हो।

(ज) आयोजित कार्यशालाएँ सार्थक व उत्पादक हों, सिर्फ वार्त्ता न हो, प्लानिंग का रोडमैप उसमें तैयार किया गया हो और जमीनी कार्यों का अनुश्रवण किया जाए। बिजनेस डिवीजन बनाए जाएँ, जो कम कार्बन उत्पाद पर ही फोकस/रिसर्च करें।

(झ) ग्रीन हाउस गैस उत्सर्जन के समाधान के लिए बहु विषयक अध्ययन (Multi Disciplinary Studies) की आवश्यकता पड़ती है। समाधान न्यून आय लोगों/देशों के बजट को ध्यान में रखकर दिए जाएँ।

क्र. सं.	ग्रीन हाउस	गैस स्त्रोत
1.	कार्बन डाइऑक्साइड	(क) जीवाश्म ईंधन (कोयला, खनिज तेल, प्राकृतिक गैस) के जलने से। (ख) वन कटान तथा भू–उपयोग परिवर्तन से। (ग) जलाने से—कूड़ा व अन्य।
2.	मीथेन (CH_4)	(क) मवेशियों की आँतों के किण्वन (Enteric Fermentation) तथा कीड़ों से। (ख) बायोमास (विद्युत उत्पादन के लिए जैविक ईंधन) तथा कूड़ा संग्रह स्थल (Land Field) पर के कूड़े से (ग) कोयला खान तथा प्राकृतिक गैस लीकेज से। (घ) धानँ के खेत से (Peddy Field)। (ङ) दलदल तथा तुंद्रा (ऊँची भूमि)।
3.	क्लोरो फ्लोरो कार्बन (CFC)	(क) एरोसोल (Aerosol) किसी कंटेनर (स्टील में उच्च दबाव में रखा गया रासायनिक द्रव, जो प्रोपेलेंट गैस से अवमुक्त करने पर स्वच्छ स्प्रे के रूप में निकलता है।) (ख) रेफ्रिजरेशन और एयर कंडीशनिंग में प्रयुक्त फ्लोरीन गैस। (ग) प्लास्टिक फोम। (घ) औद्योगिक घोलक (Solvent)। (ङ) मेडिकल आपूर्ति का जीवाणुनाशक (Sterilant)
4.	नाइट्रस ऑक्साइड (N_2O)	(क) अत्यधिक रासायनिक खाद्य का प्रयोग और अनुपयुक्त भाग का हवा, पानी और मिट्टी में रह जाना (ख) जीवाश्म ईंधन का जलना। (ग) बायोमास का जलना।

सफलता—Montreal Protocol के बाद क्लोरो फ्लोरो कार्बन के प्रयोग में 40 प्रतिशत कमी लाई जा चुकी है। लेकिन जो CHC वायुमंडल में आ चुका है, वह 100 साल तक रहेगा। इसलिए वैश्विक तपिश में कमी लाने के लिए उन्हें कब्जे में (Capture) करके हटाना पड़ेगा, या शून्यीकृत (Neutralize) करना पड़ेगा।

70. वैश्विक तपिश के लक्षण (Signs of Global Warming)—

i. उत्तरी गोलार्ध की हिम राशि पिघलकर घटती जा रही है। इंडियन इंस्टीट्यूट ऑफ रिपोर्ट सेंसिंग की रिपोर्ट दिनांक 7.11.2022 के अनुसार, भारत के उत्तर-पश्चिमी हिस्सों के पहाड़ी प्रांतों (जम्मू-कश्मीर, लद्दाख, हिमाचल प्रदेश और उत्तराखंड) में स्नो लाइन कवर हर साल 5.10 मीटर पीछे खिसक रहा है। गरमी में 5 हजार मीटर की ऊँचाई पर बर्फ मिल पाती है। जबकि दिसंबर-जनवरी में समुद्रतल से 1900 मीटर की ऊँचाई पर बर्फ मिल जाती है। इसलिए पहाड़ों की पारिस्थितिकी न बिगाड़ी जाए और पहाड़ों के अनुकूल पेड़-पौधे, वन आच्छादित क्षेत्र संरक्षित रखा जाए।

ii. पेड़ों पर प्रकाश संश्लेषण की क्रिया (Photocynthesis) से ग्रीन हाउस गैस घटती है।

iii. समुद्र में तापीय जड़ता (Thermal Inertia) तथा प्रसार (Circulation) बदल रहे हैं।

iv. जमीन पर हाइड्रोलॉजिकल तथा पारिस्थितिकीय परिस्थितियों में परिवर्तन होना।

v. समुद्र की अपेक्षा धरती की सतह का ज्यादा तेजी से गरम होना। उत्तरी अक्षांश (Northern Latitude) जाड़े में विश्व के औसत से ज्यादा गरम होता है।

vi. समुद्र तल एक दशक (one decade) में 6 सें.मी. से ज्यादा ऊपर उठ रहा है।

(IPCC - Inter governmental Panel on Climate Change of the UN)

vii. मौसम के अटपटे लक्षण—

(क) असामान्य रूप से ज्यादा वर्षा—कई जिलों में

(ख) अत्यधिक तथा लंबे समय तक बहुत ज्यादा ठंड पड़ना।

(ग) किसी जिले, प्रांत या क्षेत्र में औसत से काफी कम वर्षा—सुखाड़ पड़ना।

(घ) ग्रीष्म या शरद ऋतु का लंबा खिचना या लंबी अवधि का होते जाना।

(ङ) अत्यधिक विलंब से या समय के काफी पहले मानसून का प्रारंभ होना।

(च) वर्षा के दिनों में अंतर का बढ़ता जाना।

(छ) मौसम में नई प्रकार की घटनाएँ, लक्षण।

(ज) हिमनद (ग्लेशियर) का घटते जाना (Receding Glaciers)

(झ) अंटार्कटिका और आर्कटिक में तापमान का बढ़ना।

(ञ) हिमस्खलन (Avalanche) की घटनाओं में बढ़ोतरी।

(ट) भारत के सीमांत प्रदेशों (Border States/ UTs) में अत्यधिक असामान्य वर्षा से प्रलयकारी स्थिति का उत्पन्न होना—जम्मू-कश्मीर, हिमाचल, उत्तराखंड, केरल, तमिलनाडु, असम, गुजरात, उड़ीसा में यह स्थिति सन् 2014 के बाद आ चुकी है। वहीं कई जिलों, प्रांतों में अकाल की स्थिति का उत्पन्न होना।

viii. सल्फर (सल्फेट के रूप में) उत्सर्जन होने से वर्षा/हिमपात का ph value 3 तक गिर जाने से संगमरमर वर्षा जल में घुलता जा रहा है।

CFC का प्रभाव—ओजोन से CFC (क्लोरो फ्लोरो कार्बन) प्रतिक्रिया करके ऑक्सीजन में बदल देता है। UV किरणें, जो ओजोन से रुक जाती थीं, अब धरती की सतह/वायुमंडल में प्रवेश कर रही हैं, इससे तापमान बढ़ता जा रहा है।

ix. सुपरसोनिक विमान/जेट द्वारा निकला हुआ वाहन प्रदूषण भी ओजोन परत को पतला कर रहा है, जिससे नुकसान हो रहा है, गरमी बढ़ रही है।

शहर के वायुमंडल में मानवकृत धूल, धुआँ, निर्माण कार्य से तैयार धूल वाहन का धुआँ, एयर कंडीशनर का निकला धुआँ/गैस, तापीय गरमी, प्रदूषण, घास पर आदमी का मर्दन,

अत्यधिक चरा हुआ घास का मैदान यानी बंजर जमीन, वानस्पतिक आवरण का अभाव—इन सबसे तापमान में वृद्धि होती है। रेगिस्तान, रसायन, रासायनिक खाद इत्यादि से नगरीय ताप बढ़ता है।

71. जलवायु परिवर्तन को नियंत्रित करने के लिए सम्मेलन—

(क) टोरंटो कॉन्फ्रेंस—सन् 1988,

(ख) रियो डे जेनेरियो सन् 1988 से सन् 2006 तक 18 वर्षों में रियो डे जेनेरियो सम्मेलन हुए।

(ग) WMO and UNEP- World Meterological organization and United Nations Environment Programme ने सन् 1988 में IPCC की स्थापना की।

टोरंटो कॉन्फ्रेंस में विकसित देशों द्वारा ग्रीन हाउस गैस उत्सर्जन कम करने के लिए पहला कानूनी प्रयास किया गया। USA ने 6 प्रतिशत उत्सर्जन घटाने के बजाय सन् 1990 से सन् 2012 के बीच 11 प्रतिशत बढ़ा दिया। यूरोपियन यूनियन ने सकारात्मक नवोन्मेष तथा रिसर्च द्वारा ग्रीन हाउस गैस उत्सर्जन घटाने के लिए कदम उठाए तथा विकासशील देशों को तकनीक ट्रांसफर करना स्वीकार किया। चीन ने सन् 1990–2012 के बीच कार्बन डाइऑक्साइड़ उत्सर्जन 17 प्रतिशत घटाने का दावा किया। रूस ने भी 2021 तक ग्रीन हाउस गैस उत्सर्जन घटाया, लेकिन अभी भी यू.एस.ए., रूस और चीन द्वारा ग्रीन हाउस गैस उत्सर्जन विश्व औसत से बहुत ज्यादा है।

74. विकासशील देशों को सतत विकास (Sustainable Development)के लिए कार्बन/ग्रीन हाउस गैस उत्सर्जन अवश्य घटाना है।

भारत ने ऊर्जा और वाहन के क्षेत्र में तेजी से स्वच्छता तकनीक अपनाई है। लेकिन ए.सी., फ्रिज, रेफ्रिजरेटर, हीटर व मैन्युफैक्चरिंग सेक्टर में स्वच्छ ऊर्जा तकनीक अपनाई जानी बाकी है।

पुनर्नवीकरणीय ऊर्जा तकनीक को प्रोत्साहन दिए जाने की आवश्यकता है। CDM (Clean Development Mechanism) द्वारा विकसित देश विकासशील देशों में प्रोजेक्ट फाइनेंस करते हैं और उत्सर्जन क्रेडिट प्राप्त करते हैं।

यू.एस.ए., ऑस्ट्रेलिया, भारत, चीन, जापान और दक्षिण कोरिया ने ग्रीन हाउस गैस उत्सर्जन घटाने की घोषणा की।

एशिया—प्रशांत पार्टनरशिप फॉर क्लीन डेवलपमेंट एंड क्लाइमेट में तकनीक आधारित कार्बनमुक्त समाधान पर जोर दिया गया है।

75. **दुष्प्रभाव**

(क) मूँगफली का उत्पादन 34 डिग्री c के ऊपर घट जाता है।

(ख) IIS तथा IITM (Indian Institute of Tropical Meteorology) का कहना है कि मध्य भारत में तीव्र वर्षा के दिन बढ़ गए हैं और औसत तथा सामान्य वर्षा के दिन घट गए। इसीलिए अनुकूलन योजना (Adaptation Plan) की आवश्यकता है।

(ग) स्पेशल क्लाइमेट चेंज फंड से कृषि क्षेत्र को मदद मिलती है।

बाली (इंडोनेशिया) 2007—बाली रोड मैप तथा बाली एक्शन प्लान तथा COP-15 कोपन हेगन डेनमार्क द्वारा एडेप्टेशन फंड बोर्ड की स्थापना की गई जिससे विकासशील देशों को तकनीक ट्रांसफर हुई।

UNFCCC - (UN Framework Convention on climate change), cancun (मैक्सिको) एग्रीमेंट 2011—

दक्षिण भारत खासकर तमिलनाडु में जाड़े की बारिश से बाढ़ भी आती है और जलवायु की प्रकृति पहाड़ी (Orographic) है।

76. South Westerly Winds—मानसून की अरब सागर (Arabian Sea) शाखा तथा बंगाल की खाड़ी शाखा से मुंबई में अच्छी मानसून वर्षा जुलाई-अगस्त में होती है। लेकिन पुणे, जो मुंबई से मात्र 160 किमी. दूर है, वह मुंबई की सिर्फ 26 प्रतिशत वर्षा का भागीदार बन पाता है। बारिश की मात्रा में पश्चिमी घाट के पश्चिम और घाट के पूरब में बहुत ज्यादा अंतर होता है। मानसून फिर डेक्कन प्लेटो तथा मध्य प्रदेश होते हुए बंगाल की खाड़ी शाखा (South Westerly Wind) में मिल जाता है और गंगा के समतल में वर्षा हो जाती है। अरब सागरीय दक्षिण-पश्चिम दबाव समूह का एक भाग गुजरात, राजस्थान तथा अरावली में बहुत कमजोर बारिश का कारण बनता है।

South Westerly Winds मानसून की बंगाल की खाड़ी शाखा सेंट्रल वे ऑफ बंगाल-बर्मा के समुद्री तट तथा बांग्लादेश अराकन पहाड़ी, बर्मा समुद्री कछार (Coast) से भारतीय उपमहाद्वीप में पश्चिम बंगाल तथा बांग्लादेश से

घुसता है तथा हिमालय से टकराकर दो भागों में टूट जाता है। एक भाग भारत के पूर्वोत्तर में अच्छी और भारी वर्षा का कारण बनता है तथा मवसिनराम और चेरापूँजी (खासी व गारो पहाड़ियों) में सर्वाधिक वर्षा करता है। मानसून का एक भाग फिर पूर्वी भारत तथा गंगा के समतल की तरफ बढ़ जाता है। कलकत्ता में मानसून 7 जून को आता है, पर मुंबई में 10 जून को आता है।

77. दिल्ली घोषणा-पत्र (Delhi Declaration) नवंबर 2002—विकासशील देशों को आर्थिक सहायता देने पर कोई आम राय नहीं बन सकी, पर यू.एस.ए. और रूस को क्योटो प्रोटोकॉल का अनुपालन करने का अनुरोध किया गया। पुनर्नवीकरणीय ऊर्जा को प्रोत्साहित करने का फैसला लिया गया। ग्रीन हाउस गैसों के उत्सर्जन का प्रतिकूल प्रभाव छोटे देशों पर पड़ता है। इसका अध्ययन व अनुश्रवण किया जा रहा है।

78. गरमी और जाड़े में जलवायु परिवर्तन का असर कम-से-कम कैसे करें—

(क) इंसुलेशन से।

(ख) दोहरे व तिहरे दरवाजे, जिससे कंडक्शन के द्वारा ताप हानि कम की जा सके। ये दरवाजे यथासंभव लकड़ी के हों या ताप के कुचालक हों।

(ग) कोल्ड जोन में लकड़ी का हट और लगभग सीधी चढ़ाई की छत (Steep Roof) का बनाया जाना

(घ) इग्लू (Igloo)—के अंदर तेल का लैंप जलाकर तापमान संतुलित किया जाता है।

(ड़) तापीय तथा वातायान नियंत्रण द्वारा रूम के अंदर तापमान का संतुलन बनाया जाता है। गरम स्थानों पर क्रॉस वेंटिलेशन अच्छा रखा जाता है।

(च) लकड़ी और पाम की छत का प्रयोग किया जाता है।

(छ) आकाशीय विद्युत चालक (Lightning Conductor) का प्रयोग।

79. कृत्रिम झील का निर्माण करके हवा में नमी लाकर तापमान संतुलित किया जाता है। बाँध का निर्माण भी करने की आवश्यकता हो सकती है।

80. आदमी की कार्यक्षमता 20 डिग्री c से 38 डिग्री c के बीच अधिकतम होती है। चीन और यू.एस.ए. के बाद भारत पुनर्नवीकरणीय ऊर्जा उत्पादन में तीसरे नंबर पर है। मध्य व दक्षिण भारत के लिए वैश्विक तपिश एक गंभीर खतरा है, लेकिन इसके साथ-साथ भारत के ठंडे प्रदेशों में भी औसत तापमान तेजी से बढ़ रहा है। लू लगने से हजारों व्यक्ति असमय काल के गाल में समा रहे हैं।

81. वर्ल्ड वेदर एट्रीशन रिसर्च क्लब (World weather Attrition Research Club) ने 23 मई, 2022 की रिपोर्ट में लिखा है कि दक्षिण एशिया में लू लहर 30 गुना ज्यादा होगी। ब्रिटिश मौसम कार्यालय (British Metrological Office) ने तो 100 गुना तक ज्यादा गरमी की संभावना जताई है। भारत सन् 2021 तक विश्व का सबसे बड़ा आम उत्पादक देश था। लेकिन वैश्विक तपिश से आम का स्वाद और उत्पादन भी घट रहा है। वर्ल्ड रिसोर्सेज इंस्टीट्यूट (WRI) नामक रिसर्च ग्रुप ने दक्षिण एशिया में पानी की भारी किल्लत को रेखांकित किया है। भारत में हर वर्ष 4 नए प्रांत गरम प्रांतों की श्रेणी में शामिल हो रहे हैं।

82. नेचर बेस्ड सॉल्यूशंस (NBS) द्वारा समग्र (holistic), जन आधारित प्राकृतिक समाधान देने की दिशा में प्रयासरत है। इसका प्रयास है किफायती खर्च में—

(क) वायुमंडल से कार्बन कैप्चर करना।

(ख) जलाशय प्रबंधन।

(ग) मिश्रित बृक्षारोपण।

(घ) प्राकृतिक संसाधनों को व्यवस्थित करना।
परंपरागत बुद्धिमत्ता (Traditional Wisdom) और प्राकृतिक खेती पर आधारित कृषि कार्य को व्यवहार में लाना।

(ङ) जैव विविधता को सतत बनाए रखना।

(च) सन् 2030 तक 40 करोड़ रोजगार का सृजन करना।

(छ) India Climate Collaborative KPMG तथा Edelgive Foundation एन.बी.एस. के लिए फंडिंग कर रहे हैं। इसका सिस्टम्स अप्रोच पर जोर है, जो उत्पादक, उपभोक्ता, पार्टनर, क्रेता, विक्रेता तथा प्रबंधक सबके समन्वित प्रयास से लक्ष्य प्राप्त करेगा। PPP (पब्लिक, प्राइवेट और फिलान्थ्रोफिक) तीनों को साथ लेकर एक प्लेटफॉर्म तैयार किया जा रहा है तथा प्रोजेक्ट पूरे किए जा रहे हैं। India Climate Collaborative Group का लक्ष्य है—जलवायु इकोसिस्टम को सुरक्षित करना।

83. ग्रीन पीस इंडिया ने सन् 2021 व 2022 में भारत के 10 शहरों की गरमी का तुलनात्मक आँकड़ा देकर बताया है कि अप्रैल 2021 में गरमी के दिन 9 से 11 दिन तक थे, जो सन् 2022 में बढ़कर 22 से 26 दिन हो गए और तापमान

का रेंज 40–44 डिग्री c हो गई। ये नगर हैं—जयपुर, दिल्ली, लखनऊ, पटना, मुंबई, कलकत्ता, हैदराबाद और शिमला।

84. जलवायु परिवर्तन का स्वास्थ्य पर कुप्रभाव—मृत्यु, कार्डियो डिसीस, स्वास्थ्य संबंधी समस्याएँ, डायबिटीज, हीट स्ट्रोक, मेलीटस, गुर्दे संबंधी बीमारी (Renal Diseases)।

इंडिया मेट्रोलॉजिकल डिपार्टमेंट (IMD) की रिपोर्ट के अनुसार उत्तरी केंद्रीय और पश्चिमी भारत ने 122 वर्षों में सबसे भीषण गरमी झेली है। इस झुलसाने वाली लू के कारण शारीरिक श्रम करने वाले मजदूर या मानसिंक श्रम करने वाले बुद्धिजीवी सबकी कार्यक्षमता बुरी तरह प्रभावित हुई है।

समाधान—इसलिए रिक्शा तथा मोटर वाहनों के ऊपर तथा अन्य दिशाओं—पीछे, बाएँ व दाहिनी दिशा में लू से बचने के लिए पर्यावरण अनुकूल जैविक परदा (Bio Curtain) लगाने की व्यवस्था करनी होगी। हरित पट्टी (Green Belt)का विकास करना हर आवासीय कॉलोनी, मार्केट, कार्यालय, कुल मिलाकर हर भवन के चारों ओर या अधिकतम दिशाओं में आपातकालीन आवश्यकता हो गई है, क्योंकि एयर कंडीशनर को 'ना' कहना जरूरी है। स्वस्थ पर्यावरणीय पारिस्थितिकी तंत्र (Healthy Ecosystem) समाज को स्वस्थ रखने के लिए आवश्यक है।

85. COP–26 ग्लासगो में भारत के प्रधानमंत्री ने मिशन लाइफ का संदेश दिया, जिसके अनुसार हर नागरिक व समुदाय का छोटे–से–छोटा प्रयास भी जलवायु परिवर्तन की समस्या दूर करने में सहायक सिद्ध होगा तथा पर्यावरण की रक्षा करेगा। जिस दर से हम लोग संसाधनों का उपभोग कर रहे हैं कि सन् 2050 तक 1 नहीं, 3–3 धरती जैसे उपग्रहों की जरूरत पड़ेगी। लाइफ (Life) का मतलब है, Life Style for Environment। इसका मतलब है भारतीय संस्कृतिक लोकाचार को अपनाना। मतलब यह कि इस्तेमाल करके फेंको की मानसिकता को बदलकर पुनः उपयोग, पुनश्चक्र (Reduce, Reuse, Recyle) की आदत फिर से जाग्रत करना। साथ ही प्राकृतिक संसाधनों को सम्मान देना।

86. जलवायु परिवर्तन की समस्या से निपटने के लिए अंतरराष्ट्रीय स्तर पर कई पहल किए गए हैं। जैसे—इंटरनेशनल सोलर एलायंस, कोएलिशन फॉर डिसास्टर रिजिलिएंट इंफ्रास्ट्रक्टर, द वन सन वन वर्ल्ड, वन ग्रिड इनिशिएटिव आदि। 21 जून को अंतरराष्ट्रीय योग दिवस मनाने का कार्य भारत, संयुक्त राष्ट्र

पार्टनरशिप का उदाहरण है। उसी प्रकार 5 मार्च, 2023 को अंतरराष्ट्रीय मोटा अनाज वर्ष मनाने का फैसला किया गया है। ये दोनों पहल मनुष्य की शारीरिक व मानसिक क्षमता बढ़ाने के लिए तथा उनमें रोग प्रतिरोधक क्षमता बढ़ाने के लिए बहुत उपयोगी सिद्ध हुई हैं।

87. यह भी ध्यान में रखना है कि सबसे ज्यादा वंचित देश, जिनका प्रदूषण बढ़ाने में योगदान बहुत कम है, विकास का लाभ उन्हें भी मिले।

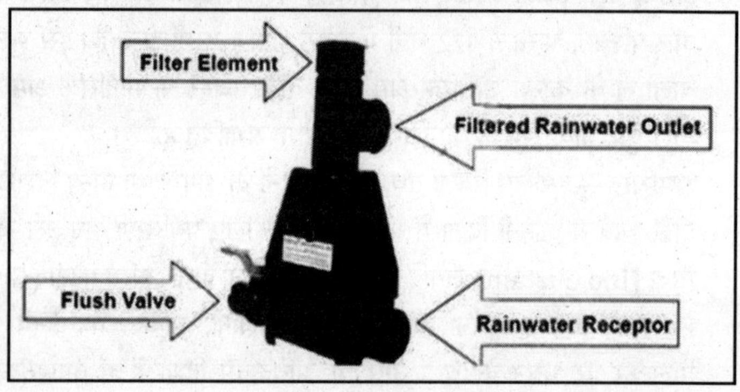

(कृपया फोटो/डाइग्राम के लिए पृष्ठ 290 से 296 तक देखें)

□